Jus ad bellum

Jus in bello

HOMENS E MONSTROS

A Guerra Fria vitoriana

Flávio Medeiros Jr.

1ª edição

Editora Draco

São Paulo
2013

Flávio Medeiros Jr.
nasceu e vive em Belo Horizonte, MG. Formou-se em Medicina pela UFMG em 1988, especializando-se em oftalmologia. Publicou seu primeiro romance em 2004: *Quintessência,* história policial com ambientação de ficção científica. Teve textos publicados em coletâneas como *Imaginários v. 1* (2009) e *Vaporpunk* (2010). Em 2010 publicou seu segundo romance: *Casas de Vampiros*, de horror e ficção científica. Em 2012 foi o vencedor do prêmio Argos por sua novela que faz parte de *Space Opera* (2011). Continua escrevendo compulsivamente.

Publisher: Erick Santos Cardoso
Edição: Antonio Luiz M. C. Costa
Produção editorial: Janaina Chervezan
Revisão: Eduardo Kasse
Ilustração de capa: Ericksama

Dados Internacionais de Catalogação na Publicação (CIP)
Ana Lúcia Merege 4667/CRB7

Medeiros Jr., Flávio
Homens e Monstros - A Guerra Fria Vitoriana / Flávio Medeiros Jr.. – São Paulo: Draco, 2013

ISBN 978-85-8243-038-5

1. Ficção científica brasileira I. Título

CDD-869.9308762

Índices para catálogo sistemático:
1. Ficção científica : Literatura brasileira 869.9308762

1ª edição, 2013

Editora Draco
R. Luis Tosta Nunes, 298
Jd. Esther Yolanda – São Paulo – SP
CEP 05372-170
editoradraco@gmail.com
www.editoradraco.com
www.facebook.com/editoradraco
twitter: @editoradraco

Ficção alternativa com "F" e "A" maiúsculos

HOMENS E MONSTROS constitui a um só tempo um *fix-up* de fina estirpe, com fortes elementos de história alternativa e um romance de ficção alternativa instigante e original.

Que salada mista é essa?

Calma. É fácil de explicar e mais fácil ainda de entender.

Afinal, como dizia Jack, o Estripador — não por coincidência, um dos personagens que você conhecerá a seguir — vamos por partes.

Fix-up é uma narrativa longa, algo semelhante ao romance, só que composta por histórias menores, que podem ser lidas de forma independente, como contos ou noveletas, que seriam como azulejos, benfeitos por si sós, capazes de compor um mosaico mais belo e complexo do que qualquer um deles, se tomado individualmente. O *fix-up* representa uma tradição venerável, conquanto mais frequente na literatura fantástica do que em outros tipos de literatura de gênero e no pobre e reles *mainstream*. Neste sentido, *Homens e Monstros* é constituído por seis noveletas. Cada uma das peças desse mosaico faz sentido isoladamente. Tanto é que as duas últimas já foram publicadas em antologias fantásticas de ficção curta. Contudo, apesar de fazerem sentido sozinhas, como o leitor terá oportunidade de constatar, estamos diante de um daqueles casos clássicos em que o todo é maior do que a soma das partes.

Embora o *fix-up* que você tem em mãos não constitua história alternativa de per si, ao menos não de um ponto de vista castiço — uma vez que se apropria de personagens ficcionais de outros autores e não apenas de personagens históricos reais, transformando-os em seus próprios personagens literários — ao propor um ponto de divergência e alinhavar sua linha histórica alternativa a partir dessa divergência, a citar, a sobrevivência do Império Asteca sob suserania britânica, Flávio Medeiros delineia seu texto norteado pela filosofia de trabalho da história alternativa, criando um mundo semelhante ao nosso e, ao mesmo tempo, inteiramente distinto em seus matizes *steampunks*. Um mundo onde a tecnologia avançou mais rápido. Uma Terra diferente, na qual os Impérios Britânico e Francês se digladiam numa genuína guerra fria vitoriana que, aliás, é o subtítulo desta obra.

Homens e Monstros é, isto sim, ficção alternativa *bona fide* — com "F" maiúsculo e "A" maiúsculo, iniciais tanto de "Fantástico" quanto de "Fantasia" — escrita na melhor tradição estabelecida por Kim Newman em *Anno Dracula* e, aqui no Brasil, por Octavio Aragão em *A Mão que Cria*. Em vez de propor resultado diverso para um evento histórico crucial e estabelecer um mundo ficcional a partir das consequências desse ponto de divergência, como se faz nos trabalhos de história alternativa, na ficção alternativa a divergência não se situa na história, mas sim num resultado diverso de âmbito literário. Em *Anno Dracula*, por exemplo, Kim Newman propõe a sobrevivência do Conde Drácula à sanha dos caçadores de vampiros capitaneados por Van Helsing e em seguida nos mostra como seria um mundo onde a elite do Império Britânico houvesse sido vampirizada por Drácula e pelos outros vampiros da literatura vitoriana.

Flávio Medeiros Jr. segue os passos de Newman e Aragão, mas avança mais longe, ao se apropriar de personagens literários dos contos e romances científicos de Edgar Allan Poe, Jules Verne, H.G. Wells, Arthur Conan Doyle, Robert Louis Stevenson e vários outros autores dos clássicos fantásticos da literatura vitoriana, presentes no imaginário popular até hoje.

Quanto às partes referidas pelo Red Jack, o *fix-up* abre com "O Som e o Aroma da Morte", onde vemos uma dupla de agentes secretos do Império Francês atuando na Confederação Argentina em busca de uma grande invenção que talvez venha a se tornar a arma definitiva.

A noveleta que empresta seu título ao livro nos brinda com uma nova versão do clássico "O Médico e o Monstro" de Robert Louis Stevenson, com um final enxuto e surpreendente, num texto permeado pelo clima da guerra fria vitoriana.

Em "Máscaras", um agente britânico é enviado para aferir a lealdade de um dissidente francês que vem empreendendo experiências biológicas revolucionárias numa ilha deserta. Só que, antes de chegar lá, o agente se envolve numa missão secundária em busca de um operativo prussiano em pleno coração da África Negra, tropeçando uma megalópole siderúrgica, numa trama movimentada e mirabolante na qual absolutamente nada e ninguém são exatamente o que parecem.

"O Lamento da Águia" é a única peça deste mosaico que apresenta personagens astecas e nos mostra como a civilização europeia, sobretudo a britânica, influenciou a cultura asteca sem, no entanto, destruí-la. Em busca do esclarecimento que lhe permitirá ascender na carreira militar, o protagonista Itzcoatl se embrenha no território dos Estados Unidos, aqui um estado-membro do Império Britânico, para desvendar o desaparecimento de seu irmão gêmeo e o mistério acerca de um surto epidêmico mortal.

"Os Primeiros Aztecas na Lua" é ficção alternativa por excelência: uma noveleta que homenageia boa parte dos romances científicos vitorianos, com ênfase especial a *Da Terra à Lua*, de Jules Verne e *A Máquina do Tempo*, de H.G. Wells. É a história de um agente duplo, com seus dramas de consciência e suas lealdades divididas, às vésperas de uma grande conquista científica que parece prestes a romper o equilíbrio de forças da guerra fria franco-britânica.

Última peça deste mosaico candente, "Por um Fio" responde a pergunta que muitos fãs de Jules Verne já se fizeram: o que aconteceria se o submarino *Nautilus* do misterioso Capitão Nemo combatesse o *Albatross*, de Robur o Conquistador? Nesta ficção alternativa, enquanto o Almirante Nemo comanda a esquadra de submersíveis do Império Francês, Robur lidera a frota de dirigíveis militares do Império Britânico. Autêntico duelo de titãs!

Enfim, cumprido meu papel de atiçar seu apetite, leitor incauto, incito-o a mergulhar de cabeça neste universo ficcional surpreendente e fascinante.

Gerson Lodi-Ribeiro[1]
Novembro de 2011.

---

1 Autor dos romances *A Guardiã da Memória* e *Xochiquetzal, uma Princesa Asteca* entre os Incas, e do fix-up *Aventuras do Vampiro de Palmares*. Organizador das antologias *Vaporpunk*, *Dieselpunk*, *Solarpunk*, *Super-Heróis* e *Erotica Phantastica*.

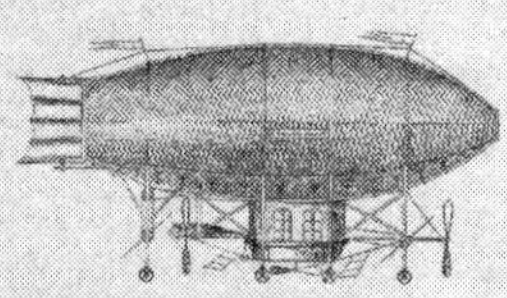

Para meu pai Flávio e
minha filha Laura; um
amor que se vai, outro que
chega, renovando a vida

FLÁVIO MEDEIROS JR.

HOMENS E MONSTROS

A GUERRA FRIA VITORIANA

Homens de paz e de guerra

A paz, em assuntos internacionais, é um período de trapaças entre dois períodos de guerra.
Ambrose Bierce

A coragem alimenta as guerras, mas é o medo que as faz nascer.
Émile-Auguste Chartier

Os que fazem impossível uma evolução pacífica, farão inevitável uma revolução violenta.
John F. Kennedy

A perda de um inimigo não compensa a de um amigo.
Abraham Lincoln

Jamais houve uma guerra boa ou uma paz má.
Benjamin Franklin

Haverá flagelo mais terrível do que a injustiça de armas na mão?
Aristóteles

Decididamente, não compreendo por que é mais glorioso bombardear uma cidade do que assassinar alguém a machadadas.
Fiodor Dostoievski

Enquanto os sábios pensam sem certeza,
os idiotas atacam de surpresa.
Henfil

Na guerra, eventos de importância são
o resultado de causas triviais.
Júlio César

O maravilhoso da guerra é que cada chefe de
assassinos faz abençoar suas bandeiras e invoca
solenemente a Deus antes de lançar-se a exterminar a
seu próximo.
Voltaire

Faz-se a guerra quando se quer, põe-se-lhe termo
quando se pode.
Nicolau Maquiável

O exército é uma multidão que obedece.
Napoleão Bonaparte

Na guerra eterna a humanidade se torna grande –
na paz eterna, a humanidade se arruinaria.
Adolf Hitler

Só os mortos conhecem o fim da guerra.
Platão

O objetivo da guerra é a paz.
Sun Tzu

É preciso saber, de uma vez por todas, que a paz
não significa a cessação da guerra, mas sim a volta à
normalidade, e esta só poderá ser alcançada se forem
preparadas de antemão, com tempo e estudo, as bases de
uma subsistência comum.
González Pecotche

O som e o aroma da morte

AINDA ESTAVA ESCURO como breu quando o barco se aproximou do porto de La Boca. A chuva gelada e incessante nos açoitava como um mau presságio, desde que o vapor foi engolido pela bacia do Prata, quase sete horas antes. Na medida em que o estuário se afunilava, aproximando de maneira preocupante as duas margens em conflito, a tensão se desenhava de forma cada vez mais evidente nas fisionomias da tripulação.

O capitão Servadac procurava acalmar os nervos, exaltando a velocidade e a agilidade do *Pèlerin*. Afirmava que o *clipper* era capaz de atingir, em condições ideais, mais de vinte nós, deixando qualquer "banheira a vapor" do inimigo literalmente "a ver navios".

Infelizmente, pensava comigo mesmo, as condições estavam longe de serem ideais. Olhei mais uma vez para o velame do mastro da proa, que me parecia pesado, encharcado como estava pela chuva. Além do mais, nossa aproximação de Buenos Aires significava nossa chegada ao ápice do triângulo que delimitava o estuário. Na margem direita ficava, naquele ponto, a linha mal definida que demarcava o final do território brasileiro controlado por tropas ibéricas. Dali em diante, corríamos o risco de sermos surpreendidos pelos rápidos e pequenos veleiros de assalto dos piratas incas e aztecas. Enseadas escuras na margem direita também podiam ocultar baterias de canhões inimigos que colocariam o *Pèlerin* a pique, caso nos desviássemos excessivamente naquela direção. Enquanto na Europa as relações conflituosas entre as duas potências se escondiam por trás das hipocrisias diplomáticas, aqui no Outro Mundo as lutas pela posse do território eram francas, abertas e terrivelmente encarniçadas.

Percebi, para meu relativo conforto, que o capitão Servadac tinha plena consciência daquela possibilidade, pela forma como orientava o timoneiro a acompanhar, dentro do possível, cada reentrância da linha costeira na margem esquerda.

A chuva ficou mais forte e ajeitei o colarinho do meu sobretudo, ao mesmo tempo amaldiçoando o frio e bendizendo aquela cortina escura adicional, que ajudava a nos esconder do inimigo naqueles meados da madrugada.

Quando vi ao longe as primeiras luzes do porto retornei à cabine para recolher minha bagagem, preparando-me para descer à terra. Fiquei surpreso ao ver Maucler, meu intrigante companheiro naquela missão, recostado em seu catre e ressonando como uma criança em sua viagem de férias, alheio à tensão ambiente.

Minha mente retornou até um mês antes, quando o vi pela primeira vez no escritório de Auguste Dupin, chefe máximo do Serviço Secreto da *Grande France*. O comandante fez rapidamente as apresentações:

– *Monsieur* Maucler, este é Axel Lidenbrock, agente de contato com nossos aliados prussianos, e um de nossos mais brilhantes estrategistas. Axel, este é o agente Maucler, seu companheiro de viagem.

Apertei a mão estendida daquele homem magro, de cabelos negros revoltos, rosto delineado por ângulos agudos e marcado por sulcos que acentuavam as linhas de expressão. Não pude deixar de notar seu olhar desconfiado, avaliando-me. Um estrategista sempre repara nesses detalhes.

De qualquer maneira, eu já tinha ouvido falar de Maucler. Havia sido um dos discípulos mais dedicados de Dupin quando ingressou no Serviço Secreto e, graças ao mestre aperfeiçoara de maneira notável sua capacidade dedutiva. Acabaria se tornando um agente de elite, com brilhante desempenho em missões de infiltração por trás das fileiras britânicas ao redor deste conturbado mundo. Era a primeira vez que eu o via pessoalmente. Imaginava que fosse mais velho. E menos franzino, talvez.

Dupin nos convidou para sua mesa de trabalho com um gesto de mão. Sentamo-nos lado a lado diante dele. O chefe iniciou, em tom tranquilo, as explicações acerca da missão:

– Senhores, notícias instigantes nos chegam das terras ao sul. Nossos amigos do Serviço Secreto Ibérico nos trazem novidades diretamente das Américas...

– Como seria de se esperar. Acaso existe alguma questão que aflija a Ibéria e que não esteja relacionada ao front brasileiro?

– Desta vez não se trata do Brasil, Axel. Infelizmente a situação naquelas terras banhadas de sangue continua a mesma, alternando pequenos avanços territoriais com reveses lamentáveis. As novidades em questão se referem a interessantes perspectivas que parecem se abrir a partir da Confederação Argentina.

Arqueei as sobrancelhas. Enquanto na ampla faixa atlântica da América do Sul as tropas ibéricas continuavam como há vários anos mergulhadas em combates sangrentos, acuadas entre o oceano e o selvagem território dominado pelos aztecas, a Confederação Argentina, mais ao sul, parecia já figurar como território consolidado. A situação geográfica favorável, limitada pelo oceano a leste e ao sul, e pela Cordilheira dos Andes a oeste, deixava apenas o norte do país exposto aos confrontos diretos em maior escala com o inimigo. Os ibéricos haviam, assim, sido capazes de estabelecer ali uma base de operações estável. A Confederação Argentina abrigava o grosso das tropas que reforçavam o esguio território em disputa chamado Brasil, tropas que subiam ao longo da costa até a América Central através do mar e de comboios terrestres na região mais ao sul. Também funcionava como porto seguro para os navios provenientes da Europa, assegurando sua integração com o Império Francês. Era comum a disseminação de notícias bombásticas referentes aos conflitos no litoral do Brasil, e comparada a ele a situação da Argentina costumava passar despercebida, como se fosse um oásis de paz, embora se saiba que a proximidade com o inimigo jamais faria daquela região um roteiro preferencial para as férias das ricas famílias europeias.

Dupin pigarreou, arrancando-me de meus devaneios, e prosseguiu:

– Os ibéricos informam que certo cientista argentino pode ser responsável por uma invenção de grande interesse para o Império, em termos estratégicos. Com a crescente tensão entre as duas potências voltando a dar sinais de aquecimento aqui na Europa, tal invenção adquire uma importância especial, uma vez que parece ser capaz de se transformar em uma arma com capacidade destrutiva sem precedentes.

– Com certeza o mais prudente seria afastar tal dispositivo daquela região instável o quanto antes – manifestou Maucler. – Não tenho dúvidas de que teremos problemas, caso os ingleses sejam informados dessa possibilidade.

– Infelizmente isso parece já ter acontecido – lamentou Dupin. – Notícias de Londres atestam que um ou mais agentes britânicos já estariam sendo mobilizados para interceptar o referido cientista e sua invenção antes que coloquemos nossas mãos neles.

– Bem, nesse caso me parece que temos aqui uma situação de emergência. Sem querer passar por preguiçoso, mas apenas em função da distância e do tempo escasso, não teríamos no próprio território sul-americano algum agente capacitado para resgatar esse precioso personagem antes que seja tarde?

– Aí reside nosso maior problema, Axel. Como grande parte dos homens de ciência, apesar de ser o pai de uma invenção letal, nosso ilustre personagem resiste a ceder sua obra para fins militares. É aí que entra seu papel nesta missão...

Aquilo realmente me surpreendeu, e confesso que também me divertiu. Jamais me considerei um diplomata habilidoso, principalmente diante de situação tão delicada. Manifestei, portanto, essa preocupação. Dupin esboçou um sorriso irônico e rebateu:

– Não se iluda, Axel. Mais do que qualquer um estou ciente de que seu talento considerável foi direcionado para outras funções. Entretanto, o cientista Javier Méndez foi contemporâneo e amigo de seu tio Otto durante seus anos de especialização na Universidade de Hamburgo. É até possível que ele tenha conhecido você ainda criança. Nossa esperança é que a abordagem, por parte de um legítimo Lidenbrock, o torne mais maleável, e o convença de nossas intenções no sentido de manter sua invenção como recurso estratégico, utilizando-a para fins pacíficos... a menos que uma trágica – mas improvável – reviravolta no campo da política internacional nos obrigue ao contrário.

– Percebo – confirmei, com um vigoroso aceno de cabeça. – E suponho que nosso amigo Maucler aqui, graças a suas numerosas incursões em território hostil, seja especialista em preparar um bom chá das cinco para esse memorável encontro...

O riso descontraído de meus interlocutores contribuiu para

amenizar a tensão, que começava a acumular enquanto o relato prosseguia.

– Não exatamente. Maucler, como você bem ressaltou, já tem vasta experiência em missões no exterior, inclusive infiltrado nas tropas inglesas. A possibilidade de termos que lidar com espiões britânicos nessa missão exige a participação de um homem experimentado como ele, para sua segurança e a do nosso precioso cientista.

– Sim, estou a par do invejável currículo de nosso bom Maucler. Sua companhia, esteja seguro, será mais do que apreciada.

– Vocês partem amanhã – prosseguiu Dupin, revirando alguns papéis sobre a escrivaninha. – Méndez vive na cidade portuária de Mar Del Plata, onde se encontra atualmente sob a discreta escolta de agentes ibéricos. Programamos sua viagem a Buenos Aires, para se encontrar com nosso comissário local, no dia em que vocês deverão chegar à cidade. Alguma dúvida?

– Se me permite, *Monsieur* Dupin – falou Maucler, num tom um pouco vacilante -, gostaria de saber como devemos agir caso o *señor* Méndez, a despeito de toda a habilidade de *Herr* Lidenbrock, continue se negando a ceder sua invenção aos nossos cuidados. Em último caso, mesmo que não seja o desejável, podemos tomar posse do dispositivo à sua revelia...

Dupin deu de ombros. Suspirou, parecendo relutar em pronunciar as palavras, e finalmente disse:

– Aí reside uma questão bastante estranha. Segundo os informes dos ibéricos que já viram tal aparelho em ação, ninguém foi capaz de fazê-lo funcionar, a não ser o próprio inventor. O homem costuma, inclusive, se vangloriar desse fato desconcertante: o aparelho só funciona quando acionado por suas próprias mãos. Assim sendo, por favor, procurem cuidar com especial zelo da saúde do nosso cientista, enquanto não solucionamos mais esse mistério, por mais estranho que ele possa parecer.

Maucler e eu trocamos um olhar onde se liam incredulidade e interrogação. Dupin levantou-se, o que tornava encerrada aquela preleção. Nós dois seguimos seu exemplo, mas antes que saíssemos do escritório ele nos disse, ainda em tom relutante:

– A propósito, isso me leva a outro favor pessoal que quero pedir a vocês, e que seja cumprido com extrema discrição...

Dupin baixou o tom de sua voz de tenor, que se reduziu praticamente a um cochicho:

– Não quero que se impressionem mais que o prudente com os detalhes pitorescos desses relatos provenientes da Confederação Argentina. Relatórios anteriores dão conta de que nosso comissário local anda manifestando algumas ideias um tanto... exóticas. Quero que vocês prestem bastante atenção, e me tragam um testemunho confiável, sobre a conveniência ou não de manter o homem em um cargo de tamanha importância estratégica.

– O senhor quer que vejamos se o homem ficou doido ou não.

– Em resumo, Axel. São palavras que corroboram sua confessa pouca aptidão para a diplomacia. Por outro lado, conto com essa precisão e aguda objetividade para dar um final feliz à tarefa.

E ali estávamos nós, numa fria e encharcada madrugada de junho, a bordo do *clipper Pèlerin*, baixando âncora no fortificado porto de La Boca. Foi como se o próprio navio suspirasse aliviado quando a passarela de madeira bateu contra as pedras do ancoradouro, liberando o acesso da tripulação à terra firme. Começaram todos a baixar os engradados da carga, ignorando alegremente a chuva que os fustigava. Maucler e eu protegemos as cabeças com nossas malas pessoais e corremos diretamente para o barracão que ostentava a insígnia das autoridades portuárias da Confederação.

Sentado sob a luz de um lampião, o oficial comandante do porto conversava em voz baixa com um homem elegante de terno e colete. Os cabelos negros, que já abriam espaço para uma testa ampla, eram bem partidos de lado. Os óculos de aro redondo e o bigode espesso de pontas finas completavam a imagem de homem culto e de gostos refinados. Suas pálpebras subiram e desceram ante nossa entrada esbaforida, como se já esperasse por algo parecido. Educadamente, ele se levantou.

– *Buenas noites, señores* – disse ele em portunhol, passando em seguida a um francês de sotaque carregado. – Sou o comissário Leopoldo Lugones, responsável pela força de segurança da Confederação Argentina. Espero que possamos compensar com folga a recepção descortês proporcionada pelos deuses do clima.

– Talvez o que parece descortesia possa ser mais bem interpretado como simpatia, comissário – rebateu Maucler, decididamente melhor diplomata que eu -, se lembrarmos que a situação, até onde sabemos, anda tensa na outra margem do Prata. A chuva fria e a escuridão nos serviram perfeitamente como escolta.

– Isso lá é verdade – respondeu Lugones, erguendo delicadamente uma cortina e contemplando a água que escorria pela vidraça. – Os bugres têm se empenhado especialmente, nas últimas semanas, nos ataques contra as forças defensoras da Província Cisplatina, no extremo sul do território brasileiro. Interromper a continuidade do nosso território com a outra margem do Prata poderia representar um duro golpe contra nossa capacidade de apoiar nossos homens no front com recursos humanos e provisões.

O homem silenciou por um momento, como se aquela conversa houvesse evocado preocupações profundas, mas a seguir, como se despertando de um sonho, voltou-se para nós e sorriu levemente.

– Mas que espécie de anfitrião sou eu, afinal, que além de blasfemar contra as divindades protetoras da *Grande France* ainda deixo nossos convidados molhados e tiritando de frio? Por favor, me acompanhem, cavalheiros.

Levou-nos pela porta dos fundos, onde uma marquise nos protegeu da chuva por tempo suficiente para que pudéssemos adentrar aos tropeções numa carruagem que ali nos aguardava. Lugones entrou por último e fez um sinal para o cocheiro, que atiçou os cavalos na direção de sua portentosa mansão no bairro de San Telmo. Explicou-nos que, após a epidemia de febre amarela, a maior parte das famílias de classe alta havia abandonado o bairro, mas que seu sangue de aventureiro, herdado de sua nobre família de desbravadores e grandes proprietários de terra, o impediu de se render ao mosquito. Passada a crise ele ali continuava, firme e empenhado no combate a outra ordem de "insetos", que ameaçavam a Confederação Argentina e o Império.

O homem não me parecia nenhum doido. Esnobe, apenas.

Após nos instalarmos em dois dos vários quartos da mansão e tomarmos um banho quente, descemos juntos ao escritório de Lugones, que nos esperava com um charuto aceso. Ao contrário da vez anterior, ele foi diretamente ao ponto:

– Logo que amanhecer iremos ao hotel onde se hospeda, desde a tarde de ontem, o professor Méndez. Não fica longe daqui, e penso que os senhores estão tão ansiosos quanto eu para ver o Dispositivo Ômega em segurança.

– "Dispositivo Ômega"?

– De fato, o nome foi dado pelo próprio inventor, já que nada mais é do que um projetor do que ele chamou de "força ômega".

– Parece um nome carregado de boa intensidade dramática, não?

– Nada mais distante da realidade daquele homem, eu lhes asseguro – disse ele, com um gesto de desdém. – Na verdade, Javier Méndez viveu uma infância e juventude modestas e sem grandes, e eu arriscaria dizer, nem mesmo "médias" ambições. Seu gênio inventor despertou em idade muito precoce e ele se contentava em trocar suas engenhosas descobertas por recursos não mais que básicos para sua sobrevivência e seus pequenos prazeres de rapaz. Desdenhava seus triunfos com modéstia quase áspera ante os elogios que recebia e provavelmente teria permanecido no obscurantismo, tendo os louros de suas invenções herdados por outros, se não fosse o recrudescimento da guerra no Brasil. Quando se viu na iminência de ter de aderir ao alistamento obrigatório e sendo avesso desde aquele então a todo tipo de violência, optou por empenhar-se, pela primeira vez na vida, em favor do próprio aperfeiçoamento. Enviou cartas à Metrópole e acabou sendo aceito para sua especialização na Universidade de Hamburgo. Quando retornou à Confederação Argentina, agora como renomado cientista, aprofundou os estudos iniciados na Prússia que culminariam na descoberta da "força ômega".

Inclinei-me para frente na poltrona, decididamente curioso.

– E de que natureza, exatamente, seria essa "força ômega"?

Lugones pareceu deliciar-se com nossa curiosidade e deu uma baforada em seu charuto, antes de responder:

– Anda por aí à flor da terra, senhores, mais de uma força tremenda cuja descoberta se aproxima. Dessas forças interetéreas que acabam por modificar sólidos conceitos da ciência e que, justificando as afirmações da sabedoria oculta, dependem cada vez mais do intelecto humano. Certamente chegará o dia em que a mente humana saberá reger essas forças diretrizes do cosmo sem as máquinas intermediárias. Mas até que isso aconteça, são homens como Méndez que nos permitem vislumbrar e, como modernos Prometeus, roubar uma fagulha do fogo que permanece ainda reservado aos deuses.

Dupin estava certo. O homem era doido. Surpreendi-me ao perceber que, diferentemente de mim, Maucler parecia ter sido capaz de acompanhar o sentido daqueles devaneios:

– O senhor está dizendo que o Dispositivo Ômega permite ao homem fazer uso de uma dessas "forças diretrizes do cosmo". O senhor já o viu em ação, comissário?

– Por certo que sim. E devo confessar que o efeito é decididamente impressionante. O mais perturbador, porém, foi o fato de que eu mesmo e outros agentes tentamos, com o consentimento do orgulhoso cientista, acionar o aparelho, sem o menor resultado positivo. Conforme ele mesmo afirma, por alguma razão misteriosa apenas Javier Méndez é capaz de utilizar o Dispositivo Ômega de forma efetiva.

– Em termos práticos, comissário – insisti, tentando não parecer impaciente -, o que é essa chamada "força ômega"?

– Javier Méndez – principiou Lugones, ajeitando-se na poltrona e apagando o charuto em um cinzeiro – descobriu a potência mecânica do som. Ao que parece, tudo começou com suas observações sobre como as vibrações emanadas por um diapasão podem se transmitir a outro diapasão que esteja no mesmo tom ou como determinadas ondas sonoras de alta frequência provocam um deslocamento de ar que é capaz de fazer vibrar as vidraças, ou em casos extremos, trincar os cristais mais finos. Sua teoria era de que, se fosse capaz de direcionar ondas sonoras em determinada progressão proporcional, sua somatória provocaria uma ampliação da força vibracional do som, a ponto de despedaçar blocos de matéria sólida à distância. Méndez previa que uma máquina com tal capacidade facilitaria em muito a abertura de estradas em terrenos acidentados, pulverizando obstáculos representados por blocos de granito, por exemplo.

– Um projeto ambicioso, convenhamos...

– Mas que se transformou em algo real, *Herr* Lidenbrock, quando Méndez conseguiu, segundo ele mesmo após repetidos e incansáveis experimentos, encontrar a progressão adequada e milimetricamente exata de sua sequência de diapasões de altíssima frequência. Eu mesmo testemunhei quando o Dispositivo Ômega praticamente pulverizou um bloco de granito de um metro cúbico.

O silêncio que se abateu sobre a sala dava conta do efeito que aquelas palavras tiveram sobre nós. Lugones sorriu compreensivamente, e insistiu:

– Vejo em seus rostos a mesma curiosidade incrédula que me dominou quando ouvi essa história do próprio cientista, cavalheiros. Mas lhes asseguro que ela rapidamente se transformou em espanto e júbilo, diante da demonstração prática do Dispositivo Ômega; e posteriormente em confusão e estranheza, quando eu e dois de meus agentes tentamos acionar com nossas próprias mãos o misterioso aparelho, sem qualquer efeito visível além de seu agudo zumbido característico. Minha tranquilidade ao relatar-lhes essa história provém do fato de que os senhores, dentro de poucas horas, poderão comprová-la por si mesmos.

– Compreendo como isso deve ser reconfortante, comissário – comentei, lançando um olhar significativo para Maucler. – Sem uma boa demonstração prática, esse fascinante dispositivo pareceria ter saído diretamente dos devaneios de um louco.

Lugones voltou-se por um momento e observou a janela atrás de si. A chuva finalmente dera uma trégua e uma luminosidade arroxeada começava a insinuar-se pela vidraça.

– Começa a amanhecer. Suponho que logo poderemos esclarecer de forma contundente todas as suas dúvidas. Para o momento, sugeriria aos senhores uma boa xícara de café para despertar-nos para o novo dia...

Acolhemos a sugestão com vívido entusiasmo. Lugones apanhou distraidamente uma sineta de prata sobre a mesa e a fez tilintar por um momento.

O que aconteceu a seguir foi uma das coisas mais assustadoras que presenciei em toda minha vida. Arrisco-me a dizer que, felizmente, eu não estava armado durante aquela amável reunião, ou a mesma poderia ter se encerrado com uma desgraça.

A porta à nossa direita se abriu e um vulto horrendo invadiu o escritório, num passo grotesco e cambaleante. À primeira vista passaria por um homem baixo e atarracado, além de um pouco corcunda, mas a enorme quantidade de pelos negros e espessos que lhe cobria todo o corpo não deixava dúvidas: tratava-se de um animal!

Vi quando Maucler também se encolheu em sua poltrona,

igualmente surpreso, enquanto o enorme chimpanzé, porque agora sim, eu havia sido capaz de identificar a espécie a que pertencia a besta, nos ignorava completamente e caminhava para junto do seu amo. Eu já tivera a oportunidade de ver uma daquelas criaturas certa vez, recolhido à jaula como parte da carga em um navio que chegava à França, proveniente de uma expedição científica à África. Recordo-me da maneira furiosa com que a besta assustadora sacudia as barras de seu encerro e de seus gritos agudos que faziam tremer o próprio estômago de quem ouvia.

Os olhos do maldito Lugones brilhavam por trás dos óculos redondos, saboreando o efeito que a cena nos causava. O comissário fez um afago carinhoso na cabeça do macaco e, mal sendo capaz de conter o riso, disse:

– *Señores*, apresento-lhes meu secretário especial, Yzur.

– Comissário Lugones, isto é um chimpanzé.

A afirmação não podia ser mais óbvia, mas foi a única coisa que me ocorreu dizer naquele momento. Em resposta, o chimpanzé exibiu um amplo sorriso de dentes pontiagudos e amarelos, que ia quase de uma orelha saltada à outra. Seus olhinhos castanhos, de expressão perturbadoramente humana, fitavam a mim e a Maucler alternadamente. Dessa vez Lugones deu livre vazão ao riso e disse:

– Por certo que ele é. Já está comigo há três anos, desde que o adquiri de um circo que havia falido.

Para nosso maior espanto, o comissário dirigiu-se em seguida ao macaco:

– Yzur, queira fazer o favor de preparar a mesa para nosso desjejum.

Como se houvesse compreendido, o macaco balançou a cabeça afirmativamente com vigor e em seguida deixou calmamente o escritório, sumindo de nossa vista. Nós o acompanhamos com olhares estarrecidos até que desaparecesse. Aqueles olhares imediatamente voltaram-se para seu mestre. Como se aquela cena houvesse sido algo totalmente normal e corriqueiro, Lugones falou com a voz calma:

– É possível que os senhores não saibam, mas os homens naturais de Java atribuem a falta de linguagem articulada dos macacos à abstenção, não à incapacidade. “Não falam”, dizem eles, “para que não os façam trabalhar”.

– Um reflexo, por certo, do primitivismo do povo de Java...

– Mas que não deixa de nos sugerir um interessante postulado antropológico: poderiam ser os grandes primatas, como chimpanzés e orangotangos, homens antigos que, por uma razão ou outra, deixaram de falar, ocasionando a atrofia de seus órgãos de fonação e dos próprios centros cerebrais da linguagem?

– Trata-se da teoria da regressão das espécies – disse Maucler em tom neutro, abandonando seu mutismo como se pretendesse evitar, assim, a atrofia de seus órgãos fonadores -; o macaco descenderia do homem degradado.

– Precisamente. Debilitou-se até a supressão a relação entre uns e outros, fixando o idioma da espécie em um grito inarticulado. Se essa teoria chegasse a ser demonstrada, estariam explicadas todas as anomalias que fazem do macaco um ser tão singular, não concordam?

– E como supõe o senhor que seria possível demonstrar teoria tão... exótica?

Lugones fez uma pausa, saboreando o suspense. Seu sorriso me dizia que nos conduzira exatamente para onde pretendia. Respondeu à pergunta de Maucler com os olhos estreitos e fisionomia grave:

– Não haveria senão uma demonstração possível: voltar o macaco à linguagem.

Ainda que possa parecer uma descortesia, foi minha tensão reprimida que explodiu em uma ruidosa e incontida gargalhada.

– Comissário Lugones, macacos não falam!

– Veja por esse outro ângulo, *Herr* Lidenbrock: não existe qualquer razão científica para que os macacos não falem. Sua linguagem natural, composta de gritos por meio dos quais são capazes de se comunicar com seus semelhantes, é assaz variada; sua laringe, ainda que notavelmente diferente da humana, nunca o é tanto como a do papagaio que, no entanto, *fala*! Quanto ao cérebro, também notavelmente mais complexo que o daquela ave, é de fato rudimentar; mas devo recordar-lhes que o do idiota também é rudimentar, e apesar disso há cretinos capazes de pronunciar algumas palavras.

– A menos que eu esteja enganado, comissário, o cérebro animal não possui a área de Broca, responsável pela fala, nem mesmo o dos primatas.

– Isso é fato, *Monsieur* Maucler. Entretanto, a importância da área de Broca parece ser, de acordo com alguns estudos, superestimada. A complexidade insondável das conexões nervosas do cérebro tem produzido surpreendentes resultados no sentido da criação de vias alternativas para o restabelecimento de determinadas funções em pessoas acidentadas. Os esforços de nossos médicos na recuperação de feridos de guerra com acometimento neurológico, em nosso sofrido país, demonstra esse fato com sobra. A experiência indica que, havendo o potencial, tudo se resume aos estímulos adequados.

Uma luz acendeu no fundo de minha mente atônita, no momento em que percebi onde aquele homem queria chegar.

– O senhor está querendo dizer que está tentando ensinar aquele chimpanzé a falar?

– Não poderia haver espécime mais adequado, eu lhe asseguro. Yzur é um animal notável. A educação do circo, embora reduzida à imitação, desenvolveu muito suas faculdades. É saudável, dócil e ainda jovem, e é sabido que a juventude constitui a época mais intelectual do macaco. Como aptidão adicional herdada da própria espécie, como devem saber, o primata tem o gosto por aprender, como atesta sua tendência imitativa. Sua boa memória e capacidade de atenção parecem ser mais desenvolvidas, comparativamente, que as de uma criança, sendo por todos esses motivos um sujeito pedagógico dos mais favoráveis.

Dupin estava coberto de razão. O homem estava decidida e irremediavelmente doido. Como se não houvesse percebido minha incredulidade, ele prosseguiu com a explicação:

– O primeiro passo consiste em desenvolver seu aparelho fonador, de modo semelhante como se estimulam os surdos-mudos antes de levá-los à articulação. Sua extraordinária mobilidade mímica sugere a realização de uma verdadeira ginástica dos lábios e da língua, e nesse campo posso lhes afirmar que Yzur tem alcançado progressos admiráveis. O passo lógico seguinte seria o ensino da palavra mecânica, para levá-lo progressivamente à palavra sensata. Começamos pelos fonemas e sua articulação, as vogais e as consoantes, e quase simultaneamente a associação entre sons e ideias.

Naquele momento, o chimpanzé voltou a surgir à porta do escritório. Parou ao lado da mesma, como se nos franqueasse a passagem, e começou a dar pequenos saltos enquanto emitia sons como "*uh-uh-uh*". Lancei um olhar irônico na direção de Lugones, o professor de primatas.

– Bem, parece que por enquanto seu aluno ainda não foi capaz de transcender o ciclo básico...

– O processo, de fato, é árduo e muito lento, *Herr* Lidenbrock. Mas cada pequeno resultado proporciona um enorme estímulo, disso esteja certo. Como o professor Méndez fará em poucas horas, espero também poder brindar-lhes em breve com grandes surpresas.

Lugones levantou-se e fez um gesto com a mão, indicando-nos o caminho que passava por Yzur em direção à sala de jantar. Após aquela dissertação, não foi surpresa encontrarmos a mesa do café perfeitamente arrumada para nos receber. Com tão intensivo treinamento, aquilo pelo menos era algo que, ao meu juízo, o chimpanzé seria capaz de fazer com facilidade.

Durante o desjejum o assunto derivou para outros rumos, como a inevitável situação política do Brasil e da Confederação Argentina no interminável conflito contra os aztecas. O sol arriscava uma aparição tímida entre nuvens quando, cerca de uma hora depois, ganhamos a rua molhada e entramos na carruagem que nos esperava, tomando o rumo do hotel onde se hospedava Javier Méndez. Ficava localizado no novo e pujante bairro da Recoleta.

Durante a viagem fiquei observando Leopoldo Lugones e me dei conta de que, apesar de suas ideias excêntricas, eu simpatizava com o homem. Não demorei a descobrir o porquê. A despeito de todas as diferenças temperamentais ele me fazia lembrar meu próprio tio, Otto Lidenbrock. É certo que, enquanto meu tio é um homem extremamente impaciente e impetuoso, pouco hábil ao lidar com seus afetos e distraído para as coisas do cotidiano, como ocorre, aliás, com a maioria dos gênios científicos, Lugones mostrava-se bem mais sociável, cheio de rodeios em suas explanações e atento a detalhes insignificantes. Porém, ambos são homens apaixonados quando se referem a seus objetos de estudo, e não hesitam ao defenderem ideias obscuras e estranhas, caso farejem no fundo das mesmas o hálito da verdade. Meu tio conseguiu, paradoxalmente, que eu refreasse em grande parte meu sarcasmo e descrença juvenis, que eu manifestava com frequência ao reprovar suas teorias mais exóticas, provocando com ele discussões terríveis. Mas recordo-me de uma das tantas vezes em que as relações entre franceses e britânicos deterioraram perigosamente; ele sugeriu que o Império Francês deveria considerar o plano de construir um acesso subterrâneo sob o Canal da Mancha, para invadir o território inglês de surpresa caso surgisse a necessidade. A ideia provocou-me risos em uma intensidade que, vejo agora, devem ter parecido ofensivos. Ironicamente, sugeri que ele jamais tentasse transformar aquela ideia em prática, sob risco de ver-se irremediavelmente desmoralizado, maculando para sempre sua imagem de geólogo conceituado. No entanto, para minha surpresa, o homem esperou pacientemente que eu terminasse meu "espetáculo" e, com uma calma e uma doçura inesperadas a ponto de me desarmar completamente, afirmou que "não seria seu primeiro nem segundo erro, em seus esforços no sentido de superar os limites conhecidos da ciência". Retruquei, ainda assim, questionando até que ponto valia a pena correr o risco em experimentos temerários, ainda que baseados em conhecimentos sólidos. A lição que recebi naquele momento, talvez por ter sido enunciada em um raro momento de sensibilidade de um homem racional e orgulhoso, ficou gravada a fogo em minha alma. Disse-me Otto Lidenbrock: "A ciência, meu rapaz, é construída com erros, mas são erros que vale a pena cometer, porque conduzem pouco a pouco à verdade."

Olhei novamente para Lugones, que fitava o horizonte pela janela da carruagem com ar sonhador. Em que porcentagem seria aquele homem um louco e em que medida poderia ser considerado um desbravador destemido das trevas que envolvem o halo luminoso projetado pela chama da ciência? Decidi, em honra de meu tio, que valia a pena observar mais um pouco antes de decretar o veredito. Talvez Méndez, que conhecia bem meu tio e conhecia também Lugones, pudesse me ajudar a lançar uma luz sobre aquela questão.

Minhas reflexões foram interrompidas quando a carruagem estacou com um solavanco. Descemos em um descampado coberto de cascalho, que continuava numa trilha tortuosa entre as árvores de um formoso bosque até a escadaria do imponente edifício, que funcionava como sede do hotel.

Já nos aproximávamos das escadarias da entrada quando, de entre as colunas do *hall*, surgiram dois homens uniformizados. Lugones estacou por um momento, surpreso. Percebi num instante que sua perturbação não se devia à presença dos dois homens, uma vez que ele já nos havia informado que deixara no hotel quatro de seus agentes como escolta do cientista. O problema eram as expressões em seus rostos. Um deles adiantou-se e se apressou em dizer:

– Lamentamos muito, comissário, mas houve um contratempo terrível...

– O que está dizendo, Herrera? Onde está Méndez?

– Pretendíamos contatar o senhor nesse instante, comissário. Ele acaba de ser encontrado... – a voz do agente tremia.

– Encontrado?...

Evitando olhar seu superior nos olhos, Herrera fez um gesto em direção ao pé da escadaria que conduzia aos andares superiores, onde um pálido gerente saltava de um pé para o outro, enquanto secava o suor do rosto com um lenço. Aquilo não podia ser nada bom.

Fomos conduzidos rapidamente à porta de um dos quartos do terceiro andar. Os outros dois agentes, de olhares não menos constrangidos, aguardavam do lado de fora, juntamente com um homem de ar assustado que trajava o uniforme dos funcionários do hotel.

A porta do quarto abriu-se lentamente e pudemos ver o corpo volumoso de Javier Méndez deitado na cama, sob os lençóis, o rosto já exibindo os primeiros sinais da palidez da morte. Lugones permaneceu de pé sob o umbral da porta. O gerente aproximou-se dele por trás e cochichou com voz trêmula:

– O *señor* Méndez deu ordens para que fosse despertado logo ao amanhecer, às sete horas. Como não atendeu aos chamados, nosso funcionário usou sua chave para abrir a porta e o encontrou exatamente assim. Dei ordens expressas para que nada fosse tocado até que o comissário chegasse, e seus agentes permanecem desde então vigiando aqui no corredor.

– Onde permanecemos desde ontem, quando o professor Méndez se recolheu, comissário – disse um dos agentes, apontando para uma cadeira postada cerca de dez metros adiante, de frente para o corredor. – Podemos assegurar que ninguém entrou ou saiu deste quarto até que o camareiro nos chamou, aos gritos, há cerca de meia hora.

Lugones caminhou vagarosamente para o interior do quarto, que era mais comprido do que largo. Maucler e eu o seguimos de perto e depois de nós vieram o gerente, seu funcionário e dois dos agentes. Do lado oposto da cama onde jazia o cadáver do cientista a janela estava aberta de par em par e a luz do sol permitia uma boa visualização de todo o ambiente. Não havia marcas de violência em nenhuma parte. A mala de Méndez era parcialmente visível através da porta do armário entreaberto e não parecia haver nada fora do lugar.

– Parece ter sido morte natural; "morte por visita de Deus", como costumam decretar os legistas ingleses – arriscou o gerente, ainda cochichando. – Uma trágica coincidência que ele houvesse acabado de chegar a Buenos Aires...

– Você, meu bom homem, o que foi que viu? – indagou Lugones, ignorando o gerente e dirigindo-se diretamente ao camareiro. Este se adiantou dois passos e pude perceber que mancava. Sua perna direita era, evidentemente, uma prótese.

– Bati na porta do quarto às sete horas em ponto – disse o homem, com voz trêmula, esfregando as mãos e despejando as palavras rapidamente, em seu francês com um forte sotaque característico dos falantes do portunhol. – Como o professor não respondeu, usei a chave da gerência para entrar. Tudo fazia parecer que ele ainda dormia, por isso hesitei, e o chamei pelo nome mais algumas vezes. Depois me aproximei cautelosamente, preocupado por sua imobilidade. Toquei seu rosto e percebi que estava frio. Coloquei meu dedo sob as narinas e constatei que não respirava. Então corri pra fora, e gritei pelos agentes...

– Não passaram nem cinco minutos entre o momento em que o camareiro entrou no quarto e o momento em que saiu e chamou por mim, que me encontrava em meu turno no final do corredor – completou um dos agentes.

Percebi que, enquanto Lugones interrogava as testemunhas, Maucler se movia pelo interior do quarto. Primeiro chegou bem perto do corpo e o examinou de cima abaixo, minuciosamente, porém sem tocá-lo. Aí tocou levemente o rosto pálido com as costas da mão. Depois sacou um lenço do bolso e com ele ergueu a ponta do lençol, examinando-o por baixo. Caminhou até o armário e entreabriu a porta, examinando todo o interior. Deu uma rápida olhada no banheiro, já que se tratava de uma suíte. Havia um criado mudo junto à cabeceira do falecido. Maucler abriu a pequena gaveta e retirou de lá, ainda usando o lenço, o que parecia ser um fino almanaque de papel barato e amarelado. Uma das páginas estava marcada com uma tira de papelão branco, amarrada em uma das pontas com um fino barbante. Maucler mostrou-me a tira de papel, onde estava escrito em portunhol: *"Que tengas uma buena estadía conosco."*

Percebendo meu olhar curioso em direção à brochura, ele disse:

– Trata-se de uma espécie de guia para turistas, contendo os principais locais de hospedagem e alimentação em Buenos Aires. Veja aqui, há uma pequena marca à frente do endereço de um hotel...

– Este, onde nos encontramos?

– Não, na verdade o hotel assinalado fica em La Boca, próximo ao porto.

O gerente bufou, torcendo o nariz, e não pôde deixar de resmungar:

– Não pode ser um lugar respeitável, isso é certo...

Atrás dele o camareiro pigarreou, constrangido. Ergueu a mão vacilante, como um aluno que pede a palavra ao professor.

– Senhores, se não precisarem mais de mim, peço licença para retornar às minhas responsabilidades.

O gerente consultou Lugones com um olhar inquisitivo, mas este apenas fez um gesto para que o camareiro pudesse sair. O homem apressou-se em deixar o cenário macabro, a perna postiça fazendo um barulho surdo ao chocar-se contra a madeira que cobria o piso. Quando desapareceu, o gerente se voltou e deu de ombros.

– Peço que perdoem o pobre Gonçalo. Este é seu primeiro emprego após retornar do front brasileiro. Perdeu uma das pernas em um bombardeio na Província Cisplatina e foi trazido para o Hospital Militar, onde permaneceu por semanas. Sobreviveu, mas desgraçadamente mutilado. Ver um dos hóspedes morto em sua primeira semana de trabalho não deve ser agradável. O pobre homem já teve mais do que sua justa cota de tragédias.

Enquanto ele falava, observei que Maucler se abaixava e apalpava a madeira plana e quadrada na parte de cima do criado mudo. Passou o dedo indicador na superfície vazia, e esfregou-o contra o polegar, aparentemente analisando a poeira. Depois disso, deu a volta na cama e parou no centro do espaço estreito entre a cama e a janela, onde tocou cuidadosamente o batente da mesma em toda a extensão do parapeito. Olhou para fora por algum tempo, como se desfrutasse do belo visual proporcionado pelos jardins ao redor do hotel. Percebi que, de repente, algo chamou sua atenção no chão do quarto, num lugar que não podíamos ver de onde nos encontrávamos.

Maucler abaixou-se e, ainda usando o lenço, apanhou no chão um minúsculo objeto negro, impossível de identificar mesmo a uma distância tão curta. Ele voltou para junto de nós ainda fitando o fragmento na ponta de seu dedo, e estendeu-o na minha direção. Lugones e eu estreitamos os olhos, o comissário ajeitando os óculos para tentar identificar o objeto achatado em forma de gota d'água. Maucler não deu tempo para que decifrássemos o mistério por nós mesmos:

– É uma pétala de flor. Uma pétala negra.

– Negra? – estranhei, sem conseguir atinar para o tipo de flor que pudesse ter uma pétala como aquela.

Maucler arqueou as sobrancelhas e voltou-se para o gerente.

– Os senhores costumam enfeitar os quartos do hotel com arranjos de flores?

– Por certo que sim – disse ele, como se houvesse se ofendido com a pergunta. – Inclusive considero uma falha grave que não haja um arranjo bem aqui, no quarto de um hóspede tão ilustre! Mas não me recordo de já termos alguma vez usado flores negras em nossos enfeites...

Ao meu lado, Lugones sacou uma pequena lupa do bolso do paletó e examinou a pétala que repousava na ponta do dedo de Maucler. Soltou um grunhido e afastou-se com o olhar pensativo, enquanto as sobrancelhas erguiam-se em sinal de surpresa.

– *Viola acherontia*... – murmurou o comissário, mais para si mesmo.

Retornamos à sua residência juntos. Lugones fez a viagem de volta na carruagem inteiramente mergulhado em seus pensamentos. Observei atitude semelhante em meu colega Maucler. Os dois, por caminhos certamente diversos, procuravam juntar as peças do quebra-cabeça em que se transformara nossa missão, com o inesperado assassinato de Méndez. Assassinato, sim, a despeito da teoria do gerente do hotel sobre uma morte natural. Para mim a maior prova disso era justamente o fato de que não encontramos, naquele quarto, o menor sinal do suposto Dispositivo Ômega. Pelo testemunho categórico do agente que estava de plantão no corredor, o camareiro não tivera tempo nem oportunidade de retirar qualquer objeto do quarto sem que ele tivesse visto. E além do camareiro, ninguém mais entrara no quarto naquela noite além de Méndez. Manifestei essas impressões para Maucler, e ele resmungou algo como "de fato, o camareiro não teve tempo...", retornando depois a seu mutismo reflexivo.

Chegando à mansão, Lugones nos conduziu diretamente à biblioteca, onde voltamos a desfrutar da companhia do grotesco chimpanzé Yzur, que demonstrou com pequenos saltos e cambalhotas – mas nenhuma palavra sequer – a alegria de reencontrar seu mestre.

O comissário tinha ali uma vastíssima coleção de livros e periódicos, espalhados em estantes que cobriam completamente as paredes de duplo pé direito. Ele procurou alguma coisa ao redor da sala e finalmente fez um sinal para o macaco. Observei fascinado quando Yzur empurrou para junto de Lugones uma escada, presa superiormente a um trilho que corria rente às paredes. O homem subiu alguns degraus e retirou da prateleira um fascículo amarelado, que estendeu sobre a mesa localizada no centro da biblioteca. Era um caderno de uma edição antiga do principal jornal de Buenos Aires. Constatei que aquela edição trazia a data de aproximadamente dez anos atrás. Finalmente, com uma exclamação de triunfo, Lugones apontou para uma notícia no alto de uma das páginas.

– Ah, eu sabia, aqui está! "Sergio Sandes" é o nome do homem...

– Suponho que exista uma relação entre esse homem e a misteriosa pétala negra, comissário. Talvez seja o momento de nos esclarecer esse dramático enigma...

– Claro que sim, *Herr* Lidenbrock! Queiram desculpar meu recente comportamento introspectivo, mas confesso que os rumos tomados por este caso me resultaram extremamente surpreendentes. Como pode ver pela data do jornal, tive que mergulhar profundamente nas águas escuras da memória para resgatar esta importante pista.

Li a manchete apontada por Lugones, escrita em portunhol: "*Cientista local realiza prodigios en el reino de los vegetais.*"

– Guardei essa notícia – principiou nosso anfitrião – graças ao grande interesse que nutro, como já devem ter percebido, pelas experiências de vanguarda realizadas em todos os campos da ciência. Neste caso trata-se de Sergio Sandes, especialista em botânica nativo de Buenos Aires e graduado em Paris, que realizava fascinantes experiências produzindo flores de cores exóticas ao misturar brotos de diferentes espécies da mesma planta, por meio de enxertos engenhosos. Seus esforços se desviavam, naquele então, no sentido de tentar produzir híbridos de vegetais de diferentes espécies, em combinações jamais experimentadas. Fui pessoalmente assistir uma de suas palestras acadêmicas, ao final da qual tive a oportunidade de conversar com Sandes. Tratava-se de um homem pequeno e já de idade considerável, que amava suas flores como um pai, manifestando fanática adoração por elas. Percebendo meu genuíno interesse por assunto tão distante das preocupações corriqueiras daqueles que o cercavam, encontrou-se bastante à vontade para tratar longamente comigo do tema.

Procurei por um segundo vislumbrar uma conversa entre aqueles dois homens. Era uma visão de pesadelo. Desisti e continuei escutando:

– Ele me falou de suas tentativas frustradas no sentido de produzir uma rosa negra; além disso, de sua frustração na manipulação de passifloras e tulipas. Mas salientou que estava especialmente entusiasmado em suas experiências envolvendo violetas. Esperava para breve ser capaz de produzir uma dessas flores de cor negra e absolutamente sem perfume. Diante de minha manifestação de descrença, argumentou com dados estatísticos impressionantes: os senhores acaso sabiam que, para mil cento e noventa e três espécies de flores brancas, há cento e setenta e cinco perfumadas e doze fétidas? E que, para dezoito espécies de flores negras, há dezessete inodoras e uma fétida?

Olhei de relance para Maucler, cujo rosto permanecia desesperadoramente impassível. Cruzei os braços, franzi a testa e projetei o lábio inferior, expressando da melhor maneira possível o quanto aquela informação deveria estar me fascinando.

– Comissário, eu não fazia ideia...

– Sandes ressaltou que uma série de cruzamentos que vinha fazendo, indispensáveis para prevenir a degeneração, vinha atrasando o êxito final, mas calculava que este não estava longe. Ainda assim questionei sobre qual seria a utilidade de tal êxito; eu não via o menor fascínio na produção de uma flor negra e sem qualquer perfume. Naquele momento a expressão de seu rosto mudou. Um brilho peculiar cintilou em seus olhos. Ele olhou ao redor, certificando-se de que nós estávamos sozinhos, e então me segredou que aquela tentativa, ao se concretizar, seria apenas o primeiro passo para um desafio maior, este sim de apelo irresistível para sua alma de cientista.

Lugones fez uma pausa dramática, conferindo as expressões faciais de cada um de nós. Constatando que até mesmo Yzur encontrava-se vidrado à espera da conclusão, ele prosseguiu:

– Sergio Sandes pretendia produzir híbridos mesclando a violeta negra com plantas como estramônio, jasmim e beladona...

– Que são plantas de onde derivam poderosos narcóticos e alucinógenos – interrompeu Maucler, que não cessava de me surpreender.

– Isso mesmo! E daí pretendia alcançar, através de novos cruzamentos com plantas ainda mais venenosas, seu objetivo final: uma violeta negra capaz de exalar um tóxico mortal sem odor algum, uma peçonha fulminante e imperceptível. Ele já havia concebido inclusive o nome de sua nova espécie em projeto...

– *Viola acherontia.*

– Precisamente, *Monsieur* Mauclair! Esta pequena pétala de um negro aveludado, que repousa diante de nós dentro do lenço sobre a mesa, é a prova mais contundente de que, após tantos anos, nosso audacioso botânico parece ter, finalmente, alcançado o sucesso.

– O que nos leva a outra pergunta, comissário: afinal, onde – e por que – se cruzam de maneira tão trágica os caminhos de Sergio Sandes e Javier Méndez?

– Foi por isso que recorri a este jornal antigo, *Herr* Lidenbrock. Como eu esperava, consta da notícia o endereço da estufa onde Sandes realizava seus experimentos. Fica em uma propriedade rural não muito distante daqui, e pretendo ir até lá imediatamente. Interrogar o homem certamente deverá nos trazer informações valiosas sobre essa morte. Presumo que venham comigo...

– Talvez o melhor a fazer seja, a partir de agora, dividir nossos esforços, comissário – retrucou Maucler. – Como não encontramos no hotel nenhum sinal do Dispositivo Ômega, acredito que nossa melhor pista esteja ligada ao endereço do hotel em La Boca, marcado neste almanaque. Sendo este o principal objetivo de nossa presença aqui, penso que Axel e eu devamos seguir essa pista em particular.

– Muito justo – assentiu Lugones. – Façamos o seguinte: pedirei que meus agentes enviem para cá outra carruagem imediatamente e nos encontraremos aqui mais tarde com os frutos de nossas investigações.

Dito isso, Lugones deixou o aposento apressadamente. Ouvimos quando ele orientou um mordomo a nos chamar assim que chegasse o transporte. A presença de um serviçal humano deixou-me aliviado. A assistência gentil de Yzur ainda me causava calafrios. Enquanto Maucler e eu permanecemos sentados na biblioteca, o macaco nos observava sentado a um canto, a expressão inquietante em seus olhos fazendo parecer que ele até mesmo nos compreendia.

– O que você pensa, Maucler? Esse Sergio Sandes pode mesmo ser nosso assassino?

– É possível que seja mesmo o responsável por armar a mão do criminoso e, sendo assim, merece ser preso como cúmplice, embora eu seja capaz de apostar, se é que o velho Sandes era mesmo um homem de bem devotado à ciência, que o comissário não encontrará mais que um cadáver naquela estufa. Nosso assassino é detalhista, não deixaria para trás um rastro tão óbvio.

– Ora, e o que lhe dá tanta certeza disso?

– O simples fato de que sei exatamente quem é o assassino, Axel. Sou capaz inclusive de dizer-lhe seu nome verdadeiro e o que esse indivíduo esteve fazendo nos últimos anos.

– *Scheisse*...

– O que foi que encontramos no quarto do hotel, Axel? – principiou Maucler, ignorando educadamente minha imprecação indigna de um cavalheiro – Pela rigidez, temperatura e cianose do cadáver, já estava morto havia algumas horas. Eu diria que o óbito ocorreu por volta de duas ou três da madrugada. Pela posição do corpo, deve ter morrido durante o sono, sem sentir absolutamente nada.

– O que fala a favor do veneno "fulminante e imperceptível" mencionado por Lugones.

– Mas como esse veneno chegou até ali? Qual a sua origem? O marcador improvisado por Méndez, para assinalar a página onde estava o endereço do hotel em La Boca, denunciou tudo.

Maucler sacou de dentro do almanaque a tira de papelão com as boas-vindas ao hóspede do hotel. O barbante em uma das pontas sugeria que estivera amarrado em algo.

– Percebi logo que isto fazia parte de algum enfeite, possivelmente flores, embora estas não estivessem à vista. De fato, percebi uma fina poeira de cerâmica sobre o criado-mudo. Decididamente, pouco tempo antes um vaso de flores estivera depositado ali, junto à cabeceira do morto. Mas como eu já disse, ele não estava em lugar algum e, além disso, havia outro detalhe que não combinava com o cenário...

Ele ergueu as sobrancelhas de maneira inquisitiva, mas eu apenas balancei a cabeça negativamente. Assim, ele continuou:

– Axel, numa típica noite gelada e chuvosa de junho, não lhe parece estranho que Méndez haja dormido com a janela aberta? Poderia até nos levar a crer que o homem morreu de frio! Considerando que a morte deu-se no início da madrugada, ou a janela estava aberta desde a noite anterior, ou alguém mais esteve ali e a abriu...

– Para se livrar do vaso de flores!

– Não apenas para isso. Mas você tem razão, se solicitarmos uma busca pelos jardins, é possível que o vaso de violetas negras esteja caído dentro de algum arbusto. O batente da janela estava completamente seco pelo lado de dentro, o que indica que ela foi aberta depois que a chuva parou, o que ocorreu bem próximo do amanhecer, se você se recorda. Quem deixou as flores venenosas naquele quarto fechado, para que o veneno se acumulasse no ambiente e eliminasse Méndez, teve o cuidado de entrar lá pela manhã e abrir a janela, a fim de se livrar da "arma do crime", e também para permitir que o ar externo penetrasse e dissipasse o veneno. Para sua infelicidade, em um daqueles acasos a que a Providência costuma recorrer para atrapalhar a maioria dos crimes perfeitos, uma das pétalas negras desprendeu-se de uma violeta e caiu dentro do quarto, o que foi mais contundente que uma impressão digital.

– Mas Maucler, ninguém entrou no quarto naquela noite, a não ser...

Encarei meu companheiro com absoluto espanto.

– Gonçalo, o camareiro perneta?!

– É como sempre diz o comandante Dupin: eliminado todo o impossível o que resta é a verdade, por mais improvável que pareça. O homem esteve no quarto por menos de cinco minutos, de acordo com o guarda. É pouco para matar um homem, mas é mais do que suficiente para abrir a janela, atirar um vaso de violetas no jardim, e dar uma rápida busca pelo quarto à procura do Dispositivo Ômega. Em seguida ele chamou o agente e deu sequência a sua pantomima...

– Mas o tempo todo estivemos esperando por um espião inglês! Por que um argentino, veterano da guerra brasileira...

– Não se iluda, Axel. O perfeito sotaque do portunhol é um indício claro de que enfrentamos um espião de qualidade excepcional. Mas eu lhe asseguro de que o nosso homem não tem como ser mais inglês!

– Há mais um detalhe que, a meu ver, fala contra essa sua teoria, Maucler: se o camareiro era o assassino, e se já havia conseguido apossar-se do Dispositivo Ômega, por que diabos permaneceu na cena do crime, à nossa espera, correndo o risco de ser desmascarado em flagrante?

– Essa é justamente a questão, meu amigo: ele vasculhou o quarto, mas *não encontrou* o aparelho de Méndez! Ele certamente não se arriscaria a atirar o dispositivo juntamente com as flores pela janela do terceiro andar, sob risco de danificar um item tão exclusivo e precioso. Por outro lado, o agente de Lugones não o viu retirar nada da cena do crime, havendo permanecido lá todo o tempo até nossa chegada.

– Entendo. Ele permaneceu lá para tentar descobrir, com nossa presença, onde o cientista poderia ter escondido o dispositivo!

– Eis porque pediu para retirar-se imediatamente após eu haver encontrado o almanaque na gaveta do criado-mudo, com o endereço de um hotel em La Boca. Certamente, receoso de ser interceptado antes que pudesse estar conosco, Méndez teve a ideia luminosa de alugar um quarto em um hotel nas docas, assim que colocou os pés em Buenos Aires. É ali que encontraremos nosso Dispositivo Ômega.

– Pelo que me lembro, nenhum de nós pronunciou o endereço do hotel em voz alta. Ele ainda não sabe que se trata do *Timonel*!

– Mas agora tem um número limitado de opções, e deve estar agora mesmo manquitolando pelas ruas de La Boca à procura do local. Isso nos dá algum tempo, mas não devemos abusar da sorte...

Como se aquelas palavras fossem um sinal, o mordomo de Lugones adentrou a biblioteca, anunciando a chegada de nossa carruagem. Imediatamente descemos até a rua e tomamos o caminho das docas de La Boca. Mas a curiosidade ainda estava me corroendo as entranhas.

– Você disse que sabia a identidade do criminoso, e até mesmo seus antecedentes...

Maucler ajeitou-se no assento da carruagem e percebi que seu olhar mergulhou no passado. Começou a falar em tom baixo, e eu estava certo de que em sua mente revivia fatos inimagináveis.

– Faz alguns anos, estive atuando como agente infiltrado nas fileiras britânicas. Graças às manipulações de nossos homens disfarçados nos corredores do Alto Comando do Serviço Secreto deles, fui adicionado ao grupo comandado por um engenheiro chamado Banks, que foi incumbido pelo Serviço Secreto de viajar à Índia e caçar Nana Sahib, líder do Motim Indiano e responsável por incontáveis mortes de cidadãos britânicos. Minha missão era roubar a tecnologia envolvida na construção de nosso meio de transporte em terras indianas, um carro blindado moldado na forma bizarra de um elefante e movido a vapor, sem qualquer tração animal. O contingente militar era comandado pelo Coronel Munro, que viajava conosco no colosso metálico. Recordo-me de que ele e seu auxiliar imediato, o Capitão Hood, trocavam frequentemente impressões sobre os movimentos das tropas inglesas no norte da Índia. Eu prestava uma especial atenção naqueles relatos, pois via neles a oportunidade de recolher algumas informações táticas vitais para as tropas da *Grande France* que, como você sabe, apoiavam em segredo os grupos rebeldes indianos. Bem, foi naqueles relatos que ouvi pela primeira vez, e em repetidas oportunidades, o nome de Charles Lawson, um soldado inglês que estava se transformando em uma lenda viva naquelas paragens. Pelo que diziam a bravura do homem era legendária e sua audácia deixava estupefata a própria Liga dos Assassinos. Lawson não hesitava em avançar sozinho por territórios dominados por inimigos e lograva com isso vantagens inestimáveis para seus compatriotas. Sua astúcia o ajudara a escapar mais de uma vez da morte certa nas mãos dos indianos. A impressão unânime entre os oficiais era de que o futuro de Lawson seria brilhante no exército britânico. De fato, soube que ele foi rapidamente condecorado e promovido, tendo chegado a tenente. Bem próximo ao final de nossa missão, recebemos a notícia de que Charles Lawson havia sido gravemente ferido em uma explosão, durante uma escaramuça em Oudh. O homem foi enviado com todas as honras de volta a Londres, mas deixou na Índia uma de suas pernas.

– Compreendo. Nada de bombardeio na Província Cisplatina...

– Já de volta a Londres, ainda sob meu disfarce, tive a curiosidade de procurar saber o destino de Charles Lawson. O que apurei foi surpreendente: pouco tempo depois de repatriado, Lawson recebeu a herança de um parente muito rico que o tinha como único herdeiro e que morreu subitamente, de causas naturais. Sua vida parecia estar encaminhada em tons dourados, quando veio a grande surpresa: em um dia de bebedeira, Charles Lawson confessou ter matado o tal parente para assumir a posse da herança. Diante da descrença de vários presentes, descreveu com detalhes seu plano magistral: na volta da Índia ele trouxe consigo amostras de um veneno raro e poderosíssimo; Lawson misturou a substância na cera com a qual moldou uma vela e, sabendo que seu parente gostava de ler à noite antes de dormir, deixou a vela envenenada na cabeceira de sua cama. Na manhã seguinte, só teve o trabalho de entrar no quarto do parente morto e abrir as janelas para dissipar o veneno da atmosfera. E assim estava feito.

– "Morte por visita de Deus".

– Sem dúvida. Brilhante, não?

– Com toda certeza. Mas por que um gênio do mal como Lawson cometeria a idiotice de confessar seu crime perfeito, mesmo estando sob efeito do álcool?

Percebi que Maucler vacilou um pouco antes de responder, como se escolhesse as palavras.

– Há diferentes maneiras de interpretar essa atitude. Os mais levianos a interpretariam simplesmente usando palavras como a que você escolheu: uma rematada idiotice! Porém, seu próprio questionamento traduz a necessidade de uma explicação mais plausível, com o que concordo plenamente. Alguns investigadores da psique humana traduziriam o mal de que padecia Lawson como "o demônio da destruição"; usando um exemplo claro: quando você se vê desprotegido na borda de um precipício, de onde vem a tensão ou mesmo o frio que lhe sobe pelas pernas?

– Obviamente vem do medo de cair...

– Ou talvez não seja tão óbvio! O temor pode não ser o de cair, mas de *se jogar*. Ou você, na beira de algum abismo, nunca se imaginou dando um passo adiante e sofrendo o efeito da queda fatal, sentindo no fundo da mente uma ponta de curiosidade para saber como é a sensação? Algumas pessoas admitem que experimentam, naquela situação, um claro impulso no sentido de se jogarem, como se fosse algo mesmérico, e assim se afastam horrorizadas para algum lugar seguro. Como nesse caso, alguns defendem que dentro de cada ser humano existem os dois impulsos em constante pugna: para o bem e para o mal; para a salvação e para a destruição. O interessante é que os britânicos George Oliver e Sharpey-Schafer descobriram, há alguns anos, que em situações de perigo o corpo humano secreta um hormônio chamado "adrenalina", que parece preparar o indivíduo em termos biológicos para enfrentar a ameaça.

– Li algo a respeito. Recentemente, inclusive, meu compatriota Friedrich Stolz realizou o prodígio de obter esse hormônio sinteticamente.

– Como você mesmo certamente já experimentou, como efeito de várias ocorrências típicas do nosso ramo de trabalho, uma descarga de adrenalina é seguida de uma sensação generalizada de prazer, sempre que a ameaça que se apresentou é superada com sucesso. Bem, minha teoria é de que há pessoas viciadas nesse tipo de sensação e dar ouvidos ao "demônio da destruição" pode ser uma forma de buscarem situações para satisfazerem esse vício. A meu ver isso pode explicar a frequência com que, de acordo com os relatos dos oficiais ingleses, Lawson se atirava em missões de alta periculosidade de maneira muitas vezes temerária.

– Hum. Não seria tanto por bravura, mas o soldado gostava de procurar sarna para se coçar...

– E é claro que por trás disso existe uma vaidade colossal, o desejo irreprimível de se ver ovacionado e admirado por seus pares e até por seus superiores. Isso potencializaria ainda mais o efeito prazeroso que se segue à descarga de adrenalina.

– Muito bem, e o que tem tudo isso a ver com a confissão insensata de Lawson?

– Imagine Lawson saindo vitorioso de seu crime perfeito; ele conseguiu tudo: a fortuna para viver bem pelo resto de seus dias e, além disso, escapou ileso e absolutamente insuspeito de um crime de morte! Por algum tempo ele congratula a si mesmo, ergue brindes solitários à própria genialidade diante da lareira, ri com deboche quando cruza com os agentes da lei. Mas ele sente falta de uma coisa: a admiração de seus pares, que ele colhia após cada uma de suas loucuras militares na Índia. O pior: ele sabe que ninguém jamais sequer desconfiará de sua autoria naquele assassinato... a não ser que ele mesmo conte!

– Eis que o "demônio da destruição" o espeta com seu tridente...

– Com um agravante: mesmo com tudo que fez no front, Lawson retornou à Inglaterra aleijado. Perdeu uma perna e isso sobrepõe de maneira incômoda a imagem de vítima à do herói de guerra. Enquanto na Índia seu nome era uma lenda, tudo que seus compatriotas podem ver, e assim será para toda a vida, é o ex-soldado que perdeu a perna na guerra. Para a vaidade monstruosa de um homem como ele, o olhar de piedade de homens e mulheres ao seu redor deve ser algo que beira o insuportável.

– "Vaidade monstruosa" – repeti, em tom de escárnio. – Um típico inglês, você quer dizer. Todos esses "rosbifes" parecem iguais, mais até que os próprios chineses...

– Uma só e mesma alma para os milhões de habitantes daquelas ilhas, é o que eu sempre digo.

– Então você também pensa que o álcool não foi suficiente para turvar a razão do homem a ponto de confessar o crime.

– Pelo contrário. Eu apostaria que o álcool apenas lhe deu coragem para fazer o que lhe obrigava o demônio que carcomia suas entranhas. Lawton enfrentou a confissão e suas consequências como se investisse sozinho contra um batalhão de guerreiros sikh revoltosos. A polícia reabriu o caso, exumou o corpo do falecido e encontrou o laboratório improvisado de Charles Lawton, contendo provas contundentes de sua manipulação do veneno e da cera para fabricação da vela mortal. Foi julgado, condenado e posto a ferros, porém teve o reconhecimento definitivo, por parte de toda a opinião pública, de seu intelecto e talento como assassino ardiloso.

– E, no entanto, nós o encontramos em ação bem aqui, na Confederação Argentina...

– Isso é o que mais me espanta, Axel! Pelo que tudo indica, os britânicos estão treinando até mesmo seus assassinos condenados para executarem sua "arte" contra o Império Francês. Algum maldito burocrata certamente considerou um desperdício manter o talento de Lawson trancafiado numa cela, quando existia todo um império adversário para que ele pudesse exercitar sua vilania.

– Agora que o desmascaramos talvez possamos acabar com essa patifaria, ainda mais que o vimos pessoalmente. Não deve ser difícil fechar as saídas desta cidade para impedir a fuga de um homem sem uma perna. Claro, depois de cumprirmos com nossa missão primária de encontrar o dispositivo. Veja, parece que chegamos.

De fato, o cocheiro fez a carruagem parar na entrada de uma rua estreita de aspecto peculiar. Dos dois lados destacavam-se os chamados *conventillos*, casarões que eram praticamente um amontoado de cômodos minúsculos onde viviam às vezes diversas famílias de imigrantes, marujos ou estivadores. As casas eram pintadas de diversas cores vivas, formando um verdadeiro mosaico urbano cuja alegria contrastava com a pobreza que se respirava em todas as partes. No andar térreo proliferavam estabelecimentos especializados em salgar carne para exportação, oficinas para curtir couro e ferrarias onde se consertava de tudo, de ferramentas agrícolas até armas de guerra. De quando em quando um sobrado ostentava uma placa indicando que ali havia quartos para alugar, e a regra era a existência de apenas uma cozinha e um banheiro a ser compartilhado por todos os ocupantes do prédio. No final da rua onde descemos, uma placa redonda com pequenos apêndices, simulando um timão de navio, trazia escrita em azul a palavra *Timonel.*

Seguimos diretamente até a hospedaria, desviando de vendedores ambulantes e pedintes entre as pedras irregulares do calçamento. No pequeno *hall* de entrada, um rapaz franzino sorriu com dentes escuros de trás de um balcão.

– Em que podemos ser úteis, *señores*? Um quarto duplo, talvez?

– disse ele em um francês quase ininteligível, adivinhando nossa condição de estrangeiros.

– Na verdade estamos procurando por um amigo, que deve ter se registrado recentemente neste hotel. Chama-se Javier Méndez.

O rapaz trocou rapidamente o sorriso por uma expressão de desolação. Deu de ombros.

– Não, eu lamento, *señores*, mas aqui ele não se registrou.

– Você parece estar bem certo disso – retruquei, desconfiado -, uma vez que nem sequer consultou seu livro de registros.

– Ah, nem é necessário consultar, *señor* – disse ele, rindo. – Hoje mesmo, mais cedo, esteve aqui alguém procurando por ele. Talvez também seja amigo dos senhores...

Maucler e eu nos entreolhamos. Ele indagou:

– E você pode nos descrever esse homem?

– Na verdade era um tipo bem comum, de altura mediana e magro, mas com um detalhe: era coxo. E parecia, apesar disso, estar com muita pressa.

Instintivamente olhei para a rua, procurando vislumbrar algum sinal de nosso "conhecido". Agora ele e nós tínhamos um problema em comum. Consultei o almanaque de páginas amareladas de Méndez, mas não havia dúvida: o hotel assinalado era mesmo o *Timonel*.

– Bem, parece que vamos ter mais trabalho do que imaginamos. Por aqui parece haver muitos desses... hotéis – disse Maucler, suspirando.

– Mas haveremos de encontrar o lugar correto antes de nosso "amigo", ou não me chamo Axel Lidenbrock.

– Lidenbrock! – gritou de repente o recepcionista, brindando-nos novamente com a alegria decadente de seus dentes podres – Ah, sim, nós temos aqui um *señor* Lidenbrock!

Começou a folhear alegremente o livro de registros. Eu estava surpreso.

– Tem certeza?

– Claro que sim! Como eu poderia esquecer nome tão imponente? Veja, hospedou-se ontem, deixou sua bagagem, mas é estranho, não retornou para passar a noite...

A caligrafia da assinatura no livro me era totalmente estranha, mas o nome escrito era inconfundível: "Otto Lidenbrock". Maucler sorriu e acenou com a cabeça, satisfeito. Afinal, Méndez era mais esperto do que havíamos pensado. Sabendo que eu era um dos agentes enviados para contatá-lo, e imaginando a possibilidade de haver problemas, registrou-se com um nome falso, mas que eu pudesse reconhecer: o nome do meu tio, seu amigo de juventude.

Apresentamos nossas credenciais e o atendente, assustado, engoliu em seco. Conduziu-nos imediatamente escada acima até o quarto que ficava mais no alto, sob o telhado. O calor devia ser especialmente forte ali, pois através de um alçapão no teto era possível ver as telhas de zinco. No mais, era um aposento bem pequeno. Tirando a cama estreita e uma mesa com cadeira a um canto, mal havia espaço para nós três do lado de dentro. Não havia sinal da referida "bagagem" deixada pelo hóspede, mas também não havia muitos lugares onde escondê-la. Ajudei Maucler a erguer-se até a borda do alçapão do teto. Ele olhou cuidadosamente do lado de dentro e soltou uma exclamação de triunfo. Puxou cuidadosamente uma caixa comprida de madeira, retangular, com um fecho no centro da parede lateral.

Colocamos a caixa sobre a cama e, antes de abri-la, dispensamos o recepcionista, que nos observava com ar curioso. Ouvimos seus passos na escadaria de madeira e só então abrimos o fecho.

O Dispositivo Ômega não se parecia com uma arma. Não tinha as linhas suaves e adequadas ao manuseio que uma boa arma tem. Esse pensamento me fez retornar à realidade e lembrar que Méndez não havia criado aquilo para ser uma arma. Tratava-se de uma caixa retangular, um pouco mais estreita do que a própria caixa que a continha, com aproximadamente cinquenta centímetros de comprimento por trinta de largura. Uma das extremidades continuava em um cone comprido e estreito, que ia afinando a partir da base até culminar em uma abertura mais larga, que me fez lembrar o cano de um antigo bacamarte. No topo da extremidade contrária do retângulo, um único botão protegido por uma pequena campânula de vidro, que podia ser levantada para expor o desajeitado gatilho. Ainda com minha imaginação presa ao conceito da arma, pensei que aquela poderia ser utilizada de maneira mais confortável se fosse adaptada sobre um tripé, como as metralhadoras de grande calibre.

Maucler colocou o dispositivo cuidadosamente sobre a mesa e o observou com atenção por todos os ângulos. Encontrou uma pequena presilha na quina da extremidade contrária à do cone e, após destravá-la, tornou possível retirar a madeira superior da caixa, uma tábua fina que deslizava para trás em um sulco, expondo o interior do artefato. O mecanismo interno era chocante em sua simplicidade: uma série de sete pequenos diapasões, pouco mais finos que cerdas, implantados em intervalos desiguais sobre um diafragma de madeira que constituía o fundo da caixa. Um sutilíssimo arame se estendia e os roçava, formando uma espiral que se estreitava até um diapasão central, de onde o fio metálico seguia em linha reta, sem tocar em mais nada, até a base de um círculo que correspondia, como pude observar, à entrada do cano cilíndrico externo, que era oco. Vi que por dentro, entretanto, era riscado por um sulco também em espiral, e supus que o delgado fio metálico prosseguia por dentro do sulco até algum ponto ao longo do interior do cone. Estreitando os olhos, percebi que o fundo da caixa, sob o trajeto do fio, estava marcado por uma escala milimétrica diminuta, o que sugeria que a distância irregular entre um diapasão e outro havia sido cuidadosamente medida. O botão externo nada mais fazia do que vibrar, através do acionamento de um pequenino pêndulo metálico de borda esférica, o primeiro diapasão. Aquilo era suficiente para desencadear a ressonância ao longo do sistema, direcionando a onda sonora através do cano do dispositivo para o alvo apontado por ele. Muito engenhoso; mas seria efetivo? Se a história sobre só Méndez ser capaz de acioná-lo corretamente fosse verdade, talvez nunca soubéssemos.

Percebi que os mesmos pensamentos torturavam a curiosidade de Maucler. Lançando-me um olhar significativo, ele fechou cuidadosamente a tampa do aparelho e girou a caixa, apontando o cano cilíndrico na direção da janela fechada. Acionou o botão e o quarto foi preenchido por um zumbido grave, que foi gradualmente ficando mais agudo até desaparecer suavemente. Nada mais aconteceu. Dei de ombros e tentei propor uma saída:

– Vamos levar a coisa para os técnicos do departamento científico em Paris. Talvez estudando com mais detalhes o mecanismo...

– Era o que eu tinha em mente, exceto que não pretendia que

o destino fosse Paris – disse uma voz à porta do quarto, em um francês impecável, livre de qualquer sotaque. Olhamos simultaneamente naquela direção, apenas para descobrirmos Charles Lawton com o ombro direito encostado ao batente da porta, aliviando o peso sobre a perna artificial. Segurava uma pistola com mão firme, apontada em nossa direção.

– Sua voz não está mais tão trêmula, Lawton. A caminhada pelo bairro parece lhe ter feito bem.

– Nem tanto, prussiano. Isso aqui às vezes ainda dói – disse ele calmamente, fazendo um gesto ligeiro com a arma em direção à perna direita e depois voltando a apontá-la para mim. – O pior foi não conseguir descobrir onde o maldito cientista havia escondido seu brinquedo. Tive de esperar escondido e observar pacientemente cada carruagem que vinha da direção de San Telmo, esperando por vocês. Felizmente fui recompensado. Mas vejo que estiveram bem ocupados, já que descobriram até meu nome verdadeiro.

– Não foi difícil, inglês – disse Maucler, procurando dar um tom irônico à voz. – Eu o julgava criativo, mas vejo que você tende a se repetir.

Percebi um brilho de ódio atravessar como um relâmpago o olhar de Lawton, mas durou apenas um segundo até que ele retornasse à calma anterior.

– Admitam que as violetas negras deram um toque de classe ao procedimento. Flores venenosas, dispositivos desintegradores... Como são criativos esses argentinos em tempos de guerra, não? Nossos agentes infiltrados por aqui se divertem muito com essas ocorrências, mas quanto a mim... – ergueu as sobrancelhas e moveu a cabeça levemente na direção da arma que empunhava –...costumo ser mais tradicional, quando necessário.

– O que o faz pensar que vai escapar dessa, Lawton?

Ele riu.

– Além do fato de que estamos a poucos metros do cais do porto, onde um barco me espera para me levar a um porto seguro na outra margem do Prata, e de que tenho em minhas mãos a única arma disponível que realmente funciona, como vocês mesmos acabam de atestar?

Maucler ergueu gentilmente o Dispositivo Ômega da mesa e,

ajeitando-o sob um dos braços, apontou-o lentamente na direção do assassino inglês. Sua voz soou fria como a chuva que voltava a cair lá fora:

– Sempre podemos tentar de novo.

– Você pode tentar, por favor – rebateu Lawton ironicamente, erguendo a arma ameaçadoramente em sua direção.

– Além do mais somos dois e você está sozinho. No momento em que disparar essa pistola, o outro de nós que estiver de pé terá tempo de sacar a própria arma e dar cabo de você. Acredite, temos bastante prática nisso...

– Pois bem, e quem será o voluntário, hum? Pois na verdade eu não preciso mesmo dos dois, apenas do mais sensato para me ajudar a levar essa geringonça até o barco, desde que esse sobrevivente também não decida bancar o engraçadinho. Afinal, convenhamos, ainda tenho meus dois braços, e minhas mãos são bastante ágeis no gatilho. Ei, vocês parecem conhecer meu passado, quem pensam que eu sou?

– Já que perguntou – disse Maucler, estreitando os olhos -, você não passa de um pavão de uma perna só, que se esforça muito para não parecer digno de pena, só porque matou um tio velho covardemente, na calada da noite, como um rato.

Aquilo foi demais para o facínora. Ele trincou os dentes e, com o ódio voltando ao olhar de maneira duradoura, ergueu a arma em direção ao meu colega. Sua voz saiu trêmula, mas desta vez de raiva:

– Parece que temos nosso voluntário, afinal. Adeus, francês...

Aquele instante era o que eu esperava, com todos os meus músculos em tensão. Antes que ele disparasse, joguei meu corpo para frente e cruzei todo o quarto, que como disse era bem pequeno, com um único salto. Mas Lawton, apesar de todas as bravatas, era de fato ágil e veloz. Seu braço armado girou num arco e ouvi o estampido, seguido de um clarão e de uma queimação terrível em meu ombro, que se prolongou numa sensação de choque que desceu por meu braço esquerdo. Caí estatelado aos pés de Lawton. Ainda tive tempo de olhar para cima e ver o círculo escuro do cano da arma, pronto para o segundo e derradeiro tiro.

Mal percebi o zumbido que preencheu o quarto enquanto eu caía, por isso foi com um susto enorme que vi o rosto de Lawton mudar, do ódio insano para uma expressão de absoluto terror. Numa sequência extremamente rápida, sua cabeça inchou como um balão, adquirindo uma tonalidade vermelha, enquanto seus olhos injetados pareciam prontos para saltar. A explosão fez um som estranho, molhado, e a cabeça de meu adversário desapareceu, substituída por uma fina chuva de gotículas avermelhadas que desceu suavemente sobre mim e salpicou as paredes do quarto.

Permaneci rígido, observando o corpo de Charles Lawton desabar e rolar para o corredor, o alto do pescoço transformado em um chafariz que esguichava uma onda pulsátil de sangue. Olhei assustado na direção de Maucler, que ainda segurava o Dispositivo Ômega apontado, olhando fascinado para um buraco redondo que se abrira na parede do corredor, do lado oposto da porta do quarto.

– Bem – disse ele, enrugando o queixo em uma careta -, resta-nos aprender a regular a potência desta coisa.

Enquanto me levantava, ouvi passos rápidos que se aproximavam escada acima. Com olhares horrorizados, o comissário Lugones e dois de seus agentes surgiram diante da porta, tentando não pisar nas poças de sangue que se expandiam pelo piso.

– Lamento pelo atraso. Encontramos o velho Sergio Sandes assassinado em sua estufa, cercado de espécimes vegetais absolutamente fascinantes, o que nos tomou certo tempo. Foi só quando retornei a minha casa que fui informado do destino dos senhores.

– Como pode ser isso, comissário? – estranhei – Não me lembro de termos dito ao seu mordomo o hotel para onde nos encaminhávamos...

– De fato. Mas Yzur estava na biblioteca e ouviu toda a sua conversa. Foi ele quem me disse onde encontrá-los.

Olhei para Maucler, que sorriu ao ver minha expressão. Acho que quem ficou doido fui eu.

Após me permitir o benefício de um banho cuidadoso para me ver livre de todos os fragmentos do cérebro de Charles Lawton, Lugones nos levou, no final daquela tarde, ao cais do porto onde o *Pèlerin* nos aguardava para a próxima etapa de nossa viagem. Só então fui informado de que rumaríamos para a Baía da Guanabara, onde deixaríamos o agente Maucler, que deveria partir dali diretamente para uma nova e secreta missão.

Vários marujos locais, que haviam testemunhado há poucas horas a prisão do barco que escondia os associados de Lawton, nos receberam com aplausos. O capitão Servadac nos cumprimentou e informou que, a despeito do forte nevoeiro que se formava na baía, preferia deixar que escurecesse mais um pouco para iniciarmos a jornada, portanto esperamos.

Enquanto nos despedíamos, o comissário Lugones, que fizera questão de trazer o macaco Yzur especialmente para a ocasião, dirigiu-se ao meu colega:

– Antes de partir, *Monsieur* Maucler, rogo para que satisfaça o pedido de um velho escravizado pelo espírito da curiosidade científica. Como disse antes, eu mesmo testei em certa ocasião o Dispositivo Ômega e tive que me render à afirmação de Méndez de que só ele próprio seria capaz de fazê-lo funcionar. Afinal, como foi que o senhor conseguiu acionar o aparelho contra o espião inglês?

Maucler olhou cuidadosamente ao redor e só então abriu novamente a caixa que continha o dispositivo, que decidimos não tirar do alcance de nossos olhos até que estivesse segura nas mãos do comandante Dupin. Deslizou a tampa superior do aparelho, exibindo a espiral de diapasões interconectados.

– Toda ciência em ação parece sobrenatural quando não analisada sob a luz dos conhecimentos adequados, comissário. A afirmação do senhor de que tinha visto o dispositivo funcionar, certamente de absoluta confiabilidade, contrastava flagrantemente com a ideia de que somente o dedo de seu inventor, ao acionar este simples botão, fosse capaz de desencadear a onda destrutiva. Era óbvio para mim que tinha que existir uma trava de segurança, que Méndez pudesse acionar discretamente antes de passar o Ômega a outras mãos. Quando pude observar o mecanismo interno, a solução me saltou aos olhos. Compreendi que a onda sonora era potencializada desde sua origem, no acionar do gatilho sobre o primeiro diapasão, ao longo deste fio metálico que a transmitia para toda a série de diapasões de alta frequência, dispostos nesta sequência específica. Ora, para interromper o circuito bastava que algo fizesse pressão física sobre algum dos diapasões, impedindo-o de vibrar, e assim de transmitir a onda adiante. Pois observe...

Para meu deleite, contemplei o entusiasmo infantil com que

Lugones reagiu quando Maucler empurrou um discreto encaixe quadrado de madeira na parte inferior externa do dispositivo. Do lado de dentro, uma pequena lingueta projetou-se da parede lateral da caixa e ficou comprimida contra o quarto diapasão da sequência, localizado mais próximo dela.

– Na primeira vez em que apertei o botão de disparo, o fiz com a trava acionada, para observar o efeito. Percebi que a vibração se iniciava e se esvaía rapidamente, e me preparava para voltar a disparar o Ômega, agora com a trava desconectada, quando fomos surpreendidos por Lawton. Para seu infortúnio, o canalha acabou servindo como cobaia para nosso experimento definitivo.

– Bravo! – aplaudiu Lugones, enquanto o capitão Servadac fazia sinais para que embarcássemos a fim de levantarmos âncora. – *Señores*, transmitam meus cumprimentos ao comandante Dupin, a quem parabenizo sinceramente pela elevada qualidade de seus agentes de campo. E espero que possamos nos encontrar novamente, de preferência em tempos menos belicosos, para que tenham a oportunidade de conhecer melhor as maravilhas de nossa América do Sul.

Maucler e eu subimos ao convés e o barco lentamente começou a se afastar do píer. Lugones, com Yzur ao seu lado, foi lentamente se desvanecendo em meio ao nevoeiro. No final ainda pudemos ouvir sua voz grave:

– Façam uma boa viagem, cavalheiros, e lembranças minhas à bela França!

– *Bon voyage*!

A segunda voz que ouvimos era completamente diferente da do comissário. Era mais rouca e ao mesmo tempo mais aguda. Parecia a voz de um velho que tivesse se privado do dom da fala por muitos e muitos anos, e finalmente, quando decidiu usá-la, a mesma soasse enferrujada e arranhada, como se forçar as cordas vocais resultasse em um esforço hercúleo. Estreitei meus olhos e me inclinei sobre a amurada. Mas no píer não fui capaz de ver mais ninguém, apenas Lugones, que acenava, e Yzur, que dava pequenos saltos e balançava a cabeça, exibindo seu sorriso de inúmeros dentes.

O modo como olhei para Maucler falava por si. Meu companheiro riu e bateu em meu ombro sadio, aquele que não havia sido machucado pelo tiro de raspão da arma de Lawton.

– Lembre-se, Axel, o conhecimento não é, em sua essência, nem bom e nem mau. Ele está disponível na Criação de forma absolutamente democrática para quem for capaz de percebê-lo e assimilá-lo. Quem escolhe a maneira como se o usa, com sabedoria ou com más intenções, é a mente que o manipula.

– Certo, mas o que tem isso a ver com...

– Você ainda está com dúvidas a respeito da sanidade mental de Leopoldo Lugones? Não é capaz de decidir se acaba de ouvir mesmo a voz de um chimpanzé pronunciando palavras humanas, ou se foi apenas o truque barato de um velho comissário adepto da arte do ventriloquismo?

Permaneci em silêncio. Era exatamente aquilo. Ele deu de ombros.

– Bem, confesso que eu também não sei. Não tenho dados que me permitam afirmar uma coisa ou outra. Mas de algo estou certo: que tal deixarmos que outros se habilitem a proferir o veredito, já que me parece uma questão de menor importância se aquele bom e diligente comissário se dedica ou não a testar as teorias mais obscuras? Afinal, seja qual for a forma como ele utiliza os conhecimentos que adquire... bem, me parece que o verdadeiro ônus disso será apenas dele.

De uma forma ou de outra, as palavras de Maucler tiraram um peso de minha mente. Senti que a partir de agora eu era capaz de deixar a Confederação Argentina para trás e me preocupar com as duas grandes perspectivas que me aguardavam do outro lado do oceano, uma feliz e outra triste: a primeira, a de reencontrar minha amada Grauben; a segunda, a de dar a meu tio Otto a notícia da morte de seu amigo. Meu tio Otto...

Uma ideia percorreu minha mente e me fez girar a cabeça, fitando a caixa que guardava o Dispositivo Ômega.

– Sabe de uma coisa, Maucler, por falar em dar uso adequado aos conhecimentos... A existência desse aparelho, que de acordo com Lugones é capaz de pulverizar granito, abre algumas perspectivas interessantes. Não sei se já mencionei uma ideia de meu tio Otto Lidenbrock, a de construir um túnel sob o Canal da Mancha para nos dar uma vantagem estratégica, no caso da necessidade de uma invasão das Ilhas Britânicas...

– E você acredita que isso seja mesmo possível? – riu ele, divertido com a ideia.

– Com o uso de uma máquina como esta? E por que não? No mínimo, teremos mais um experimento com base sólida, que mesmo que não nos leve aos costados dos ingleses, certamente nos levará até um pouco mais perto da verdade.

– Hum. Você precisa me falar um pouco mais sobre essa ideia...

– Com uma condição: quero saber tudo sobre aquela maluquice de atravessar o território indiano a bordo de um elefante blindado movido a vapor.

– Negócio fechado, Axel. Com o tempo de viagem que temos pela frente até o porto do Rio de Janeiro, um pouco mais de maluquice não nos fará nenhum mal.

Descemos com nosso prêmio para o camarote inferior, enquanto o *clipper* rasgava bravamente as ondas e o nevoeiro em direção ao Brasil.

Homens e monstros

Éramos considerados uma dupla de homens estranhos. Ninguém ousava dizer isso abertamente, é claro, mas não passavam despercebidas, aos meus olhos experimentados de soldado, as expressões irônicas ou de desaprovação, fossem nos salões iluminados, fossem nas esquinas enevoadas de Londres. Fato é que eu não me importava nem um pouco, nem Utterson, se é que meu primo sonhador efetivamente se dava conta de algo.

Nossas caminhadas dominicais eram quase um ritual. Há vários anos, salvo quando o clima desfavorável nos contraindicava a atividade de forma mais incisiva, repetíamos nosso compromisso formal, jamais sacramentado de maneira explícita, pelo menos duas ou três vezes em cada mês.

Alguns, melhor conhecedores de nossas raízes, diriam que se tratava de uma necessidade íntima de convivência, já que por razões casuais ou trágicas a família que tínhamos se resumia em um ao outro.

Muitas vezes, nessas caminhadas, nós quase não nos falávamos. Eu respeitava a introspecção de Utterson, que afinava de maneira perfeita com minha misantropia. A simples companhia um do outro já nos bastava. A cada domingo percorríamos um trajeto pelas ruas de Londres, que com o tempo acabaram se convertendo em percursos "oficiais".

Por sua vez, os caminhos tortuosos da vida acabaram nos impondo uma separação forçada, quando a indignação perante as barbaridades que nos chegavam na forma de notícias me levaram, impulsivamente, a me alistar para a Campanha da Índia. Ironicamente, foi um mesmo episódio o responsável por nossa separação: o afundamento do *Príncipe de Gales*, trágico incidente que gerou uma onda de alistamento voluntário nas forças armadas, quando ficou mais claro que nunca que a *Pax Britannica* havia morrido e que as disputas com o Império Francês, nos quatro cantos do mundo, continuavam sangrentas como não queriam admitir nossos políticos e diplomatas. Estive fora, combatendo no Raj, por longos e sangrentos três anos. Nesse ínterim, Utterson foi obrigado a se confrontar com seu quinhão pessoal de tragédia, já que seu pai, último parente vivo, fora morto no trágico episódio do *Príncipe de Gales*. Enquanto eu pegava em armas, meu primo assumia o comando solitário do escritório de advocacia da família.

Foi com imenso alívio que, assim que retornei à Inglaterra, retomamos nosso hábito das caminhadas dominicais e senti que os laços que nos uniam encontravam-se mais sólidos do que nunca. Preservamos nossa maneira tradicional de nos referirmos um ao outro pelo nome de família, cuja formalidade era um dos maiores motivos de estranhamento por parte dos que conosco conviviam; não nos tratávamos como "Rick" e "Gabe", como seria de se supor diante de tamanha intimidade, mas como Enfield e Utterson. Havia, entretanto, uma diferença marcante em nossas caminhadas pós-retorno: uma necessidade íntima de falar, de trocar impressões pessoais que dessem vazão a nossa perplexidade diante dos rumos que o mundo tomava. Os reveses da vida haviam nos mostrado, de maneira aguda e profunda, que mais além da frágil aparência de ordem e civilização em que vivíamos, no coração do Império Britânico, existia uma realidade brutal, selvagem, sangrenta, que parecia arrastar a humanidade de forma inexorável para o abismo. Nossas conversas passaram gradualmente da fase de constatação estupefata para a de reflexão filosófica sobre o assunto, e nessa seara se mantinham em sucessivas marés de descrença alternada com esperança, marés que pareciam não vislumbrar seu fim, tal a volatilidade inerente ao tema.

– A tragédia humana, Enfield, que decreta a inevitabilidade de seu destino – disse Utterson, pensativo, em um de seus momentos mais pessimistas – reside no fato de que o ser humano tem dentro de si duas naturezas em permanente luta, sem chances de reconciliação, tal é a diferença de objetivos a que nos pretende arrastar: por um lado, sua natural inclinação para o Bem; pelo outro, a ânsia de domínio e submissão de seu semelhante, que o conduz automaticamente à violência nos âmbitos físico, moral e psicológico.

– Você usou bem a palavra "naturezas", Utterson, já que a meu ver trata-se de duas tendências inerentes a sua própria constituição, tão humanas como são seus sistemas biológicos. Essa conduta instintiva, que conduz ao conflito, foi essencial ao ser humano algum dia, quando era obrigado a lutar diariamente por sua própria sobrevivência contra as ameaças da Natureza. A necessidade de vencer obstáculos corriqueiros como a fome, o frio e a defesa da prole conduziram naturalmente a uma postura egoísta e individualista.

– Atitude que deveria, a meu ver, ter sido amenizada quando as conquistas da civilização permitiram ao homem desfrutar de uma segurança maior no que concerne à sobrevivência e dedicar-se, assim, à maior aproximação emocional e intelectual em relação a seu semelhante. A união por ideais nobres deveria cumprir igualmente, num mundo civilizado, o papel de assegurar a sobrevivência mútua. Mas compreendo que deixar uma postura em prol da outra não seja tarefa simples. A natureza instintiva é como uma fera erigida em monarca, que obviamente tende a lutar com todas as forças para manter-se no trono. O problema é que essa conduta belicosa, tendo perdido no mundo moderno seu sentido de preservadora da sobrevivência, agora age em sentido contrário, conduzindo a humanidade cada vez mais em direção ao precipício da aniquilação. Por que parece ser tão difícil para o homem moderno perceber isso?

– Porque o selvagem moderno aprendeu todos os artifícios que lhe permitem fingir-se de civilizado, meu caro – respondi, com um amargo sorriso irônico. – No momento em que rotulamos nossos clássicos adversários na luta pela supremacia mundial, os franceses, como "comedores de rãs", vai por trás dessa expressão um conteúdo muito mais que pouco lisonjeiro. Era bem claro, na Índia, como a resistência dos grupos rebeldes estava soberbamente fortalecida por seu apoio financeiro e bélico. Eles, por outro lado, que nos chamam pejorativamente de "rosbifes", nos acusam de condutas bárbaras inspiradas por nossa aliança com os aztecas, a qual nos garante a supremacia nas Américas.

– Que ninguém nos ouça, meu primo, mas é inegável que nossa proximidade com um povo de cultura tão brutal cause, mesmo aqui às margens do Tâmisa, uma considerável apreensão. É de se pensar o que seria de nós se os ibéricos, vassalos do Império Francês e exploradores pioneiros das Américas, houvessem se aliado aos aztecas em nosso lugar...

Aquela suposição motivou algumas quadras de silêncio pensativo. Escavando nas catacumbas da memória em busca de meus conhecimentos de História, acabei respondendo:

– Talvez fosse um mundo bem diferente, sem dúvida. Os ibéricos, na época divididos em espanhóis e portugueses, brigando entre si pela supremacia no continente ocidental, tendiam a uma conduta mais agressiva em relação aos povos colonizados, fazendo largo uso da escravidão e do genocídio. Talvez os aztecas nem houvessem sobrevivido à colonização se não ocorresse a *Noche Triste*, quando Cortéz e seus homens foram inteiramente dizimados como represália contra um massacre de indígenas. Aproveitando a oportunidade proporcionada pelo domínio daquele riquíssimo império em aberto, nossos antepassados propuseram uma união entre ingleses e aztecas contra a Espanha, o inimigo em comum. Trocar os recursos naturais mexicanos por conhecimento e tecnologia foi um estratagema genial, que acabou transformando o Império Azteca em aliado e vassalo do Império Britânico. Convenhamos, nossos rapazes mereceram a vitória naquela disputa...

– Se os espanhóis houvessem prevalecido, talvez sequer houvessem enfraquecido a ponto de serem assimilados pelos franceses em sua expansão territorial pelo continente europeu. Talvez uma Península Ibérica forte lograsse equilibrar melhor as forças no mundo.

– Ou talvez não, Utterson. Veja que tudo não passa de um jogo de interesses, tanto as alianças quanto as disputas sangrentas. Se hoje somos aliados dos aztecas e os franceses de russos e prussianos, acredito que tudo não passa de uma conjunção de conveniências mútuas, que pode quebrar-se como cristal ante o menor sacolejo. Os franceses nos temem e temem os aztecas. Nós tememos franceses e prussianos, mas como você bem disse, encaramos os aztecas com desconfiança. Os aztecas, pode ter certeza, odeiam os franceses e ibéricos que teimam em invadir suas terras ao sul, e nos respeitam em grande parte por temerem, eles também, nossa supremacia bélica.

– E talvez os prussianos respeitem os franceses apenas por verem em nós, ingleses, uma ameaça maior. – riu Utterson.

– Assim como aconteceu com os ibéricos no passado remoto. É justamente isso, meu caro: por baixo da cartola e das polainas o ser humano continua sendo pouco mais que um selvagem reprimido pela educação.

– O que leva a acontecimentos surpreendentes, como o episódio recente daquele tenente de seu pelotão... como era mesmo? Newton?

– Lawton. Charles Lawton. É um triste exemplo, mas bastante apropriado. Chegamos juntos ao Raj, mas ele rapidamente chegou ao posto de tenente. Era o mais destemido entre todos nós, beirando as raias da insanidade. Quando foi ferido, retornou à Inglaterra como herói. Quem diria que, meses depois, estaria confessando o assassinato do próprio tio por motivos absolutamente mesquinhos? Você acompanhou o julgamento...

– Jamais constatei tamanha frieza ao confessar um crime hediondo. Se não fosse macabro demais, eu afirmaria que ele parecia sentir orgulho enquanto confessava aquilo. É assustador pensar que você esteve lutando ao lado dele, ombro a ombro.

– Quando era um dos mais queridos camaradas, naquele front infernal repleto de selvagens de turbante. Eis que retornamos ao ponto inicial de nossa conversa: o ser humano carrega dentro de si o fardo da luta entre duas naturezas. Por mais que durante algum tempo o homem civilizado predomine, a qualquer momento corre o risco de que o monstro deflagre seu golpe fatal e assuma o controle.

Por coincidência, o acaso em nossa perambulação nos havia conduzido naquele dia, de maneira inédita, a uma rua secundária num bairro movimentado de Londres. Tinha um próspero comércio nos dias úteis, mas aos domingos se transformava em uma passagem relativamente vazia. A duas portas da esquina, em um pátio já quase inteiramente tomado pelas sombras, naquele fim de tarde em que os últimos raios de sol penavam para superar a atmosfera nevoenta, ainda podia-se vislumbrar a silhueta de uma porta metálica sem sineta ou aldrava. O próprio prédio que se erguia ao redor da porta, um paredão de dois andares sem janelas aparentes, e notável por seu aspecto de sujeira e prolongada negligência, dominava o pátio e lhe conferia um clima ainda mais sinistro. Quando passávamos pelo outro lado da rua, bem na linha de entrada do pátio e diante da porta, Utterson me fez estacar e apontou a bengala na direção da mesma.

– Por falar em coisas macabras, Enfield, alguma vez já reparou naquela porta?

Cocei o queixo por um momento e respondi com um abano de cabeça:

– Confesso que não. Nas vezes em que passo por aqui, geralmente com as lojas abertas e o comércio efervescente, sempre encontro vitrines mais atraentes às quais dedico minha atenção. Por quê?

– No período em que você esteve fora, por algumas vezes acrescentei este trecho do trajeto às minhas caminhadas solitárias e, em uma ou outra oportunidade, tive a chance de vislumbrar o estranho morador daquele edifício.

– Hum. Alguém conhecido?

– De forma nenhuma. Longe de mim ter entre minhas relações um indivíduo tão sinistro...

Olhei para meu primo com curiosidade e, para minha surpresa, constatei pela sua expressão que ele estava sendo totalmente sincero. Sem perceber minha perturbação, prosseguiu:

– Uma vez quase nos esbarramos logo ali, na esquina, e ele me lançou um olhar que literalmente me paralisou, fazendo o suor brotar em minha fronte. Ele parece... como direi? Talvez o mais preciso que eu consiga ser seja afirmando que ele *não parece ser um homem*! Era pequeno e se vestia de maneira comum, mas sua presença evocava algo estranho, pelo menos foi o que aconteceu comigo; uma sensação indefinida, mas incômoda e desagradável, provocando um efeito fortemente negativo em quem com ele se confronta. Era pálido, mas de uma forma estranha, doentia. Esverdeada, não seria exagero afirmar. Sua imagem em movimento sugere alguma deformidade, embora eu não seja capaz de apontar precisamente a que má-formação possa estar me referindo. A fronte pronunciada terminando em sobrancelhas espessas e negras reforça seu aspecto troglodítico e, sob as mesmas, destaca-se o brilho de um par de olhos selvagens. Eu me desculpei imediatamente pelo encontrão. Num primeiro momento ele me olhou com ódio profundo, que passou a desprezo logo depois. Inesperadamente ele sorriu, ou melhor, arreganhou seus dentes tortos em um sorriso desagradável e, com uma voz sussurrante, entrecortada e rouca que me fez gelar até os ossos, respondeu: "É preciso tomar cuidado nas esquinas de Londres. Os tempos andam perigosos..." Reconhecendo naquelas palavras uma espécie de ameaça, retruquei que eu acabava de pedir desculpas pelo que havia sido um mero acidente e que essa era a melhor conduta a ser adotada entre cavalheiros. Para minha consternação ainda maior, ele sibilou: "Cavalheiros... ética... Sistemas efêmeros, que se esvaem como espuma." E deixando-me estupefato, virou-me as costas e avançou a passos rápidos em direção à porta. Ainda no meio do caminho sacou do bolso uma chave, que com toda intimidade girou na fechadura, abrindo-lhe passagem. Segundos depois, havia desaparecido.

Só então ele se deu conta do estranhamento com que eu o fitava. Decidi esclarecer logo:

– Não acredito que você seja tão distraído, meu primo! Repare bem na localização desta casa. Até mesmo eu, que não desfruto do mesmo grau de intimidade que você, sou capaz de reconhecer que essa casa misteriosa fica exatamente nos fundos da propriedade de seu grande amigo, Henry Jekyll! Foi por isso que, num primeiro momento, tive a impressão de que era dele que você falava!

Utterson agora olhava boquiaberto para a casa, os olhos arregalados por trás das lentes de seus óculos. Havia empalidecido de forma notável.

– Raios me partam se você não tem razão, Enfield – disse, em tom sonhador. – O que explica outras coisas, mas não posso crer que seja verdade...

Seu rosto recobrou a cor, ou melhor, enrubesceu de maneira excessiva quando ele se deu conta de meu olhar inquisidor. Utterson, ainda visivelmente abalado, olhou para os próprios pés e balbuciou:

– E, no entanto, não sei se tenho liberdade para compartilhar com você certos detalhes. Afinal, além de meu amigo, Jekyll é também meu cliente...

Naquele momento a luz do sol já desaparecera. Na rua principal, logo adiante, as lamparinas a gás dos postes haviam sido acesas. Foi por essa razão que vimos quando a sombra de um homem usando cartola surgiu, antes que o mesmo emergisse por trás da esquina. Instintivamente, empurrei Utterson para as sombras na entrada de uma loja, bem a tempo de nos ocultarmos da visão da figura atarracada que, envolta em uma capa barata, surgiu apressadamente, olhando nervosa para todos os lados. Seguiu esbaforida na diagonal em direção à porta metálica e, quando passou sob um facho de luz, percebi que segurava um bastão fino e curto. Pelo reflexo metálico no topo, parecia ser uma bengala quebrada. Àquela distância, sob a iluminação precária, não pude divisar detalhes de sua fisionomia, mas ainda assim compreendi o que meu primo quis dizer quando mencionou o mal-estar que aquela figura inspirava. O homenzinho, do mesmo modo como Utterson havia descrito um pouco antes, desapareceu na escuridão que se destacou quando abriu a porta. Ele mal a havia fechado atrás de si quando ouvimos o som de apitos alguns quarteirões adiante. Todos conhecíamos o significado daquilo. Algum agente da Scotland Yard soava o alarme.

Utterson e eu nos entreolhamos em um entendimento mudo e corremos juntos na direção do barulho. Em um beco, duas quadras adiante, dois guardas de capacete alto debruçavam-se sobre um corpo caído. Uma poça escura, que se espalhava sob sua cabeça repleta de fios grisalhos, não deixava dúvidas para um soldado com minha experiência em campos de batalha: aquele homem estava morto, com a cabeça partida.

Um dos guardas virou o corpo, que se encontrava de bruços, e ao ver o rosto emitiu uma exclamação de reconhecimento:

– Meu Deus, é Sir Danvers!

Ficamos imediatamente consternados. Sir Danvers Carew era um dos homens mais conhecidos e atuantes no Parlamento Inglês. Porém o que mais me chocou foi um detalhe, que mal pude divisar na penumbra do beco. Cutuquei Utterson com o cotovelo e apontei com o queixo em direção ao roliço pedaço de madeira lisa que se encontrava caído ao lado do cadáver; a perfeita metade de uma bengala, lascada em pontas irregulares no local onde se partira após um violento impacto.

Na volta para casa, dentro do cabriolé, Utterson retornou a sua habitual introspecção e não disse uma palavra sequer. Apenas quando desceu em frente a sua propriedade, quando eu me dispunha a seguir no mesmo carro em direção a minha própria residência, ele pediu que eu ficasse mais um pouco, pois tinha algo importante a me relatar.

Seguimos diretamente para seu escritório, onde ele muito solenemente retirou um envelope da parte mais protegida de seu cofre. Antes que o abrisse, olhou-me com seriedade e fez uma advertência:

– Entenda, caro primo, que sem pretender menosprezar a confiança existente entre nós, devo ressaltar que só divulgarei essas informações sigilosas, quebrando o que considero mais sagrado em termos de ética profissional, devido à gravidade dos recentes episódios e ao temor que os mesmos fazem crescer em minha alma. Este é o testamento de meu grande amigo Henry Jekyll, que ele passou a minhas mãos, por ser eu seu advogado, há poucas semanas. Eu o guardo por força de meu dever profissional, a despeito dos protestos que, como amigo, manifestei em relação ao seu conteúdo.

Utterson retirou alguns papéis do envelope e, com o cenho carregado, procurou determinado trecho. Pigarreou e, a despeito do desconforto que sentia, disse:

– Aqui Henry Jekyll, médico, doutor em Direito Civil, doutor em Leis, membro da Sociedade Real, estabelece claramente que, em caso de sua morte, todas as suas posses deverão ser passadas para seu "amigo e benfeitor Edward Hyde", livremente de qualquer condição ou obrigação, exceto pelo pagamento de pequenas quantias para os empregados de sua casa. Ora, sou um de seus amigos mais próximos desde a juventude e jamais ouvi falar de nenhum Edward Hyde que pudesse fazer parte de suas relações! Mas meu estranhamento passou a indignação quando Jekyll se recusou terminantemente a me dar qualquer explicação sobre a identidade de tal beneficiário, ou sequer acerca do tipo de relação que porventura houvesse alguma vez tido com ele. Pensei que se tratasse de algum tipo de loucura, mas diante do que hoje presenciamos, começo a temer por alguma desgraça...

– Você acredita que aquele estranho personagem que vimos se esgueirando para dentro daquela porta seja o famigerado Edward Hyde?

– E quem mais seria? Ou será possível que Jekyll cometeria a dupla insanidade de ceder a chave da porta dos fundos de sua casa a mais de um estranho misterioso?

Confirmei com um gesto de cabeça, sem conseguir evitar a expressão grave em meu semblante.

– Compreendo a origem de seus temores, Utterson. Se Hyde for mesmo, como tudo parece indicar, o assassino de Sir Danvers, Jekyll pode estar correndo grande perigo de vida ao dar abrigo ao criminoso.

– Principalmente se supusermos que Hyde conhece a existência deste documento!

– De acordo. Proponho que amanhã bem cedo você faça uma visita a Jekyll e o informe acerca dos acontecimentos desta noite.

– Sim, e gostaria imensamente que você me acompanhasse à casa dele, Enfield. Pode ser útil ter outra testemunha à mão, caso eu precise reafirmar o que já sabemos com maior veemência.

Concordei com ele e marcamos um encontro nas primeiras horas da manhã, na esquina da rua onde ficava a entrada principal da casa de Henry Jekyll. Fomos recebidos à porta por um solene e bem vestido serviçal, que Utterson cumprimentou com um breve sorriso.

– O Doutor Jekyll está disponível, Poole?

– Vou verificar imediatamente, *Mister* Utterson.

O mordomo nos conduziu até um átrio confortável, revestido de lajotas e decorado com ricos armários de carvalho. Retornou pouco depois e declarou que Jekyll receberia Utterson em seu escritório. Permaneci onde estava e Poole me ofereceu uma xícara de chá, que prontamente aceitei. Curiosamente, percebi alguma turvação na fisionomia do serviçal, que evitava me encarar diretamente, como se sua mente estivesse ocupada com preocupações alheias a minha pessoa. Fiquei com uma forte impressão de que Utterson e eu não éramos os únicos a suspeitar de que algo de terrivelmente errado estivesse acontecendo naquela casa. Decidi que era uma boa oportunidade para tentar obter alguma informação adicional.

– Seria impressão minha, Poole, ou foi mesmo *Mister* Edward Hyde a pessoa que vi um dia desses, entrando pelo prédio dos fundos desta propriedade?

A mão do homem tremeu brevemente no momento em que servia meu chá, e percebi que ele engoliu em seco antes de responder:

– É possível que sim, *Mister* Enfield. *Mister* Hyde tem uma chave, já que está temporariamente hospedado no edifício do laboratório.

– Seu patrão parece ter uma grande confiança naquele homem, Poole – retruquei, com meu melhor sorriso.

– Sim, senhor, isso lá ele tem. Todos temos ordens para obedecê-lo.

– Será possível que eu já tenha me encontrado com Hyde alguma vez nesta casa?

– Creio que não, senhor – negou ele, prontamente. – Ele começou a frequentar esta casa no período em que o senhor esteve fora da Inglaterra. Além disso, nós pouco o vemos deste lado da casa, pois na maior parte das vezes ele entra e sai pelo laboratório.

Poole pediu licença, como se polidamente pretendesse escapar do incômodo interrogatório e saiu do átrio. Mas não demorou muito para que retornasse, seguindo preocupado os passos de um enfurecido Utterson, que seguiu diretamente para a porta de saída, obrigando-me a me apressar para alcançá-lo.

– Bem, tenha um bom dia, Poole.

Foi tudo o que ele disse antes de se retirar pisando duro. Tomamos um tílburi juntos, rumo a sua residência. No caminho ele me inteirou do conteúdo da rápida entrevista que teve com Jekyll.

– Já no princípio da conversa apelei para a confiança de que me julgo merecedor, após tantos anos de leal amizade. Como ele não fez qualquer objeção a esse fato, roguei para que ele me dissesse quem, afinal de contas, é o misterioso Edward Hyde de seu testamento. Imediatamente percebi a mudança em sua fisionomia, normalmente plácida e cordial. Jekyll ficou pálido e seus olhos escureceram. Seu tom de voz ficou ligeiramente ríspido quando retrucou: "Entendo onde você pretende chegar, Utterson, mas já lhe disse mais de uma vez que não posso nem pretendo fazer nenhuma alteração em meu testamento. Você não compreende minha posição, que é difícil e muito estranha. É um daqueles casos que não podem ser resolvidos em palavras." Não tive alternativa a não ser relatar o que vimos na noite passada e sobre nossas suspeitas, de que Hyde fosse o responsável pelo brutal assassinato de Sir Danvers. Diante do que eu disse Jekyll ficou ainda mais pálido, mas quando eu esperava que suas palavras também se tornassem mais agressivas, ele me surpreendeu pousando sua mão suavemente sobre meu ombro e dizendo, em tom sereno e amigável: "Você sabe que confio em você, e agradeço suas preocupações, mas acredite: a coisa não é tão grave quanto você imagina, e para dar um descanso ao seu coração vou lhe dizer que, no momento em que eu assim desejar, posso me livrar de Hyde. Caso se confirme sua suspeita e ele seja mesmo culpado pela morte de Danvers, com certeza vai pagar por isso. No mais, peço que receba estas últimas palavras sem qualquer mágoa: isso ainda é um assunto particular, e peço-lhe que o deixe adormecido."

Utterson parou de falar abruptamente e me fitou com olhos cortantes, como se esperasse que eu me manifestasse reforçando sua indignação. Mas eu não sabia o que dizer, porque as palavras de Jekyll me pareciam mais enigmáticas do que ofensivas. Eu não era capaz de sequer vislumbrar o que poderia haver por trás daquele bizarro relacionamento entre ele e Hyde. Diante de meu silêncio, Utterson voltou a se refugiar dentro de si mesmo, embora resmungasse em voz alta para quem quisesse ouvir:

– Maldito Harry! Só pode estar envolvido em uma enorme confusão! Ele foi um tanto selvagem quando jovem, mas perante a lei de Deus não existe prescrição. Tem que ser algum pecado antigo, o câncer de alguma desgraça escondida. Mas o castigo nesses casos ainda é inexorável, mesmo depois da falta ser esquecida e perdoada pelo amor próprio.

– Só consigo ver um caminho a seguir – disse eu, interrompendo seus devaneios. – Temos que descobrir por que Hyde assassinou Sir Danvers. Só assim poderemos ter uma ideia de quais podem ser suas motivações, e se Jekyll corre de fato algum perigo real ao desfrutar de sua presença.

– E como podemos fazer isso?

– Tenho uma ideia que pode funcionar. Enquanto estive na Índia, servi sob o comando do Capitão Jack Chaney...

– Lembro-me dele. Era o albionense que você me apresentou certa vez, no julgamento de Charles Lawton.

– Ele mesmo. Chaney, filho de um inglês com uma azteca, nasceu em Nova Albion, no Outro Mundo. Sofreu muito para sobreviver, graças a sua origem humilde e seu espírito rebelde, mas encontrou seu lugar no exército. Destacou-se no combate aos bandos guerrilheiros apaxicas, na fronteira com o México. Os ingleses o designaram para servir como oficial aqui na Inglaterra, o que ele viu como uma grande honra. Adotou nosso país como seu lar adotivo e acabou servindo conosco no Raj. Um grande homem, sem dúvida. Recordo-me que certa vez, ainda na Índia, eu o vi conversando com ninguém menos que Sir Danvers Carew. Rumores diziam que este viajara até lá a fim de recrutar um homem para servir em uma missão secreta, numa ilha remota da costa africana. De fato, quando finalmente ele se foi, levou junto o sargento Montgomery, de nossa unidade, que jamais voltamos a ver. Diziam que Montgomery havia sido uma sugestão pessoal de Chaney. Como fiquei curioso e desfrutava de alguma amizade com o Capitão, tentei sondá-lo discretamente em busca de maiores informações, mas foi inútil. Só consegui apurar que Chaney conheceu Sir Danvers em uma viagem deste último à América, e que havia sido muito útil a ele em alguma missão obscura.

– Muito bem, e você acha que Chaney pode nos dar alguma informação relevante que nos leve a entender no que Sir Danvers estava metido e como isso pode estar relacionado ao Hyde?

– Não é muito, reconheço – dei de ombros -, mas é um caminho viável...

– E você por acaso sabe onde encontrar Chaney em Londres?

– Na última vez em que nos vimos, ele me disse que estava participando da mesa de uíste do Ministro Phileas Fogg no Reform Club.

– Hum! – surpreendeu-se Utterson – Um grupo seleto!

– Sim. A despeito de sua origem humilde, o destaque alcançado por Jack Chaney nos meios militares fez dele o único mestiço a ser admitido no Reform. Apesar da rigidez do clube na seleção de seus associados, a ausência de antecedentes e parentes ilustres é por vezes mais auxílio do que impedimento à ascensão social e a marcada personalidade do capitão recomendava-se por si. Sei que você também é um sócio ativo, primo Utterson, graças ao seu saudoso pai...

– Embora não muito assíduo, é verdade. Mas frequento o suficiente para saber que o grupo de Fogg segue sua disciplina rígida de horários e rotinas, e a reunião dos jogadores de uíste ocorre nas terças-feiras à noite, precisamente às nove horas.

– Como amanhã, por exemplo. Penso, portanto, que tenhamos uma boa chance de encontrar Jack Chaney no Reform Club, se você desfrutar de prestígio suficiente para me levar como convidado.

– Creio que isso não será problema. É frequente que o clube admita convidados ocasionais apresentados por sócios, principalmente depois que o Diógenes Club foi destruído naquele ataque terrorista e vários de seus membros eméritos acabaram migrando para o Reform. Homens destacados como Mycroft Holmes e o próprio Sir Danvers frequentaram o Reform, pela primeira vez, como convidados.

– Alguns rumores afirmam que a bomba que demoliu o Diógenes estava destinada a eliminar Danvers Carew. Sua sobrevivência naquele episódio foi uma derrota para os franceses, portanto, que Hyde parece ter-lhes feito o favor de corrigir.

– Você acredita que os atos de Hyde tenham a ver com os franceses? – surpreendeu-se Utterson, arregalando os olhos.

– Não faço ideia. Entretanto, a hipótese de que Sir Danvers possa ter sido o alvo de uma bomba terrorista sugere que ele tenha sido um homem com muita coisa a esconder, não acha?

Entramos em acordo e marcamos nosso encontro para a entrada do Reform Club na noite seguinte, às sete horas. Se Chaney estivesse presente, haveria tempo de sobra para conversarmos.

Eu não gostava de ambientes como o do Reform Club. Sentia-me como um gato de rabo comprido numa loja de cadeiras de balanço. Sentei-me em uma mesa do canto, enquanto Utterson circulava pelo salão à cata de informações úteis. O assunto do momento nos pequenos grupos, que contribuía para que o ambiente do salão estivesse mais carregado que o normal, como uma nuvem de tempestade, era o enterro de Sir Danvers Carew, que ocorrera naquela tarde. Eu não havia comparecido graças à necessidade de tratar de assuntos pessoais, mas Utterson relatou-me que o sepultamento havia se convertido em um grande evento, com toda a pompa merecida por um Cavaleiro da Ordem antiga e prestigiada a que ele pertencia. Centenas de pessoas presentes, entre nobres, autoridades diversas, familiares, amigos, curiosos, jornalistas e completos desconhecidos. Utterson havia visto Chaney de relance na multidão, mas não se preocupou em aproximar-se dele devido ao nosso encontro pré-combinado. E ali estava eu, encolhido em uma mesa, olhando desconsolado ao redor em busca de um rosto amigo.

Havia, com efeito, alguns rostos familiares no salão. O grupo do Ministro Fogg se destacava, tendo entre outros seu inseparável secretário John Withmore, dois ou três parlamentares e alguns industriais locais, além do astuto Mycroft Holmes, todos acompanhando em silêncio o discurso repleto de caretas e gestos grandiloquentes de um jovem loiro e corpulento que eu sabia ser Lorde Redcar, grande latifundiário de Swathinglea, que com toda certeza estava se lamentando das queixas "injustas" dos trabalhadores de suas minas de carvão e de suas reivindicações trabalhistas "absurdas". A Grã-Bretanha vivia os dias mais difíceis de uma grave crise econômica, e as lamentações dos empresários, principalmente dos ramos ligados à indústria, já se tornavam corriqueiras naquelas reuniões. Phileas Fogg, aparentemente alheio a tudo aquilo, mas fiel a seus rígidos hábitos que todos conheciam, vez por outra consultava discretamente as horas em seu relógio de bolso.

Meu primo Utterson trocava confidências, logo adiante, com um grupo de advogados. Na mesa à minha frente, do outro lado do salão, uma figura digna de pena atraía meu olhar, talvez pela maneira como suas vestes finas, mas descuidadas, contrastavam com o restante dos associados. Quando chegamos Utterson me disse que se chamava Moore, e que chegara ao fundo do poço depois que perdeu um ente muito querido no naufrágio do *Príncipe de Gales*, o mesmo que vitimara seu pai. Naquele dia Moore chegara ao clube mais cedo que o habitual e já se entregara à bebida, o que Utterson receava significar um mau momento em sua vida torturada. O pobre coitado ergueu por um instante seus olhos escuros, sumidos no rosto mal barbeado, para olhar em minha direção, e não pude deixar de cumprimentá-lo com um aceno solidário de cabeça. Ele pareceu sequer ter percebido e voltou, novamente, o olhar perdido em direção ao copo de uísque sobre a mesa.

Foi naquele momento que vi o Capitão Jack Chaney adentrar o salão trajando um impecável terno escuro. A linha reta da boca, o queixo quadrado e proeminente e as sobrancelhas arqueadas, que davam aos olhos um aspecto de permanente preocupação, eram inconfundíveis. Acenei imediatamente e ele estacou, surpreso com minha presença inesperada naquele ambiente. Veio imediatamente em direção a minha mesa e mal tive tempo de me levantar antes que me cumprimentasse, usando suas duas mãos para sacudir meu punho em um balanço efusivo.

– Cabo Enfield, quem diria vê-lo novamente em um campo de batalha tão diferente daquele a que estamos ambos acostumados!

– Eu diria o mesmo, Capitão. Ainda mais não sendo o senhor nativo destas ilhas, e conhecendo os critérios de exigência que tornam famosos os clubes como o Reform, penso que sua presença aqui tenha um valor especial...

Chaney descartou meu comentário com um gesto de descaso.

– Nada demais, Enfield! Há muito a Inglaterra tornou-se minha pátria adotiva e nunca me canso de declarar abertamente meu amor por esta cidade em especial. Sei que pelas costas já andam me chamando de "Jack London"...

– De qualquer forma o prazer em revê-lo é todo meu, Capitão. Mas devo adiantar que nosso encontro aqui não se deve absolutamente a uma coincidência, e sim a uma tentativa deliberada de encontrá-lo o mais rapidamente possível.

A expressão de preocupação nos olhos de Chaney acentuou-se ainda mais.

– Bem, meu caro, e que tipo de problema motivaria tamanha urgência?

Fiz um sinal para que se sentasse e ele o fez prontamente, sem desgrudar os olhos de mim. Olhei brevemente para Utterson, que de longe me fez um sinal encorajador e permaneceu onde estava.

Relatei-lhe os acontecimentos daquela noite fatídica, quando meu primo Utterson e eu julgamos ter visto a fuga do assassino de Sir Danvers. O capitão sobressaltou-se e perguntou por que diabos ainda não havíamos procurado a Scotland Yard. Confidenciei-lhe nossas suspeitas de que o suposto assassino seria, por algum motivo misterioso, protegido de Henry Jekyll, um dos melhores amigos de Utterson e um cavalheiro que desfrutava de elevado conceito em nossa comunidade. Aquilo deixou meu antigo oficial absolutamente chocado. Jekyll era, ele mesmo, sócio do Reform Club, embora pouco frequente às reuniões regulares.

– Antes de tomarmos providência tão drástica, uma vez que rapidez e prontidão não servirão para trazer nosso Sir Danvers de volta à vida, optamos por tentar esclarecer o que pode estar acontecendo por trás dessa insanidade antes de colocar em risco, talvez, até a vida mesma de outro homem de valor. Eis porque recorri ao senhor, Capitão. Além de ser um homem de minha total confiança, sei que conhecia algo sobre a vida e as atividades de Sir Danvers. Sei que corremos o risco de estar incorrendo em alguma imprudência indesculpável, pedindo algo que pode significar uma indiscrição, ou colocando-o em uma situação difícil de quebra de decoro, e se for o caso já peço desculpas antecipadamente, em meu nome e no nome de Utterson. Mas espero que em sua bondade compreenda o que nos move: não só a proteção do nome de Jekyll, mas talvez, como já disse, de sua própria vida.

Assim terminei meu relato e procurei, ansiosamente, ler suas repercussões no olhar de Chaney. O capitão manteve silêncio por alguns segundos, suspirou e colocou os dedos polegar e indicador em pinça na base de seu nariz, apertando as pálpebras como se tivesse dor ou cansaço nos olhos. Um garçom passou por perto e ele pediu uma dose de rum. Permaneceu sentado, com o olhar perdido e os lábios comprimidos, tamborilando na mesa com os dedos magros. Sua luta interna parecia ser tão intensa que era como se eu não estivesse ali, e comecei a sentir-me incomodado, como se não tivesse o direito de estar presenciando aquela convulsão interna de um homem que eu tanto respeitava.

Quando recebeu sua bebida, Chaney deu um longo trago e limpou a boca na manga do paletó. Começou a falar olhando para o infinito, como se fosse para si mesmo.

– É verdade que conheço algo sobre a vida e as atividades de Sir Danvers. Eu diria mais: sei de fatos que nem sequer teria o direito de mencionar para quem quer que fosse, não estando presente neste mundo, como agora, o protagonista dos mesmos, para apresentar sua justificativa para tudo o que foi dito e que foi feito. Entretanto, você me apresenta um argumento de peso, meu amigo. O dever de homens de bem é, em primeiro lugar, defender a honra e a integridade de seus pares. E nesse caso, admito, os vivos têm a preferência.

Chaney deu outro gole em seu rum e prosseguiu, dessa vez olhando fixamente para mim.

– O fato de você mencionar especificamente Jekyll me parece bastante significativo. Fez-me lembrar de um episódio anos trás, quando eu ainda era um arrojado e inconsequente soldado na defesa das fronteiras de Nova Albion. Naquele então eu servia em uma unidade relativamente tranquila, na fronteira mexicana. Vez por outra enfrentávamos alguma escaramuça contra algum bando de selvagens apaxicas, não mais que isso. Um belo dia, recebemos um pelotão proveniente de Tenochtitlan, com notícias alarmantes sobre uma doença que se alastrava em algum lugar remoto da América Central, um mal tão terrível que a simples perspectiva de que atingisse os grandes centros populacionais aztecas era motivo de verdadeiro pânico entre a população local. De acordo com os homens, um vilarejo, felizmente remoto, próximo à costa oriental do México, havia sido o ponto de partida da doença misteriosa, que em poucas semanas havia dizimado inteiramente o tal povoado e duas ou três vilas de pequeno porte ao redor dele. Você conhece bem nossos amigos aztecas. Estabeleceu-se uma fronteira militar a uma distância segura em torno dos locais infectados. As cidades acometidas foram impiedosamente bombardeadas e incendiadas até o último edifício. Pessoas provenientes da região, apresentassem ou não sinais visíveis da doença, eram abatidas mortalmente à distância e os corpos deixados para apodrecer sob o sol inclemente daquelas latitudes, pelo tempo suficiente para que, segundo se acreditava, não houvesse mais o risco de contaminação pelos cadáveres. Por mais cruel que isso possa parecer, aparentemente foi eficaz no sentido de impedir que a praga se espalhasse pelo Império Azteca e além.

– Mas, Capitão, que terrível doença é essa, que levou a medidas de contenção tão drásticas?

– O nome que a doença recebeu, se traduzida do idioma *nahuatl* para o nosso, poderia ser "praga escarlate".

– Parece bastante dramático...

– Mas nem por isso menos apropriado. A principal característica da doença era uma coloração vermelha no rosto e em todo o corpo. Na verdade, o primeiro sintoma era a aceleração do ritmo do coração, seguida de um grau maior ou menor de febre. A erupção avermelhada surgia simultaneamente, em grande parte dos casos, com episódios de convulsões, estas de menor gravidade. Porém, quem sobrevivia a essa fase da doença começava a perceber uma insensibilidade generalizada que subia com rapidez a partir dos pés: calcanhares, pernas, quadris e quando a insensibilidade atingia o coração sobrevinha a morte. Assim – estalou os dedos -, sem dores ou delírios. Um aspecto terrível da doença era que a mente permanecia absolutamente lúcida e tranquila, acompanhando a insensibilidade crescente até a morte.

– E qual o motivo para uma solução tão drástica por parte dos aztecas para controlar essa praga? Talvez, se isolassem os indivíduos que apresentavam sintomas...

– Você não compreendeu, Enfield! – disse ele enfaticamente, segurando meu antebraço com força – Simplesmente não havia tempo! A doença evoluía infinitamente mais rápido que a própria cólera. Uma pessoa aparentemente saudável podia chegar ao óbito em um prazo entre quinze ou vinte minutos até algumas horas! A maioria deles durava uma hora ou duas. Isso explica tamanho pânico, que induziu os aztecas a optarem pelo genocídio.

– Mas o que tem essa "praga escarlate" a ver com Sir Danvers? E com Jekyll?

Chaney suspirou e lançou outro olhar cauteloso ao redor do salão, antes de prosseguir em tom de confidência:

– Poucas semanas após a chegada do pelotão com as notícias alarmantes da praga escarlate, recebemos a ilustre visita de Sir Danvers Carew no quartel. Foi a primeira vez em que o vi pessoalmente. Foi-nos apresentado como emissário especial do Ministério das Relações Internacionais, cujo titular encontra-se ali, logo adiante – fez um gesto discreto em direção ao Ministro Phileas Fogg, que mais uma vez consultava seu relógio. – Nosso comandante reuniu a tropa na presença do lorde e, em seu nome, solicitou voluntários para uma missão de alto risco no território do México. Um murmúrio generalizado percorreu nossas fileiras. As notícias sobre o bloqueio militar por causa da praga, pouco tempo antes, nos pareciam um indício mais que óbvio do que se tratava. Obviamente foram-nos oferecidas diversas regalias, tanto em termos de soldo como de outras vantagens consideráveis, próprias do dia a dia na caserna, caso nos apresentássemos para a missão. Mesmo assim houve apenas três voluntários.

– E o senhor, claro, era um deles.

Chaney riu em voz alta e ergueu o copo em minha direção.

– Você continua me conhecendo muito bem, Cabo. Sim, claro que eu me ofereci como voluntário. Nem tanto pelos prêmios oferecidos, mas pela própria excitação que proporciona o perigo e a imensa curiosidade que me corrói, e que por certo algum dia selará minha sina, foi o que mais me motivou. Havia cerca de trinta homens, de diversas guarnições diferentes, já que em cada posto apenas um número ínfimo de voluntários se apresentava, além dos temíveis cavaleiros-jaguares do exército azteca. Embarcamos no trem para o México em companhia de Sir Danvers, que no trajeto nos explicou do que tratava a missão. Na realidade, um jovem azteca conseguira escapar do bloqueio militar à zona de contaminação da praga. Saindo de uma das vilas acometidas pela doença, foi capaz de chegar próximo à cidade costeira de Tuxpan e embarcou num vapor de carga no Golfo. Não se sabia se já manifestava sinais da doença. Pelo tempo decorrido, poderia até mesmo já estar morto. Mas diante dos riscos, caso o rapaz chegasse a um centro populoso, eles precisavam ter certeza. Estavam reunindo um pelotão especial com voluntários de várias unidades para uma varredura em massa ao longo da costa e nas águas do Golfo, à caça do que chamavam de "indivíduo zero".

– Mas é estranho... Por que Sir Danvers se deslocaria da Inglaterra para o Outro Mundo apenas para empreender essa caçada humana?

Chaney sorriu maliciosamente.

– Muito bom, cabo Enfield, muito bom! Vamos retornar à minha história para esclarecermos esse ponto. Como eu dizia, seguimos de trem até a cidade de Tuxpan, onde embarcamos num vaso de guerra a vapor que deveria participar da patrulha do Golfo, impedindo o cargueiro de se aproximar do território albionense, ou mesmo dos Estados Unidos. Bem, não demorou mesmo para que encontrássemos nosso "indivíduo zero". Três dias depois de zarparmos da costa, encontramos o navio.

Retesei o corpo em minha cadeira, curioso quando ao desfecho daquilo.

– O rapaz estava a bordo? Havia outros doentes?

Chaney suspirou e seu olhar mergulhou no fundo do copo de rum, como se fossem as águas do Golfo do México que retornavam para assombrá-lo.

– O barco estava à deriva. Pelas lunetas, não parecia haver nenhuma alma viva a bordo. Provavelmente estava rumando para o norte quando a praga acometeu a tripulação. Sir Danvers aproximou-se de mim, que era o oficial mais graduado entre os soldados naquele navio. Ao seu lado, um distinto médico inglês que eu nunca tinha visto, chamado Fulton Trask. Esse nome é familiar?

Balancei a cabeça negativamente.

– Estou seguro de jamais ter ouvido esse nome.

– Sir Danvers queria que eu destacasse um homem para acompanhar Trask e seu ajudante ao navio. Obviamente usaríamos roupas especiais para nos proteger da contaminação.

– A julgar pelo comportamento anterior dos aztecas, seria mais fácil torpedear o cargueiro à distância e mandar o "indivíduo zero" e seus contatos para as profundezas do Golfo.

– Foi o que pensei na ocasião. No entanto, não costumo questionar ordens. Julguei que eu mesmo deveria ir, ao invés de submeter algum dos meus homens ao risco. Fomos os três enfiados dentro de nossas "roupas especiais", que nada mais eram do que escafandros de mergulho adaptados; o macacão de borracha impermeável sem costuras terminava em sapatos cuja sola de chumbo foi retirada, para facilitar a deambulação. As mangas terminavam em luvas flexíveis, que não impediam os movimentos das mãos. O enorme capacete de ferro com uma viseira redonda na parte dianteira, coberta por um vidro como uma escotilha de barco, era conectado por uma mangueira de borracha no topo, por onde se bombeava o ar em seu interior. Era absurdamente pesado, principalmente fora do ambiente aquático para o qual fora desenhado, mas deveria proporcionar o isolamento adequado para evitar nossa contaminação. Seguimos em um escaler até junto do casco do cargueiro. Dois marinheiros remavam, um terceiro controlava a bomba que havia sido adaptada na popa para nos abastecer de ar, e outros dois fixaram uma escada de corda muito grossa na amurada do convés usando arpéus. A tensão e o medo em seus rostos eram evidentes. Assim que eu, o doutor Trask e seu ajudante subimos a bordo, afastaram o escaler até a distância máxima permitida pelas mangueiras que nos forneciam o oxigênio. O espetáculo, já no convés, era aterrador. Vários cadáveres jaziam caídos por todos os lados, em avançado estado de decomposição. Era impossível, mesmo para um especialista como Trask, determinar há quanto tempo tinham ocorrido aquelas mortes a partir do estado dos corpos, pois uma das características marcantes da praga escarlate era a rápida decomposição após a morte, em ritmo notavelmente acelerado em relação ao que seria considerado normal. No final da proa, na ponta onde se encontravam os dois flancos da amurada, como se estivesse acuado no ponto mais distante ao qual pudera chegar, encontramos nosso "indivíduo zero". Encolhido, acuado como um animal. E vivo. Não parecia exibir, nos espaços expostos de seu corpo pelas roupas esfarrapadas, nenhum sinal da praga. Chegando mais perto, percebi que não devia ter muito mais de vinte anos. O rapaz tremia incontrolavelmente e, quando nos aproximamos, ergueu as duas mãos, que seguravam uma pistola, em nossa direção. Fiz um gesto para Trask e interrompemos nosso avanço. O cenário indicava que, embora aparentemente saudável, o rapaz era seguramente um portador do germe responsável pela praga escarlate. Provavelmente essa fosse a situação de um indivíduo em meio a algumas centenas, mas nem por isso parecia ser considerada sorte. Caso disparasse aquela arma, mesmo que não nos atingisse mortalmente, certamente seria capaz de furar nossas vestes protetoras, o que seria o mesmo que decretar nossa morte. Ouvi uma voz abafada, que reverberava como se a pessoa que gritava estivesse dentro de um sino. Era a voz de Trask, falando em nahuatl: "Não tenha medo. O governo desenvolveu um soro contra a doença. Estamos aqui para encontrar sobreviventes e administrar o tratamento. Precisamos colher um pouco do seu sangue para verificar se reage bem ao soro,e então poderemos levá-lo de volta para a segurança da terra firme." Olhei para ele, surpreso. Eu não sabia nada sobre nenhum soro. Entretanto, reconhecia que uma amostra de sangue de um indivíduo imune ao germe da praga poderia ajudar a desenvolvê-lo. "Baixe a arma", dizia Trask, "e deixe-nos colher uma pequena quantidade de sangue. Não queremos lhe fazer mal". Ainda relutante, visivelmente desconfiado, o jovem baixou os braços, ainda olhando alternadamente para mim e para o médico com olhos aterrorizados. Chegamos mais perto e vi quando o médico, com movimentos lentos e anunciados, sacou de um dos bolsos do macacão um pequeno estojo escuro. Era feito de chumbo e dentro dele havia duas ampolas de vidro lacradas e uma seringa. O rapaz suava muito e tremia, quando Trask gentilmente ergueu seu braço direito e amarrou o garrote, procurando uma veia. A pistola, que eu não perdia de vista, ficou caída ao seu lado, no piso do convés. O doutor encheu as duas seringas com o precioso líquido cor de rubi e lacrou cuidadosamente a caixa de chumbo. O que houve a seguir foi muito rápido. Trask ergueu-se de uma vez, a despeito do peso do capacete sobre seus ombros, e em sua mão reluziu o brilho do sol sobre o cano da pistola que há pouco estivera nas mãos do jovem azteca. Desarmado o garoto, Trask fez um sinal para seu ajudante, cujo nome estou tentando inutilmente lembrar, desde que iniciei este relato. Era um homem sinistro, mal-encarado, não parecia ser médico ou mesmo ajudante de um, como nos havia sido apresentado. O homem havia ficado um pouco para trás quando eu e o doutor nos aproximamos do jovem azteca, mas ao sinal de Trask ele avançou sem pestanejar e apanhou a arma nas mãos do doutor, que se afastou dois passos. O tiro único e certeiro abriu um furo redondo entre os olhos do garoto, cujo corpo escorreu sem vida em direção a nossos pés. Enquanto eu o encarava, paralisado pelo choque, Trask apenas lançou um olhar em minha direção e disse: "Missão cumprida. Vamos."

– O ajudante assassinou friamente um garoto indefeso? – retruquei, com horror.

– Também foi minha primeira impressão. Mas olhando a coisa de um ponto de vista mais prático, Einfeld, aquele garoto era um potencial assassino, ainda que involuntário, de milhares de inocentes, talvez milhões. Não, não havia nenhum soro ou nenhuma cura. A missão de Trask, para a qual servi de escolta, era a de colher amostras daquele sangue, que poderia servir, de fato, para que se tentasse obter o tratamento. Com efeito, chamamos o escaler para nos recolher e, quando estávamos de volta em segurança ao nosso barco, Sir Danvers deu ordens para que o cargueiro fosse torpedeado. Rapidamente foi descansar no fundo do Golfo, levando consigo os corpos da infeliz tripulação e de nosso "indivíduo zero".

– Que história terrível, Capitão! E qual foi o destino das amostras de sangue contaminado?

– A princípio eu não soube. Sir Danvers agradeceu muito pela nossa ajuda, elogiou sobejamente nossa atuação e nos prometeu grandes recompensas. De fato, graças a sua recomendação, fui promovido e consegui minha almejada transferência para Londres, antes de me alistar para a Campanha da Índia, obviamente. Mas não disse nenhuma palavra sobre o destino das amostras e nenhum de nós voltou a ver o estojo de chumbo... pelo menos por algum tempo.

– O senhor está insinuando que viu a caixa de chumbo novamente...

– Por uma incrível coincidência. Cerca de duas semanas depois da terrível missão no Golfo do México eu chegava a Londres de mudança e já na primeira noite escolhi um bom restaurante para comemorar meu retorno à Inglaterra. Eu jantava com dois amigos ingleses quando divisei, do outro lado do salão, uma mesa ocupada por um grupo que continha uma figura familiar. O homem que me chamou a atenção era meu benfeitor, Sir Danvers Carew. Em sua companhia, dois cavalheiros bem distintos. Cheguei a me levantar para cumprimentá-lo, mas quando já estava a meio caminho Sir Danvers retirou do paletó, sem que me visse, um objeto retangular escuro. Sim, era o mesmo estojo que vi nas mãos de Trask. Carew o colocou sobre a mesa delicadamente e o empurrou na direção de um dos cavalheiros, que o escondeu no próprio bolso com todo cuidado. Dei meia volta e retornei a minha mesa, sem que Carew houvesse sequer percebido minha presença.

– O senhor não conhecia os dois homens...

– Não até aquele momento. Cerca de um mês depois, quando fui admitido no Reform Club, vi um deles neste mesmo salão, não o que recolheu a caixa de chumbo, mas o outro. Era seu amigo, o bom doutor Henry Jekyll.

– Jekyll! – Eu não sabia o que pensar. Mas uma suspeita me assaltou, e perguntei:

– O terceiro homem no restaurante, capitão, como ele era?

– Bem... – disse Chaney, virando o resto de sua dose de rum e franzindo a testa, procurando se lembrar – Como eu disse, parecia ser bem distinto. Média estatura, rosto avermelhado, com os cabelos embranquecidos, a despeito de aparentar uma idade insuficiente para tanto. Enquanto os observei, pareceu-me uma pessoa alegre e de gestos um pouco impetuosos. Lamento não poder lhe dizer mais sobre isso.

Não havia necessidade. Para mim as peças se encaixavam perfeitamente. A descrição servia como uma luva para definir o doutor Hastie Lanyon, médico atuante em Cavendish Square, amigo inseparável de Jekyll e do próprio Utterson desde os tempos de colégio.

Naquele momento aproximou-se da mesa o solícito John Withmore, secretário do Ministro Phileas Fogg. Após nos cumprimentar com um sorriso e um aceno de cabeça, dirigiu-se a Chaney:

– Perdoe-me a interrupção, Capitão Chaney, mas o Ministro Fogg pediu-me para informar a todos que a partida de uíste deverá começar em dezessete minutos, na sala contígua.

– Agradeço, Withmore. Estarei lá pontualmente.

Chaney observou enquanto o secretário se afastava. Depois sua expressão facial voltou a endurecer e ele se dirigiu a mim, uma vez mais em tom de confidência:

– Uma informação de última hora, Cabo Enfield: há cerca de uma semana recebi notícias perturbadoras de Nova Albion. Amigos que participaram comigo daquela missão no Golfo reportam que o doutor Fulton Trask faleceu, vítima de um misterioso incêndio em seu laboratório de pesquisas nos Estados Unidos. Entretanto, rumores que se espalham à boca pequena sugerem que o homem já estava morto antes do incêndio consumir o prédio.

– O senhor fala de assassinato?

– Ou talvez não. Talvez apenas um procedimento de segurança para eliminar mais um corpo contaminado pelo germe da praga escarlate. Não acredito que, depois de todo aquele trabalho, Trask abdicaria da oportunidade de pesquisar melhor aquela amostra de sangue. Mas isso, claro, é apenas mais uma especulação a que me atrevo graças à amizade que nos une.

– Uma última pergunta, Capitão, se me permite o abuso: diante de tudo que viu, de tudo que sabe... qual pode ser, em sua opinião, o interesse das forças por trás de Sir Danvers na coleta da amostra de sangue? Seria algo humanitário, como a busca de uma vacina? Ou o senhor suspeita de um plano para uso militar da praga escarlate?

Antes de responder Chaney lançou mais um olhar grave para o fundo do salão, onde Fogg e seu seleto grupo começavam a deslocar-se em direção à sala de jogos.

– Eu queria muito acreditar na primeira opção, Enfield. Porém, voltei a me encontrar com Sir Danvers na Índia, onde ele apareceu um dia para recrutar especificamente o Sargento Montgomery, por razões que desconheço, para outra de suas missões ultrassecretas, dessa vez em alguma remota ilha da costa africana. Danvers procurou-me em particular para certificar-se sobre as referências que, de alguma forma, já trazia a respeito do sargento. Queria um homem leal, com conhecimentos de biologia e que tivesse resistência para um severo trabalho de vigilância. Naquele então espalharam-se rumores de que Danvers chefiava, sob a insígnia do Ministério das Relações Internacionais, uma divisão secreta destinada a ações ligadas à pesquisa de novas armas com fins militares. Por isso recomendo-lhe muito cuidado, meu amigo. Se uma daquelas duas ampolas de sangue adentrou o território da Inglaterra, não apenas seu amigo Jekyll pode estar se expondo a um terrível perigo, mas esse perigo estende suas asas negras sobre as cabeças de todos nós.

– Guerra biológica... Pelos deuses, isso é inconcebível!

Chaney já fazia menção de se afastar, mas hesitou e retornou por um instante.

– Escute bem o que lhe diz este soldado de vários fronts, cabo Enfield: por mais paradoxal que pareça, a guerra é uma das experiências mais democráticas que podem se abater sobre a espécie humana, seja ela aberta e franca, como ocorre no alto mar e nas fronteiras, seja ela cínica e hipócrita, como ocorre entre nossos gabinetes secretos e seus correspondentes nos corredores institucionais franceses. Democrática, sim, pois dá a visão mais brutal, mais eloquente e aguda da desgraça humana, tanto ao camponês miserável como o "indivíduo zero" do Golfo do México, quanto a um cientista emérito como aquele pobre diabo ali adiante – disse, fazendo um gesto de cabeça na direção do homem da mesa em frente, que acabava de derrubar a garrafa de uísque, derramando o resto de seu conteúdo sobre a toalha de linho. – A guerra cria a necessidade, que faz evoluírem em ritmo alucinante as teorias filosóficas e sociológicas, a tecnologia de transportes, de comunicações, os avanços da engenharia e da medicina, tudo isso impulsionado por uma das necessidades mais básicas do homem: a sobrevivência. Assim é que os vaidosos filósofos, cientistas e intelectuais curvam suas cabeças sob o jugo do selvagem que existe dentro de cada ser humano, rugindo furioso à espera de uma oportunidade para emergir e subjugar seu semelhante. As atrocidades se repetem dia após dia, com tal frequência que o ser humano se acostuma com sua presença familiar e, para sua tragédia, deixa de sentir a indignação que exige a suposta nobreza original de sua alma. Vê aqueles distintos senhores ali adiante? – falou, fazendo um gesto sutil com a cabeça em direção ao grupo de Fogg. – Dois deles são proprietários de grandes fundições em Londres, cujos negócios sofreram um duro golpe no recente episódio de "dumping" promovido por aquele célebre industrial prussiano. Faz poucos dias os ouvi discutindo, e o mais estarrecedor era que falavam *a sério*, sobre como seria benéfica para suas atividades comerciais a deflagração de uma guerra total contra a França.

– Eles certamente nunca estiveram no front como nós, Capitão. Não sabem do que estão falando...

– Por certo que não. No entanto, meu caro, por mais aviltantes que possam ser tais ideias aos ouvidos dos homens de bom senso, aqueles que as estão sugerindo são os seres que têm, em suas mãos, o poder para colocá-las em prática. Homens se convertem facilmente em monstros, Enfield, e caminham sobre a linha fina que tem, de um lado, o progresso das civilizações, e do outro, a própria destruição. Por isso volto a lhe dizer, como oficial superior de outras batalhas e como amigo: tenha muito cuidado! A guerra transforma as pessoas. Não deixe que elas te surpreendam.

Chaney parou de falar para recuperar o fôlego. Sua fisionomia voltou a suavizar-se e ele disse, com um sorriso sincero:

– Agora, se me dá licença... Não é uma boa ideia deixar o Ministro Phileas Fogg esperando além da conta.

Observei enquanto ele se afastava em direção à sala se jogos, sem olhar para trás. Fiz um sinal para que Utterson, que me encarava do bar transbordando de curiosidade, seguisse-me até uma das sacadas que circundavam o salão principal do clube. Longe de ouvidos curiosos, repeti toda a história relatada por Jack Chaney, e ele escutou atentamente, esboçando vez por outra um franzir de sobrancelhas ou um leve aceno de concordância. Ao final, falou em tom pensativo:

– Tudo isso faz muito sentido. Hastie Lanyon é um dos mais entusiasmados seguidores de Edward Jenner, que há quase cem anos inventou a vacina contra a varíola. Estudos envolvendo doenças infecciosas estão entre os seus prediletos. Quanto a Jekyll, sempre foi um pesquisador dos mais entusiasmados, disposto a avançar além de todas as barreiras do conhecimento médico. Eu conheço muito bem aqueles dois patetas e posso lhe afirmar que não seria difícil ver a curiosidade suplantar seu bom senso e sua prudência. Não seria a primeira vez, embora os anos da impetuosa juventude já cavalguem bem longe de nossos campos.

– Essa história fortalece minha impressão de que o bizarro Edward Hyde esteja agindo sob o comando dos franceses. Se a manipulação desse sangue contaminado por parte de nossos compatriotas pode representar um risco excessivo, a hipótese de que essa amostra caia nas mãos dos franceses seria uma calamidade inconcebível. Temos que advertir Jekyll e Lanyon.

– É verdade, mas com cautela. Alarmar o inimigo agora poderia ser muito perigoso. Sugiro que falemos primeiro com Lanyon, que parece encontrar-se mais afastado do círculo de ação de Hyde. Podemos fazê-lo logo pela manhã.

Foi o que fizemos. Chegamos bem cedo à casa de Lanyon, mas fomos informados por um criado de que o perdemos por pouco. Ele havia saído cerca de meia hora antes para seu laboratório de pesquisa, anexo ao consultório em Cavendish Square. Assim sendo, rumamos diretamente para lá.

A antessala estava deserta, possivelmente por ser ainda muito cedo, já que Lanyon contava com uma clientela vasta e regular. Uma porta secundária conduzia ao interior do consultório, e outra, em frente à primeira, ao laboratório. Mal havíamos olhado em volta, decidindo em qual bater, ouvimos um estrondo por trás da porta do laboratório. Era como se uma estante inteira houvesse desabado, quebrando diversos recipientes de vidro. Utterson e eu saltamos juntos e abrimos a porta com violência, chamando em voz alta por nosso amigo.

O cenário com que nos deparamos era aterrador. Duas das estantes maiores, que abrigavam diversos vidros grandes com todo tipo de medicamentos e substâncias químicas, estavam tombadas, e os cacos misturavam-se por todo o piso com líquidos de diversas cores, formando obras de arte bizarras e involuntárias. Havia várias folhas de papel boiando naquela mistura química em movimento e, por trás da escrivaninha, podíamos avistar um par de pernas parcialmente cobertas por um longo avental branco, cujo usuário certamente, embora não pudéssemos vê-lo acima dos joelhos, encontrava-se deitado no chão. Ao fundo, por trás daquela confusão, um vulto escuro destacava-se de costas para nós, revirando freneticamente as gavetas de madeira do amplo móvel que Lanyon mantinha ali para armazenar ordenadamente suas misturas e infusões. Mas assim que irrompemos dentro do laboratório o invasor voltou-se com rapidez, e sua face angulosa e doentia era inconfundível.

– Hyde! – gritei, o terror e a raiva misturados na voz – Pare onde está!

A criatura encolheu-se como um animal selvagem e exibiu os dentes escuros e irregulares, enquanto franzia o nariz em uma careta medonha, emitindo um silvo que me fez pensar em um grande réptil acuado.

Utterson viu as pernas no chão por trás da escrivaninha e gritou o nome de Lanyon. Avançou dois passos em sua direção, mas estacou ao perceber que avançava igualmente na direção de Hyde. Este interpretou o movimento como um ataque. Retirou uma das gavetas do encaixe e atirou-a pelos ares em nossa direção, demonstrando uma força insuspeita para alguém tão franzino. Utterson e eu saltamos um para cada lado e a gaveta passou voando pela porta, indo espatifar-se na antessala. Hyde saltou de lado, passando por trás da estante caída e indo parar por trás da grande mesa repleta de pipetas e outros instrumentos, onde Lanyon realizava suas experiências. Corri para o mesmo lado, tentando cercar seu avanço, enquanto Utterson corria diretamente para o corpo caído de Lanyon, aproveitando o caminho livre.

Hyde tinha diante de si um arsenal generoso para usar contra nós e vi que havia percebido isso quando as peças de vidro e de metal começaram a voar em minha direção. Eu me esquivava como podia, defendendo o rosto com um braço e procurando às cegas, com a outra mão, algum objeto com que pudesse contra-atacar. Eu ouvia os grunhidos e rosnados ininteligíveis de meu adversário e um arrepio percorreu-me a espinha diante de tanta ferocidade, que sequer parecia humana.

Do outro lado do laboratório, ouvi o grito assustado de Utterson:

– Enfield! Socorro, depressa!

Hesitei por um instante, mas meu bom senso me fez recuar em socorro do meu primo, sem, entretanto, perder Hyde de vista, encolhido como estava nas sombras. Contornando a escrivaninha, compreendi a aflição de meu companheiro. Um jato pulsátil de sangue jorrava da garganta de Lanyon, que nos fitava com olhos injetados e a face muito pálida. Utterson sacara um lenço do bolso e tentava inutilmente conter a hemorragia.

– Calma, Lanyon – tentava ele acalmar o ferido, com a voz trêmula. – Estamos aqui, vamos ajudá-lo...

Os lábios pálidos de Lanyon se mexeram, tentando dizer algo. Na segunda tentativa, sua voz soou rouca e muito baixa:

– Jekyll... Por favor, Jekyll...

Em seguida sua cabeça pendeu de lado, enquanto sua consciência se esvaía. Como o homem agonizante atraía integralmente nossa atenção, perdi de vista por um momento seu algoz, o que me custou caro. Antes que me levantasse, senti uma pancada por trás da cabeça que me fez cair sobre o corpo de Lanyon, a visão escurecida e uma dor aguda descendo pelas minhas costas. Ouvi vagamente um grito ameaçador, que parecia ter vindo de Utterson. Foi a última percepção que tive antes de perder os sentidos.

Não sei quanto tempo se passou até que eu despertasse, com a cabeça latejando e dores no pescoço. Quando minha visão recobrou o foco, vi diante de mim a fisionomia consternada de Utterson e um homem desconhecido, ostentando um volumoso bigode castanho e uma expressão grave no rosto. Usava um terno de corte simples, mas de boa qualidade, e um chapéu de abas curtas. O aspecto geral não me deixava dúvidas: Scotland Yard.

– Seja bem-vindo de volta, *Mister* Enfield, espero que esteja bem. Sou o Inspetor Newcomen, responsável pela investigação da morte de Sir Danvers Carew e agora deste novo homicídio – disse ele, ao mesmo tempo confirmando minha suspeita e um de meus maiores temores.

Olhei de relance para Utterson, que confirmou com um olhar minha pergunta silenciosa. O Doutor Lanyon não havia sobrevivido ao violento ataque. A presença de Newcomen também tornava um fato evidente: a polícia já fazia a correlação entre os dois crimes; já estavam à caça de Edward Hyde.

– Apesar das dores creio que poderia estar bem pior, inspetor. Obrigado pelo interesse.

– Desculpe não esperarmos por seu completo restabelecimento, mas o tempo se esvai entre nossos dedos. Dois homens dignos já morreram nas mãos de um selvagem e precisamos evitar que essa insanidade prossiga.

– De pleno acordo – falei, sentando-me com um gemido no leito improvisado em um sofá do próprio laboratório, onde três policiais uniformizados vasculhavam os escombros como perdigueiros, colhendo pistas e impressões digitais.

– Pois bem, *Mister* Enfield, que tal começar nos dizendo o que aconteceu aqui?

Relatei minuciosamente tudo que se passou desde que irrompemos dentro do laboratório de Lanyon. Utterson confirmava cada frase com um aceno de cabeça. Eu estava reproduzindo fielmente o que ele já contara a Newcomen enquanto eu estivera inconsciente. O inspetor pareceu satisfeito com meu depoimento e então indagou:

– E que razões trariam os dois cavalheiros à casa do doutor Lanyon tão cedo pela manhã?

Dei outra rápida olhada em direção a Utterson, que agora tinha o olhar perdido em algum lugar distante. Pelo que eu conhecia de meu primo, duvidava que ele houvesse dito à polícia alguma coisa que pudesse comprometer Jekyll, pelo menos antes que pudesse estar com ele pessoalmente.

– Como já deve saber, Inspetor, Lanyon e meu primo Utterson são velhos amigos do tempo dos bancos escolares. Não creio que seja necessária alguma razão extraordinária para uma visita, mesmo em horários pouco ortodoxos.

– O senhor tem razão nisso – rebateu ele, alisando o bigode. – Por outro lado, fui informado de que os senhores foram as primeiras pessoas a chegarem ao local do crime após o assassinato de Sir Danvers. Do alto de minha vasta experiência considero, digamos, absurdamente pouco ortodoxo que sejam as primeiras testemunhas de dois assassinatos consecutivos, ainda mais que a descrição do homem que foi visto fugindo do local do crime é a mesma nos dois casos. Não fosse esse simples detalhe, senhores, asseguro-lhes de que estariam no topo de minha lista de suspeitos. Por outro lado, as evidências me indicam que os senhores sabem mais do que estão me dizendo até agora, o que lhes advirto que pode ser uma posição perigosa.

Ele tinha toda razão. Diante dos rumos tomados pelos acontecimentos, crescia em mim o temor de que nossa vacilação custasse outras vidas, e o pior, tudo indicava que a próxima vítima seria mesmo Jekyll. O nome dele havia figurado duas vezes nas últimas palavras proferidas por Lanyon no momento de sua morte. Um homem, eu supunha, daria a essas últimas palavras o maior valor entre todas as proferidas ao longo de sua vida, por isso as de Lanyon haviam soado, perante meu julgamento, como um pedido de socorro. Ele tentava, em seu suspiro final, salvar a vida de um amigo. Teríamos o direito de atrasarmos esse socorro? Olhei para meu primo com expressão de súplica e ele compreendeu. Suspirou com os olhos cerrados e finalmente falou, deixando as palavras fluírem como um desabafo:

– Ao inferno com tudo isso! Sim, Inspetor, nós conhecemos a identidade do assassino. Temo que talvez sejamos, inclusive, capazes de indicar seu provável esconderijo.

Nos minutos seguintes Utterson relatou com detalhes ao inspetor os acontecimentos que nos levaram a identificar Hyde como o criminoso, falou de sua misteriosa ligação com Jekyll, mas evitou mencionar nossas suspeitas de que o patife estivesse agindo a serviço dos franceses, tentando apreender material biológico de altíssimo poder letal. Tudo indicava que não havia encontrado a ampola de sangue no laboratório de Lanyon, o que fazia de Jekyll seu provável alvo na próxima investida.

Newcomen decidiu que deveria visitar Jekyll imediatamente e solicitou que o acompanhássemos, como testemunhas dos crimes anteriores. Quatro policiais nos escoltaram, sendo que dois deles ficaram postados na entrada principal da residência e os outros dois na soturna porta dos fundos, que levava diretamente ao prédio que abrigava o laboratório químico e o de anatomia, onde Jekyll realizava seus experimentos.

O amável mordomo nos recebeu, dessa vez, com olhos aflitos e uma voz da qual transbordavam uma enorme preocupação e urgência:

– *Mister* Utterson! *Mister* Enfield! Graças ao bom Deus!

– Poole, este é o Inspetor Newcomen, da Scotland Yard. Temos motivos para acreditar que a vida de Jekyll esteja em grande perigo. Mas, antes de tudo, diga-nos o motivo de tanta aflição...

– Bem, é possível que tenha alguma relação com o que o senhor acaba de me relatar. O doutor Jekyll trancou-se no laboratório de química ontem à noite, quando o deixei pela última vez. Hoje pela manhã fui levar-lhe o desjejum, mas ele se recusa a abrir a porta. O pior é que está falando de modo muito estranho, usando palavras grosseiras para ordenar que eu me afaste e que ninguém mais o incomode. Ouvi barulhos muito estranhos saindo lá de dentro, senhores. Temo que algo esteja muito errado.

– Diga-me, Poole – adiantou-se Newcomen -, por acaso Edward Hyde se encontra nesta propriedade?

– Não o vejo já faz alguns dias, Inspetor – respondeu o mordomo, dando de ombros. – Mas é difícil afirmar com certeza, já que ele usualmente transita pela porta dos fundos, que leva dos laboratórios à rua de trás.

– Permita-nos tentar conversar primeiro com Jekyll, Inspetor – pediu Utterson. – Acredito que nossa presença inspirará confiança suficiente para que ele abra a porta.

– Vão em frente, *Mister* Utterson. Enquanto isso, se me permitem, eu e um de meus homens vamos fazer uma vistoria na casa, em busca de pistas deixadas pelo nosso homem.

Newcomen chamou um dos guardas que se postavam na entrada principal e começou a ditar instruções. Utterson e eu seguimos Poole pelos tortuosos corredores até os fundos da propriedade. Atravessamos a passarela gradeada que conduzia ao anfiteatro, onde se realizavam necropsias e outros procedimentos relacionados à anatomia. Subimos um lance de escadas em curva e atravessamos o gabinete, que terminava na porta do laboratório de química. Poole colocou um dedo indicador diante dos lábios e fez sinal para que nos aproximássemos da porta, para escutarmos o que acontecia em seu interior. Com o burburinho de Londres ao fundo, vindo da rua de trás, ouvimos o som incessante e irrequieto de passos, que o tempo todo cruzavam o laboratório denotando certa urgência.

– Fica sempre assim? – indagou Utterson, sussurrando.

– A maior parte do tempo – acedeu Poole. – Em certo momento o ouvi chorando.

– Chorando? Como assim? – indaguei, horrorizado.

– Chorando como uma mulher ou como uma alma penada. Carreguei aquele som em meu coração e quase chorei também.

Utterson olhou ao redor e apontou para um machado, usado no corte da lenha para a lareira ou para o fogão. Poole o apanhou na parede do fundo e o deixou sobre a mesa próxima, para ser usado na invasão em caso de necessidade. Utterson bateu na porta de maneira forte e decidida. Sua voz soou com autoridade:

– Jekyll! Eu exijo vê-lo. Temos graves suspeitas e advirto que irei vê-lo de qualquer maneira. Estou avisando: se não for por bem, será por mal. Abra a porta imediatamente.

– Utterson! – soou a voz abafada, lá de dentro. – Pelo amor de Deus, tenha piedade!

– Foi meu último aviso, Jekyll! Se não tiver seu consentimento, entrarei usando a força bruta!

– Vá embora, Utterson! – agora Jekyll encontrava-se bem próximo, logo atrás da porta – Você está correndo grande perigo. Não faz ideia do que está acontecendo aqui! Imploro para que parta agora e fique o mais distante possível deste lugar, até que...

– Não há mais tempo para negociações, Jekyll. Se não pretende abrir a porta, para sua própria segurança, peço que se afaste dela.

Fez um sinal para Poole, que apanhou o machado e o girou habilmente por sobre a cabeça e o desceu contra a madeira grossa junto à fechadura. O choque fez tremer o edifício, as dobradiças rangeram dolorosamente. O machado subiu novamente e o próximo golpe provocou um estalo e o desprendimento de um grande pedaço de madeira. Foi só no quinto golpe que a porta finalmente cedeu, espalhando destroços no tapete interno. Utterson empurrou a folha de madeira arruinada e entrou no laboratório, seguido por mim. Vimos o doutor Jekyll encolhido no fundo do aposento, o rosto contraído em pálido terror. As mãos, encolhidas junto ao peito, seguravam alguma coisa que não podíamos ver dali.

– Jekyll...

– Não! Vão embora, eu imploro! Afastem-se, antes que seja tarde!

Enquanto ele falava, moveu as mãos nervosamente. Pude ver um brilho vermelho-rubi cintilar em um tubo cilíndrico entre seus dedos. O sangue correu gelado em minhas veias. Dei dois passos à frente e disse:

– Antes de qualquer coisa, responda: você sabe onde está Hyde?

Foi aí que, para mim, o mundo começou a girar mais lentamente. Pelo menos é a impressão que tenho, quando me lembro de tudo. O olhar que Jekyll exibiu diante da pergunta de Utterson me atingiu como um punhal. Primeiro, havia surpresa. Era como se ele não esperasse ouvir aquilo naquele momento. Em seguida, seus olhos refletiram compreensão. Ele se lembrou de que havia algo que nós não sabíamos e era algo que ocupava tanto espaço em sua vida e em sua mente que, para ele, já parecia algo corriqueiro. Ao mesmo tempo seus olhos brilharam de tristeza, transbordando toda a infelicidade represada dentro de sua alma. No final, sua expressão era de resignação. A resignação de um homem condenado. Ao mesmo tempo em que Jekyll lançava esse olhar fúnebre para algum ponto atrás de mim e de Utterson, o mundo enlouqueceu. Uma pancada entre nós dois, vinda pelas costas, atirou a mim e a meu primo, violentamente, um para cada lado. Bati com um ombro na parede, rente ao chão. Utterson desabou contra uma estante e uma chuva de livros o soterrou por um momento. Ao mesmo tempo, olhando para o alto, ainda tonto, vi o vulto negro movendo-se a grande velocidade. Seu grito era o de um animal enfurecido e, em sua mão, um bastão longo, que ele agitava sobre a cabeça, terminava em um brilho metálico que se movia em círculos. Jekyll gritou em pânico e saltou para um lado, bem a tempo de escapar do machado que Edward Hyde baixou com fúria sanguinária, estilhaçando uma cadeira. Hyde recuperou-se com velocidade espantosa e brandiu o machado em um arco horizontal ao nível do peito. Jekyll, mostrando bons reflexos, abaixou-se e rolou uma vez pelo piso, evitando o novo golpe. Agora Utterson já se colocava sobre os joelhos e começava a se levantar. Ele gritou algo para chamar a atenção do agressor e teve sucesso. Hyde olhou para ele, emitindo um silvo reptiliano, e chutou a mesa com grande força. Ela trepidou e enrugou o tapete, mas moveu-se o suficiente para comprimir Utterson contra a estante atrás de si. Enquanto isso eu me levantei e empurrei meu corpo para frente, apoiando os pés no canto entre o piso e a parede, projetando-me sobre o pequeno, mas poderoso corpo de Hyde. Fui recebido pelo cabo do machado contra meu queixo, fazendo-me curvar para trás com uma dor aguda e desabar no chão. Ao meu lado passou o doutor Jekyll, tentando escapar ao logo da parede em direção à porta arrombada. A cena que se desenrolou diante dos meus olhos foi uma das mais terríveis que, ainda hoje, assombram a memória de um soldado habituado ao front de batalha: meio tonto, sentindo o gosto salgado de meu próprio sangue, vi quando Hyde ergueu o machado por sobre a própria cabeça e, com um grito de guerra, o arremessou em direção ao médico. A lâmina penetrou nas costas de Jekyll com um baque surdo, bem entre as omoplatas, e um esguicho de sangue coloriu o papel de parede floral. O pobre homem gemeu, tentando encontrar o fôlego, e ainda apoiado contra a parede lateral do laboratório conseguiu pronunciar, com dificuldade, o nome de Utterson, que finalmente conseguira desvencilhar-se de sua prisão. Enquanto caía, já perdendo os sentidos, vi quando Jekyll arremessou no ar a ampola de vidro cheia do líquido rubro. Porém, certamente devido à situação em que se encontrava, o arremesso não encontrou a direção desejada. O recipiente de vidro girou no espaço e ia passar cerca de um metro além do alcance de Utterson. Para piorar, meu primo, com o terror estampado na face, tentou lançar-se no ar para interceptar o projétil, mas escorregou em uma rugosidade do tapete e perdeu impulso, não alcançando a distância necessária. Vi quando estatelou-se no chão, e de onde me encontrava percebi que a ampola ia se espatifar a poços centímetros além do alcance de seu braço. Quando parecia ser o fim de tudo, a presença de espírito de Utterson uma vez mais me surpreendeu, o que não era frequente, admito, mas não podia ter acontecido em momento mais adequado. Num movimento rápido, ele arrancou a cartola da cabeça e esticou-a para frente com toda força. A ampola mortal em queda livre mergulhou em cheio no interior da cartola, como uma rede de apanhar borboletas colhendo seu espécime mais valioso.

Não tive tempo para expressar meu alívio, pois o vulto de Hyde passou sobre mim rosnando. Ergui a mão e o segurei pela ponta da capa, contendo seu avanço em direção a Utterson. Furioso, ele se voltou para mim e contemplei diretamente, como uma ave de rapina descendo das alturas, seus olhos faiscando de ódio e seu nariz longo e pontudo, enrugado numa máscara terrível. Dos cantos de sua boca escorria uma baba espumosa. Fiquei paralisado quando o facínora ergueu o machado novamente, dessa vez mirando diretamente minha cabeça.

Ele não chegou a baixar os braços no golpe fatal. Dois estampidos quase simultâneos soaram na direção da porta e o corpo de Hyde retesou-se em dois espasmos rápidos, desabando em seguida para trás, seguindo a trajetória determinada pelo peso do machado. Virei o rosto e vi, sob o batente, o inspetor Newcomen e um de seus homens como duas estátuas gêmeas, os braços ainda erguidos para frente e segurando as pistolas de canos fumegantes.

Enquanto eu tentava colocar-me de pé, vi Utterson depositando cuidadosamente sua cartola sobre a mesa e depois correndo na direção de Jekyll. Virou cuidadosamente o corpo, que se encontrava de bruços, e vi quando duas lágrimas escorreram de seus olhos.

– Está morto – disse ele, com voz embargada.

Newcomen e seu agente encontravam-se de pé em torno do corpo caído de Hyde, os olhares graves, mas as armas guardadas. Pela sua vasta experiência, sabiam que era o fim do monstro. Ele, entretanto, ainda respirava, mesmo que com grande dificuldade. Os dentes arreganhados, fitava intensamente o teto, e voltou os olhos injetados para nós quando eu e Utterson nos aproximamos com cautela.

– Bom trabalho, *Mister* Utterson – soou sua voz rascante.

– Não agradeça, Hyde – retrucou Newcomen com desprezo, acreditando erroneamente que o monstro se referia à epopeia que culminara em sua derrota. – É um prazer para todos nós livrar o mundo civilizado de uma fera bestial como o senhor.

– Mundo civilizado – repetiu Hyde, em tom zombeteiro e irrompeu numa risada que me fez recuar com asco. Um espasmo de dor interrompeu seu riso e ele ofegou algumas vezes antes de falar, olhando fixamente para Utterson:

– Mundo civilizado... Ética científica... Sistemas efêmeros, *Mister* Utterson, que se esvaem como espuma.

Em seguida, seu corpo enrijeceu novamente e ele irrompeu em uma tosse convulsiva, expelindo seu próprio sangue em gorgolejos agonizantes. Aquelas foram as últimas palavras de Edward Hyde, que morreu ali, caído ao lado do corpo de Henry Jekyll, sua última vítima.

O que aconteceu então foi realmente espantoso, fazendo com que todas as testemunhas, atônitas, recuassem um passo. Após a morte, o corpo de Hyde começou a se transformar. Inicialmente parecia estar inchando, mas depois ficou evidente que estava crescendo, ganhando volume e arredondando formas. O próprio rosto se encheu, na medida em que as faces ganhavam substância e o cabelo diminuía, enquanto a calva tomava toda a parte anterior do crânio. Fui o primeiro a reconhecer a pessoa que emergia da surpreendente transformação e não pude conter uma exclamação sufocada:

– Meu Deus, é Poole, o mordomo.

– Senhor, que bruxaria é essa? – gemeu o policial que acompanhava Newcomen, segurando o chapéu com as duas mãos e contraindo os dedos nervosos.

– Não é bruxaria, policial, é ciência. Não que seja menos terrível... – disse Utterson, os olhos ainda marejados.

Depois daquilo, os agentes da Yard encarregaram-se da cena do crime. Utterson apanhou, com discrição e muito cuidado, a cartola que continha a ampola com o agente da praga escarlate. Retirou também, quando ninguém mais além de mim observava, um caderno grosso de uma gaveta na escrivaninha de Jekyll. De posse daqueles objetos, nos retiramos daquele cenário trágico.

Utterson falou muito pouco no caminho de volta para casa. Chegando lá, conduziu-me diretamente ao porão, onde acendeu a caldeira que providenciava o aquecimento central. Enquanto o fogo crescia, sentamo-nos ao redor da mesa e acendemos um lampião, para que examinássemos o caderno de Jekyll, que nada mais era que o mais recente volume de seu diário pessoal. Utterson passou as páginas com ar soturno e começou a ler alguns trechos de anotações dos últimos dias. Assim como o fogo clareava paulatinamente o porão, a leitura começou a clarear efetivamente nosso entendimento sobre toda – ou quase toda – a trama.

Fiquei surpreso ao ouvir longas dissertações de Jekyll sobre as duas naturezas humanas: a instintiva, rasteira e mesquinha, voltada para o próprio umbigo e a superior, altruísta e ampla, que busca todo o tempo o bem maior. Era uma teoria semelhante à que Utterson discutira comigo havia pouco tempo, na noite da morte de Sir Danvers. Tudo indicava que, longe da minha presença, ele também se entretinha trocando semelhantes devaneios filosóficos com Jekyll. Mas havia uma diferença, que me levava a crer que a semente daquele discurso viera originalmente do médico: ele escrevia sobre o assunto com muito mais paixão, evocando diversas teorias científicas, pseudocientíficas e até esotéricas para ilustrar o assunto. Em dado momento ele se atrevia a especular se, sendo as duas naturezas tão distintas, não seria possível separá-las fisicamente, da mesma forma como um anatomista é capaz de dissecar e isolar os diferentes órgãos físicos com diferentes características e funções. Ele chegava a mencionar um determinado sal especial, cujo nome não mencionava por questão de segurança, originário do Oriente e que, misturado em uma fórmula que Jekyll já vinha desenvolvendo em suas extrapolações alquímicas, acreditava que talvez fosse efetivo para tão ousado objetivo.

Em outra anotação, ficava clara a irritação de Jekyll por não conseguir obter, nos mercados de Londres, o mencionado sal com a pureza necessária para seu experimento. Culpa, dizia ele, dos embargos e outras dificuldades impostas pela ebulição política no caminho entre o Oriente e a Grã-Bretanha, frutos do milenar conflito entre os impérios Britânico e Francês.

Mais adiante, o humor e a vibração de Jekyll alcançam o extremo oposto. Ele afirma que o doutor Lanyon, em um recente encontro, propôs que ambos se associassem em um projeto sigiloso patrocinado pelo governo. Lanyon afirmava que, caso Jekyll aderisse ao projeto, teria abertos os canais para obter quaisquer substâncias, por mais difíceis que fossem de encontrar, graças aos contatos que fariam com os fornecedores mais remotos, através de nada menos que a estrutura de importação do Ministério das Relações Internacionais. Isso, obviamente, sem mencionar a polpuda compensação financeira.

Utterson lançou-me um olhar significativo e avançou as páginas, detendo-se em uma anotação feita logo depois do encontro entre Sir Danvers, Lanyon e Jekyll, testemunhado por Jack Chaney. Naquele dia o narrador parecia lutar para conter a própria ansiedade, mas fazia um evidente esforço para manter-se racional. Sir Danvers propusera à dupla, Jekyll e Lanyon, chefiar uma das duas frentes de pesquisa a respeito de uma nova doença, de evolução clínica rápida e letal, que tivera seu primeiro e desastroso foco em algum recanto do Outro Mundo. Queria que os dois cientistas isolassem o agente infeccioso, supostamente para que se desenvolvesse uma vacina que protegesse os súditos do Império Britânico de uma possível epidemia mundial. Jekyll não era ingênuo e sabia que uma pesquisa dessa índole, patrocinada pelo gabinete de Carew, certamente poderia resultar no desenvolvimento de uma arma bacteriológica. No entanto, seu entusiasmo irrefreável o obrigava a deixar a responsabilidade sobre essa hipótese no ombro de Sir Danvers. Argumentava que seu papel era desvendar os mistérios e iluminar o assunto do ponto de vista científico. O uso que seria feito daquilo, à revelia de seu conhecimento e participação, seria responsabilidade de outros. Na mesma reunião, Carew concordara em providenciar a busca e importação do misterioso sal especial do Oriente para o projeto pessoal de Jekyll. O médico havia convencido o a princípio relutante Cavaleiro argumentando que, caso obtivesse êxito em sua pesquisa, o Império poderia contar, em potencial, com soldados mais eficientes em combate: homens mais fortes, mais agressivos e adaptados para a atividade da guerra. A condição imposta por Sir Danvers foi de que a pesquisa sobre a doença contagiosa tivesse toda prioridade, que Jekyll mantivesse essa investigação sempre em primeira linha, mantendo-se focado até que obtivesse resultados, para depois, então, poder dedicar-se integralmente ao seu projeto pessoal.

Passaram-se algumas anotações, onde a ansiedade de Jekyll crescia visivelmente. Em dado momento, um estágio do estudo levou a amostra para o laboratório de Lanyon. Sem ter nada de mais imediato para fazer, Jekyll sentiu-se tentado a dar início a seu projeto, uma vez que o sal especial já se encontrava em seu poder. Entretanto temia que, ao usar a fórmula em si mesmo, prejudicasse a clareza de sua razão científica, tais eram os potenciais efeitos sobre o físico e sobre a psique. Assim sendo, Jekyll fez o impensável: misturou a beberagem na comida de seu mordomo Poole, sem que o pobre serviçal soubesse. Os efeitos foram quase imediatos; o pobre homem caiu em terríveis e dolorosas convulsões, sofreu assustadoras mudanças físicas diante dos olhos atônitos do cientista, e pela primeira vez surgiu neste mundo a figura hedionda de Edward Hyde. O monstro foi mantido em uma jaula, que Jekyll mantinha nos fundos do laboratório a fim de conter animais para pesquisa, até que o efeito passasse e Poole retornasse ao estado original. Obviamente o mordomo mostrou-se indignado e profundamente ressentido com o ato do patrão a quem servia diligentemente havia tantos anos, mas Jekyll procurou acalmá-lo, mostrando que o efeito da fórmula revertera sem sequelas, como ele, aliás, antecipava. Jurou que jamais faria aquilo, se por um momento suspeitasse estar colocando a vida ou a saúde de Poole em risco. Fez, então, uma proposta ao mordomo: que ele prosseguisse como cobaia para o experimento da fórmula e, uma vez que Jekyll não possuía herdeiros naturais, faria de Poole herdeiro universal de seus bens após sua morte. Embora receoso e relutante, afirmava que o homem acabou concordando. As doses da fórmula foram ajustadas e intensificadas. Hyde ganhou aos poucos a confiança do médico, a ponto deste permitir que ele circulasse pelas ruas de Londres, na maioria das vezes à noite e em locais com pouco movimento de transeuntes. Jekyll relatava, nas anotações do diário, seu entusiasmo crescente com os efeitos da pesquisa.

Seu tom mudava mais adiante e, pela primeira vez desde o início, meu primo e eu éramos mencionados. Utterson leu, preocupado, um trecho onde Jekyll mencionava sua profunda perturbação com um efeito adverso de sua experiência: "Algo imprevisto e inquietante aconteceu: meu bom amigo Utterson procurou-me hoje e surpreendeu-me com preocupações a respeito de meu testamento, onde deixo todos os meus bens em herança ao *alter ego* de Poole. Diante de minha resistência a modificar o documento, fez-me uma revelação chocante: Sir Danvers acaba de ser assassinado e Utterson suspeita que o assassino seja Hyde, que ele viu entrando em minha casa logo depois do crime! Ao ouvir isso faltou-me o chão sob os pés, por um motivo muito simples: nos últimos dias não submeti Poole à fórmula. Isso só pode significar que a droga está se integrando de maneira inesperada ao metabolismo de meu paciente; a transformação em Hyde está acontecendo de forma espontânea! A questão é: será que Poole tem controle sobre ela, ou tem sido algo inesperado mesmo para ele? Precisamos conversar. Caso Poole esteja se transformando espontaneamente, o assassinato de Sir Danvers pode ter sido algo deliberado. Temo em pensar que isso possa ter algo a ver com minha associação com ele e Lanyon na pesquisa sobre a praga escarlate, embora não consiga atinar para as razões disso. Preciso ter muito cuidado."

– A morte de Lanyon confirma essa suspeita e a do próprio Jekyll, ao final de tudo. Mas o que teria levado Hyde a essa sequência de crimes? – indaguei.

– Vejamos se descobrimos algum indício – respondeu Utterson em voz baixa, voltando a folhear o diário.

Pouco à frente, Jekyll encontrava-se profundamente assustado. Lanyon o havia procurado em casa e mostrava-se muito preocupado. Desconfiava de que, nas sombras da noite, alguém rondava sua casa. Temia que aquilo tivesse relação com a pesquisa da praga escarlate, e temia que a ampola de sangue caísse em mãos erradas. A notícia da morte de Sir Danvers havia sido a gota d'água. Lanyon trouxe a ampola para Jekyll, cuja residência contava com melhores condições de segurança, e propunha que aquela transferência ficasse em absoluto segredo. Após a saída de Lanyon, Jekyll convocara Poole a sua presença e o interrogara a respeito dos supostos atos de Hyde à margem de seu conhecimento. Mais uma vez Jekyll assistiu, mais apavorado que nunca, a transformação de seu serviçal em Edward Hyde. O monstro o segurou pela garganta e o ameaçou. Ele não sabia como, mas Hyde estava ciente da pesquisa secreta do grupo envolvendo a doença mortal e exigia que parassem com as experiências. Confirmou que havia eliminado Sir Danvers Carew, o mentor do que considerava uma "aberração da pesquisa científica", e afirmou que iria às últimas consequências para deter Jekyll e Lanyon. Deu-lhe um ultimato para que entregasse a ampola de sangue e retirou-se com uma gargalhada selvagem. Jekyll entrou em pânico. Juntou algumas provisões às pressas e trancou-se no laboratório. Quando Poole batia à porta, chamando-o para fora, Jekyll o ameaçava, afirmando estar armado e disposto a reagir a qualquer tentativa de invasão. "Que Deus me perdoe – terminava ele a anotação – mas desta vez fui longe demais. Eu criei um monstro."

– Então Poole nos usou para invadir o laboratório. Ele não tinha certeza se Jekyll estava mesmo armado e, ao não encontrar a ampola no laboratório de Lanyon, deduziu que ali seria o verdadeiro esconderijo da amostra.

– E assim que entramos, voltou a se transformar em Hyde e atacou.

– Meu Deus... O tempo todo o culpado era o mordomo.

– Não creio, Enfield. Para mim o pobre Poole foi mais uma vítima da irracionalidade daquele grupo de homens, com tanto conhecimento e tão pouco bom senso. Uma mistura perigosa e explosiva, se me permite dizer.

– Mas uma questão permanece nebulosa: quais os motivos de Hyde ao insurgir-se contra a pesquisa? Estava sozinho, ou alguém agia por trás dele?

– Os franceses, você quer dizer? – Utterson exibiu um sorriso triste. – Não, dessa vez creio que não. O que posso argumentar, em relação a isso, é que Hyde era a personificação do lado primitivo, selvagem, de Poole. Lembre-se, a natureza inferior é voltada essencialmente para a própria subsistência. A ambição, como parece ter sido o caso de nossos pobres cientistas, é um incentivo poderoso que leva a ações temerárias, mas existe um estímulo que é esmagadoramente superior a ela: a autopreservação. Enquanto Jekyll e seu grupo usavam argumentos racionais, seguindo uma lógica tortuosa para justificar os riscos do que estavam realizando, a alma de Hyde era, em essência, o mais puro instinto de sobrevivência. Ele pressentia, de alguma forma, que a manipulação daquele sangue, se saísse de controle, poderia representar a extinção da vida humana nestas ilhas, quiçá no mundo inteiro. E uma fera, ao sentir-se ameaçada, não hesitaria em cometer os atos que Hyde perpetrou.

– Faz sentido, Utterson, mas ainda não atinamos com uma resposta: quem teria contado a Poole a respeito da experiência secreta do grupo e de seu perigo potencial?

– Isso eu temo que jamais saibamos – disse ele, suspirando e fechando o diário. – As anotações terminam aqui.

Utterson ergueu-se solenemente e apanhou, com todo cuidado, a ampola dentro da cartola. Caminhou até a caldeira, cujo calor e brilho dourado agora tomavam todo o ambiente e atirou o vidro com precisão no meio das furiosas chamas. Houve um breve estalo, e nada mais. A seguir, meu primo atirou nas chamas o livro que continha o diário de Jekyll, levantando uma nuvem de fagulhas que se desvaneceu em instantes.

– Por que fez isso, Utterson? Por que destruir o diário?

– A honradez e a busca do bem pontuaram a maior parte da vida de Jekyll e Lanyon. Que a perda dessas vidas seja o preço máximo para os últimos e temerários atos que cometeram. Deixemos que essas páginas tristes se apaguem dessa história definitivamente.

– De acordo – assenti solenemente. – Essa história se encerra aqui.

Despedi-me de Utterson em clima de grande tristeza, mas ao mesmo tempo de alívio. Retornei para casa refletindo sobre quantos monstros ainda se escondem por baixo de ternos bem desenhados e sorrisos benevolentes, na agitada Londres e em todo o mundo. Aquilo, eu tinha certeza, ainda me traria muitos pesadelos.

Utterson esperou que anoitecesse. Ainda havia algo a ser feito para colocar um ponto final naquela história trágica. O tílburi deixou-o à margem do Tâmisa e ele caminhou a pé os últimos metros até o ponto de encontro. À sua esquerda destacava-se a silhueta magnífica da recém-inaugurada Tower Bridge, nessa noite abençoada por uma rara e magnífica lua cheia. Sozinho, ouvindo a suave e ritmada batida das águas contra as pedras do cais, recordou o momento em que tudo aquilo começou.

No primeiro momento julgou que se tratava de um assalto. Estava saindo do Reform Club naquela noite, quando dois homens corpulentos o cercaram dos dois lados, vindos de trás. Um deles enfiou um saco de pano negro em sua cabeça, e seguraram seus braços firmemente. Ele tentou protestar, mas um minuto depois estava sendo enfiado à força em uma carruagem que parou subitamente diante do grupo. A carruagem arrancou com um solavanco e Utterson, atordoado, sentiu que estava sentado em um dos bancos de madeira, esmagado entre os dois brutamontes.

– Fique calmo, Mister Utterson, e tudo terminará bem – disse uma voz que vinha do banco em frente. Atônito, Utterson reconheceu na mesma um forte sotaque francês. Fez as únicas perguntas que lhe ocorriam:

– Quem são vocês? O que querem de mim?

– Creio que o senhor já desconfia de quem somos, n'est-ce pas? E estamos aqui para pedir sua ajuda.

– Lamento profundamente, Monsieur. Não sou um traidor.

– Ah, mas nós sabemos disso, Mister Utterson. E sabemos também que é um homem sensato e que ama o seu país. Por isso acreditamos que será sensível a nossas demandas.

– Ah, então são franceses que querem o bem do povo britânico! Parece que, além de tudo o mais, também me tomam por idiota.

– Talvez mude essa impressão e compreenda, depois que me ouvir.

Utterson deu uma sacudida nos braços e as mãos dos dois brutamontes fecharam-se em torno deles como duas prensas.

– Parece que não tenho escolha.

– Pois vamos diretamente ao assunto: o senhor provavelmente não ouviu falar, por tratar-se de um segredo de Estado, mas uma amostra de sangue contaminado chegou recentemente a Londres...

– Sangue contaminado? De quem?

– Oh, de algum pobre diabo qualquer, que certamente jaz em alguma cova rasa no México. O importante não é quem, mas o quê. O sangue traz o germe responsável por uma doença terrível e fatal, chamada popularmente de "praga escarlate".

– Nunca ouvi falar.

– Poucos ouviram. A doença dizimou algumas cidadezinhas aztecas e aparentemente foi contida. Mas duas amostras de sangue contaminado foram resgatadas pelo seu governo. Uma delas ficou no Outro Mundo, aos cuidados de um médico chamado Trask. A outra foi trazida para Londres por Sir Danvers Carew, que presta serviços muito interessantes ao seu governo.

Utterson ignorou a insinuação sobre Carew, embora para os frequentadores do Reform Club o suposto papel de Carew como agente secreto do governo fosse mais que um simples boato.

– E esse sangue é tão perigoso assim?

– Uma vez contaminado, o indivíduo tem, a rigor, menos de 24 horas de vida. A paralisia dos músculos é acompanhada por um exantema cutâneo e atinge rapidamente os músculos respiratórios e o coração. Uma morte rápida, mas terrível. E não existe cura conhecida.

– Pelos deuses...

– Horrível, não é? Bem, imagine se essa praga escarlate se disseminasse aqui, na Inglaterra. Imagine se o agente contaminante escapasse da amostra que veio para Londres. Afinal, como já deve ter deduzido, o objetivo dessa pesquisa não é outro senão a fabricação de uma arma biológica.

– E vocês sabem onde está essa amostra?

– Mais perto do que o senhor supõe. A amostra foi entregue a dois médicos amigos seus: Henry Jekyll e Hastie Lanyon.

– Isso não pode ser verdade! Eles jamais se envolveriam em algo assim! – Utterson gritou, fazendo menção de levantar-se. Outro puxão dos brutamontes o fez lembrar-se de suas limitações momentâneas.

– O senhor os conhece há anos, Mister Utterson, muitos anos! – falou o francês, em tom irritado – Acredita mesmo nisso?

O inglês permaneceu mudo, as palavras entaladas em sua garganta. Lembrava-se dos excessos e das loucuras juvenis de Jekyll e Lanyon, que não eram muito diferentes das dele mesmo. Conhecia também a irrefreável curiosidade científica dos dois amigos. A questão era: será que, como ele, a dupla haveria mesmo amadurecido o suficiente?

– É claro que eles não aceitaram isso à toa. Pode crer que as promessas de compensação de seu governo foram mais do que proporcionais aos riscos pessoais.

– Ainda que os riscos sejam grandes, confio na responsabilidade e no senso ético de meus amigos. Desculpe, mas não acredito que tenham se envolvido em algo desse gênero sem se assegurarem de todas as garantias e normas de segurança.

– "Responsabilidade", o senhor diz – o tom do francês era irônico. – Bem, talvez seja o caso de eu lhe dar um exemplo da "responsabilidade" com que agem seus amigos. Tem a ver com uma das compensações oferecidas ao doutor Jekyll...

Utterson ouviu pela primeira vez, naquele momento, a inacreditável história do projeto pessoal de Jekyll, da aquisição de componentes químicos especiais vindos do Oriente, e o mais aterrador e inacreditável, de como transformara deliberadamente seu mordomo Poole em sua cobaia, sem a consulta e a concordância do mesmo.

– Você não pode estar dizendo a verdade. Eu não acredito...

– É fácil provar, Mister Utterson. Basta que o senhor monte guarda na saída dos fundos da propriedade de Jekyll nas horas da noite. Não será difícil ver a hedionda criatura que ele está gerando em seu laboratório saindo para as ruas, e garanto-lhe que isso não reflete a menor preocupação do bondoso doutor Jekyll com a segurança do amável povo inglês!

– Supondo que seja verdade, o que esperam que eu faça?

– Queremos a ampola com o sangue. A amostra que ficou na América está, infelizmente, além do nosso alcance. Não queremos que seu governo desenvolva uma vacina que proteja os britânicos da praga e sinta-se à vontade para lançar a doença em solo francês.

– Não acredito que fariam uma coisa dessas.

– Nada de hipocrisia, Mister Utterson. Sabemos que o senhor nada tem de ingênuo. A paz que persiste durante essa chamada "Guerra Fria" tem se mantido assim graças ao razoável equilíbrio de forças entre nossos países. Mesmo assim as perdas colaterais são grandes, vitimando pessoas inocentes. Creio que o senhor sabe bem ao que me refiro.

Utterson trincou os dentes. O francês sabia sobre a morte de seu pai no afundamento do "Príncipe de Gales". Estava tentando usar isso para comovê-lo, e o que mais odiava era o fato de que não estava conseguindo ficar imune àquelas palavras.

– Se conseguirmos obter uma das ampolas o equilíbrio estará restaurado. Como o senhor é o amigo mais próximo de Jekyll e Lanyon, acreditamos que seja capaz de obtê-la para nós.

– Eu não sou um profissional como vocês...

– Sabemos disso, eis porque está acima de qualquer suspeita. E é inteligente o suficiente para chegar ao objetivo sem levantar desconfianças. Advogados são criaturas ardilosas. Só o advirto de que o tempo é curto. Lanyon e Jekyll estão trabalhando e, se constatarmos que terão êxito antes que o senhor os impeça, bem... Compreenda que teremos de ser menos sutis, e que isso pode não ser bom para o senhor, como não será certamente para eles.

Utterson hesitou. Seria capaz de enfrentar a morte antes de causar o mal a sua pátria e a seus entes queridos. Por outro lado, as acusações contra seus amigos eram terríveis, embora estivessem sendo formuladas por um francês, inimigo do Império Britânico. Sua única certeza era a de que precisava saber mais.

– Preciso verificar melhor o que está dizendo.

– Compreendo perfeitamente. Apenas lembre-se de que estamos lhe dando a oportunidade de resolver isso com o menor dano possível a seus amigos e, talvez, a seu próprio povo. Não espere demais para dar sua resposta.

– Está bem. E como farei contato?

Naquele momento, Utterson sentiu que a carruagem deteve sua marcha. Ouviu novamente a voz do francês à sua frente:

– Chegamos a um local nas docas. Duas ruas adiante não será difícil encontrar um tílburi que o leve até sua casa. Na varanda, o senhor encontrará uma gaiola com uma ave. É um pombo-correio, treinado para retornar a nossos agentes assim que for libertado. Quando se decidir basta soltar a ave e no mesmo dia venha ter comigo aqui neste exato local, à meia-noite. Compreendeu?

– Perfeitamente.

– Tenha uma boa noite, Mister Utterson. E, por favor, tome a decisão correta.

Da mesma forma bruta como havia sido colocado para dentro da carruagem, os dois homens o jogaram para fora. Utterson rolou no chão molhado e, quando conseguiu ver-se livre do capuz negro, a carruagem já ia longe, dobrando uma esquina na escuridão do cais.

Caminhou a pé por um grande trajeto antes de tomar um tílburi. Tentava digerir o que lhe havia sido dito e não viu diante de si outra escolha além de investigar por si mesmo. Lembrava-se de conversas antigas com Jekyll, em que o médico defendia com fervor a teoria de que o ser humano era composto de uma natureza nobre e outra espúria, que o inclinavam ora para o bem, ora para o mal. Isso combinava com a ideia de que o maldito tolo estudasse uma maneira de testar aquela teoria em seu laboratório. Na varanda de sua casa, Utterson encontrou uma gaiola com um pombo dentro.

Na noite seguinte o advogado montou guarda junto à porta dos fundos da propriedade de Jekyll e foi com decepção e terror que viu, pela primeira vez, a figura deformada de Hyde. Chegou a abordar o estranho homem, e a péssima primeira impressão que teve dele apenas se intensificou. Não se parecia nada com o bom e amável Poole, era uma criatura diferente, uma... coisa! No dia seguinte, ainda sem saber o que fazer, uma coincidência serviu como gota d'água: Jekyll o procurou para registrar seu testamento, onde deixava todos os seus bens para certo Edward Hyde.

Decidido a terminar com aquele absurdo, Utterson começou a elaborar seu plano. Precisava ser cauteloso ao extremo e não se sentia capaz de cumprir a tarefa sozinho. Lembrou-se de que seu primo Enfield, ex-soldado, era grande amigo e admirador de certo Jack Chaney, que servira com ele na Índia. Lembrava-se de que Enfield o apresentara a ele no julgamento de Charlie Lawton, um soldado que se transformara em assassino frio e calculista. No momento em que cumprimentou Chaney, Utterson o reconheceu como o homem que vira alguns minutos antes, ainda durante o julgamento, sentado ao lado de Sir Danvers Carew, em íntima conversa com ele. Talvez fosse a melhor maneira de, sem levantar suspeitas, atualizar Enfield quanto à situação e fazer com que ele o ajudasse, sem colocá-lo em perigo por saber demais. O primeiro passo seria apresentar Enfield à existência de Hyde. Em seguida, confrontando Jekyll pessoalmente com o conhecimento de Enfield, poderia contar ao primo uma mentira decisiva: que o médico confessara a ele que a existência de Hyde era parte de um projeto secreto do governo, destinado a criar uma espécie de supersoldados. O coordenador do projeto seria Sir Danvers. Utterson conhecia muito bem o primo e sabia que esse nome o levaria a se lembrar imediatamente de Chaney.

Sendo albionense, Chaney provavelmente saberia algo sobre a ligação entre Sir Danvers e a pesquisa sobre a praga escarlate. Mesmo que não soubesse, talvez confirmasse para o soldado a relação entre Carew e Jekyll. Em último caso, apenas deixaria em Enfield uma forte sensação de que havia mesmo uma terrível conspiração em andamento. Isso era tudo de que Utterson precisava para forçar uma invasão da dupla no laboratório de Jekyll, onde poderia encontrar a terrível ampola de sangue. Não sabia se era um bom plano, mas era o melhor que conseguia conceber em tempo tão escasso.

No domingo seguinte, em sua caminhada habitual com o primo, Utterson introduziu a conversa sobre as duas naturezas do homem, enquanto direcionava a caminhada sutilmente na direção da rua que passava atrás da casa de Jekyll. Seu plano caminhava com a precisão de um relógio, quando um fato inesperado virou tudo do avesso: o assassinato de Sir Danvers por Hyde. Aquilo exasperou o advogado, que se viu na necessidade de acelerar as coisas. Naquela mesma noite conduziu Enfield a sua casa e revelou-lhe o conteúdo do testamento de Jekyll. Combinaram a visita ao médico na manhã seguinte. Deixando Enfield com Poole, que para uma pessoa desavisada nada parecia ter a ver com toda aquela trama, Utterson confrontou inutilmente Jekyll a respeito de Hyde. Frustrado com o silêncio impenetrável do amigo, de quem esperara maior confiança, decidiu prosseguir com seu plano e recorrer a Jack Chaney, que tentariam encontrar no Reform Club na noite seguinte.

Naquele mesmo dia, entretanto, Utterson libertou o pombo-correio deixado pelos franceses em sua porta. À meia-noite em ponto esperou pela carruagem do misterioso francês junto ao cais, à beira do Tâmisa. Quando o veículo parou perto dele, um dos brutamontes da outra noite desceu e cobriu sua cabeça com o capuz negro, que impedia toda visão. Dessa vez a entrada na carruagem foi mais suave, por ter sido voluntária.

– Fico feliz que tenha se decidido rapidamente, Mister Utterson – disse logo o francês, sem perder tempo com cumprimentos.

– Hyde assassinou Sir Danvers. O que você sabe a respeito disso? – respondeu, com fúria na voz. Sentiu que a mão do gorila ao seu lado aumentava a força do aperto.

– Compreenda que não estamos brincando. Da mesma forma que recrutamos o senhor para uma missão, nossos líderes optaram por abrir outra frente de ação, contando com um possível fracasso ou discordância de sua parte.

– Você se comprometeu a me dar um tempo...

– Para se decidir sobre sua própria participação no caso. A ação de Hyde

nada tem a ver com isso. Procuramos o pobre Mister Poole e lhe oferecemos uma cura para o mal que seu traiçoeiro patrão lhe causou. Obviamente lhe explicamos as potenciais atrocidades em que Jekyll, Lanyon e Carew estão envolvidos. Nós o convencemos, como fizemos com o senhor, de que aqueles supostos cientistas têm tanta consideração com a vida humana como tiveram para com ele. O homem sentiu os efeitos disso na carne, Mister Utterson, entenda que convencê-lo foi muito mais fácil.

– Você ordenou a morte de Sir Danvers!

– Não exatamente. Tudo que ele tinha de fazer era parar a pesquisa com o sangue contaminado e, se possível, obter a ampola para nós. A forma como faria isso... bem, deixamos a cargo de Poole, ou melhor dizendo, de Mister Hyde.

– Vocês, bastardos comedores de rãs, não são melhores que aqueles homens!

– Nem piores, meu caro. Daí resulta o equilíbrio que impede que nossos países destruam um ao outro, compreende? Bem, veja pelo lado bom: você ainda tem tempo para salvar seus amigos. A ampola tem que estar com Lanyon ou com Jekyll. Creio que nem Hyde ainda sabe sua localização. Seja rápido, e me comprometo a conter a fúria vingativa do mordomo, que a propósito foi armada por seu próprio patrão, não pelos odiados franceses.

– Uma última coisa a esse respeito: vocês podem mesmo impedir de forma definitiva as transformações de Poole? Podem curá-lo, como prometeram?

O francês riu brevemente.

– Isso é informação privilegiada, Mister Utterson. Lamento que o senhor ainda não esteja credenciado junto a nosso gabinete para ter esse tipo de conhecimento. Tenha uma boa noite e um bom trabalho.

Como da vez anterior Utterson foi atirado para fora da carruagem, que partiu em alta velocidade. Ao chegar à sua casa, uma nova gaiola com um pombo o esperava diante da porta.

A etapa seguinte do plano correu maravilhosamente bem. Provavelmente a morte de Sir Danvers contribuiu para melhorar sensivelmente a disposição de Jack Chaney para falar, e assim ele deu a Enfield todas as informàções de que precisava para introduzir o ex-comandado de corpo e alma na cruzada secreta de Utterson, sem levantar a menor suspeita de que este há muito tempo já sabia do que ocorria nos bastidores do complô. Mas Chaney, inadvertidamente, acrescentara uma informação valiosa de que Utterson não dispunha: Trask, o médico da América que participava da pesquisa, estava morto. Possivelmente vítima de um acidente ao manipular sangue contaminado pela praga, o que reforçava o perigo de que o francês o advertira. Porém, o mais importante era que, ao que tudo indicava, só restava uma ampola de sangue disponível para fabricação de armas biológicas. Colocá-la nas mãos dos franceses não consistia mais em um ato para reequilibrar forças, mas simplesmente em um ato de traição que daria poder ao inimigo contra a Inglaterra. Utterson renovou sua disposição em obter a posse daquela amostra, mas com outros fins. Para tanto, propôs a Enfield que visitassem Lanyon logo pela manhã do dia seguinte. Intimamente Utterson nutria a esperança, pelo que conhecia do amigo, de que ele fosse mais sensível que Jekyll aos apelos da razão e aos argumentos que tinha a oferecer. Infelizmente Hyde adiantou-se a eles, e não conseguiram chegar a tempo de salvar a vida do pobre médico.

Quando Newcomen entrou em cena, Utterson sentiu a pressão aumentar em torno de si. Não era militar, nem era um espião treinado. Esconder coisas da Scotland Yard o deixava, como é bem compreensível, muito nervoso. Apesar disso, enquanto Enfield se recobrava da luta contra Hyde, deu ao inspetor a menor quantidade de informações necessárias para não levantar suspeitas. Porém, quando Enfield finalmente foi interrogado por Newcomen, Utterson sentiu que o problema estava saindo de controle. Decidiu mandar tudo às favas e trabalhar em conjunto com a polícia para tentar salvar a vida de Jekyll, já que pelo pobre Lanyon ele nada mais poderia fazer.

Na casa de Jekyll, com o apoio da Scotland Yard, Utterson sentiu-se mais seguro para tentar conversar diretamente com Jekyll. A coisa chegara a um ponto em que ele duvidava que o amigo resistisse à pressão. Chegando à mansão, rapidamente constatou que Poole já rondava o laboratório do patrão como um tubarão faminto. Mas se ele, Enfield e a polícia conseguissem chegar a Jekyll antes de Hyde, poderiam protegê-lo. Ele não sabia, porém, que Poole não necessitava mais ingerir a fórmula para se transformar em Hyde. Por isso acabaram sendo pegos de surpresa pelo mordomo transformado em monstro. No último instante, quase por milagre, Utterson foi capaz de resgatar a ampola de sangue atirada por Jekyll e escondê-la da polícia, para que pudesse concretizar seu novo objetivo: destruir aquela amostra diabólica definitivamente.

As recordações à margem das águas escuras do Tâmisa foram interrompidas pela chegada de uma carruagem negra. Era o momento de prestar as contas finais a seus associados indesejáveis. Quando a porta se abriu, o musculoso capanga colocou a carranca para fora, e com um sorriso irônico estendeu uma mão em direção a Utterson, entregando-lhe um capuz negro que o inglês prontamente colocou sobre a cabeça. Foi guiado para dentro da boleia e sentado no mesmo local de sempre. Ficou em silêncio até que o misterioso francês iniciasse o diálogo:

– As coisas andaram movimentadas, Mister Utterson. Sinceramente, lamento por seus amigos.

– Não, você não lamenta. Da mesma forma que eu não lamento a perspectiva de ficar definitivamente livre dos senhores, de uma forma ou de outra.

– Não se preocupe – riu o francês, em tom surpreso -, o senhor atuou com muita competência, apesar de tudo. Não temos nenhuma intenção, até o presente momento, de fazer-lhe nenhum mal.

– Muito bem, e ainda há algo que esperam de mim?

– A ampola, Mister Utterson. Queremos saber notícias da ampola de sangue que o senhor deveria localizar e apreender.

Utterson respirou fundo antes de responder:

– Ela não existe mais, Monsieur. Nos momentos finais, quando Jekyll viu-se encurralado por Hyde dentro do laboratório, optou por destruir a amostra ante a perspectiva de vê-la nas mãos do monstro que ele criou.

O silêncio preencheu a carruagem por alguns instantes, quando era possível ouvir o barulho suave das águas do Tâmisa contra as pedras.

– Isso é mesmo lamentável, Mister Utterson. Supondo, é claro, que o senhor esteja dizendo a verdade.

– E por que eu mentiria, se me permite? – Utterson deu de ombros – Não tenha dúvidas de que em nenhum momento agradou-me a perspectiva de ter em minhas mãos o perigo que aquela amostra representava. Devo confessar que, apesar de suas expectativas, para mim foi um verdadeiro alívio constatar que ela não mais existe, seja nas mãos do governo britânico, seja em poder da França. Temo que os senhores tenham de concentrar seus esforços para obterem a amostra que restou na América, se forem capazes.

Outra pausa, durante a qual o francês parecia ponderar sobre o que acabava de ouvir. Utterson agradeceu aos deuses por estar usando o capuz, de maneira que não precisava enfrentar seu olhar. Quando voltou a falar, o misterioso personagem parecia mais relaxado:

– Então temo que nossos negócios estejam encerrados. Apesar de tudo, agradecemos por seus esforços. E não tenha dúvidas de que, pessoalmente, lamentamos o que essa aventura lhe custou.

– É o fardo com que serei obrigado a viver daqui por diante.

– Tenha uma vida feliz, Mister Utterson. Apenas não se esqueça: a "Grande France" tem olhos por toda parte. E mãos também. Procure manter-se longe da política internacional, se puder.

– É o que pretendo, Monsieur, caso me permitam.

A porta da boleia se abriu, e dessa vez foi permitido que Utterson desembarcasse sobre as próprias pernas. Ele esperou imóvel que a carruagem se afastasse antes de remover o capuz, e encarou a bela lua no céu. Quanta miséria, quanto horror neste mundo ela era obrigada a presenciar!

Dentro da carruagem, que já ia longe, o misterioso francês perdeu inteiramente o sotaque quando agradeceu a seus dois auxiliares musculosos e, depositando o pagamento devido em suas mãos, deixou-os em algum lugar no cais do porto. Em seguida retirou do bolso do paletó uma luxuosa cigarreira de madrepérola, da qual extraiu e acendeu um cigarro. Se houvesse alguma testemunha, ela poderia perceber na tampa da cigarreira o emblema do Ministério das Relações Exteriores.

Na margem do Tâmisa, Utterson caminhava devagar ao longo dos ancoradouros. Em poucos dias, por melhores que fossem suas intenções diante das circunstâncias, havia assistido a morte de dois de seus melhores amigos, e tinha sido obrigado a mentir e manipular o terceiro deles. O fato de ter destruído a amostra de sangue contaminado e o diário que continha todas as anotações acerca do experimento que dera origem a Edward Hyde, sepultando para sempre a chance de que fosse reproduzido, não lhe servia de conforto. Sob a luz de um lampião Utterson observou a sombra que seu corpo projetava sobre as águas turvas abaixo. O movimento das pequenas ondas contra as pedras do ancoradouro provocava um efeito estranho: a sombra que Utterson projetava parecia-lhe ser a sombra de um monstro.

Máscaras

Sorte. Sorte, como tudo na vida. Só os asnos não percebem que tudo na vida é acaso, sorte, jogo. Por que estou aqui neste momento, exilado da civilização, em vez de em gozo dos prazeres de Londres? Porque neste mundo existem dois tipos de homens: os que conseguem assumir as rédeas do destino e os que são tragicamente atropelados por ele.

Em um mundo perfeito eu seria médico. Um médico de sucesso, provavelmente, herdeiro da clientela de meu pai. Seu notável talento lhe angariou uma fama que transcendeu as fronteiras de Edimburgo, minha cidade natal, e acabamos nos transferindo para a capital do Império, onde eu mesmo iniciei meus estudos de Medicina no Royal College of Science. Lá fiz investigações de Biologia sob a direção de Huxley.

O futuro me parecia alcatifado de flores, sem que eu fosse capaz de perceber a fatalidade que me espreitava. Eu cursava a metade do meu período de estudos, quando meu pai foi convidado pelo governo para realizar um importante trabalho no exterior, mais especificamente nas colônias asiáticas. A princípio minha mãe se opôs à ideia, preocupada não apenas com a distância, mas principalmente com as notícias de violentos combates entre nossas tropas e os rebeldes indianos, e com os rumores de novos focos de conflito nas colônias africanas. Meu pai, como sempre, fez ouvidos moucos a suas demandas e, para tranquilizar a família, argumentou que seria um período curto de ausência, de no máximo um ano.

Aquele ano nunca terminou. Com pouco mais de seis meses

recebemos em casa um oficial do governo, que nos informou do desaparecimento de meu pai no front indiano. Uma vez que ele havia consumido a maior parte de nossas economias preparando-se para a empreitada, eu e minha mãe nos vimos de repente em uma situação financeira delicada. Ela chegou a procurar as autoridades, na esperança de que existisse algum seguro que nos amparasse naquele momento de tragédia, mas aparentemente o valor repassado à família do desaparecido era irrisório diante das necessidades e uma cláusula absurda declarava que o repasse de recursos à família, de acordo com o acertado, deveria correr por conta do agente.

Nunca mais se ouviu falar do renomado doutor Hamish Montgomery e, como eu disse, a repercussão disso na minha vida foi trágica. A revolta com a perda de meu pai e, acima de tudo, com o descaso do governo que o enviou para sua provável morte, transtornou meu juízo a ponto de me conduzir aos tortuosos desvios do vício. Jogatina e mulheres eram uma constante em minhas longas noites insones, mas adquiri uma predileção especial pelo prazer do álcool. Meu rendimento escolar foi obviamente comprometido de maneira irreparável. Abandonei os estudos, e recordo não ter lamentado por isso por mais tempo do que se esvazia uma garrafa de *brandy*.

Minha mãe sofria com minha visível decadência, mas não tinha sobre mim mais ascendência do que aquela que fora capaz de exercer sobre meu pai, permitindo que ele viajasse de encontro ao seu triste destino. Depois de um tempo quase não nos encontrávamos, exceto nos breves instantes em que ela despertava para um novo dia a tempo de encontrar-me chegando à nossa casa, junto com os primeiros raios do sol, após mais uma noite de esbórnia. A Inglaterra vivia uma fase turbulenta de greves e piquetes, com frequentes confrontos entre operários e a polícia, mas minha vida boêmia seguia alheia a tudo. Mesmo que a crise econômica agravasse ainda mais nosso já combalido padrão de vida, tudo estava bem se eu continuasse tendo minha bebida, mulheres e crédito para consumir tudo isso.

Minhas companhias também mudaram, acompanhando meu estilo de vida. Saíram os estudiosos colegas, filhos de tradicionais famílias inglesas, e entraram em seu lugar os boêmios, bêbados devassos e as mulheres de vida fácil. Mas, curiosamente, acabei encontrando na sarjeta uma alma gêmea; meu melhor amigo e companheiro inseparável acabou sendo alguém que, como eu, tinha uma origem social destacada, mas vivia sem que isso significasse qualquer motivo de restrição para seus desbordes. Seu nome era John Bollamore. Melhor dizendo, *Sir* John Bollamore, embora as sarjetas de Londres o conhecessem como "Diabo" Bollamore.

Quando comecei a frequentar aquele meio, John já era uma celebridade entre a gentalha: o rei dos turbulentos, valentão, arruaceiro, jogador, beberrão; um sobrevivente dos velhos rufiões, tão ruim quanto o pior deles. O maior crápula e libertino de Londres! No entanto, sua resistência ao álcool não se comparava à minha. Algumas doses a mais já o nocauteavam, deixando-o indefeso e à mercê de seus incontáveis desafetos, o que lhe trouxe não poucos dissabores. Nosso encontro acabou resultando em uma associação de benefícios mútuos: eu desfrutava do melhor que seu dinheiro era capaz de comprar em termos de luxúria e prazeres, enquanto lhe servia como anjo da guarda; melhor dizendo, eu era o cérbero que guardava sua integridade física afugentando os adversários oportunistas, quando meu amigo se encontrava a um passo do nocaute. A dupla "Diabo" Bollamore e Doug Montgomery tornou-se célebre nas pocilgas e becos de Londres.

Muitas vezes, quando os teores alcoólicos impediam que eu mesmo o escoltasse até Thorpe Place, a propriedade de sua família, acostumei-me a deixá-lo em um abrigo público mantido através de doações, inclusive do próprio Bollamore, que servia como albergue e enfermaria para os desvalidos. Ali conheci a pequena Beryl Clare, uma flor delicada em uniforme de enfermeira, aos cuidados de quem deixei muitas vezes meu amigo, e que não demorou muito a fisgar meu coração endurecido.

Eu ainda tinha, porém, um mínimo de noção acerca da realidade. Meus hábitos de vida, sob a luz ofuscante da nobreza de alma e da dignidade daquela moça simples, evidenciavam-se em sua mediocridade o suficiente para me encher de vergonha. Eu relutava em declarar meus sentimentos e, ironicamente, o teor alcoólico elevado em meu sangue funcionava como inibidor maior, em vez de ajudar-me a me desvencilhar de minhas travas.

Mas minha paixão por ela crescia de forma avassaladora, e

decidi buscar a melhor maneira de abrir meu coração. Encontrei um bom pretexto numa daquelas incontáveis noites em que deixei Bollamore aos seus cuidados, absolutamente nocauteado pelo uísque. Retornava para casa com o coração acelerado quando a feliz ideia me ocorreu: retornar ao abrigo pela manhã, já refeito dos efeitos da bebida, com o pretexto de verificar as condições em que meu amigo se encontrava, e aproveitaria para conversar com Beryl.

Assim o fiz, e no caminho para o abrigo aproveitei para adquirir, numa barraca de ambulante, um maço de flores silvestres para presentear minha musa. Entretanto, quando adentrei a enfermaria, senti o tempo deter-se por um segundo, acompanhando a parada das batidas de meu coração. Diante de meus olhos, Beryl Clare sorria após um beijo nos lábios, roubado por John Bollamore! Ambos me viram ao mesmo tempo, congelado e ereto no meio da enfermaria, com um chumaço de flores murchas nas mãos.

– Ora, mas que gentileza! – declarou John, com sua voz animada em tom irônico – Então desta vez meu anjo protetor ainda me trouxe flores!

Arrasado, fitei aquele rosto aristocrático com seu nariz proeminente, as sobrancelhas hirsutas e a pequena barba pontuda à Mefistófeles, em grande parte responsáveis por seu apelido. Os vincos ao redor dos olhos, tão profundos que pareciam talhados a canivete, acentuavam-se com o sorriso. Eu não conseguia crer que estava perdendo o amor da minha vida para aquela figura diabólica e meu primeiro impulso foi o de enfiar o buquê goela abaixo naquele bêbado. Em vez disso, sorri amarelo e entreguei-lhe as flores.

– Que bom que você apareceu, Doug – disse Beryl com sua voz doce e bondosa, que neutralizava miseravelmente qualquer desejo que eu tivesse de odiá-la. – Quero que seja o primeiro a saber das novidades, já que você é, sem sombra de dúvida, o maior responsável por esse encontro: John acaba de me pedir em casamento e eu, obviamente, aceitei.

Eu não me surpreenderia se o chão se abrisse sob meus pés, lançando-me no mais profundo dos infernos. Mas, ainda que me custasse muito, mantive as aparências e congratulei o casal por sua felicidade.

Naquela noite minha rendição ao álcool extrapolou todos os

limites. Eu não conseguia odiar Bellamore, a quem dedicava uma sincera amizade. Muito menos podia querer mal a Beryl, cuja pureza de alma eu conhecia bem. Só ela mesma, nesse mundo cruel, seria capaz de ver as possibilidades de um homem de valor à beira do naufrágio, enfrentando o risco de se casar com ele e disposta a reabilitá-lo. Restava voltar minha raiva e frustração para mim mesmo, e tentei inutilmente me afogar em algumas garrafas de bebida forte.

Mal fui capaz de encontrar meu caminho para casa, onde outra surpresa me aguardava: uma carta deixada por minha mãe, onde ela lamentava sua incapacidade para fazer-me percorrer o caminho da dignidade. Diante do sofrimento que minha conduta habitual lhe causava desde o desaparecimento de meu pai, e vendo nossa situação financeira decair de maneira desesperadora, decidiu abandonar nossa casa e procurar uma nova vida em alguma outra parte, que não se dignou a me revelar. Deixava-me a casa e tudo que ela continha, pois era a herança que lhe restava, e desejava de todo coração que eu fosse feliz, e que Deus me ajudasse a reencontrar o caminho da decência.

Embora me envergonhe de admitir, devo dizer que naquele dia pode ter sido exatamente a embriaguez que me impediu de buscar uma arma e colocar fim à minha própria vida. Mais tarde, enquanto suportava as ferroadas dos tridentes e suplícios infernais girando em torno de meu crânio, compreendi que ali, naquela vida, nada mais havia para mim. Mas existem dois tipos de homem neste mundo: os que se entregam e os que reagem.

Foi assim que procurei um posto de alistamento militar, disposto a seguir os passos de meu pai rumo ao front indiano, onde talvez fosse capaz de encontrar um novo sentido para minha vida ou pelo menos descarregar minha monumental frustração contra aqueles que, em primeira instância, eu considerava os responsáveis pelo princípio de todo o meu calvário.

Servindo no norte da Índia, uma das regiões mais tumultuadas do front, paradoxalmente vivi alguns dos melhores momentos da minha vida. Parecia ter encontrado minha verdadeira vocação nos campos de batalha. Um companheiro de armas servia-me como ideal de soldado e acabou tornando-se meu grande amigo. Chamava-se Charles Lawson e aos poucos se tornava uma lenda em todo o Raj, graças a sua bravura e inteligência. "O prego vence a resistência da madeira, disse-me ele certa vez, porque toda a energia transmitida pelo martelo se concentra em um único ponto. Concentre-se no seu ponto, Montgomery, e empregue todos os seus recursos para afastar os obstáculos, sejam eles quais forem."

Seguindo os passos de Lawson, acabei ganhando também meu quinhão de credibilidade. Motivos não me faltavam, como é bem compreensível, para derramar toda minha fúria sobre aqueles pardos de turbante. Porém, um terrível acidente selou nossa separação. Nosso destacamento viu-se cercado por inimigos na cidade de Oudh, sem perspectivas de fuga. Nossa munição começou a escassear após dois ou três dias, enquanto os indianos fechavam progressivamente o cerco. Na calada da noite, o ardiloso Lawson manifestou sua intenção de esgueirar-se entre as fileiras inimigas em um dos seus pontos de maior concentração, e convidou-me para tomar parte na ação. Tentei demovê-lo daquele plano, que me parecia um ato de suicídio. Mas a teimosia era um dos traços mais proeminentes de seu caráter. Mesmo sem minha ajuda, Lawson conseguiu passar pelas patrulhas e invadir um enorme depósito de munições. Provocou uma explosão espetacular, que abriu um inesperado caminho de fuga para nossos rapazes, aproveitando-se da surpresa do inimigo enfraquecido. Tragicamente, em sua tentativa de fuga Lawson acabou sendo atrasado pelo confronto com uma sentinela e foi pego pela força da explosão. Meu amigo perdeu uma das pernas no incidente, colocando um melancólico fim na sua promissora carreira militar.

Lawson foi enviado de volta para Londres, enquanto eu era promovido a sargento por mais de um ato de bravura em combate. Meu modelo de soldado se fora, deixando para trás alguma culpa. Eu não conseguia deixar de pensar que, se estivesse ao seu lado no ataque furtivo, talvez pudesse tê-lo ajudado contra o soldado que o surpreendeu na retirada, poupando-o da tragédia que o acometeu. Assim, a perda de Lawson levou-me ao encontro de outra velha amiga, a garrafa de *brandy*. Enquanto o precioso líquido acalmava o aperto em minha garganta, surpreendi-me ao me dar conta de quanto tempo estivera longe dela. Entretanto, dessa vez existia um inimigo que acabava de dar-me um motivo a mais para lançar minha fúria contra ele, e a necessidade da eficiência em combate me permitiu manter meu flerte com a bebida sob um razoável controle.

Certo dia fui chamado ao gabinete do oficial comandante do pelotão, instalado em uma tenda improvisada, que proporcionava sombra, mas muito pouco fazia para diminuir o calor sufocante. Atendi ao chamado, preparando-me para justificar meu recente flerte com o álcool, mas fui surpreendido pela presença de um cavalheiro grisalho e vestido com distinção excessiva para uma base avançada junto ao campo de batalha. Foi-me apresentado por meu comandante como Sir Danvers Carew, alto funcionário do governo inglês. Então meu oficial superior nos deixou a sós, o lorde com um sorriso congelado no rosto, eu com um enorme ponto de interrogação dominando toda a face. Ele não perdeu muito tempo:

– Sargento Montgomery, fui informado de que o senhor cursou medicina no Royal College...

– Está correto, senhor. Mas, infelizmente, não pude concluir meus estudos.

– Sim, também estou ciente desse fato. Entretanto, creio que seus estudos foram suficientes para a missão para a qual pretendo convocá-lo.

– Missão, senhor? – comprimi meus olhos, fisgado pela curiosidade. Ele pareceu perceber minha apreensão.

– Não, não se preocupe, Sargento. Trata-se apenas de uma missão de vigilância. Recentemente, um renomado cientista francês solicitou asilo dentro das fronteiras do Império Britânico e acreditamos que sua pesquisa possa ser de grande valia para nossos esforços de manutenção da paz neste mundo tão conturbado. Sua missão consistirá em fazer-lhe companhia em uma remota ilha na costa africana, cuja localização exata é um segredo de estado. Você deverá acompanhar a evolução de seu trabalho, e verificar se estamos tratando com um sincero colaborador ou, na pior das hipóteses, com um desprezível espião infiltrado. Como pode ver, trata-se de uma missão que traduz nosso elevado grau de confiança em sua capacidade e lealdade.

– É justamente no que eu estava pensando, senhor, o que me leva diretamente à próxima pergunta – gaguejei -: por que eu? O que levou o senhor, que eu ainda não conhecia, a empreender tão longa viagem da Inglaterra até o front indiano, apenas para convocar um sargento da infantaria de capacitação técnica limitada para missão de tamanha hierarquia?

Sir Danvers riu, jogando a cabeça para trás, e ergueu o dedo indicador em minha direção, em um gesto reprovador:

– Não se subestime, Sargento Montgomery. É claro que chequei pessoalmente suas credenciais. Não se chega a ocupar um cargo como o meu sendo leviano. Entretanto, resta a questão de grande pertinência levantada pelo senhor. Saiba que seu nome foi especificamente recomendado para esse trabalho por um homem cujos serviços prestados ao Império são tão relevantes que, nem se eu tivesse razões para tal, me atreveria a contrariar. Talvez o senhor queira agradecer-lhe pessoalmente...

Sir Danvers caminhou a passos largos até a entrada da tenda e afastou a cortina que impedia a entrada da luz solar. Imediatamente, o vulto de um homem destacou-se contra a claridade que vinha de fora. Ele deu dois passos adiante e os traços de sua fisionomia tornaram-se perceptíveis para mim. O cabelo e a barba loiros, porém com mechas grisalhas, assim como o bigode cerdoso, poderiam perfeitamente representar minha própria imagem dentro de duas ou três décadas. Olhei dentro dos olhos cinzentos dos quais retinha tantas memórias, agora escoltados por novos e profundos sulcos na pele, dos quais eu não me lembrava. Minha voz entalou na garganta, lutou para se desvencilhar, e saiu quase como um sopro:

– Meu pai...

– Douglas... – disse ele em resposta, e vi seus olhos brilharem. Após um segundo de hesitação, antes que minha razão mesma fosse capaz de dar-se conta, eu havia me lançado em seus braços em um vigoroso abraço, que foi igualmente correspondido.

Quando finalmente dei por mim, afastei-me dos braços de meu pai com um impulso que quase o desequilibrou. Ele me fitou atônito, enquanto no fundo da tenda Sir Danvers parecia levemente divertido contemplando a cena.

– Esperem um minuto, meu pai está... ou estava... morto...

– Tenho certeza de que tal informação jamais foi categoricamente confirmada, Sargento. Porém, fica a pergunta: se seu pai estava vivo, por que passou tanto tempo sem dar notícias para a família? É isso, na verdade, o que o aflige, estou certo?

Confirmei, ainda boquiaberto, com um aceno de cabeça.

– Sugiro que nos sentemos, Douglas – disse meu pai, com aquela voz saída das profundezas do passado -, e que você me dê a oportunidade de explicar tudo.

Fez um sinal para a cadeira junto à mesa de campanha do comandante, onde me sentei lentamente, ainda sem conseguir desgrudar meus olhos dele. Meu pai sentou-se diante de mim e Sir Danvers permaneceu discretamente ao fundo.

– O Império Britânico vive tempos difíceis, meu filho – principiou o fantasma de meu passado -, e cada descoberta científica, seja em que campo for, tem que ser usada cuidadosamente para equilibrar as forças dominantes e antagônicas neste planeta. A corrida armamentista é apenas a ponta desse iceberg. No meu caso, fui convocado pelo governo para participar de pesquisas secretas no campo da microbiologia, que envolvem pesquisas e explorações, em diferentes rincões do mundo, muitas vezes em territórios onde a própria soberania britânica é contestada. Isso me torna, automaticamente, alvo de inimigos perigosos das forças do bem, por isso foi imperioso que eu desaparecesse. Sei o que você vai dizer – adiantou ele, com um movimento de mão -: "Mas e eu, e minha mãe? Como pode permanecer oculto de sua própria família?"

Meu pai olhou por um instante para Sir Danvers, que o encorajou com um movimento de cabeça. Ele suspirou e prosseguiu:

– O que tenho a revelar é difícil, Douglas, mas é a mais pura verdade e já é mais que o tempo de você conhecê-la: durante esses anos, desde o princípio, estive enviando regularmente cartas e recursos financeiros para o seu sustento e o de sua mãe. É verdade que ela não podia responder tais cartas, pois minha localização tinha de permanecer em segredo, mas eu manifestava permanentemente o quanto sentia sua falta e o quanto ansiava poder estar logo em sua companhia. Vejo em seu olhar sua descrença, ou pelo menos sua confusão. Isso apenas confirma o que eu apenas soube muito recentemente: que sua mãe jamais repassou a você essas informações e, provavelmente, esses recursos financeiros também jamais tenham chegado a suas mãos.

– Por que ela faria uma coisa assim? – Minha voz começava a voltar, ainda que trêmula.

– Quando eu soube desse fato tratei de investigar, e o que descobri me encheu de fúria e indignação: soube que sua mãe, desde pouco tempo após nossa chegada a Londres, ainda antes que eu me afastasse, começou a se relacionar com um amante.

Levantei-me de golpe, atirando a frágil cadeira para trás. Mas antes que pudesse dizer algo meu pai fez novo gesto de mão, e prosseguiu com voz mais vigorosa:

– Antes que se manifeste, ouça-me, por favor, e julgue de acordo com os fatos que conhece. A intenção dela sempre foi a de usufruir o máximo possível daquela situação, recebendo os recursos que eu disponibilizava e mantendo seu relacionamento secreto. Porém, quando descobri, enviei-lhe uma missiva ameaçando-a de formas que não me atrevo a reproduzir em respeito a você, nosso filho. Ela imediatamente tratou de desaparecer, sem deixar pistas de seu destino, nem mesmo para você, estou certo?

Fez uma pausa e observou minha fisionomia. Por mais que fosse doloroso e meu coração negasse aos berros, uma fagulha de dúvida havia sido plantada nos recônditos de minha razão. Por um lado aquilo fazia um terrível, pavoroso sentido, pois oferecia uma resposta para um fato que me intrigava: por que minha mãe decidira partir assim, de repente, sem que nenhum evento agravante motivasse atitude tão drástica? Por que não deixar referências de seu destino? E, pensando bem, com o soldo irrisório fornecido pelo governo, como minha mãe foi capaz de manter por tantos anos um padrão de vida que era, na verdade, mais confortável do que lhe correspondia, considerando que eu em nada ajudava? Como é que minha culpa, oculta pela embriaguez do álcool e dos prazeres da carne, foi capaz de manter-me cego para isso durante tanto tempo?

Meu pai parecia ser capaz de ler corretamente a avalanche de emoções que mudava rapidamente e se refletia em minha fisionomia, porque prosseguiu:

– Quando soube de tudo, decidi que o melhor seria fazer a vontade de sua mãe, permitindo que ela desaparecesse de nossas vidas. Mas não podia abandonar você. Quando me informaram que você ingressara no exército e estava servindo no exterior, após algum tempo consegui localizá-lo aqui, na Índia. Comuniquei a Sir Danvers minha necessidade imperiosa de encontrá-lo pessoalmente.

Foi uma longa viagem, meu filho, mas aqui estou, para pedir perdão até pelo que sei que, em grande parte, não foi culpa minha, descontada talvez minha grande ingenuidade ao confiar meu filho a uma mulher que não merecia sequer a mais ínfima consideração de minha parte. Sir Danvers foi ainda mais generoso, e propôs que você fosse incluído nas fileiras da Inteligência Britânica, que ele representa nos assuntos internacionais. Dessa forma, paradoxalmente, acredito que tenhamos condições de nos comunicar com mais facilidade. Eis as razões que motivaram sua proposta em relação à missão na costa africana.

Depois de tão surpreendente reviravolta em minha vida, e dadas as devidas explicações, apressei-me em aceitar o oferecimento de Sir Danvers e pude celebrar adequadamente o reencontro com meu pai. Durante aquela noite conversamos muito e ele me relatou sobre suas viagens e descobertas. Eu também tive a oportunidade de relatar-lhe minhas aventuras e desventuras na noite londrina, mantendo obviamente o pudor adequado de quem está falando com o próprio pai.

No dia seguinte me despedi de meu pai, com um abraço e um vigoroso aperto de mão. Foi-lhe permitido dizer-me que estava retornando para a América, mais precisamente para a fronteira entre os Estados Unidos e Nova Albion, onde havia algum tempo estava trabalhando sob disfarce. Caso por alguma razão eu precisasse receber informações dele, deveria procurar pelo Doutor Fulton Trask.

Após a partida de meu pai, Sir Danvers Carew orientou-me quanto a minha primeira missão para a Inteligência Britânica. Na etapa inicial de minha longa viagem eu deveria seguir por trem para o porto de Karachi, no Mar da Arábia, e tomar um navio até a colônia inglesa da Somália, no continente africano, à entrada do Mar Vermelho. Dali outro barco mais veloz, o *Resolute*, me conduziria no longo trajeto pelo Oceano Índico, contornando a África pelo sul até sua costa ocidental. Na colônia da Nigéria ficava nossa base de destino, onde me esperavam minhas ordens mais detalhadas. De lá partiria a escuna que me conduziria ao objetivo final, a ilha secreta que abrigava o dissidente francês. Eu ainda não sabia onde ficava tal ilha, mas pelo trajeto proposto imaginava que estaria em algum lugar entre a costa da Nigéria e a de Serra Leoa. Ali seria o limite máximo a ser atingido com segurança, já que mais ao norte começava o território colonizado pelo Império Francês. Rumores diziam que os submergíveis do pirata bastardo Nemo vinham causando baixas importantes entre os navios ingleses que trafegavam pelo Mediterrâneo e entre os vasos de guerra ibéricos que abasteciam seus territórios na América do Sul.

Vou poupar-lhes de relatos acerca da parte mais tediosa de minha viagem, durante a qual tive o tempo e a oportunidade para rever diversas vezes toda a minha vida insana. Por mais que tentasse compreender, não consegui, entretanto, perdoar os atos de minha desaparecida mãe, que para todos os efeitos optei por considerar morta, tomando o lugar de meu surpreendentemente ressurreto pai, que eu via retornar a minha vida com significativas vantagens do ponto de vista emocional. Na noite em que tomei essa decisão afoguei-me num porre monstruoso. Haveria tempo para me recuperar, pois ainda estávamos pouco além da metade da viagem.

A base nigeriana não passava de um pequeno povoado fortificado no delta do rio Níger. Ao redor das muralhas inglesas já começavam a proliferar as rústicas habitações de nativos negros e comerciantes em suas coloridas vestimentas árabes. Muitas pessoas, a maioria negras e nuas, moviam-se como formigas. Além do *Resolute*, que após deixar-me em terra seguiu viagem para rumo ignorado, eu via apenas pequenas embarcações de madeira repletas de engradados e musgo, que colonizava enormes áreas dos cascos. O único navio militar à vista era o britânico *Myrtle*, que patrulhava ao largo do delta. Por mais que procurasse, não conseguia divisar a escuna que deveria receber-me a bordo.

Subi por um caminho tortuoso até o portão da fortaleza, onde fui admitido após apresentar meus papéis. Alguém me indicou o barracão onde funcionava o escritório do capitão Marlow, comandante interino da base. Ao que parecia o coronel designado por Londres havia perecido, algumas semanas antes, em confronto com nativos hostis.

Marlow não era um homem que inspirava muita autoridade. Tinha as faces chupadas e mal barbeadas, a tez amarela, um ar ascético, a farda suja e em desalinho. Sentava-se por trás da mesa de forma desleixada e abanava-se com um leque feito de folhas. Mas de pé, próximo a ele, surpreendi-me com a presença de um homem que em tudo contrastava com o aspecto deplorável do militar: colarinho alto engomado, punhos brancos, paletó de alpaca fina, calças claras, gravata limpa e botas lustradas. Sem chapéu, exibia um cabelo partido, escovado, untado com óleo.

Assim que recebeu meus papéis, o capitão cumprimentou-me com uma continência desleixada e, em seguida, apresentou-me seu acompanhante parecido com um manequim de loja como sendo o contador-chefe da Companhia. Meu olhar surpreso e desentendido foi suficiente para que ele esclarecesse:

– A Companhia, Sargento Montgomery, é a responsável pelo recebimento de todo o marfim explorado não só nesta região da África como também nas outras regiões, mais distantes, ainda que toda a produção seja encaminhada para este posto. Lamentamos que o senhor haja chegado num momento bastante delicado de nossas operações. Por outro lado, seu auxílio talvez nos ajude a solucionar um grave problema, para que possamos normalizar logo nossas atividades.

Cocei a cabeça e estiquei o lábio inferior, como involuntariamente costumava fazer sempre que me via numa situação constrangedora. Encolhendo os ombros, argumentei:

– Lamento muito, Capitão Marlow, mas não vejo como possa ser de alguma ajuda em seus assuntos internos, já que, de acordo com ordens superiores, eu deva me dirigir sem demora a uma suposta ilha para cumprir minha missão. Estou apenas à espera da escuna que deverá conduzir-me a esse destino.

O capitão abriu um inesperado sorriso irônico dirigido ao contador, que retribuiu com um erguer de sobrancelhas e um muxoxo. Imediatamente antevi problemas e o capitão não demorou a confirmar minhas suspeitas:

– Talvez tenhamos um grande problema com relação a isso, Sargento. Seria descabido, é claro, pretender usar minha patente para sobrepor minhas ordens à do estado-maior, mas infelizmente não dispomos, no momento, de nenhuma embarcação capaz de conduzi-lo a uma ilha ou aonde quer que seja.

– Mas a escuna...

– O senhor fez uma longa viagem contornando todo o litoral da

África para chegar até aqui. O que não sabe é que, no intervalo entre o momento em que recebeu suas ordens e sua chegada à Nigéria, a escuna a que faz referência, que trazia suas ordens escritas de Serra Leoa e que era nossa última embarcação de porte considerável, foi colocada a pique pelos revoltosos em uma emboscada às margens do Níger. Ambos perdemos, assim, nosso último recurso: o senhor perdeu seu mapa da ilha secreta, assim como o transporte para aquele destino, e nossa base perdeu nossa última forma de alcançar nosso posto avançado no interior da Guiné.

Estreitei os olhos, desconfiado. Resolvi colocar minhas dúvidas em palavras:

– No interior da Guiné? E por que nós teríamos, Capitão, um posto avançado na mais antiga das colônias francesas nesta região?

O homem enxugou o rosto com um lenço imundo e suspirou, desanimado. O contador, impassível, apenas deu meia volta e caminhou para a janela, aparentemente atraído por algum improvável acontecimento interessantíssimo do lado de fora.

– Entenda bem uma coisa, Sargento – começou Marlow, em tom professoral – as fronteiras, no continente africano, não têm a solidez e a sobriedade a que o senhor está acostumado na boa e idosa Europa. São, na realidade, efêmeras e mutáveis como a paisagem durante uma tempestade de areia no Saara. Ingleses e franceses, assim como seus aliados e subordinados, estabelecem os limites dos países com base em acidentes geográficos, como cordilheiras e percursos de rios; no entanto, se esquecem de considerar a distribuição de grupos étnicos, divididos em tribos, a maioria das quais apresenta sérias restrições em relação a suas vizinhas, restrições que manifestam com frequência de forma igualmente explícita e sanguinária. Os civilizados europeus empenham-se em conquistar de todas as formas a lealdade desses povos, que depois manipulam em favor dos próprios interesses, sejam territoriais ou econômicos. No momento, nosso sagrado Império Britânico encontra-se empenhado em ganhar terreno nas possessões ao norte da África Ocidental, onde predomina o domínio francês, ganhando assim um acesso mais seguro ao Mediterrâneo. Unindo o útil ao agradável, essa expansão tem se verificado acompanhando a exploração do marfim, produto de alto valor comercial, cujos lucros podem ser revertidos, de acordo com os contratos firmados, no reaparelhamento de nossos postos avançados e bases militares no continente. Só assim seremos capazes de conquistar mais territórios e mais marfim. Tal exploração é coordenada pela Companhia – fez um gesto em direção ao contador, que confirmou com um vigoroso aceno de cabeça. – Mas se olhar ao redor, Sargento, vai perceber que estamos tendo sérias dificuldades econômicas. As hostilidades entre os nativos leais às duas grandes potências vêm progressivamente dificultando nosso contato com o interior e o transporte do marfim. Mais recentemente, essa agressividade começou a voltar-se contra as expedições dos brancos, inclusive as patrulhas militares. Perdemos todas as embarcações que se aventuraram por esses rios no interior da selva, e poucos dias antes de sua chegada recebemos nosso golpe mais mortal.

Olhou em direção ao contador como se pedisse ajuda, e este se adiantou, falando com sua voz afetada:

– Nosso posto avançado mais lucrativo situava-se na colônia inglesa de Serra Leoa. Porém, os conflitos étnicos a que o Capitão Marlow fez referência empurraram a fronteira em direção ao sudoeste, e nossa propriedade acabou passando a fazer parte do território da Guiné francesa. Há alguns anos, antes desses acontecimentos, aquele pequeno posto foi assumido pelo agente mais competente da Companhia. Foi ele quem elevou aquela base, situada nos confins da selva, à hierarquia de posto comercial mais importante no território africano. Envia, ou enviava, mais marfim do que todos os outros juntos. Entretanto algo aconteceu, e já faz algumas semanas que não recebemos qualquer notícia ou marfim do posto de *Herr* Kurtz.

– *Herr* Kurtz! – exclamei, genuinamente surpreso. Marlow apressou-se a esclarecer:

– Sim, Sargento, *Herr* Kurtz é obviamente um prussiano. E bem sabemos que a Prússia não passa de um capacho sob os pés dos comedores de rãs. Felizmente, existem homens cuja lealdade ao papel-moeda excede sua paixão pelos retângulos de pano colorido que simbolizam os países.

– Kurtz é uma pessoa notável! – continuou o contador, reassumindo a palavra – Um orador habilíssimo, capaz de hipnotizar não só as hordas de negros incultos, mas também as grandes mentes das universidades europeias. Oh, ele vai longe, muito longe! Em breve será alguém na Administração Geral! Eles, lá em cima, no Conselho, na Europa, o senhor sabe, estão certamente pensando nisso.

– *Herr* Kurtz – reforçou Marlow – é sem qualquer sombra de dúvida leal à Companhia, e por extensão ao Império Britânico. Seu silêncio só pode significar que se encontra em dificuldades, possivelmente sitiado e inteiramente isolado, sem condições de retornar para território inglês ou sequer comunicar-se conosco.

Refleti durante um momento. Havia compreendido a situação, mas havia algo que ainda me escapava:

– Muito bem, Capitão. Compreendo perfeitamente suas dificuldades. Porém, uma vez que não dispõem de nenhuma embarcação e dada a enorme distância coberta por selva entre esta base e o posto da Guiné, não consigo entender como os senhores acham que eu possa lhes ser útil.

– Na verdade, Sargento, acabamos de receber a notícia de que um barco científico foi contratado pela Companhia e está vindo da Costa do Ouro, especialmente para auxiliar-nos nesse problema. Mas os últimos confrontos com os negros na selva reduziram nosso contingente em proporção aflitiva. Temos que conservar o máximo possível de homens para a defesa da base, pelo menos até que cheguem reforços. Já que depois dos últimos reveses estamos carentes também de oficiais graduados, pensei que o senhor poderia juntar-se ao grupo e auxiliar no resgate de *Herr* Kurtz, como oficial representante do Império Britânico.

– Devo lembra-lhe, Capitão, com todo o respeito, que tenho uma missão a cumprir...

– E não tem os meios para completá-la. Ouça minha proposta: o senhor nos ajuda e, em seguida, destacaremos o barco para conduzi-lo ao seu destino. Uma vez que está vindo do sul, acredito que seja razoável supor que sua ilha misteriosa esteja localizada em algum lugar ao longo do caminho que o senhor ainda tem a percorrer, já que a Guiné encontra-se a oeste, além do trecho já percorrido por seu transporte até aqui. Pedirei ao comandante que o deixe na vizinha Serra Leoa, ao completar sua missão, para que receba novas ordens. Isso lhe parece justo?

Fui, assim, obrigado a concordar com aquela missão extraordinária, por absoluta falta de opção. Fiquei alojado em um casebre no pátio, onde não necessitava abrir a veneziana para iluminar a sala. O calor era sufocante. Moscas enormes zumbiam diabolicamente e não picavam, apunhalavam. O catre disponível era muito desconfortável e o barulho noturno – ou a ausência dele – era tão estranho que eu demorava a conciliar o sono. A escuridão da noite exalava um silêncio espesso, interrompido vez ou outra pelo som de algo ou alguém se movendo entre as árvores. Alguma coisa, que eu esperava que fosse um peixe, por vezes agitava violentamente, por segundos, as águas do rio. O silêncio era tanto que tudo isso parecia estar acontecendo bem do lado de fora da minha janela. Mas o mais impressionante eram os tambores: longínquos, estranhos, sugestivos e selvagens. Um pulsar monótono e monotônico que vinha do coração das trevas, e que talvez tivesse um significado tão profundo como o som de sinos num país cristão.

Felizmente, após apenas três dias, um apito anunciou a aproximação do *Victoria*. Observei, surpreso e curioso, enquanto o barco atracava no píer. Não se parecia com nenhuma embarcação que eu já houvesse visto antes, o que talvez não fosse de se surpreender, pois estava habituado aos navios militares e cargueiros, não conhecia muito sobre barcos científicos. O *Victoria* não era grande, portanto não comportava uma tripulação numerosa. Era curto no comprimento e generoso na largura, daí que o convés fosse quase um quadrado. Deduzi que aquilo contribuiria para dar-lhe maior estabilidade na superfície, pois o casco sem dúvida não avançava muito profundamente sob a linha d'água. Duas grandes boias cilíndricas revestidas de lona, que percorriam todo o casco ao longo de suas laterais, reforçavam essa impressão. Era uma solução engenhosa para navegar em águas não muito profundas, mas tive a impressão de que o barco perderia em velocidade e agilidade, o que poderia ser crucial em caso de precisar fugir de um confronto. A cabine de comando ocupava o centro do convés e, curiosamente, tinha o formato cilíndrico, com uma ampla janela panorâmica coberta por vidros facetados na parte anterior. Achei a altura da cabine excessiva, impressão que se acentuou quando conheci o barco por dentro. Aquilo sugeria nitidamente que algo era guardado acima do teto de madeira sobre a cabeça do timoneiro, mas fosse o que fosse permanecia hermeticamente fechado em uma espécie de fundo – ou teto – falso. Olhando lateralmente, vi um pequeno compartimento quadrado anexo à cabine, do lado de trás. O motor não era visível por fora, mas uma saliência sugeria que se localizava na traseira, ocupando um espaço maior do que eu imaginava sob o tombadilho. Considerei dois detalhes muito estranhos: primeiro, duas chaminés metálicas e delgadas que se projetavam para cima, dos dois lados da saliência do motor; eram claramente as chaminés de saída do vapor, mas eu jamais vira aquela configuração em um barco. O segundo detalhe, ainda mais bizarro, eram dois mastros compridos presos por robustas dobradiças em cada lado da quina anterior do casco; tais mastros corriam ao longo das laterais, alguns palmos acima do trajeto das grandes boias, e eram presos por correntes e ganchos na parte posterior. Eu podia ver folhas de lona sanfonadas entre esses mastros e o casco, e aquela traquitana só me fazia lembrar um par de velas recolhidas. Mas por que um barco a vapor teria duas velas laterais e horizontais?

Minhas confusas reflexões foram interrompidas quando vi desembarcar no píer sua escassa tripulação. Eram apenas três homens: um cavalheiro corpulento de aproximados cinquenta anos, suíças grisalhas e espesso bigode, ostentando um terno de cor clara e um chapéu de abas curtas; um jovem musculoso de cabelos negros, ar destemido e queixo proeminente; fechando o cortejo, outro jovem de cabelos castanhos e fartos, magro e não muito alto, trajando a farda do exército britânico. Pelas divisas, vi que era um sargento como eu. Os três olharam ao redor, curiosos, e subiram diretamente para o escritório do Capitão Marlow. Segui imediatamente para lá, mal contendo minha curiosidade em relação àquele grupo heterogêneo.

Quando cheguei, Marlow acabava de examinar alguns papéis que o cavalheiro mais velho lhe apresentara. Os dois jovens encontravam-se mais ao fundo da sala e o contador não estava à vista. Assim que entrei, o capitão fez uma mesura e um gesto de forçada gentileza em minha direção.

– E aqui está nosso quarto homem. Conheçam o Sargento Montgomery, recém-chegado do front indiano. Ele está adiando sua importantíssima missão pessoal para nos auxiliar nesta operação. Sargento, estes são nossos gentis salvadores; conheça o Doutor

Samuel Fergusson, proprietário do barco *Victoria*, contratado pela Companhia para nos prestar socorro.

– É um grande prazer conhecê-lo, Sargento – disse Fergusson, com um leve toque na aba do chapéu. – Permitam-me apresentar meus dois acompanhantes: este é meu criado e fiel assistente, Joe. Na minha idade, nossas pesquisas seriam praticamente impossíveis sem este bravo rapaz para manejar os intrincados equipamentos que permitem fazer navegar o *Victoria*.

O rapaz moreno acenou timidamente, com um rolo de papel que trazia à mão direita. Fergusson continuou:

– E nosso terceiro acompanhante, que juntou-se a nós na Costa do Ouro, é o Sargento Kennedy. Talvez seja melhor que ele mesmo se apresente...

O soldado de cabelos castanhos concordou com um breve aceno de cabeça e adiantou-se.

– Capitão... Sargento... Meu nome é Richard Kennedy, e estive servindo nos dois últimos anos na colônia do Sudão. Quando chegaram ao conhecimento do estado-maior as informações acerca da situação precária enfrentada por nossos homens na Nigéria, fui designado para me deslocar até aqui e inteirar-me pessoalmente da real situação. Entendam que as notícias têm chegado truncadas nas colônias da África Oriental, graças à conturbada situação nos territórios centrais. Vale dizer que eu mesmo perdi a maior parte da minha bagagem em um confronto com os terríveis Barafri na região do Chade. Quando cheguei à Costa do Ouro recebi novas ordens do escritório da Companhia, segundo as quais deveria procurar o Doutor Fergusson no porto de Acra e juntar-me à expedição rumo a esta base. Encontro-me, portanto, à disposição para o que for necessário. Aqui estão meus papéis.

– Pois muito bem – disse Marlow, satisfeito após verificar as ordens de Kennedy, esfregando as mãos magras -, assim temos nosso grupo reunido. O Doutor Fergusson já deve ter sido informado sobre a missão, que consiste em resgatar *Herr* Kurtz no posto comercial da Guiné.

– Certamente, Capitão. E já temos nossa provável estratégia bem estabelecida.

– Excelente. Só lamento, Doutor, que não possa dispor de muitos soldados para acompanhá-los. Como deve ter percebido, nossa situação encontra-se mesmo muito precária.

– Não se preocupe. Na verdade, esse nem seria mesmo o caso. O *Victoria*, dada a natureza de nossas pesquisas, navega quase com sua capacidade máxima de carga. Para possibilitar uma viagem segura por águas menos profundas, quanto menos peso adicional sobre nosso casco, melhor. De qualquer modo, podendo contar com o Sargento Kennedy, que já se revelou um exímio atirador, creio que poderemos nos desincumbir dessa missão com segurança. Se o Sargento Montgomery tem outras obrigações para com a Coroa, talvez seja mesmo o caso de desobrigá-lo de nos acompanhar...

– Bem – Marlow coçou os ralos cabelos sob o quepe militar, sem conseguir reprimir um tom levemente irônico na voz -, infelizmente o Sargento Montgomery encontra-se impossibilitado de seguir adiante por absoluta falta de transporte. Calculávamos que, uma vez cumprida a missão na Guiné, o Doutor pudesse conduzi-lo a Serra Leoa, que não fica longe de sua rota.

Fergusson trocou um rápido olhar com seu assistente, que deu de ombros. Depois disse:

– Não vejo por que não poderia, se esse é o caso. Na verdade, pode até mesmo ser um sinal de sorte. Pelo sotaque, percebo a origem escocesa do Sargento Montgomery. A adesão de dois militares escoceses a nossa modesta trupe, considerando os planos que traçamos, não pode ser mera coincidência, e sim um sinal dos deuses.

– Então Kennedy também é escocês... – surpreendeu-se Marlow.

– Sim, da vila de Leith, com muito orgulho – confirmou, sorridente, o franzino Kennedy.

– Mas se me permite a pergunta, Doutor – disse o Capitão, franzindo a testa após cair em si -, o que tem a velha Escócia a ver com nossa missão na Guiné?

Fergusson fez um sinal com a mão e Joe aproximou-se, estendendo o rolo de papel sobre a mesa do capitão. Todos nos aproximamos e vimos o desenho de um detalhado mapa da metade inferior da África Ocidental. Uma linha vermelha em forma de acento circunflexo ligava a região do delta, onde nos encontrávamos, à divisa entre a Guiné e Serra Leoa. Alguns pontos escuros marcavam a posição das cidades mais importantes ao longo da linha. Era, evidentemente, alguma rota já pré-estabelecida. Fergusson sorriu e colocou um dedo sobre a linha.

– Este é o trajeto do rio Níger, daqui até a fronteira de Serra Leoa. Observem que ele cruza grande parte do território do Alto-Senegal-Níger, de dominação francesa, e termina após cruzar toda a Guiné. Este mapa, em especial, reproduz as viagens do famoso explorador escocês Mungo Park, que no século passado empenhou-se em buscar as origens do grande rio. Eis porque me referi à feliz coincidência, senhores. Com uma nova dupla de escoceses, reproduziremos a maior viagem de Mungo Park, apenas em sentido contrário. Partindo desta base, deveremos alcançar a base comercial de Kurtz a partir da fronteira norte, surpreendendo assim qualquer contingente francês ou simpatizante que esteja realizando bloqueios na região. Suas forças, como sabemos, estão mais concentradas na fronteira sul, divisa com a colônia britânica de Serra Leoa. Os combates entre grupos simpatizantes de ingleses e franceses pela supremacia na Costa do Marfim têm absorvido muito de sua atenção, portanto deveremos ser capazes de nos aproximar pelo lado oposto com relativa facilidade.

– Pareceria um bom plano, Doutor – argumentei -, se não fosse por um pequeno detalhe: como o senhor mesmo observou, a viagem de Mungo Park verificou-se no sentido oposto, ou seja, rio abaixo. De acordo com este mesmo mapa, começou no Senegal e só alcançou o rio Níger na altura da cidade de Bamako, já no Sudão Francês, seguindo dali correnteza abaixo. Isso leva a crer que o rio não deve ter boas condições de navegabilidade ao entrar no território da Guiné. Isso faz sentido, se pensarmos que ali se encontra sua nascente, em terreno montanhoso. Mesmo desconsiderando a enorme dificuldade que representará acompanhar o rio no sentido contrário de sua poderosa correnteza, como faremos ao alcançarmos o trecho mais difícil, próximo ao destino final?

Fergusson sorriu, como se já esperasse aquela objeção e tivesse a resposta na ponta da língua. Olhou para Joe, que assumiu a explicação:

– É mesmo uma questão pertinente, Sargento Montgomery. No entanto podemos assegurar-lhe que o *Victoria* está plenamente equipado, considerando sua engenharia e seus recursos técnicos, para sobrepujar a resistência das águas e mesmo possíveis obstáculos que se apresentem na região montanhosa. De fato, a escassez de bons mapas geográficos do continente africano nos deixa uma margem de incerteza, mas acredito que estejamos preparados para qualquer contingência.

Estiquei o lábio inferior em sinal de descrença. O capitão Marlow não perdeu a oportunidade:

– Bem, Montgomery, considerando que o Doutor Fergusson não pretende subir até a Guiné pelo oceano, como imaginávamos, e que ele parece estar mesmo dispensando qualquer excesso de carga, talvez seja o caso de manter o senhor na base até seu retorno. Os regulares ataques das tribos hostis têm nos proporcionado alguma emoção, mas pelo menos é uma emoção segura, sem muitas incertezas.

Esbocei meu melhor sorriso, sufocando a muito custo a fúria que parecia abrir caminho a golpes de sabre garganta acima. Minha melhor disposição, naquele momento, não era exatamente lutar ombro a ombro com aquele indivíduo contra negros selvagens. Muito menos passar mais alguns dias metido num buraco escaldante, sem nada a fazer a não ser contar cada segundo do passar do tempo à mercê das moscas sanguinárias. Mas havia ainda outro motivo, mais poderoso. Existem dois tipos de homem neste mundo: os que agem por impulso e os que esperam pelo melhor momento, para agir com eficiência e precisão. Contrariando minha própria natureza impulsiva, eu me esforçava para passar ao segundo grupo. E, a partir daquela conversa inicial, eu sabia perfeitamente que havia algo estranho naquela expedição. Um daqueles homens, pelo menos, estava escondendo algo, e eu pretendia descobrir exatamente o que estava por trás de sua farsa. Assim sendo, sustentando aquele doloroso sorriso, respondi:

-Nem pense nisso, Capitão Marlow. Eu não perderia essa missão por nada neste mundo.

Na manhã seguinte, devidamente abastecido de provisões suficientes para a longa viagem, o Victoria deixou o ancoradouro com sua tripulação de quatro homens. Tive a cautela de acrescentar à minha cota de pertences pessoais um pequeno barril de *tembo*, bebida ardente extraída de uma palmeira e muito apreciada pelos negros, e uma bela garrafa de *togwa*, fabricada por eles na vila adjacente à base. Eu torcia por uma viagem tediosa, se a outra opção fosse ser obrigado a lutar pela minha vida, mas nesse caso aquela provisão especial contribuiria a tornar os dias mais suportáveis. Subimos pelos charcos e áreas pantanosas do delta do Níger em direção ao porto de Onitsha, nossa primeira parada. Com efeito, o casco achatado e pouco profundo do barco diminuía a resistência causada pela correnteza em sentido oposto, como explicara Joe, o que propiciava um avanço em velocidade bem satisfatória. Vimos quando as áreas alagadas deram lugar ao rio propriamente dito, que naquele primeiro trecho corria com a calma condizente com o calor intenso. Todos nós, como o Níger, nos movimentávamos o menos possível, à exceção de Joe, que percorria toda a embarcação verificando equipamentos e trocando ideias com Fergusson, que operava o leme. Kennedy, sentado em uma estreita região sombreada ao lado da cabine, limpava cuidadosamente seu arsenal de caçador, constituído por uma espingarda de dois canos de carregar pela culatra e uma ótima carabina da fábrica de Purdey Moore e Dickson, de Edimburgo. Ele afirmava ser capaz, com ela, de meter uma bala no olho de um leão ou de um francês a dois mil passos de distância, e examinando aquela beleza não tive razões para duvidar. Levava ainda dois revólveres *Colt* de seis tiros. O fuzil Lee-Enfield, igual ao meu, armamento padrão do exército britânico, fora perdido na travessia pelo território africano. Diante de seus demais recursos, porém, percebi que não faria a menor falta.

Nada daquilo, no entanto, foi necessário na primeira etapa da viagem. Subir aquele rio era como viajar no tempo de volta aos primórdios do mundo, quando a vegetação, desordenadamente profusa, tomava conta da Terra, e as grandes árvores reinavam sobre tudo. Um grande silêncio, uma selva impenetrável. Nas margens arenosas, hipopótamos e jacarés tomavam sol lado a lado, ignorando nossa passagem sob o calor indolente. Passamos incólumes pelas regiões dominadas pelos poucos grupos rebeldes que infernizavam a base de Marlow, e de Onitsha partimos em direção ao norte sem maiores intercorrências. Foi no porto seguinte, a cidade de Lokoja, que começaram as notícias inquietantes. Fomos informados de que grupos de selvagens vinham atacando sistematicamente as regiões em torno do porto, especialmente as áreas onde os ingleses exploravam minério de ferro. Duas minas haviam sido abandonadas por falta de segurança e alguns afirmavam que os atacantes negros portavam, algumas vezes, armas de fogo, embora até aquele momento nenhuma prova disso pudera ser recolhida por um homem vivo.

Decidimos redobrar nossa atenção, enquanto o *Victoria* seguia docilmente a curva do rio na direção noroeste, embrenhando-se em uma região de mata muito fechada, que se abria progressivamente na medida em que íamos nos aproximando da fronteira da Nigéria com o Alto-Senegal-Níger. Era a partir dali, conforme prevíamos, que começaria o território verdadeiramente hostil.

Naquele ambiente extraterreno, naquele universo estranho de plantas, água e silêncio, as noites eram verdadeiramente impressionantes. Ancorados em tranquilas enseadas de difícil acesso por terra, por questões de segurança, nos revezávamos em turnos de vigia. À noite os sons da selva realmente se multiplicavam. Acima do espelho de águas negras era como se um só corpo maciço, pulsante e invisível, se movesse lentamente ao nosso redor. Eu só podia tentar imaginar a opressora exuberância da vida que se escondia naquelas matas. Nas regiões de savana, os sons que se desprendiam do mar de capim não eram nem um pouco mais confortadores. E quando olhava para o céu, em busca de alívio, sentia-me achatado por uma quantidade inacreditável de estrelas, que no contraste com a escuridão do rio abaixo me provocavam tonteiras.

Durante o dia, especialmente enquanto navegávamos ao alvorecer ou ao anoitecer, começamos a divisar com cada vez mais frequência os homens negros que pareciam nos acompanhar ao longo do rio. A princípio me pareciam nada mais que sombras, às vezes imóveis de encontro às árvores, às vezes deslizando com habilidade no meio da vegetação ribeirinha. Mas com o treinamento do olhar comecei a identificá-los melhor: homens de pele muito negra, e olhos muito brancos em contraste. Eles nos fitavam sérios, ou eu assim imaginava, pois era difícil perceber emoções de qualquer tipo naquelas fisionomias assustadoras. Eram silenciosos, frios como se não tivessem alma. Talvez não tivessem mesmo. O que mais impressionava era a ideia de que eram, como nós, criaturas humanas.

Certa manhã, um deles se manifestou. Uivava, esperneava na areia branca à margem do rio, rodopiava e fazia caretas horrendas.

Começou a gesticular e gritar em uma língua indecifrável, mas o sentido me parecia fácil de deduzir. Senti-me como um amaldiçoado, condenado a mergulhar nas profundezas do inferno. E não seria exatamente isso o que nos acontecia?

Com efeito, horas depois começamos a ouvir uivos e estranhos latidos em uma das margens do rio, que naquele ponto se estreitava bastante. A seguir ouvi um zumbido agudo, e finas hastes de madeira pontuda começaram a chover sobre o convés.

– São flechas! – gritou Fergusson da cabine – Estão atacando, abriguem-se! Joe saltou para dentro da cabine, enquanto Kennedy e eu nos escondíamos atrás da amurada lateral. Vi quando meu companheiro ergueu a carabina tentando mirar em algum alvo, e praguejou:

– Inferno! Estão no meio das árvores, não consigo ver muita coisa!

Uma lança comprida passou rente por sobre sua cabeça e fincou-se ereta no centro do tombadilho.

– O apito! – gritei em direção a Fergusson. Ele me olhou sem entender.

– Acione o apito do barco! – expliquei aos berros, lembrando-me de algo que um dos soldados me dissera durante uma conversa informal na base de Marlow.

Fergusson compreendeu. Puxou por um tempo longo a corda do apito, que encheu a selva com seu grito estridente. Como por milagre, cessou a chuva de flechas. Quando o apito silenciou, pude ouvir gemidos assustados que se afastavam da margem em direção ao coração da mata. O soldado me havia dito que, nos primeiros tempos da base, o som dos apitos dos barcos era suficiente para afugentar os nativos, que só com o tempo, como boas e espertas feras que eram, foram perdendo esse medo e tiveram que começar a ser repelidos com armas de fogo. Aparentemente aqueles nativos ao nosso redor eram do tipo mais selvagem. Ali, no ermo daquele inferno verde e infinito, armas de fogo nas mãos dos negros pareciam ser não mais que lendas. Entretanto, o perigo ainda era considerável, como fez questão de salientar Kennedy:

– Reconheci os adereços de alguns desses que nos atacaram. São certamente Nyam-Nyam.

– Belo nome para uma tribo – retrucou Joe, rindo.

– Na verdade não é uma só tribo. Diversas tribos selvagens

dispersas por esta região são designadas pela denominação genérica de "Nyam-Nyam". São originários da África Central, mas muitos grupos migraram para oeste, afugentados pelos combates violentos dos homens brancos em sua terra natal. Esse nome não é mais que uma onomatopeia, que pretende reproduzir o ruído da mastigação.

– Você está querendo dizer...

– Que são povos antropófagos. Eis porque ainda não foram domados nem por ingleses nem por franceses.

– Hão de preferir os franceses – emendei, tentando afastar o susto. – Parece-me que os comedores de rãs têm a carne mais macia.

– Eu é que não pretendo arriscar, Montgomery – Kennedy estreitou os olhos em direção à mata, alisando distraidamente o cano da carabina. – Diria que estamos passando pelo trecho mais seguro de nossa viagem, desde que permaneçamos no meio do rio.

Como se fosse apenas para contrariar a profecia de Kennedy, milhas adiante o rio estreitou novamente, dessa vez com um significativo aumento da força das corredeiras. Fergusson aumentou a força das hélices enquanto Joe alimentava a caldeira, mas o *Victoria*, além de balançar muito, reduziu a velocidade e avançava com notável dificuldade.

Observei que, adiante, um verdadeiro trançado de cipós cobria o leito do rio como um dossel, as árvores dos dois lados inclinadas sobre as águas provocando um longo trecho imerso nas sombras. Foi por puro acaso que um movimento no alto de uma das árvores chamou-me a atenção, e a visão fugaz de um feixe de penas coloridas me fez dar o alarme:

– Abriguem-se nas cabines! Os canibais estão de volta!

Todos me encararam assustados e tive tempo de apontar para as copas das árvores antes que a chuva de flechas recomeçasse. Corremos e nos esprememos dentro da cabine, junto a Fergusson, que manobrava o timão com esforço, desviando-se de algumas pedras semissubmersas. As flechas e lanças chocavam-se incessantemente contra a madeira, e em virtude da correnteza o barco avançava com uma lentidão desesperadora.

De repente, com uma pancada forte contra a madeira, um corpo negro caiu de pé em frente ao vidro dianteiro da cabine. Um dos Nyam-Nyam se arriscara a saltar da árvore e agora avançava em nossa direção com um grito agudo. Carregava uma espécie de tacape, que brandiu no ar e desceu violentamente contra o vidro central. Ouviu-se um estalo, e uma rachadura percorreu nossa janela frontal de um lado a outro. Joe, empunhando um dos *Colts* de Kennedy, inclinou o corpo do lado de fora da cabine e disparou contra a têmpora do atacante, que foi atirado por sobre a amurada do lado contrário para dentro das águas revoltas. Kennedy atirava pelo vão da porta com sua carabina e cada tiro correspondia a uma sombra escura que se precipitava, quebrando ramos e arrancando folhagens até o solo. Eu empunhei uma das espingardas de dois canos e também comecei a espalhar o terror entre os selvagens que, a partir das margens laterais, tentavam nos alvejar dentro de nosso refúgio. E enquanto isso o *Victoria* sacudia, resfolegava, mas avançava em ritmo muito lento. Em meio ao caos aflitivo, ouvi a voz de trovão do Doutor Fergusson:

– Joe, precisamos de mais empuxo! Você terá que baixar os canos traseiros!

Imediatamente o intrépido Joe bateu no ombro de Kennedy e pediu que o sargento lhe desse cobertura. Atônito, vi quando o atlético ajudante do cientista deixou a proteção da cabine e correu, meio abaixado, em direção à traseira do barco. Kennedy, que de fato se mostrara um exímio atirador, subiu no pequeno depósito quadrangular anexo à cabine pelo lado externo e, apoiado na lateral de madeira, buscava atentamente cada selvagem que ameaçava atirar suas flechas contra Joe, abatendo-os com um único e certeiro tiro. Vi quando o assistente chegou até as duas chaminés metálicas que exalavam vapor na extremidade posterior. Puxou um pino metálico que as fixava verticalmente e as empurrou com um pontapé, como se pretendesse jogá-las para fora do barco. Em vez disso, as duas chaminés giraram em torno de sua base com um rangido, e apenas suas pontas mergulharam nas águas revoltas pelas hélices que lutavam contra a força da correnteza. Joe voltou correndo para a cabine, seguido por Kennedy. Paralisado pelo espanto, observei enquanto o rapaz abria uma portinhola no fundo da cabine, obtendo acesso ao pequeno depósito quadrangular. Gritou uma palavra de advertência para o Doutor Fregusson, que respondeu com um gesto de concordância.

– Lenha! – gritou Joe, dessa vez olhando fixamente para mim. Demorou um segundo para que eu compreendesse, e saltei para a pequena pilha de lenha no momento em que ele reforçava a ordem: "Alimente a caldeira! Precisamos de mais calor!"

Joguei meia dúzia de troncos para dentro das chamas, sentindo o calor aumentar em meu rosto. Atrás de mim, Joe acionou uma alavanca dentro do compartimento traseiro. Um chiado preencheu o ambiente, crescendo em um zumbido agudo que, a meu ver, prenunciava uma explosão. Uma lança indígena bateu no chão no centro do piso da cabine, vinda através da porta, junto ao pé de Fergusson. Respondi com um tiro de espingarda que atirou para trás o negro agressor. Voltei-me a tempo de ver Joe acionar uma segunda alavanca e quase não tive tempo de me segurar. O *Victoria* deu um salto para adiante, um ronco na extremidade traseira fazendo com que a água do rio esguichasse a longa distância. O barco continuou acelerado, finalmente vencendo a força da corredeira e escapando definitivamente da região do rio que os cipós e árvores haviam convertido em um túnel mortal. Os Nyam-Nyam, além de tudo mais pelo susto provocado pela reação inesperada da embarcação, sumiram de vista rio abaixo. Aquela aceleração extraordinária persistiu por mais um ou dois minutos. Percebi que Kennedy, como eu, assistia tudo com muda surpresa, enquanto Joe dava gargalhadas e Fergusson berrava, olhando para mim: "*Wigamore*!" Ri em voz alta, entre nervoso e aliviado, reconhecendo a expressão que os camponeses da Escócia costumam empregar para "Avante!"

Quando o som de trovão gradualmente se reduziu até cessar e o barco, já livre do forte empuxo da corredeira, retornou a seu dócil e tranquilo navegar por impulso das hélices, Joe calmamente caminhou pelo convés até a traseira. Com um gancho metálico puxou as duas chaminés de dentro das águas para sua posição vertical e as fixou novamente em sua base. O olhar que tanto eu quanto Kennedy lançamos em direção ao cientista o fizeram sorrir sob o bigode, e ele falou para seu assistente:

– Joe, nossos novos amigos parecem estar bastante impressionados com nosso sistema propulsor de emergência. Por que não mostra a eles?

Joe nos levou até o centro do convés e abriu um alçapão, que deixava à mostra o estreito porão do *Victoria*. Embora ocupasse praticamente todo o espaço interno do casco, sua altura não permitia que um homem ficasse ereto ali dentro. Descemos os três, de cócoras, e Joe apontou para um cilindro metálico que corria sob o tombadilho desde a caldeira até o motor na popa. Na parte central, o cano metálico se dilatava em outro cilindro mais bojudo, com cerca de três metros de comprimento.

– Não toquem – advertiu Joe -, ainda está quente. Esse é o nosso compressor de ar, invenção do Doutor Fergusson. Em circunstâncias normais o motor funciona com o vapor da caldeira, como qualquer barco. Mas em situações peculiares, como um ataque maciço de Nyam-Nyam, somos capazes de reter o fluxo de ar quente no interior deste cilindro central. Válvulas nas duas extremidades confinam o ar, aumentando significativamente sua pressão interna. Quando essa pressão atingiu um grau considerável, conforme monitoramos em um mostrador do painel na cabine, outra alavanca libera o ar sob alta pressão através de sucessivas válvulas no cano traseiro. O ar é expelido nas chaminés posteriores que, posicionadas em contato com as águas, resultam em um empuxo forte o suficiente para proporcionar a aceleração extra durante algum tempo. Foi assim que vencemos a luta contra a força da correnteza e escapamos da parte estreita do rio. *Voilá*... Como dizem os franceses.

Satisfeito com a própria explicação, Joe puxou o corpo de volta para cima do convés, e nós o seguimos. Mas o maior proveito que tirei da visita ao porão foi outro: olhando ao redor pude observar as provisões ali estocadas para nossa viagem, e algo incomum chamou-me a atenção. Por trás de alguns balaios de vime divisei uma pilha de pequenos volumes de aspecto conhecido. Eu já tinha visto vários daqueles no acampamento militar de minha tropa no front indiano. Eram pequenas granadas incendiárias, que poderiam ser arremessadas manualmente ou com o auxílio de catapultas. Recentemente o exército britânico havia desenvolvido os chamados "morteiros de trincheira" para lançar, com muito sucesso, aqueles projéteis a grandes distâncias. Eu não conseguia imaginar o que poderiam aqueles explosivos estar fazendo num barco científico em missão de resgate. De qualquer modo, decidi guardar silêncio por enquanto.

Joe nos conduziu à portinhola do compartimento quadrangular e nos mostrou as alavancas de controle do compressor, assim como o pequeno relógio que monitorava a pressão interna do cilindro. Meu olhar, porém, seguiu mais adiante dentro do compartimento. Na penumbra, pude vislumbrar outros equipamentos de finalidade desconhecida. Consistiam de quatro grandes caixas metálicas, colocadas lado a lado e conectadas entre si por tubos com torneiras; da última delas elevava-se uma serpentina de cerca de duas polegadas, que por sua vez terminava em uma caixa cilíndrica, também de metal, presa no teto do pequeno compartimento. Joe pareceu perceber meu interesse, pois fechou rapidamente a portinhola do compartimento, dando por encerrada sua explicação.

– É realmente um mecanismo engenhoso, Doutor Fergusson – admitiu Kennedy, impressionado. – Aceite meus cumprimentos.

– A ciência é maravilhosa, Sargento Kennedy, sempre que dela surjam os recursos para melhorar ou até mesmo, como vimos, salvar vidas. Este sempre foi o meu lema.

Saímos então para o convés, onde reiniciamos nossa cuidadosa vigília. As últimas palavras de Fergusson ainda ecoavam em minha mente, embora de minha memória não se afastasse a imagem das bombas incendiárias estocadas sob o piso.

Continuamos nossa longa travessia no rumo noroeste sem maiores contratempos, quando no segundo dia percebi uma significativa modificação na paisagem. A floresta cerrada foi dando lugar a uma vegetação mais esparsa, que em seguida desapareceu em favor de uma ampla área de savana. Bandos de antílopes, elefantes e majestosas girafas podiam ser avistados, observando-nos com a mesma curiosidade com que os contemplávamos. Fizemos uma breve parada para que Kennedy, com sua espingarda de dois canos, renovasse o estoque de carne em nossas provisões, e seguimos viagem. Passou-se mais um dia e a vegetação rala também desapareceu, dando lugar a um verdadeiro oceano de areia. Eram dunas e mais dunas a perder de vista.

– Bem-vindos ao Saara, senhores – disse Kennedy, conferindo nossa munição.

O deserto era tão belo quanto a selva, e transmitia a mesma impressão de selvageria e perigo, apesar da radical diferença no visual que se descortinava ao nosso redor. O rio, pelo menos, era naquele trecho bem mais tranquilo. Mas o perigo não demorou a se revelar, quando Joe apontou para uma espessa nuvem que parecia se aproximar vinda do horizonte.

– Talvez seja o momento de fazermos uma pausa, Doutor. Uma tempestade de areia vem vindo.

Fergusson logo encontrou uma enseada que nos pareceu adequada para baixar âncora. Um grupo de rochas na margem do rio providenciava uma barreira natural, que poderia nos proteger parcialmente da tempestade. Recolhemos todos os objetos soltos do convés e fechamos cuidadosamente a entrada da cabine. Fomos nos abrigar no porão, e entrei bem a tempo de receber no rosto as primeiras rajadas da ventania. Os grãos de areia ardiam ao baterem contra a pele, tal a força e velocidade com que a tempestade os impulsionava. Sob a cobertura de madeira, ouvimos durante horas os uivos lancinantes dos espíritos dos ventos do deserto e o intermitente som de algo se esfregando por todas as superfícies do barco. A tempestade de areia só foi amainar no final da tarde,e, enquanto o sol ameaçava se pôr, Fergusson levantou âncora e ordenou que realizássemos uma rápida limpeza no barco, principalmente na área do motor, pois pretendia cobrir uma parte do trajeto naquela noite. Quando indaguei sobre o motivo daquilo, ele passou às minhas mãos seus binóculos e apontou para algum ponto adiante em nosso trajeto, além das dunas da margem direita do Níger. Com o dispositivo pude identificar, no local apontado, alguns filetes de fumaça que se erguiam quase em linha reta para o céu, e ao seu redor uma fraca luminosidade que se acentuava com a chegada da noite.

– É uma cidade? – indaguei.

– Sim, é Timbuktu. Fica umas poucas milhas ao norte da margem do rio, mas tem sido um importante posto de resistência do povo tuaregue contra os invasores franceses. Mais ao norte, várias tribos de berberes parecem já ter sido dominadas pelos europeus, e os combatentes ingleses reconhecem os *spahis*, soldados nativos da cavalaria a serviço da França, como estando entre seus adversários mais temíveis. Pois os tuaregues rebeldes, aqui na região de Timbuktu, são ainda mais sanguinários. Não duvido de que haja patrulhas às margens do rio, portanto o manto protetor da noite pode ser um importante aliado em nossa travessia.

Avançamos, pois, em silêncio total e com o motor em baixa

rotação, nos aproveitando das águas calmas e da luz intensa da lua cheia, que facilitava muito nossa visibilidade. Kennedy e eu montamos guarda junto às duas amuradas do barco. Em dado momento pareceu-me ouvir o som de tambores. Aumentavam e diminuíam de intensidade, às vezes silenciavam, apenas para retornar em seguida. O mais inquietante era que pareciam vir de todos os lados. Fiz um sinal para Kennedy, que veio abaixar-se ao meu lado.

– Está ouvindo isso? Parecem tambores...

– Acalme-se, Montgomery – riu o sargento, acostumado às estranhezas daquele continente. – Não são tambores.

– O que são, então?

– Não sei. Ninguém sabe. Esse ruído singular ocorre às vezes depois das tempestades. Oficiais com quem conversei o atribuem ao eco ampliado, multiplicado desmesuradamente pela série de pequenos vales formados entre as dunas, provocado pela saraivada de grãos de areia carregados pelo vento que esbarram em tufos de ervas secas. O fenômeno, com efeito, sempre ocorre nas proximidades daquelas plantinhas queimadas pelo sol e duras como pergaminho, que existem aos montes por aqui. Uma espécie de miragem sonora, pode-se assim dizer.

– Bem, pois que essa "miragem sonora" sirva ao menos para camuflar o som do nosso motor. Quanto a mim, não vejo a hora de deixar de vez este continente apavorante.

– Ora, pensei que você ainda tivesse uma missão a desempenhar por estas bandas...

– Certamente que sim. Mas acredite, nada tem a ver com hordas de canibais ou com desertos assombrados.

O comentário de Kennedy me fez voltar ao estado de alerta. Ainda não era o momento de revelar nada mais sobre minha missão, pelo menos até que eu pudesse solucionar o enigma por trás daquele grupo.

Mais tarde Joe veio me render no posto de vigilância e adormeci ali mesmo, esticando meu saco de dormir no convés. Despertei aos primeiros raios do sol. O deserto voltava a dar lugar a uma vegetação de gramíneas e árvores raquíticas. Consultei a bússola e constatei que estávamos agora nos deslocando na direção sudoeste. Isso significava que provavelmente navegávamos pelo terço final do grande rio Níger, aproximando-nos do nosso destino.

Ao final da tarde passamos por duas cidades ribeirinhas, primeiro Sansanding e depois Ségou. Tomamos o cuidado de navegar rentes à margem oposta do rio, que naquele ponto apresentava uma largura considerável, mas com os binóculos pude identificar detalhes reveladores.

Sansanding era uma vila rústica, de casebres cobertos de folhas vegetais dispostos em círculos concêntricos em torno de uma escavação central. Anexos aos casebres podiam-se ver pequenos cercados e quintais cuidadosamente cultivados, provavelmente para a própria subsistência. Vi um grupo de nativos à margem do Níger. Eram negros robustos, de boa figura e bela saúde. Os cabelos longos dividiam-se em muitas tranças, as faces eram pintadas com tintas azuis. Traziam suspensos nas orelhas, monstruosamente distendidas, discos de madeira achatados. Trajavam roupas de cores vivas e portavam azagaias, arcos e flechas, assim como compridos sabres com dentes de serra. Olhavam para o *Victoria* com um misto de temor e desconfiança, gesticulando e discutindo em voz baixa. Voltando a examinar a vila eu pude compreender o motivo de sua apreensão: vários pontos ao redor da escavação central denunciavam sinais de um incêndio recente. Junto a essas manchas escuras, vi escombros calcinados do que haviam sido casas. Kennedy informou que aquela região era considerada um domínio consolidado dos franceses. Provavelmente aqueles incêndios haviam sido o efeito de um bombardeio no processo de conquista dos europeus, ou mesmo um ato de repressão contra alguma tentativa de sublevação nativa. Os indígenas reconheciam o *Victoria* como um barco europeu, mas não conheciam nossa nacionalidade, daí seu tenso estado de alerta.

Em Ségou a coisa era diferente. Observamos as mesmas casas rústicas, porém destacava-se uma construção murada à beira do rio, guarnecida por soldados portando armas de fogo. Como soldado, eu era capaz de reconhecer à distância um típico e sólido forte francês. Felizmente a tarde já se encerrava, e a penumbra associada ao aspecto pouco usual de nossa embarcação, muito diferente dos vasos militares, gerou um estado de dúvida nos sentinelas que foi suficiente para que passássemos incólumes ao largo, a uma boa distância e além do alcance de seus canhões.

– Mais uma noite em claro, meus amigos – advertiu Fergusson.

– Estamos em um ponto crítico do rio, entre as cidades de Ségou e Bamako, ambas ocupadas por tropas francesas. Baixar âncora aqui seria chamar pela desgraça, pois ambos os povoados devem contar com barcos pequenos destinados a patrulhas pelo rio. Não podemos arriscar a possibilidade de uma missão de averiguação.

Foi assim que passamos incólumes bem sob as barbas dos franceses, tanto de Ségou quanto de Bamako, na calada da noite. A largura do Níger e a tranquilidade de suas águas, mais uma vez, foram essenciais para nosso sucesso.

Quando amanheceu, mesmo esgotados pelo cansaço e pela tensão, decidimos seguir viagem sem interrupções. Pelos cálculos, devíamos em breve atingir a fronteira da Guiné, e parecíamos ter cruzado a faixa de bloqueio mais crítica do inimigo. Por outro lado, à distância já era possível divisar cumes montanhosos em nosso caminho. Eu imaginava que nosso pior adversário, dali em diante, seria o próprio rio. Mas a África, como eu aprendia do modo mais difícil, era cheia de surpresas.

As águas começavam a ficar progressivamente mais agitadas e a correnteza dava trabalho suficiente para que o Doutor Fergusson cedesse o timão às mãos mais jovens e fortes de Joe. As duas margens aproximavam-se progressivamente uma da outra, e o motor começava a reclamar da força empregada para superar a velocidade das águas em sentido contrário.

Estávamos todos concentrados nas atribulações de Joe tentando domar o barco quando ouvimos o primeiro tiro. A margem esquerda, naquele ponto, era dominada por rochedos altos, muitos deles projetando-se para dentro das corredeiras, o que nos obrigava a navegar mais próximos à margem direita. Desse lado, numa ampla área de savana, vinha em alta velocidade um grupo de cerca de quinze cavaleiros armados. Usavam turbantes e véus de pano colorido, mas não eram azuis como os tipicamente usados pelos tuaregues. Todos carregavam rifles e começaram a atirar e uivar, acompanhando o ataque. Saltei para o abrigo da amurada lateral, respondendo ao fogo com meu fuzil Lee-Enfield. Kennedy e Fergusson caíram rapidamente ao meu lado, o primeiro agarrado a sua querida carabina e o cientista carregando com aflição a espingarda de dois canos.

– Não são franceses, nem tuaregues – gritei por sobre o rugido das águas, afirmando o óbvio.

– Só podem ser os seguidores de Ali-Hadji! – bradou Fergusson em resposta, disparando em seguida seu primeiro tiro contra os agressores.

– Não creio que tenha sido apresentado...

– Ali-Hadji, um marabuto senegalês – esclareceu Kennedy, entre um disparo e outro. – Dizendo-se inspirado como Maomé, armou todas as tribos vizinhas contra os infiéis, ou seja, nós, os europeus. Seu rastro de destruição e luto estendeu-se por todo o Senegal e adentrou o vale do Níger. Foi uma pedra no sapato dos franceses por anos, mas rumores recentes atestam um acordo de paz entre eles. Ao que parece, anos após a morte de seu líder e mentor, os atuais líderes estão adaptando o grupo a suas próprias ideias e interesses.

– De qualquer forma, estejam eles e serviço da França ou do seu próprio deus – acrescentou Fergusson -, não seria nada agradável cairmos nas mãos deles.

O Victoria saltava sobre as águas como um cavalo selvagem e Joe lutava para manter o controle das rédeas. O balanço dificultava que mirássemos em nossos alvos, e mesmo Kennedy, nosso melhor atirador, tinha pouco sucesso contra os agressores em movimento. Os cavaleiros chegavam agora à margem do rio e subiam no nosso encalço em sentido paralelo ao nosso avanço. Percebi que em pouco tempo emparelhariam conosco, e até passariam à nossa frente, o que lhes daria uma vantagem estratégica. Eu podia ver lá adiante rochas dos dois lados do rio, depois das quais ele fazia uma curva para a direita. O desfiladeiro seria um lugar ideal para uma emboscada. Joe parecia estar fazendo a mesma avaliação, pois gritou para o Doutor Fergusson:

– Prepare o compressor de ar para novo impulso! Precisaremos de alguma dianteira para acionar nosso "ás na manga". Montgomery, ajude aqui!

Fergusson correu para a portinhola das alavancas, enquanto eu, após baixar as duas chaminés da popa, jogava mais achas de lenha no interior da caldeira. Kennedy permaneceu em seu posto, atirando contra os inimigos. Ouvir falar em um "ás na manga" era um pouco reconfortante, mas não tanto quando eu esticava o pescoço e observava a situação ao redor. Os primeiros cavaleiros já alcançavam as primeiras rochas e desciam calmamente de seus cavalos, para subir até seu posto de tiro. Sabiam que tinham tempo mais que suficiente, tal a morosidade com que o *Victoria* subia, lutando contra as ondas. Ao lado da embarcação, cavalgando em trote moderado, alguns deles riam e ainda davam trabalho para Kennedy.

Curioso, fiquei olhando enquanto o Doutor Fergusson se arrastava para dentro do compartimento, colocando-se entre os controles do compressor e as caixas metálicas que eu já tinha visto ao fundo. Quando Joe deu o sinal Fergusson acionou a primeira alavanca, e o zumbido fez trepidar a cabine. Uma bala despedaçou o vidro de uma das janelas laterais, mas não atingiu ninguém. Mais um sinal de Joe e o cientista acionou a segunda alavanca. Dessa vez eu estava preparado e me segurei para resistir ao impulso, que fez com que o *Victoria* avançasse aos saltos para adiante. Vi quando o pobre Kennedy rolou de lado pelo tombadilho, lutando para se segurar. Os cavaleiros pararam por um momento, estupefatos, ao verem o barco corcoveando em alta velocidade. Mesmo os que escalavam as rochas se detiveram e viram o *Victoria* desaparecer no desfiladeiro antes que houvessem atingido sua posição de tiro.

O barco fez a curva do rio levantando uma impressionante onda em direção à margem esquerda, e quando olhei para o panorama à minha frente meu sangue congelou. Ao longe um paredão rochoso fechava a passagem, e de suas alturas despencava uma imensidão de água; era o próprio Níger que, vindo de sua nascente, em plena juventude, iniciava sua jornada através da África naquela majestosa cachoeira. Era um beco sem saída. Nosso "ás na manga" teria que ser muito, muito bom!

Joe deu outro grito de alerta e acionou uma alavanca em seu painel, ao lado do timão. Ouvi um estalo alto de madeira, ao mesmo tempo em que, dentro do compartimento, Fergusson acionava um controle oculto de meus olhos pelas trevas. Só ouvi o chiado que vinha das profundezas do buraco quadrangular, seguido por um som farfalhante que vinha de algum lugar do lado de fora da cabine.

– *Excelsior*! – gritou Fergusson, saindo da portinhola com a velocidade que permitiam sua idade e constituição física. Seu traje fino estava em situação lamentável.

– O que está acontecendo? – foi minha vez de gritar, sobrepondo a voz à balbúrdia reinante, mas ninguém se dignou a responder. Fergusson estava muito ocupado reassumindo o leme, enquanto Joe corria para fora. Olhei pela janela lateral e vi o olhar estupefato de Kennedy, deitado de costas no tombadilho e encarando fixamente alguma coisa acima do teto da cabine. Lembrei-me imediatamente da impressão que tive na primeira vez em que vi o barco, de que havia algo em um fundo falso acima de nossas cabeças. Também corri para fora e parei ao lado de Joe, que olhava para cima com ar satisfeito.

Uma enorme bolha cinzenta formava-se em cima da cabine, contida superiormente por uma rede de tecido, que descia dos lados em cordas que também se elevavam na medida em que ela crescia rapidamente.

– É um balão – gaguejei. – Meu Deus, é um balão!

– Sargento Montgomery, conheça o coração do *Victoria*! – disse Joe, exibindo seu melhor sorriso.

Quando o enorme balão se encheu completamente, as cordas que o continham, firmemente ancoradas nas laterais do teto da cabine, retesaram-se com um som de chibata. O corpo do barco resistiu por um momento e começou a balançar de forma peculiar. Estávamos nos elevando, abandonando a garra furiosa das águas e subindo verticalmente. Na margem do rio, os talibes boquiabertos começavam a se libertar do torpor provocado pelo susto, e gritavam ordens uns aos outros. Mas Kennedy também já havia se recuperado, e desta vez, livre do balanço selvagem, seus tiros praticamente não se perdiam. Começou a abater, um a um, os homens que estavam mais próximos sobre as rochas, antes que pudessem disparar contra o alvo fácil que era o grande balão inflado.

O vento repleto de gotículas de água, que descia da direção da cachoeira, contrapondo-se ao fluxo de ar do compressor ainda ligado, fizeram o barco começar a girar em movimentos pendulares e circulares sob o balão. Joe correu até o centro do convés. Carregava nas mãos um pequeno banco de madeira com um único pino central na parte inferior. O pino se ajustou com perfeição em um furo na madeira do piso, que eu ainda não havia percebido. Joe puxou duas cordas, uma de cada lateral do barco, e sentou-se no banco bem ao centro antes de me dar a ordem:

– Montgomery, solte as presilhas laterais!

Apontou para as pequenas correntes que mantinham amarradas, perto da popa, os dois mastros compridos que pareciam sustentar, de cada lado do barco, velas sanfonadas. De fato, assim que liberei as amarras e Joe tracionou as cordas, duas velas de lona triangulares, divididas em gomos por finas varetas como se fossem leques, abriram-se completamente, tomando o aspecto de duas enormes asas laterais. Aquilo interrompeu o movimento giratório, e a úmida brisa da cachoeira impulsionou o balão e o *Victoria* no sentido oposto de seu deslocamento. Continuávamos subindo e, após fixar as cordas que mantinham abertas as "asas", Joe correu até cada lado da popa sucessivamente. Liberou finas cordas presas a roldanas que estiveram ocultas, anteriormente, sob as velas recolhidas, e correu segurando suas pontas até postar-se sobre o caixote quadrangular anexo à cabine, junto à proa. Daquele ponto puxou uma das cordinhas, e uma das asas de lona elevou-se parcialmente. O *Victoria* fez uma ampla curva para a esquerda, saindo da área de perigo sobre o leito do Níger e ocultando-se dos atiradores por trás das rochas. Era de fato um belíssimo "ás na manga"!

Agora o fluxo de ar do compressor se reduzia até cessar e ficamos ao sabor dos ventos, manobrando de acordo com a configuração que Joe atribuía às asas laterais. O Doutor Fergusson, enxugando o suor e a fuligem do rosto com um lenço branco, surgiu satisfeito no convés. O timão era agora um item supérfluo.

– Devo dar-lhe os parabéns, Doutor. Uma beleza de invenção, que nos foi apresentada no momento mais propício.

– Fico feliz que tenha apreciado, Sargento Montgomery. Temos nos esforçado para unir nossos conhecimentos sobre aeróstatos com os da engenharia naval, visando produzir veículos que possam, ao mesmo tempo, viajar pelo ar e enfrentar face a face os submergíveis do corsário Nemo. O *Victoria* não chega a tanto, mas pode considerá-lo um primeiro passo. O equipamento que o senhor vislumbrou no fundo do compartimento das máquinas, como denominamos aquele humilde cubículo, é a combinação de um simples maçarico de gás oxi-hidrogênio com o que chamamos de "caixa de calor". Estaria demais me deter agora em explicações técnicas, mas basta dizer que, com aquelas máquinas, podemos extrair hidrogênio diretamente de um reservatório de água para, enviando-o através de um complexo sistema de tubos helicoidais e anteparos isolantes de platina, fazer subir o balão. Alterando a concentração do gás posso fazer o *Victoria* descer ou subir, em busca da corrente de ar mais adequada para que Joe, manipulando as aletas laterais, ajuste nossa direção e curso.

– Não posso mais que congratulá-lo pela genialidade. Mas talvez, se houvéssemos viajado pelo ar, poderíamos ter feito a viagem com menos tempo e riscos, não acha? – sugeriu Kennedy.

– Um balão com um barco dependurado chama muito mais a atenção do inimigo, Sargento. E admita, por todo este continente hostil temos muitos deles. Além do mais estaríamos sempre à mercê dos ventos, nem sempre colaboradores com nossos objetivos, o que poderia resultar em uma jornada até mais longa. Nesse ponto a viagem pela água, aparentemente mais longa e trabalhosa, acaba sendo a opção mais segura. Como o suprimento de hidrogênio é limitado, optamos por utilizá-lo apenas no momento adequado. Veja, lá estão as montanhas da Guiné – apontou. – Creio que agora nada mais poderá nos impedir de atingir nosso objetivo final.

Estreitei os olhos examinando o horizonte, onde uma sequência de montanhas escuras cada vez mais altas se fechava em torno do estreito fio cintilante em que se transformara o leito do Níger visto do alto. Joe movimentou as aletas laterais e o *Victoria* apontou a proa no sentido sudoeste, seguindo o curso do rio.

Fizemos uma boa refeição com os suprimentos que ainda tínhamos a bordo, que começavam a escassear. Chegando ao posto comercial, pensei comigo, será bom se o tal Kurtz puder nos retribuir a gentileza do resgate com um belo jantar, pelo menos. Propus um brinde ao sucesso de nossa empreitada, dividindo com Joe e Kennedy o que restava do barril de *tembo*. Fergusson, felizmente, não bebia.

O sol escaldante já ia longe tarde adentro quando Kennedy apontou para algum ponto entre as montanhas e deu o grito de alerta. Todos vimos os muitos filetes de fumaça, que subiam quase verticalmente pela atmosfera sem muito vento antes de se dissiparem nas alturas.

– Teremos chegado tarde demais? – questionei – O posto pode sido atacado pelos selvagens ou pelos fanáticos filhos de Ali-Hadji...

– Ou pelos malditos franceses – resmungou Kennedy entre dentes. – Afinal, tudo indica que agora todo este território pertence a eles.

– Mantenham as armas ao alcance das mãos, senhores – advertiu Fergusson, antes de se dirigir ao maçarico para descer o balão para uma altitude mais segura, encoberto pelos contrafortes que nos rodeavam. – Devemos estar preparados para qualquer contingência.

Seguimos em silêncio o curso do rio, que serpenteava entre as montanhas em uma direção vacilante, mas que parecia conduzir, no final, aos filetes de fumaça. Finalmente contornamos um maciço rochoso em uma curva aguda para a direita e avistamos nosso destino. Apesar da advertência de Fergusson, nada no mundo poderia ter-me preparado para o que vi diante dos meus olhos.

Num vale entre as montanhas destacava-se um estranho, colossal e sombrio aglomerado de edifícios retangulares, guarnecidos de janelas simétricas, encimados por uma floresta de chaminés cilíndricas, e era de suas bocas que golfavam as torrentes de vapores fuliginosos. O ribombar que eu ouvia, e que há alguns minutos imaginara ser proveniente de algumas cachoeiras abaixo, semelhante ao do trovão, vinha daquela cidade de pesadelo, cujo complexo principal era cercado por altas muralhas, em determinado ponto interrompidas por um amplo túnel para onde convergiam quatro linhas férreas. Ao redor das muralhas apinhavam-se como rêmoras grupos de pequenas e rústicas cabanas, semelhantes às que havíamos visto nas vilas indígenas ao longo do Níger. As montanhas avermelhadas ao fundo exibiam suas encostas estranhamente recortadas na forma de inúmeros e colossais degraus, onde podíamos avistar um autêntico formigueiro humano, que parecia estar realizando ali um trabalho febril de mineração.

– Por todos os infernos – gaguejou Kennedy, tão estupefato quanto eu -, se isso for um posto comercial eu sou a Rainha!

Corri até Fergusson, que com as mãos crispadas em torno do timão olhava para a cidadela com ar grave.

– Doutor, não estará havendo algum erro? Estamos no lugar certo?

– Sem nenhuma dúvida, Sargento – respondeu ele, após um segundo de hesitação e apontando para um dos mapas no chão da cabine. – Seja isso o que for, está exatamente no local para onde nos dirigimos.

– Não me parece um lugar onde alguém possa estar precisando de resgate...

– A mim também não. De qualquer modo, penso que alguém lá embaixo tem alguma satisfação a dar à Companhia. E ao Império Britânico também. Além do fato de que necessitamos renovar nosso estoque de víveres para a viagem de volta. Portanto, Sargento, por mais estranho que seja, acredito que aquela cidade fortificada seja nosso único destino viável.

Quando nos aproximamos mais pude ver, sobre os quatro ângulos da muralha, pequenas construções de onde emergiam finos cilindros escuros apontados para o céu. Não havia dúvidas de que eram torres de canhões, e vi quando o mais próximo deles girou e apontou em nossa direção. Ao pé da muralha, do lado externo, vi também um fosso escuro cheio de água, que contornava toda a fortaleza até um dos lados, onde parecia se comunicar com o lado de dentro através de um canal, que entrava sob o muro e seguia em linha reta até o centro do complexo. Então se abria em uma espécie de represa, junto da qual, exatamente no centro da fortaleza, erguia-se um enorme edifício quadrangular que servia de base para uma torre ciclópica, que se destacava do conjunto projetando-se muitos metros em direção ao céu sem nuvens. Pela lógica, parecia ser o local para onde deveríamos nos dirigir. Passamos em baixa altitude sobre a muralha e meus olhos não perdiam de vista a boca do canhão, que lentamente acompanhava nossa trajetória. Fergusson fez o balão descer habilmente na represa e acionou as alavancas, de forma a fazer com que ele se estabilizasse ao tocar nas águas tranquilas. Então acionou o motor e, transformado novamente em uma embarcação, apesar do enorme globo de tafetá que ostentava no topo, o *Victoria* deslizou docilmente até um ancoradouro que avistamos na base do edifico quadrangular. Uma pequena comitiva já descia a comprida escada de degraus de pedra para nos receber na base do colosso; era formada por um jovem magro, de cabelos castanhos bem curtos, escoltado por dois verdadeiros brutamontes, um deles loiro e outro moreno. As feições de ambos, assim como a tradicional sinceridade com que estampavam no rosto sua contrariedade por receberem visitas indesejáveis, traíam flagrantemente sua origem como sendo a Europa Central. Quando atracamos e baixamos o passadiço, Fergusson tomou a dianteira e desceu até o píer, seguido por Joe e por Kennedy. Fechei o cortejo, após examinar discretamente a carga do Colt que havia enfiado na cintura.

Observei que o rapaz, que parecia comandar o grupo, demorou seu olhar em mim com um brilho de desconfiança. Depois sorriu e estendeu a mão para Fergusson.

– Sejam bem-vindos a *Stahlstadt*, senhores. Sou Johann Schwartz, assistente de *Herr* Kurtz.

– "*Stahlstadt*"? – repetiu Fergusson, olhando ao redor.

– Significa "Cidade do Aço"– esclareceu Schwartz, com um amplo sorriso.

– Isso eu já havia compreendido, meu jovem. Meu espanto deve-se ao fato de me deparar com esse fabuloso complexo, que me parece ser um centro industrial baseado em mineração, no local onde esperava encontrar um modesto centro comercial.

– O senhor observou muito bem – rebateu o jovem, com uma risada alegre. – Vejo que as notícias circulam mais lentamente do que nós mesmos imaginávamos neste conturbado continente selvagem. Mas deixemos que *Herr* Kurtz, em pessoa, lhes explique tudo. Ele os espera em seu escritório, na Torre do Touro.

Ele apontou para a enorme torre que se erguia atrás de si e fez sinal para que nosso grupo o seguisse escadaria acima. Os dois grandalhões esperaram que cada um de nós se adiantasse e fecharam o cortejo. Penetramos na torre por um portal em arco na base, e por um escuro corredor chegamos a uma plataforma ampla que ocupava o fundo de um impressionante vão central, que se erguia infinitamente até desaparecer na escuridão acima. Entramos numa gaiola metálica e Schwartz acionou uma alavanca. A gaiola deu um tranco e começou a subir, suspensa por uma grossa corrente. Pelo som, deduzi que algum motor a vapor era o responsável por movimentar o rústico elevador até o meio da torre, onde descemos diante de um portal de madeira maciça. Os dois gorilas orientais postaram-se dos dois lados com os movimentos tediosos de quem fazia aquilo todo o tempo. Schwartz bateu três vezes na porta usando uma pesada aldrava de ferro e esperou até que uma lâmpada verde se acendesse ao lado da moldura.

Então empurrou, e a porta cedeu contrariada, dando-nos acesso a um amplo escritório que parecia ser um cômodo de um castelo medieval. Vi estantes de livros junto às paredes, uma prancheta grande de um lado e armaduras e pequenos canhões espalhados entre os móveis. No centro, sobre um enorme tapete persa, uma mesa pesada de madeira e uma cadeira de encosto alto com estofado vermelho, que mais parecia um trono. Sentado na mesma e parecendo pequeno no meio de toda aquela grandiosidade, divisei um homem que, assim que entramos, ergueu os olhos do papel em que escrevia. Tinha cerca de cinquenta anos e ombros quadrados que indicavam uma constituição robusta. Era calvo, com poucos cabelos grisalhos nas laterais e na região occipital. Tinha olhos azuis, de um azul vago que nunca denuncia o pensamento, o que tornava incômodo ser fitado por eles. Sua boca era grande, com dentes formidáveis do tipo que nunca largam sua presa, encerrados em lábios delgados cuja principal função parecia ser contar as palavras que pudesse expelir. Neste mundo existem dois tipos de homem: os predadores e as presas. Aquele homem era seguramente do primeiro tipo e nos olhava como se fôssemos do segundo. Quando caminhamos para dentro do recinto, ele nos olhou com expressão vaga e sorriu como deveria sorrir, se fosse capaz, uma serpente que avista um ninho repleto de filhotes de ratazana. Mas vi que aquele sorriso desapareceu quando ele deitou os olhos no Doutor Fergusson, que caminhava atrás do grupo, parcialmente oculto pela figura imponente de Joe. O homem ergueu-se, apoiado nas duas mãos sobre a mesa, e sua voz ecoou como um vento gelado que acariciasse aquelas paredes de pedra:

– Você! Mas afinal, o que significa isso?

– Este é o grupo do Doutor Fergusson, enviado pela Companhia e pelo governo britânico para esclarecer a falta de notícias de seu posto comercial, Senhor – apressou-se em esclarecer Schwartz.

– Este impostor não é Fergusson – declarou o homem rispidamente, apontando um fino dedo acusador para nosso cientista, enquanto com a outra mão acionava algum comando oculto ao lado de sua mesa. Imediatamente os dois brutamontes surgiram atrás de nós, apontando pesados rifles em nossa direção.

Schwartz, também sacando uma pistola, recolheu as armas que trazíamos, enquanto mantínhamos cuidadosamente nossas mãos à vista. Sem prestar atenção a ele, nosso suposto cientista, olhando diretamente para o homem calvo, retrucou com voz firme:

– É mesmo irônico que eu tenha viajado tanto para ouvi-lo chamar-me de impostor. Senhores – falou, dirigindo-se agora ao nosso grupo -, conheçam o legendário Professor Schultze, devidamente agraciado na Europa com as sugestivas alcunhas de o "Grande Pusilânime" ou o "Pai da Crise", e que certamente, envergonhado por seus crimes, veio esconder-se como um bom covarde aqui, nestas selvas impenetráveis, sob o nome falso de "Kurtz".

Schultze! Um dos nomes mais falados nos últimos anos em toda a Europa, geralmente em tom nada lisonjeiro. Aquele prussiano era um professor universitário que, conforme vim saber pela imprensa, recebeu vultosa herança de uma princesa indiana, uma obscura *begum* que se casara com seu avô. O homem havia aproveitado o crescente desenvolvimento industrial por que passava o mundo para investir em siderúrgica. Ergueu imensas usinas de produção, a princípio por toda a Prússia, atraindo um grande número de operários. Dizia-se que Schultze, que também era uma espécie de gênio, desenvolveu alguma fórmula que tornava o aço fornecido por ele de qualidade flagrantemente superior ao de seus concorrentes americanos e europeus. Falava-se em ligas misteriosas, em segredos químicos guardados a sete chaves. Acabou aumentando tanto seu negócio que adquiriu, através de representantes locais, usinas tanto na França quanto no Reino Unido. Estas aumentaram vertiginosamente sua produção, a ponto dele rapidamente dominar o mercado. Mas a produção era excessiva, e o excesso de ferro e aço que o "capitão da indústria" acumulava começou a ser colocado no mercado a preços significativamente menores que os de seus concorrentes. Era o que, nos círculos econômicos, se chamava "*dumping*". A primeira fase da crise foi marcada pela demissão maciça de empregados e pela quebra das empresas concorrentes, que não conseguiam competir com seus preços nem manter-se no mercado que lhes era desfavorável. Schultze transformou-se no senhor absoluto do mercado siderúrgico, conseguindo a difícil façanha de ser o principal fornecedor de ambas as potências mundiais, França e Inglaterra, e inclusive de exportar para o continente americano, vencendo a concorrência com grandes industriais locais. O enorme perigo daquele monopólio só se fez visível na segunda e catastrófica fase da crise: um belo dia, Schultze simplesmente desapareceu. Sem o menor aviso, fechou suas usinas em todo o mundo e declarou suas empresas desfeitas. O governo, pego de surpresa, ainda tentou assumir o controle das usinas, mas sem o segredo das "ligas metálicas milagrosas" de Schultze não conseguiu deter o caos. Milhares de operários se viram, da noite para o dia, desempregados. Credores e fornecedores viram-se sem perspectivas de receberem seus pagamentos ou de escoarem sua produção já comprometida. Os preços baixíssimos que se praticavam no mercado siderúrgico, com a súbita falta de oferta de matéria prima e a baixa produção praticada àquela altura pelos concorrentes do prussiano, subiu a níveis astronômicos, afetando como a ação de uma marreta numa loja de cristais todos os ramos da indústria e do mercado consumidor que dependiam direta ou indiretamente dela. O mercado financeiro implodiu. Falências. Inflação. Pânico. Suicídios. Convulsões sociais. Nem ingleses nem franceses conseguiam localizar Schultze e havia recompensas por sua cabeça. Ambos os impérios, desde então, recuperavam-se do golpe a duríssimas penas, e ironicamente concentravam suas apostas econômicas, preferencialmente, em seu mercado consumidor de maior retorno: a colonização, praticada de maneira predatória, o que evidentemente implicava, muitas vezes, em conflitos militares. Declarar guerra oficialmente era algo temerário demais para os governantes das duas potências, tais os "custos oficiais" em que isso implicava. Mas todos sabiam que havia uma "guerra de fato" acontecendo ao redor do mundo. Eu, que servira na Índia e agora circulava pela África, sabia disso muito bem. Os franceses, que inicialmente estabeleciam bases na África Ocidental como forma de ganhar territórios estratégicos para apoiarem seus aliados ibéricos na sangrenta campanha brasileira, agora lutavam com unhas e dentes para consolidar a posse desses territórios como fontes lucrativas de matérias-primas. Os ingleses, que já investiam na colonização da Ásia, sobretudo na Índia, responderam expandindo seu território rumo aos países da África Oriental. Colônias como a britânica Serra Leoa, que se dava ao luxo de receber grande fluxo de turistas, e Argélia e Tunísia, do lado francês, gozavam de razoável estabilidade. No entanto os países da África Central até o extremo sul, onde se verificava a encarniçada Guerra Boer, tinham suas fronteiras e seu domínio alterados com tanta rapidez que um mapa confeccionado hoje provavelmente estaria desatualizado em menos de um mês. Assim como o resto do mundo, a África era hoje um continente dividido ao meio, e servia igualmente aos dois impérios como fonte de recursos e, ao mesmo tempo, como campo de batalha que lhes provia todos os benefícios políticos e sociais que uma boa guerra pode trazer a um governo. Já fazia algum tempo que eu deixara de ouvir falar no nome de Schultze. E ali estava ele, contra todas as expectativas, no comando de mais uma de suas colossais usinas, cravada como uma ferida cancerosa em um lugar tão improvável como pode ser uma cordilheira perdida no meio das selvas africanas.

– Por outro lado – retornou Kurtz, ou Schultze, em tom irônico -, você também preferiu usar um nome falso, obviamente para atrair minha atenção. Foi muito astuto ao considerar que um brilhante cientista não perderia a oportunidade de conhecer outro. Ao que parece, meu caro Sarrasin, as artes da astúcia e da dissimulação estão no sangue da nossa família. Bem, sejam quais forem suas intenções, temo que sua longa viagem tenha sido em vão. Na verdade, duvido que eu pudesse esperar por melhor testemunha para o momento histórico que se aproxima.

Olhei espantado para o falso doutor Fergusson, mas seus olhos faiscantes de ódio não deixavam por um segundo de encarar seu adversário. Então aqueles dois homens eram parentes? Olhei em seguida para Joe, que desviou os olhos para o chão com evidente constrangimento. Quanto a Kennedy, parecia estar tão bestificado quanto eu.

– Quanto aos seus companheiros – a voz de Schultze voltava a soar áspera e grave -, quem quer que sejam, não vejo grande utilidade para eles. Meu caro Johann, qual seria a melhor forma de nos livrarmos desse peso morto rápida e definitivamente?

Schwartz encarou cada um de nós antes de argumentar, com ar pensativo:

– Atirá-los no fosso externo seria agradável para os crocodilos, ainda que pouco inspirado. Por outro lado, perdemos recentemente vários trabalhadores negros, graças aos bolsões de gás carbônico acumulados nos túneis mais profundos das minas. Talvez estes cavalheiros com braços fortes possam afinal nos prestar algum serviço, até que possamos "recrutar" novos trabalhadores nas aldeias.

– Uma boa ideia, como sempre, Johann. Providencie alguns guardas para enviá-los aos alojamentos das minas, e que permaneçam bem vigiados...

– Espere aí um momento, senhor Schultze, ou como quer que se chame – retruquei, liberando a indignação que me oprimia. – Sargento Kennedy e eu somos representantes do Império Britânico e, pelo que posso perceber, os legítimos representantes da Companhia nesta missão. Só estamos aqui porque é a eles que o senhor deve, ou ao menos *deveria* lealdade. O mínimo que pode fazer é nos explicar o que está acontecendo aqui. Que diabos é esta monstruosidade que o senhor chama de "*Stahlstadt*"? E afinal, a qual bandeira o senhor verdadeiramente serve?

Observei que Schultze empertigou-se na cadeira e seus olhos brilharam por um instante. Ele teria um prazer imenso em afagar a própria vaidade exaltando as próprias realizações e seus planos, que certamente considerava uma obra de gênio. Suas palavras seguintes confirmaram minha impressão:

– Nenhum inconveniente quanto a isso, Sargento. O que o senhor estupidamente chama de "monstruosidade" é *Stahlstadt*, cidade criada por mim a partir do primeiro golpe de picareta, e hoje um centro produtor de aço, cuja matéria-prima, ferro e hulha, extraio das montanhas ao nosso redor e de verdadeiros labirintos escavados bem abaixo dos nossos pés. O aço produzido aqui nada deixa a desejar ao produto de excelência com que um dia abasteci os mercados europeus e americanos. Para que pudesse dedicar-me a meus planos sem interferências, usei contatos dentro da Companhia para reivindicar especificamente este local rico em minério para montar, sob o pseudônimo de "Kurtz", um posto comercial de onde forneci aos britânicos, durante muito tempo, o marfim que coletava com auxílio de meus homens e que era o preço pago por minha paz e privacidade. Através de generosos subornos de oficiais franceses e grupos étnicos nativos, meus oficiais trazidos diretamente da Prússia arregimentaram bandos de nativos negros nas tribos ao redor, que hoje são nossos valiosos operários nas minas e forjas.

– No caminho para cá observamos aldeias com sinais de explosões e incêndios – observou Kennedy, com uma súbita inspiração. – Certamente são marcas de seu processo de "recrutamento"...

– A princípio sim. Como toda criatura inferior, esses negros também são supersticiosos e temerosos do que desconhecem. Mas o senhor ficaria surpreso ao constatar como essas boas criaturas são dóceis e tornam-se facilmente cooperativas, a partir do momento em que compreendem os objetivos de seus esforços e os benefícios que os mesmos podem lhes aportar. Com seu suor e sangue foi erigida *Stahlstadt*, destinada a tornar-se em breve a capital do Terceiro Reino, que governará o mundo a partir deste lugar tão insuspeito, o coração da África primitiva.

– Você está louco, Schultze – reagiu Fergusson, ou Sarrasin, adquirindo um surpreendente sotaque francês e descarregando um ódio que exalava o odor de anos de ressentimento. – Mesmo que esteja aliado aos franceses, os ingleses que está traindo cairão sobre você com a fúria que qualquer nação dedica a tamanha vilania.

– Aliado aos franceses? – repetiu o outro, zombeteiro – E por que eu me associaria a um povo com tão evidentes sinais de degenerescência hereditária, se não fosse pelo tempo mínimo necessário para que eu solidificasse meu domínio e pudesse deixá-los livres para caminharem rumo ao seu destino fatal?

– Lembre-se de que sua amada Prússia tem sido há anos vassala desses franceses que você subestima. O que lhe garante que a França, em sua derrocada rumo ao "destino fatal", não arrastará seu país com ela?

– O simples fato, Sarrasin, de que não se trata de uma questão política, e sim racial. Compreendo que sua fraca mentalidade francesa tenha dificuldades para compreender isso, mas a lei do progresso decreta a dissolução da raça latina, sua sujeição à raça saxônica, e no futuro a sua desaparição absoluta da face do globo. O que estou fazendo aqui, ainda que pareça à estreiteza de seus horizontes um ato de vilania, não é mais que minha obediência a uma lei inevitável, que determina que se aniquile, o mais prontamente possível, essa nódoa sobre o mundo que você pateticamente chama de "povo".

Eu me encontrava absolutamente atônito com o que ouvia. Não me restava alternativa a não ser insistir no caminho da ironia, contra afirmações que me pareciam tão desprovidas de propósito:

– Resta a questão dos ingleses, se me permite. É uma ingenuidade sua acreditar que aceitarão com afagos e aplausos sua ode à supremacia da raça saxônica. O Império Britânico arrasará sua capital e todo o seu "Terceiro Reino" mais rapidamente do que eu possa pronunciar a expressão "doido maldito". Aliás, creio que isso se dará ainda mais depressa caso o senhor já haja tido o trabalho de aniquilar primeiro os negros. Ou será que esses pobres coitados, que parecem formar a maior parte de sua mão de obra, têm direito à existência em seu mundo perfeito?

– Talvez isso o surpreenda, mas talvez os negros tenham mais lugar nesse novo mundo que seus próprios compatriotas, Sargento. O destino da raça germânica é absorver todas as demais, e os negros apresentam em sua natureza a humildade necessária para servirem com dedicação às necessidades básicas de mão de obra do Terceiro Reino. Já os ingleses, com sua prepotência e ilusão de grandeza... Bem, lamentavelmente a destruição terá de ser o triste destino de todos os povos que se recusarem a fundirem-se com o povo germânico e reunirem-se ao *Vaterland*.

– Você foi cegado por suas próprias alucinações filosóficas, Schultze – voltou a atacar Sarrasin. – Por mais canhões que fabrique em suas minas infernais, jamais terá força para combater nada menos que as duas maiores potências mundiais. Você será esmagado como um inseto!

Aquela era exatamente minha visão sobre o assunto. Era questão de tempo, e *pouco* tempo, até que Schultze fosse reduzido a uma poça de cerveja ruim, assim que erguesse a cabeça do meio das árvores e se tornasse alvo tanto da França quanto do Império Britânico, já mais do que ressentidos pelos prejuízos que ele lhes havia causado. Porém até mesmo minha certeza irremovível ficou abalada quando fitei o rosto que nos encarava por trás de sua mesa, exibindo uma incompreensível expressão de júbilo. Seria apenas loucura, ou aquele homem diabólico escondia ainda algum recurso que nos escapava, e que poderia melhorar suas chances?

– Caso queiram acompanhar-me em um passeio pela Torre do Touro, creio que terão uma noção mais exata da realidade. E você, Sarrasin, certamente será contemplado com uma visão mais clara do que significa usar de forma inteligente e produtiva a minha parte da herança que compartilhamos. Um golpe fatal contra as ideias célticas que lhe povoam a mente, com toda certeza.

Fomos colocados em fila indiana, com Sarrasin à frente e Kennedy no final, e saímos do escritório de volta para o corredor, que circundava o abismo que era o poço central da torre. Três outros guardas, além dos dois brutamontes, já nos esperavam, esses últimos negros portando rifles, que entraram conosco na gaiola elevadora. Ouvi o lamento do motor ao movimentar-se a gaiola com sua lotação esgotada, e todos nós estávamos muito próximos uns dos outros, mas o frio cano de uma pistola pressionando-me as costelas e o abismo sob os pés me demovia de qualquer intenção de iniciar um tumulto. Além do mais, estava curioso quanto ao que nos esperava.

Dessa vez o elevador subiu até o alto da torre. Descemos em um aposento amplo, coberto por uma campânula de material translúcido que deixava passar a luminosidade do sol inclemente. Todos os olhares foram imediatamente atraídos por um gigantesco canhão, que obviamente era o objetivo mesmo da existência daquele aposento no topo. O leviatã estava montado sobre uma plataforma e seu cano emergia por uma fenda estreita na cobertura translúcida. Era, com toda certeza, uma casamata giratória, que permitiria apontar aquele monstro para qualquer direção ao redor da cidadela. O canhão, em si, era uma impressionante obra de engenharia. Eu jamais vira uma peça de artilharia tão grande. O diâmetro da boca era de mais de um metro. Um sistema de rodas dentadas nas laterais permitia regular a altura de tiro com delicados movimentos em controles no painel traseiro. Uma mola compensadora posteriormente ao reparo servia para anular o movimento de recuo, que provavelmente seria fortíssimo. Schultze sorriu, observando nossas expressões de espanto, e fez sinal para que seu assistente Schwartz desse as explicações necessárias, o que ele fez com evidente entusiasmo:

– Esta peça, que eu mesmo projetei com a ajuda inestimável dos conhecimentos do Professor Schultze, é capaz de perfurar a vinte mil metros, com um projétil cheio, uma chapa de quarenta polegadas como se fosse uma fatia de pão. Seu alcance, caso estejam se perguntando, é de mais de dez léguas.

– Dez léguas! – Sarrasin estava sinceramente impressionado – Que tipo de pólvora permite isso?

– O tempo da pólvora grossa já passou, Doutor Sarrasin. Usamos a piroxila, ou algodão-pólvora, cuja força expansiva é quatro vezes superior à da pólvora ordinária.
– Não acredito. Nenhum canhão, ainda que feito do melhor aço, poderá resistir a mais de quatro ou cinco tiros com esse poder de deflagração. Ficará completamente inutilizado!
– Não é à toa que fui conhecido na Europa como "Rei do Aço", meu caro – disse Schultze, adiantando-se. – Minhas ligas são forjadas de acordo com um processo especial desenvolvido por mim, tornando meu aço passível de deterioração, mas praticamente impossível de romper-se com tanta facilidade.
– Isso lhe permitirá manter as tropas inglesas e francesas afastadas por algum tempo, Schultze, mas é uma ilusão crer que permanecerá protegido indefinidamente. Eles são muitos e contam hoje com máquinas voadoras, que cercarão esta cidade em questão de minutos. Um bombardeio vindo do alto tornará seu supercanhão praticamente inútil.
– Ah! – riu o prussiano, trocando um olhar significativo com seu assistente – É curioso que você fale em bombardeio aéreo justamente agora. Permitam que eu lhes mostre por que estou seguro de que não chegaremos a tanto...
A um sinal de Schultze, os guardas pressionaram nosso grupo de volta para a gaiola. Descemos lentamente até a base da torre e mesmo além dela por dois ou três níveis de subsolo. Descemos num amplo depósito iluminado por lampiões a óleo e nosso algoz nos conduziu entre pilhas de caixas até o local onde estavam empilhados grandes cilindros metálicos. Tinham dois metros de comprimento por um e dez de diâmetro, revestidos de uma camada de chumbo e fechados na parte traseira por uma chapa de aço cavilhada. A ponta dianteira era de aço ogival, munida de um botão de percussão.
– Senhores – declarou teatralmente Schultze, como um mestre de cerimônias -, conheçam a bomba Dante! Uma munição especial para um canhão especial!
Ante um simples olhar de seu mestre, Schwartz novamente iniciou as explicações como quem profere uma aula:
– Esta nova bomba, a despeito de sua aparente robustez, não difere em peso de uma bomba ordinária do mesmo calibre. É revestida

de madeira de carvalho, carregada de gás carbônico que extraímos das minas, submetido à pressão interior de sessenta e duas atmosferas. A explosão do invólucro provoca a liberação do líquido e sua transformação no estado gasoso. A consequência é um frio de cerca de cem graus abaixo de zero em toda a zona contígua, além da liberação de um enorme volume de gás carbônico no ambiente. Todo ser vivo que se encontre nas redondezas, que calculamos ser entre trinta e cem metros de raio ao redor do centro, fica ao mesmo tempo congelado e asfixiado. Dependendo das condições atmosféricas, especulamos que esse efeito pode se estender até duzentos metros.

– Como o gás carbônico tem peso maior que o ar, permanecendo nas camadas inferiores da atmosfera, o efeito da nuvem venenosa persiste por horas – interrompeu Schultze, visivelmente entusiasmado com sua criação. – Esta bomba não deixa feridos, apenas mortos entre suas vítimas.

– Mas isso não é tudo – retomou Schwartz, apontando para finos canudos fundidos em torno da circunferência do projétil. – Quase simultaneamente à explosão do compartimento central, esses tubos secundários funcionam como minicanhões, vomitando para todos os lados pequenas bombas carregadas de material incendiário. Ao redor da nuvem tóxica congelante, verifica-se uma chuva torrencial de inextinguível fogo. Um verdadeiro inferno...

– O inferno de Dante, daí o nome dessa maravilha – rosnou Schultze, olhando com ar febril para a pilha de cilindros. – Um centro congelante, cercado de um círculo asfixiante, que por sua vez é circundado por um anel de fogo, isso sem falar na destruição provocada pelo próprio deslocamento de ar deflagrado pela explosão. Uma série completa de suplícios concêntricos, como imaginados pelo grande Dante Alighieri em sua obra imortal.

– São surpreendentes sua admiração por um autor latino e sua capacidade para perverter uma obra clássica com sua insanidade – retrucou Sarrasin, mal contendo sua fúria.

– Ele criou as bases filosóficas do inferno, meu caro primo, mas foi necessário um legítimo germânico para transformá-lo em realidade. Quanto à sua suposição de que ingleses e franceses venham importunar em torno de nossas muralhas... Nosso plano inicial era levar uma unidade das bombas Dante, secretamente, até alvos estratégicos em Paris e em Londres. Imaginem explosões praticamente simultâneas nas duas capitais imperiais, com evidências plantadas de que se trata de um ato terrorista deflagrado pela outra potência. O ponto mais fraco desse plano eram as dificuldades operacionais: transportar secretamente bombas tão grandes por uma distância enorme e colocá-las em alvos significativos sem ser descobertos... O risco era grande demais. Até que meus informantes trouxeram notícias de um barco que era ao mesmo tempo um balão, inventado pelo gênio inglês Samuel Fergusson! Cuidadosamente provoquei a crise local do marfim, interrompendo o fornecimento do nosso posto comercial e afundando sistematicamente todos os barcos enviados para o resgate do pobre Kurtz. Habilmente, meus agentes infiltrados na Companhia induziram a que Fergusson fosse contratado para missão tão importante e delicada, graças aos atributos de seu barco de voar por sobre os atacantes. Sim, meus caros, durante todo o tempo meu interesse sempre foi o *Victoria*! Com esse barco posso despejar, numa mesma viagem, uma bomba Dante sobre Paris e outra sobre Londres! Enquanto conversamos, as duas bombas já estão sendo preparadas para serem armazenadas no porão do barco. Vão concordar comigo que, diante da tensão crescente que se respira no mundo, a guerra total será inevitável. Com os armamentos fabricados com o aço especial que forneci a todos os países durante anos a fio, França e Inglaterra acabarão envolvidas numa guerra sangrenta que não poderá ter outro efeito, tal o equilíbrio existente entre as potências, senão o enfraquecimento de ambas, agravado pelo aprofundamento da crise que provoquei quando golpeei visceralmente a economia mundial. Não creio que terão tempo ou disposição para se preocupar com uma pequena potência emergente nas selvas africanas. Quando os dois leões estiverem suficientemente debilitados e mortalmente feridos, o Terceiro Reino se erguerá de onde menos esperam, com suas tropas abastecidas por armamentos novíssimos e projéteis mais mortíferos. Quero que você, Sarrasin, esteja aqui para testemunhar a ascensão e glória do *Vaterland*. Quanto a seus amigos... Quem sabe, se forem capazes de sobreviver às minas...

O silêncio preencheu o depósito subterrâneo, para satisfação de Schultze. Estávamos absolutamente surpresos e aterrorizados. Ainda que falhasse, o plano daquele homem não poderia deixar de trazer consequências catastróficas. Saboreando o efeito de suas revelações, ele lentamente deu as costas para nosso grupo de desolados prisioneiros e, com um gesto casual de mão, deu ordens ao seu assistente:

– Johann, prenda Sarrasin em um quarto especial na torre e os demais nos alojamentos das minas. Providencie guardas e uma boa refeição para todos: salsichas, hortaliças em conserva e cerveja. Vamos fazer com que saboreiem uma legítima comida germânica e ver se serão capazes de tolerar sua própria existência depois, privados dela.

Enquanto saíamos, um grupo de negros comandados por um prussiano entrou empurrando uma grande plataforma sobre rodas. Vi quando se dirigiram à pilha de bombas Dante. Seguramente estavam escolhendo as unidades que seriam colocadas no porão do *Victoria*, para a covarde missão homicida. Fomos separados de Sarrasin e levados, os três, por túneis labirínticos, cada vez mais para o fundo da terra. Passamos por vários postos de guarda e senti que o ar começava a ficar mais opressivo. Pequenas gaiolas contendo ratos vivos começaram a aparecer ocasionalmente nos cantos, no chão dos corredores escavados na rocha. Prestativo, Schwartz nos explicou que os animais serviam para identificar possíveis nuvens de gás carbônico, cada vez mais comuns nos túneis mais profundos. Como o gás se depositava primeiro junto ao solo, a morte dos ratos era um sinal de que os humanos deveriam sair dali rapidamente.

Fomos deixados em uma cela quadrangular, iluminada por um lampião colocado em frente da pequena janela existente no centro da porta metálica. Ouvi o som da tranca se fechando e ecoando à distância, e um guarda negro armado foi deixado no corredor. Havia três catres improvisados nos cantos, e no centro da cela uma latrina improvisada. Sentamo-nos e encarei Joe, que permanecia o tempo todo em absoluto silêncio desde que confrontamos Schultze pela primeira vez. Abracei meus joelhos sobre a cama e falei:

– Creio que chegou a hora de mais esclarecimentos. Se o inglês Fergusson era na verdade o francês Sarrasin, é justo supor que não exista o assistente Joe. Já que temos algum tempo livre, que tal nos dizer o que em verdade está acontecendo aqui? Quem é você, outro francês?

– Alsaciano – murmurou o falso Joe, também perdendo miraculosamente o sotaque inglês. – Meu nome é Marcel Bruckmann.

– Perfeito – riu Kennedy, amargurado. – Estivemos viajando entre espiões...

– Não somos espiões! – protestou Bruckmann, elevando o tom de voz – Não estamos ligados a nenhum governo. Nossa missão aqui foi uma iniciativa absolutamente particular!

– Parece-me um esforço demasiado grande para promover um reencontro de parentes. Pelo menos foi o que entendi que aconteceu naquela torre...

Marcel Bruckmann suspirou. Recostou-se no catre e disse:

– Não vejo razão para que não conheçam a história desde o início. Fico até aliviado por podermos enfim encerrar essa farsa. Como eu disse nasci na Alsácia e fiquei órfão aos doze anos. A pequena herança que me restou foi o suficiente para que eu pagasse meus estudos. No liceu, meu melhor amigo ficou sendo Octave, filho do Doutor Sarrasin. Como eu não tinha família, Octave levava-me para sua casa nas férias, e o resultado disso foi que a família Sarrasin adotou-me como se fosse um filho legítimo. Acabei me enamorando da filha do Doutor e assim tornei-me legitimamente parte daquela boa família, que me acolheu de coração aberto. A profissão de médico proporcionava a eles uma vida confortável, mas um dia chegou a surpreendente e inesperada notícia de que o Doutor Sarrasin receberia uma considerável herança em dinheiro. Na distante Índia falecera o único filho da *begun* Gokool, viúva do rajá Luckimissur. O segundo casamento da princesa havia sido com Jean Jacques Langévol, tio-avô por parte de mãe do Doutor Sarrasin, um marinheiro francês que há anos aportou definitivamente em Calcutá. Ambos faleceram e o único filho do casal era deficiente mental, por isso sua herança ficou sob sequestro e tutela até sua morte. Então, dois beneficiários foram localizados para a herança, que totalizava então quinhentos e vinte e sete milhões de francos...

Bruckmann ignorou o assovio simultâneo de assombro que eu e Kennedy deixamos escapar e prosseguiu:

– Os dois herdeiros eram os filhos das duas irmãs de Jean Jacques Langévol, ambas já falecidas: o Doutor Sarrasin, filho de Julie Langévol, e o Professor Schultze, filho de Teresa Langévol, que se casou com Martin Schultze, cirurgião do exército de Brunswick. Na verdade, um mal sabia da existência do outro até que foram chamados para receber sua parte na herança. Foi a primeira vez em que se viram pessoalmente e a falta de empatia entre os dois foi imediata. Com o tempo, as notícias atestavam como Schultze usara sua parte na herança para investir em metalurgia e especialmente na indústria da guerra. Mais idealista e disposto a deixar um legado oposto ao de seu parente para a humanidade, o Doutor Sarrasin projetou e deu andamento à fundação de uma cidade modelo, onde se cultivariam as condições de higiene moral e física próprias para desenvolver todas as qualidades humanas e formar gerações fortes e produtivas. *Franceville* era o nome dessa cidade, que se tornou um poderoso polo difusor de ciência e cultura.

– Creio ter ouvido algo a respeito...

– Certamente, Sargento Montgomery, pois o exemplo edificante de *Franceville* rompeu fronteiras. A despeito das diferenças políticas, começamos a manter produtivos contatos com instituições científicas e humanitárias de todo o mundo, até mesmo dentro das fronteiras do Império Britânico. O Doutor Sarrasin previa que, através do cultivo daqueles valores, a humanidade conseguiria superar as diferenças que os países impunham às pessoas. Foi quando a imprensa começou a veicular as pesadas e ácidas críticas de Schultze à iniciativa de *Franceville*. Ao Doutor Sarrasin aquilo parecia uma incompreensível reação de ciúmes ou inveja, mas após o discurso que ouvimos há pouco percebo que Schultze, na verdade, via *Franceville* como uma ameaça ao fortalecimento de uma cultura latina, contrária a suas ilusões patológicas de supremacia anglo-saxônica. Sem que percebêssemos, toda a indústria de nossa cidade modelo passou pouco a pouco a ser virtualmente dependente de matéria-prima e produtos originários das empresas de Schultze ou de suas associadas. Eis porque a crise que se abateu sobre o mundo, quando Schultze desapareceu, teve um impacto especial sobre *Franceville*. Um impacto mortal, melhor seria dizer, pois a quebra de nosso frágil equilíbrio econômico significou praticamente o fim da utopia. Sofremos um pesado retrocesso e perdas financeiras irrecuperáveis. O Doutor Sarrasin mal conseguiu sobreviver à decepção. Consternados, seus familiares, entre os quais me considero, lutamos por encontrar um motivo que o mantivesse vivo. Naquele momento a razão mais forte que encontramos não foi, de forma alguma, um sentimento nobre: a vingança. Decidimos rastrear os passos de Schultze e usar os recursos que nos restavam para localizá-lo, encontrá-lo e dar-lhe o troco. Segundo o próprio Doutor afirmou, acabar com os planos de Schultze representaria um inestimável benefício para a humanidade.

– E como surgiu a farsa de usurpar a identidade de Fergusson?

– Conseguimos rastrear os passos de nosso algoz até a África. Ele desapareceu por algum tempo, mas ninguém ergue uma cidade como *Stahlstadt* no meio das selvas sem deixar rastros, por mais que disponha da maior parte de sua matéria-prima à mão. Ele estava na África, escondido sob a proteção da Companhia. E, por algum motivo, a própria Companhia estava enfrentando dificuldades para conectar-se com ele. Deduzimos que era certa sua identidade, e ao mesmo tempo nossos estudos revelaram uma antiga entrevista onde Schultze manifestava sua admiração, entre alguns poucos cientistas, por Samuel Fergusson. Procuramos saber do paradeiro de cada um deles e nossos agentes nos órgãos de segurança descobriram que Fergusson havia recentemente emigrado para os Estados Unidos, para auxiliar no impulso da indústria aeronáutica local como agente do Império Britânico. Recorremos a planos elaborados por Félix Nadar, o gênio balonista francês, e construímos o *Victoria*, que recebeu esse nome como parte de nosso disfarce inglês. Não foi difícil oferecer os serviços de nosso barco para tentar resgatar o representante do outrora lucrativo posto comercial na Guiné.

– Então vocês deliberadamente entregaram-se nas mãos de Schultze! Afinal, não havia como manter a farsa a partir do momento em que ele pusesse os olhos em Sarrasin...

– É verdade. Sabíamos que as informações sobre Fergusson e seu barco-balão, que deixamos vazar "por descuido", seriam irresistíveis para ele.

– E acabaram, com isso, colocando em suas mãos os meios para deflagrar com maior segurança sua guerra mundial. Quanto a nós, ficaremos aqui, realizando trabalho braçal enquanto sufocamos nestes túneis. Vocês são realmente um bando de gênios, Bruckmann!

– E nos arrastaram os dois para sua missão de vingança sem o menor escrúpulo, seu farsante! Acho que merece uma surra... – disse

Kennedy, o rosto afogueado, levantando-se do catre com os punhos cerrados.

Bruckmann retesou o corpo, pronto para se defender, quando minha voz fez com que ambos estacassem:

– Alto lá, cavalheiros! Por falar em farsante, Sargento Kennedy, ainda há algo que não está bem esclarecido em toda essa mirabolante história...

Os dois permaneceram estáticos, aguardando em muda expectativa que eu continuasse.

– Quando nos conhecemos, na base militar da Nigéria, Kennedy afirmou ser proveniente da vila de Leith, próxima de Edimburgo.

– De fato, foi onde nasci – rebateu o rapaz, com um discreto tremor na voz.

– Acontece que passei minha infância e a maior parte da juventude em Edimburgo, Sargento. Conheço muito bem o sotaque da região, por isso estranhei a informação. Embora em alguns momentos você fale como um legítimo escocês, ainda que com um sotaque um pouco estranho, definitivamente não fala como um nativo de Leith...

– Já estou na África há um bom tempo, Montgomery. E tenho grande facilidade para me adaptar aos sotaques locais de onde vivo por algum tempo...

– Considerei a possibilidade. Mas viajar em sua companhia me fez perceber que, em alguns momentos, principalmente naqueles em que fomos obrigados a lutar por nossas vidas, seu sotaque desaparecia completamente. Então você falava como um bom e velho inglês. Tendo morado em Londres, convivendo com operários da região industrial, eu apostaria que você fala como um nativo, digamos, de algum lugar como... Swathinglea?

O silêncio pairou durante algum tempo na penumbra da cela, em um quase sólido suspense. Finalmente o jovem sargento deixou escapar o ar que retinha nos pulmões e voltou a tombar, desanimado, em seu catre.

– Você tem bom ouvido, Montgomery – disse ele. – Mas na verdade a cidade é Clayton, também nas Midlands. Foi onde nasci, e desta vez falo a verdade.

– Ora, vejam só – respondi, irônico. – Supondo que o verdadeiro

Sargento Kennedy seja de fato um oficial escocês, então temos outro enigma neste baile de máscaras. Afinal, quem é você?

O jovem soldado fechou os olhos e encostou a cabeça contra a parede.

– Meu nome é William Leadford, soldado do exército britânico servindo na colônia sudanesa. E também vim parar aqui seguindo pistas que me puseram no rastro de Schultze.

– Por que me parece que o mundo inteiro, exceto eu e talvez o Capitão Marlow, sabia a verdadeira identidade de *Herr* Kurtz?...

O rapaz ignorou meu comentário e prosseguiu, os olhos perdidos em algum lugar nebuloso do passado:

– Eu tinha uma vida simples, mas suficientemente tranquila dentro de minhas possibilidades. Trabalhava na olaria do velho Rawdon, quando o senhor Bladden decidiu ampliar sua oficina siderúrgica e ofereceu-me um novo emprego, com consideráveis vantagens financeiras. Com mais dinheiro todas as coisas começaram a melhorar, e pude atrever-me a fazer planos de me casar com minha namorada desde a infância. Nettie Stuart era filha do jardineiro-chefe da rica viúva de *Mister* Verrall e residia com a família em uma casinha anexa à mansão na propriedade de Checkshill Towers. Marcamos a data para o ano seguinte e iniciamos os preparativos. Fiz algumas dívidas, de acordo com minha perspectiva de ganhos nos próximos meses. No momento mais delicado de minhas economias, aconteceu o desastre. O prussiano Schultze desapareceu, atirando a economia britânica na fossa. Muitas indústrias faliram e as primeiras foram as siderúrgicas. A de Bladden, inclusive. Do dia para noite eu me vi na sarjeta e, comigo, meus planos e sonhos dourados. Vi nos olhos de Nettie sua decepção com o cancelamento de nossas bodas. Envergonhado, passei algum tempo evitando o contato com sua família, o que implicava em vê-la muito menos que o de costume. As preocupações com a obtenção de um novo emprego ocupavam a maior parte de meu tempo e isso se tornava a cada dia mais difícil para pessoas como eu, sem muita qualificação. Quando dei por mim, já era tarde. Nettie surpreendeu-me com sua decisão de interromper nosso compromisso. "Esperando por dias menos inseguros", dizia ela. Mas Clayton é uma cidade pequena. Poucos dias depois eu soube que ela havia sido vista em atitude "excessivamente amistosa" com Edward Verrall, filho do homem que era dono não apenas da propriedade onde ela e sua família residiam e trabalhavam, mas também de grande parte dos estabelecimentos comerciais, minas de carvão e casas alugadas em todo o distrito das Quatro Cidades. Era tudo verdade, é claro. Nettie e Ed Verrall casaram-se no ano seguinte, meses depois do dia em que deveria ter se casado *comigo*, e minha vida perdeu todo sentido. O mundo ainda praguejava e amaldiçoava o prussiano Schultze, e uni minha voz à do restante do Império, culpando-o diretamente por minha desgraça. O maldito era assunto constante nas rodas de todas as classes sociais e, numa noite enevoada, enquanto afogava minha frustração na companhia de um grupo de desafortunados como eu, ouvi um marinheiro bêbado confidenciar que servia num navio que conduzira ninguém menos que o próprio Schultze à costa da Guiné. Apesar de embriagado, o homem não tinha a menor dúvida quanto à identidade do ilustre e famigerado passageiro. Os boatos eram de que o homem deveria encontrar-se com representantes da Companhia, que explorava a extração de marfim no continente africano. A vingança passou a ser um novo objetivo em minha vida. O único, para dizer a verdade. Meu primeiro impulso foi inscrever-me para trabalhar na Companhia, mas minha pouca qualificação e os tempos difíceis fecharam-me as portas. Decidi então recorrer ao exército. Eu ouvira de alguém que uma nova frente de colonização se ampliava na África, e que havia uma crescente demanda para soldados dispostos a arriscar a vida e a sorte naquelas terras desconhecidas. Para meu aparente azar, fui designado para a colônia do Sudão, na África Oriental, do lado oposto àquele que me interessava. Mas descobri que a sorte é brincalhona e gosta de pregar peças. Certo dia fomos informados de que o Império sofria sérias baixas em seus poucos territórios no lado ocidental do continente e que a Companhia, responsável por prover grande parte de nossos recursos, enfrentava dificuldades naqueles territórios. A notícia mais recente era de que Fergusson, o célebre cientista, colocaria sua equipe à disposição para resgatar agentes da Companhia no coração das selvas hostis e necessitava de voluntários para acompanhá-lo na empreitada. Meu oficial superior imediatamente se prontificou para a missão. O Sargento

Kennedy se dizia amigo de Fergusson e praticamente exigiu que seu nome fosse incluído na empreitada. Imediatamente me uni a ele, candidatando-me para acompanhá-lo na missão, o que ele aceitou com admiração incontida. Socorrer um posto comercial da Companhia em plena Guiné me parecia coincidência demais, era exatamente para onde eu teria que ir se quisesse encontrar os rastros de Schultze! Partimos do Sudão rumo ao interior com mais um grupo de sete soldados voluntários de várias bases da região. Deveríamos cruzar o território hostil do Chade e nos unir ao grupo de Fergusson na base da Nigéria. Porém, fomos emboscados por um bando armado do povo Sara, agindo sob as ordens dos franceses na tentativa de consolidar a posse do território. Nosso pelotão foi dizimado, incluindo o Sargento Kennedy. Só eu e mais dois soldados sobrevivemos e nos espalhamos, às cegas, pelo país hostil. Acredito que meus companheiros tentaram voltar à nossa base de origem, e ignoro se conseguiram ou não. Eu, porém, me vi num dilema. Se voltasse estaria acabando com minha melhor chance de encontrar o prussiano. Por outro lado, sendo um soldado raso, provavelmente seria mandado de volta ou integrado a outro batalhão, assim que chegasse a qualquer base britânica. Dificilmente participaria da expedição de Fergusson. Assim sendo, tomei uma decisão radical: retornei ao local da emboscada e me apropriei dos documentos e do uniforme do falecido Sargento Kennedy. Segui para noroeste, me esgueirando sozinho pelo norte da Nigéria enquanto me desviava de grupos hostis em pé de guerra, até que encontrei um batalhão aquartelado na Costa do Ouro, que realizava incursões civilizadoras no território do povo Fon Daomé. Retornei com eles para sua base e foi ali que encontrei pela primeira vez a tripulação do *Victoria*. Minha intenção era a de me apresentar pessoalmente ao Doutor Fergusson, dar-lhe as más notícias sobre seu amigo Kennedy e oferecer-me para me unir à expedição. Imaginem minha surpresa quando Fergusson não se deu conta de que eu *não era* seu velho amigo Kennedy! Fiquei confuso, mas decidi manter a farsa até entender o que estava acontecendo. Afinal, eles iam mesmo para o posto comercial da Guiné, e isso era o que me importava. Só não esperava encontrar um escocês legítimo, que pudesse reconhecer meu embuste. O resto vocês já sabem.

Encerrado o relato, os dois me fitaram com curiosidade. Só pude dar de ombros e afirmar:

– Bem, quanto a mim, embora possa ser uma surpresa, saibam que sou *mesmo* o Sargento Montgomery, desviado de minha missão original para acabar, com este seleto grupo de impostores, neste buraco sob a terra. Já que quanto a isso nada temos a fazer a não ser lamentar, a pergunta é: o que podemos fazer para livrar-nos dessa encrenca?

Silêncio. Nenhuma ideia salvadora que conseguisse ir além da porta metálica, que parecia bem sólida. Na penumbra pareceu-me vislumbrar um meio sorriso nos lábios de Bruckmann, no momento em que se recostava e tentava ajeitar-se da melhor maneira possível para dormir um pouco. Cerca de uma hora depois chegou a prometida refeição, composta de chouriços e couves um pouco azedas. A prometida cerveja não veio como eu ansiava, o que fez com que a cela de repente ficasse mais estreita e opressiva. Eu precisava de um trago.

Dormimos como uma pedra naquela noite, apesar das emoções do dia. A longa viagem, que finalmente chegava ao fim, cobrava seu inevitável preço. Aquilo era bom, pensei logo ao despertar, pois o novo dia trazia promessas de muito trabalho e cansaço nas minas de Schultze.

O que de fato aconteceu foi inteiramente inesperado. Eu não fazia ideia da hora exata, pois ali, embaixo da terra, não se via dia ou noite. Apenas a sensação de descanso sugeria que eu dormira muitas horas. Mesmo assim, a chegada de alguém que viesse nos buscar demorou mais do que eu esperava. Quando ouvi o som da tranca se abrindo o que menos esperava era ver, no vão da porta, era a fisionomia sorridente e ao mesmo tempo aflita de Johann Schwartz. Esperava menos ainda que o assistente de Schultze se dirigisse a nós... em francês!

– Vamos rápido! Não podemos perder tempo!

Bruckmann saltou do catre e cumprimentou o recém-chegado com um caloroso abraço.

– Esperem aí um momento! – gritei, atônito – Alguém pode fazer-me o favor de explicar o que está acontecendo agora?

– Sargento Montgomery, Soldado Leadford... conheçam Octave Sarrasin, filho do Doutor Sarrasin e considerado por mim um verdadeiro irmão.

– Era só o que me faltava... – resmungou Leadford, incrédulo como eu.

– Octave infiltrou-se na equipe de Schultze há meses, após a morte do assistente anterior do prussiano em um acidente com dinamite. Uma casualidade que nos favoreceu muito, pois dentro da Companhia Octave já havia identificado e se vinculado aos agentes de Schultze. Era ele quem nos fornecia as informações que utilizamos para concretizar os detalhes de nosso plano. E é graças a ele que vamos sair daqui.

– Fico muito feliz em saber. Principalmente depois daquela ideia de nos atirar no fosso dos crocodilos.

– Venham! – disse Shwartz, ou melhor, Octave, batendo em meu ombro e saindo de volta para o corredor. Olhou cuidadosamente ao redor, apanhou o lampião e nos conduziu para o lado oposto pelo qual tínhamos vindo no dia anterior.

– Precisamos de armas – advertiu Leadford, sussurrando. – Esses túneis estão cheios de guardas.

– Não hoje – rebateu Octave. – Há algumas ervas de efeitos peculiares brotando nos jardins particulares de Schultze e providenciei para que fossem misturadas aos alimentos do desjejum dos guardas. Vão dormir por mais algumas horas, mas temos que ser rápidos.

Percebi que estávamos nos aprofundando cada vez mais nos túneis labirínticos, suave, mas continuamente para baixo. De repente estaquei, ao deparar com uma das tantas gaiolas de ratos que serviam de alerta nos corredores.

– Parem! Vejam os ratos, estão mortos! Pelo que entendi, estamos nos dirigindo para um bolsão de gás carbônico.

– Não desta vez – tranquilizou Octave, sorrindo. – Estes ratos fui eu mesmo que matei, para evitar que bisbilhoteiros avançassem por este caminho e encontrassem o que deixei logo ali embaixo. Venham...

Após uma curva sinuosa, nos deparamos com uma ampla caverna cuja maior parte do fundo era ocupada por um lago de águas escuras. Parecia ser o fim da linha, pois a partir dali eu não conseguia ver nenhum túnel. Octave correu para trás de algumas rochas e retornou carregando três cilindros de zinco. De um dos lados, dois tubos de borracha emergiam de cada um, e uniam-se em uma espécie de bocal de chifre. Retirou três pinças de madeira do bolso e distribuiu entre nós, assim como os cilindros.

– Estes são aparelhos Galibert. São caixas de ar comprimido, usados nestas minas para penetrar impunemente em ambientes com atmosfera irrespirável. Vejam, estas correias de couro servem para que vocês ajustem o cilindro nas costas. Passem os tubos de borracha ao redor da cabeça e ajustem o bocal para que possam respirar livremente através dele. As pinças servem para apertar as narinas enquanto estiverem mergulhando.

– Mergulhando? – questionei atônito, observando que Bruckmann já ajustava seu aparelho sem pestanejar. – E para onde você espera que nós vamos, mergulhando em um lago subterrâneo e gelado?

– Veja, há uma corda amarrada naquela margem. Se seguirem seu trajeto vão passar por um túnel submerso que desemboca no fundo do lago da superfície, onde vocês atracaram com o *Victoria*. Este é um dos cursos d'água que vai formar o rio Níger. Apenas cuidem para não deixarem escapar a corda, pois a escuridão será absoluta até que alcancem o ambiente externo.

– Quando vocês virão estar conosco? – era Bruckmann, que se manifestava pela primeira vez.

– Meu pai já deve estar a caminho. Temos de ser rápidos, pois os pavios já estão queimando.

Então explosões eram esperadas para breve! Ajustei meu aparelho Galibert nas costas o mais rapidamente possível e juntei-me a meus dois companheiros na margem do lago, enquanto Octave retornava pelo túnel com o lampião. A água estava absurdamente gelada, e com a escuridão retornando tive o que imaginava ser a sensação da morte. Entre suspiros de agonia e palavras de encorajamento, seguimos em fila ao longo da corda lago adentro. Quando a profundidade aumentou, ajustei meu bocal e senti o ar escapando através dos tubos de borracha. Seguimos o mais rapidamente possível pela escuridão absoluta. A dormência tomava conta do meu corpo, e como eu seguia no final do cortejo tive que dominar a muito custo o impulso de atropelar Leadford e Bruckmann e acelerar na frente. Eu sentia a correnteza ao meu redor, que felizmente seguia no mesmo rumo, ajudando a impulsionar nossa escalada pelo túnel, que eu tinha impressão de que se tornava cada vez mais vertical.

Com efeito, logo percebi um círculo luminoso adiante, que aumentava de tamanho e intensidade na medida em que nos aproximávamos. Quando a corda terminou, senti que o espaço líquido se abria ao nosso redor. Nadamos na direção do Sol, que brilhava alguns metros acima, e finalmente atingimos a superfície do lago externo. Uma dor lancinante atingia cada parte do meu corpo que deixava a água e tomava contato com o ar livre. Vi que a pele de Leadford estava muito vermelha, e ele gemia como eu. Bruckmann, mais esperto, já começara a nadar para ativar a circulação e livrar-se do frio, e vi que seguia em direção ao ancoradouro onde se erguia, em toda sua majestade, o balão do *Victoria*. Seguimos atrás dele.

Não havia ninguém no ancoradouro, e a muralha de pedra com a escada diante de nós nos protegia de observadores mais distantes. Subimos a bordo e corremos diretamente para o depósito sob o tombadilho. Recolhemos as armas que nos restavam e não pudemos deixar de observar o comprido cilindro que ocupava grande parte do depósito.

– Só embarcaram uma bomba Dante. Provavelmente a segunda ainda está a caminho.

– Melhor que seja apenas uma – rebateu Bruckmann. – Com o barco mais leve poderemos subir mais rapidamente.

– O que Octave e Sarrasin estão fazendo? – indagou Leadford, ainda batendo os dentes de frio.

– Veja! – gritou o alsaciano em resposta, apontando para o topo da escadaria.

Octave e seu pai, portando armas, vinham descendo os degraus. Diante deles, relutante e com os braços erguidos, vinha a figura inconfundível do Professor Schultze. O prussiano pareceu surpreso ao ver-nos no barco, mas sua fisionomia logo mudou para uma raiva mal contida.

– Vocês jamais conseguirão sair de *Stahlstadt*! Há torres de canhões nas muralhas e meus homens têm ordens para deter os fugitivos a qualquer custo. Não pensem que minha presença como refém irá detê-los, dei ordens diretas nesse sentido!

– Ótimo! Estamos contando com isso, Schultze! – disse Sarrasin, com uma satisfação selvagem. – Vamos subir rápido, meus amigos, o tempo é escasso.

O prussiano foi amarrado em uma das laterais da amurada do convés e fiquei de guarda juntamente com Leadford. Bruckmann segurou o timão, enquanto Octave soltava as amarras e Sarrasin acionava a traquitana que produzia hidrogênio. Passaram-se alguns minutos aflitivos até que senti um balanço e o barco começou a elevar-se no espaço.

– *Rule Britannia*! – exclamou Leadford, sem conseguir se conter.

Subimos acima da plataforma que servia como base da torre e, ao longe, vi as primeiras figuras humanas, na maioria negros, que mal deixaram o que estavam fazendo para lançarem um olhar curioso em nossa direção. Não havia guardas nas muralhas e os canhões das casamatas, nas quinas, continuavam imóveis.

– Vai ser a qualquer momento agora – advertiu Octave, consultando um relógio de bolso preso por uma corrente.

Como se fosse um sinal, a primeira casamata dos muros explodiu, lançando pedras em todas as direções. Vinte segundos depois foi a vez da segunda, e em sequência as duas restantes. Olhei extasiado para Octave, que retribuiu o olhar e explicou:

– Não sei se havia percebido, mas o *Victoria* chegou aqui trazendo uma carga de explosivos incendiários no porão. Isso não foi à toa, Sargento.

No solo os homens corriam sem direção, como formigas que veem seu formigueiro ser pisoteado. O *Victoria* subia quase verticalmente e logo alcançou uma altura em que podíamos olhar de frente para o topo da Torre do Touro. Foi quando Schultze emitiu uma exclamação de júbilo e grasnou:

– Afinal, vamos ver como conseguirão escapar dessa...

Todos seguimos seu olhar e vi que a cúpula translúcida no alto da torre girava. Lentamente, a enorme boca do canhão gigante apontava em nossa direção. Aparentemente algum ajudante do prussiano recusara o desjejum naquela manhã crucial. Olhei assustado para Octave, mas ele ainda sorria.

– Libere as aletas laterais, Marcel! – berrou Sarrasin para Bruckmann – Vamos nos afastar o máximo possível!

– Não haverá tempo! – exclamou Schultze, rindo – Lembre-se, francês: o alcance do canhão é de dez léguas!

– Não precisaremos de tanto – rebateu Octave, com serenidade.

– Apenas o suficiente para escaparmos do impacto da detonação inicial. Lembre-se: eu ajudei a projetar esse canhão e em segredo fiz as alterações adequadas nas especificações. Quando seu soldado apertar o gatilho, a bomba Dante detonará sem deixar a arma. Será interessante ver o efeito que isso terá na Torre do Touro e em sua preciosa *Stahlstadt*.

Diante daquela revelação, Schultze empalideceu. Permanecemos em suspense, olhando na direção da boca do canhão, que agora apontava diretamente para nós. Mas o tempo passou e a detonação não veio. Leadford foi o primeiro a atinar com a explicação mais provável:

– Eles não vão atirar! Sabem que estamos com Schultze aqui e não têm coragem!

– Malditos covardes! – rosnou Octave.

– Ao que parece nem tudo está perdido, cavalheiros – era Schultze, que recuperava rapidamente a ironia e a prepotência habituais. – O sonho do *Vaterland* sobrevive com *Stahlstadt*, ainda que eu não esteja presente. Sugiro que desistam e se entreguem. Pela sua coragem e astúcia prometo reconsiderar seu caso e, talvez, os deixe viver.

Mas Sarrasin simplesmente ignorou seu nêmese. Ordenou que Bruckmann fizesse uma volta ampla e retornasse para o espaço aéreo sobre o interior das muralhas da cidadela pelo lado oposto, realizando uma espiral ascendente, de modo que o canhão tivesse dificuldade em nos acompanhar os movimentos.

– Só vejo uma opção, senhores. Não podemos deixar que essa obra vergonhosa do engenho humano continue ativa, mesmo na ausência de seu idealizador. Ainda temos uma bomba Dante a bordo.

– É verdade – confirmou Octave. – O depósito principal das bombas fica sob o platô de pedra que serve como base da torre. Se liberarmos a bomba ali, creio que a explosão fará a cidadela inteira desaparecer.

– Sarrasin! – exclamei, antes mesmo que pudesse pensar a respeito – Você não pode fazer isso! Sem Schultze presente e conhecendo seus planos, as forças do Império Francês que dominam esta região poderão avançar até a cidadela e acabar com seus planos alucinados!

– E permitir que a França ponha as mãos nas bombas Dante? – resmungou Leadford ao meu lado – Não acho uma boa ideia...

– Não temos como confiar nisso, Sargento – disse Octave. – A situação política nesses territórios é muito instável. Não sabemos quem, se franceses, ingleses ou algum desses grupos independentes locais, será o primeiro a alcançar *Stahlstadt*. E não podemos arriscar a que os capangas de Schultze mudem as terríveis armas que eles têm lá embaixo para outro local. A cidadela tem de desaparecer.

– Sarrasin! Bruckmann! – insisti, apelando para o assistente do médico, que eu tinha como a pessoa mais razoável do grupo – Há centenas de pessoas inocentes lá embaixo!

– Os prussianos que auxiliam Schultze? Aqueles gorilas albinos?! – ironizou Leadford – Não creio que possam ser chamados de inocentes...

– Mas esses ainda são minoria, soldado! Há um número muito maior de trabalhadores...

– Apenas um bando de negros, Montgomery – era Octave, encarando-me com seriedade. – Infelizmente, acredito que o benefício supera em muito as perdas.

Voltei a olhar para Bruckmann, como quem pede socorro. O alsaciano ergueu em minha direção um par de olhos entristecidos e declarou, em voz baixa:

– A tradição afirma, Sargento Montgomery: "Até mesmo os soldados de Deus precisam pisar sobre os formigueiros."

Isso fechava a questão. Eu era voto vencido. Lancei um olhar de relance para o prussiano amarrado ao meu lado e vi, em seus olhos, uma angústia que jamais acreditei ser possível naquela alma perdida. Dei as costas ao sinistro grupo reunido no convés e murmurei, enquanto caminhava em direção à popa:

– Vocês estão perdidos. Todos vocês. Não são melhores que ele em nada.

O *Victoria* se aproximou da torre e fez uma curva acentuada. No meio da trajetória, ouvi o estalo e senti o tranco do barco ao ver-se livre de uma carga considerável, quando a porta inferior do porão se abriu e a bomba Dante despencou das alturas. Estávamos bem acima do ápice da Torre do Touro, assim tivemos tempo para que Bruckmann nos afastasse o suficiente do espaço aéreo sobre o marco zero da primeira explosão. Mesmo assim tivemos que nos segurar firmemente enquanto o *Victoria* era atirado à distância, sacudindo e balançando violentamente. Várias explosões seguiram-se à primeira, e uma onda de vento quente nos jogou ainda mais para o alto e para longe do inferno que se abria no meio das montanhas da Guiné. Quando a tempestade se acalmou, arrisquei uma olhada para trás. Uma imensa nuvem em forma de cogumelo, de cor esverdeada, erguia-se de maneira sinistra e espalhava-se para todos os lados sobre o buraco negro onde um dia existira a cidadela dos sonhos de Schultze. Caminhei lentamente até postar-me ao lado do prussiano, que me parecia mais envelhecido do que nunca. Com as mãos ainda amarradas na amurada ele estava encurvado sobre o vazio, os olhos perdidos na direção da terrível hecatombe da qual nos afastávamos rapidamente.

– O horror, o horror... – foi só o que consegui ouvi-lo murmurar.

Foi uma viagem de pouca conversa até a fronteira de Serra Leoa, onde Serrasin baixou o *Victoria* junto a uma aldeia simpatizante dos franceses, para renovar a carga de suprimentos.

– Se seguirem por essa estrada cruzarão a fronteira e, poucas milhas adiante, encontrarão a primeira base do exército britânico na região – disse Bruckmann, apontando para oeste. – Creio que seus superiores ficarão felizes quando lhes entregarem Schultze, o “Pai da Crise”.

– Pretendem deixá-lo conosco?

– Confio que o governo inglês lhe dará o que merece, Sargento Montgomery – disse Serrasin, com um erguer de ombros. – Quanto a mim, com o fim de *Stahlstadt* considero meus fantasmas devidamente exorcizados. Seguiremos com o *Victoria* para tratar de outros assuntos e não quero perder meu tempo desviando-me do caminho para entregar essa criatura desprezível para nossas autoridades.

Eu e o Soldado Leadford permanecemos em solo, observando enquanto o barco-balão voltava a elevar-se graciosamente nos céus e rumava para o norte. Schultze, vencido e algemado, não passava de um frágil velho abatido, que mal erguia o olhar para além dos próprios pés.

Seguimos na direção indicada sobre cavalos cedidos pelos nativos, e concordei em não revelar aos meus superiores os atos de meu companheiro, ao assumir a identidade de um oficial morto. Eu, querendo ou não, contribuíra para aquele genocídio hediondo cometido na cidadela. Nada mais de bom havia a se extrair daquilo, e preferia sepultar o assunto o quanto antes.

Com efeito, nos deparamos poucas milhas adiante com um pequeno forte ocupado por soldados britânicos. Dali seguimos por trem até Freetown, capital da colônia, onde fomos muito festejados assim que os oficiais superiores souberam a identidade do nosso prisioneiro. O soldado William Leadford foi promovido a cabo por sua bravura e encaminhado a Londres. O estado-maior pretendia questioná-lo pessoalmente sobre os detalhes de nossa surpreendente aventura. Quanto a mim, recebi ordens de permanecer na base até que chegasse o envelope com minhas ordens formais. O Professor Schultze, sem mais demora, foi também embarcado num navio com destino a Londres, com uma forte escolta armada.

Recebi o envelope lacrado cinco dias depois, das mãos do capitão da própria escuna que deveria transportar-me até a ilha. Era um irlandês que vivia embriagado na maior parte do tempo, mas que por outro lado dispunha do rum que eu necessitava para afogar meus fantasmas mais recentes. Aprendi que neste mundo existem dois tipos de homem: os que escondem seu verdadeiro rosto por trás de uma máscara, e o pobre idiota e ingênuo Montgomery. E aqui estou agora, sentindo a brisa marinha no rosto, tentando aliviar-me da ressaca monumental antes que aportemos na ilha que começa a delinear-se no horizonte. Minha missão é vigiar um dissidente francês, um cientista chamado Moreau, e verificar se sua adesão à causa britânica não é também uma máscara. Ele foi trazido para cá a fim de dar prosseguimento a suas pesquisas. Pesquisas com animais, pelo que me informaram. Não vejo que interesse isso possa ter para o Império, mas pelo menos animais são criaturas inocentes que não escondem sua verdadeira natureza. Acredito que aqui poderei descansar um pouco desse mundo sujo e, quem sabe, livrar-me do maldito álcool antes que ele me mate. Preciso viver para reencontrar meu pai, o único homem digno que ainda me resta como exemplo. Talvez um dia eu vá em busca de minha mãe, para ouvir as respostas das perguntas que ela me deixou. Quem sabe até encontre uma mulher que ocupe a lacuna deixada por Beryl dentro de mim. Acho que, depois de tudo, eu mereço isso.

As horas de sol eram escassas, por isso o homem velho procurava aproveitar cada raio disponível. Sentava-se no centro do pátio amplo, o mais afastado possível das altas muralhas de pedra fria. Com a prancheta no colo, rabiscava a lápis as ideias que lhe cruzavam a mente, experimentando a sensação de liberdade de que apenas sua imaginação engenhosa desfrutava. Só quando lançava os olhos ocasionalmente por sobre os muros, quando tinha a atenção atraída pelo apito agudo de algum barco subindo o Tâmisa, voltava a ter consciência dos muros que o oprimiam, sobre os quais guardas entediados caminhavam a cada turno. Os grandes corvos negros eram seus únicos companheiros, os únicos visitantes capazes de sair ou entrar nos limites opressivos da Torre de Londres a seu bel-prazer. Agora mesmo um deles acabava de pousar poucos passos adiante, ruflando as agourentas asas escuras, e do solo permanecia fitando-o de forma acusadora. O velho tentou ignorá-lo, baixando a cabeça e concentrando-se em seus desenhos intrincados, mas o olhar hipnotizante da ave continuava fixo nele. O homem fez um movimento brusco com a mão que segurava a pena tentando enxotá-lo, mas só obteve como resultado um crocitar que lhe pareceu um eco de sua própria voz, carregado da ironia que ele mesmo, já há algumas semanas, não era capaz de manifestar com espontaneidade. "Nunca mais, Schultze", parecia querer dizer aquele olhar redondo e cheio de desprezo, "nunca mais".

– Professor Schultze? – soou a voz grave bem ao seu lado, sobressaltando-o. Não havia percebido a aproximação do homem, que tinha ombros largos sob o tecido fino de um terno muito bem cortado e segurava nas mãos um chapéu de abas curtas, expondo a cabeleira completamente grisalha.

– A quem devo a honra? – respondeu, com seu inglês de sotaque carregado.

– Sou Danvers Carew, representante do Ministério das Relações Exteriores. É um prazer finalmente conhecê-lo.

Schultze apertou os pequenos olhos, desconfiado, tentando imaginar o que aquele homem poderia estar querendo ali. Percebeu que o visitante lançava um olhar curioso para os desenhos sobre sua prancheta, mas antes que pudesse fazer algum movimento para ocultá-los ele disse, apontando:

– O senhor me permitiria dar uma olhada neles?

Contrariado e hesitante, o velho cientista afastou o tronco e ergueu levemente a prancheta, enquanto Carew se curvava para observar com mais precisão. Sobre o retângulo branco, viu desenhada a figura de um homem disparando uma espécie de rifle. Só que, em vez de projéteis, a arma liberava um raio que avançava em linha reta e atingia o esboço de uma casa, que parecia arder em chamas. Poderia parecer o desenho de uma criança imaginativa se, logo abaixo, na folha de papel, não houvesse um esquema surpreendentemente detalhado do mecanismo interno do tal rifle, demonstrando como seria seu funcionamento. Danvers Carew sorriu e voltou os olhos para outra folha de papel, que jazia caída aos pés do pequeno banco de madeira sobre o qual se encolhia o prisioneiro. Viu algo parecido com um tanque de guerra, só que em vez de rolar sobre esteiras caminhava sobre um par de compridas pernas articuladas.

– Três pernas – falou o visitante.

– Como disse?

– Seu canhão deveria apoiar-se sobre três pernas e não apenas em duas – afirmou, apontando para o esboço. – Pelo menos suponho que a ideia seja dar-lhe mais eficiência e mobilidade em terrenos acidentados. Com três pernas para se apoiar o dispositivo se moveria com maior estabilidade nesse tipo de terreno e, ao mesmo tempo, poderia evitar o desequilíbrio provocado pelo recuo no momento do tiro, aumentando sua base de apoio.

Schultze apanhou o desenho no chão e o avaliou com olhar crítico.

– Hum, creio que o senhor tem razão. Mas não acredito que haja tido o trabalho de vir até este lugar desagradável apenas para alimentar as fantasias de um velho desocupado...

– Talvez, por incrível que pareça, essa seja uma maneira justa de encarar minhas intenções – rebateu o inglês, rindo. – Soube que seu julgamento foi marcado.

– Uma mera formalidade – disse Schultze, tentando transmitir desdém. – Dificilmente o resultado dessa pantomima será diferente do meu pescoço balançando dentro do laço apertado de uma forca.

– Minha intenção, Professor Schultze, é fazer o possível para evitar esse tipo de desenlace cruel. Considero um desperdício que uma mente brilhante como a sua tenha de terminar na ponta de uma corda, como um criminoso comum.

– Receio concordar inteiramente com o senhor nesse ponto, Sir Danvers – Schultze sentia seu interesse por aquela conversa aumentar exponencialmente. – Apenas lamento que minha prodigiosa imaginação não tenha sido capaz de alcançar a maneira como isso poderia ser conseguido.

O oficial suspirou e ergueu os olhos para o alto das muralhas, como um artista em busca de inspiração. Quando voltou a falar, sua voz assumira um tom sonhador:

– Vivemos tempos difíceis e perigosos, Professor. Ninguém melhor que o senhor, depois das coisas que viu e viveu longe da segurança aparente da civilização,

sabe a que me refiro. Sendo-lhe bem sincero, as coisas caminham para rumos que todos nós gostaríamos de evitar, mas começamos a perceber que talvez seja impossível escapar de eventos verdadeiramente trágicos. A atribuição principal do meu departamento é justamente criar as condições para que esse confronto inevitável, que ameaça engolir finalmente os centros humanos mais civilizados, aconteça com um prejuízo mínimo para os interesses do povo britânico.

– E por que o senhor vem recorrer justo a mim? – disse Schultze, com uma risada amarga – Reconheço que meus atos passados, mesmo os mais recentes, são argumentos de sobra para que os ingleses jamais voltem a confiar na minha pessoa.

– Estive verificando pessoalmente alguns dos seus projetos, Professor Schultze. Não conseguimos, infelizmente, resgatar aqueles referentes à sua famosa "bomba Dante", mas os efeitos da mesma, quando detonada sobre sua cidadela nas selvas, falam por si mesmos. Por outro lado, conseguimos colocar as mãos em uma cópia dos esquemas para a construção do seu canhão gigante da Torre do Touro...

– Não serão muito úteis, eu lhe asseguro. Foram adulterados por um maldito espião latino, como já deve saber.

– Sim, estou a par de tudo. E posso adiantar-lhe que, mesmo se as especificações não houvessem sido modificadas, o canhão teria pouca possibilidade de funcionar como o senhor esperava.

Schultze fez menção de protestar, mas um gesto apaziguador de Carew o deteve. Este prosseguiu no mesmo tom:

– Mas, e isso é o que realmente importa, em linhas gerais a ideia era admirável. Expus os diagramas a alguns associados da Coroa, que ficaram convencidos de que, com algumas modificações simples, o projeto de um canhão daquelas proporções ou até mesmo maior, seria perfeitamente viável. Talvez já tenha ouvido falar neles, refiro-me aos homens do Clube do Canhão, da América.

– Sim, em meus últimos dias como industrial e comerciante tive seus amigos como clientes. Sei que são autoridades confiáveis no assunto, portanto sinto-me lisonjeado com sua aprovação.

– Pois bem: levei essas impressões ao conhecimento dos meus superiores, e juntos vislumbramos uma maneira pela qual um homem com seu talento pudesse redimir-se de seus atos passados, sem que isso implique no ato brutal de uma execução. Minha proposta, Professor Schultze, é que o senhor coloque seu enorme talento à disposição de nossos interesses. Nós e nossos aliados estamos profundamente envolvidos em projetos onde sua participação certamente resultaria

em uma maior probabilidade de sucesso. Se estiver de acordo, posso começar a tomar as providências para que o senhor seja retirado deste lugar deprimente que é a Torre de Londres, e seja levado para uma instalação onde tenha o conforto e as condições para levar seu trabalho adiante com o pleno uso de todo o seu potencial. O que me diz?

Schultze fitou por um instante os olhos de seu interlocutor, reconhecendo neles o vislumbre de uma provável alma gêmea. Levantou-se com certa dificuldade e selou o pacto com um efusivo aperto de mãos.

– Ótimo, ótimo – reagiu Carew, voltando o olhar novamente para os desenhos caídos junto à prancheta. – Será que o senhor me permite levar esses esboços para um exame mais acurado?

– São apenas os delírios de um velho – respondeu Schultze, simulando uma modéstia que evidentemente não tinha lugar dentro dele. – Mas, se o senhor acredita que possam ser úteis, fique à vontade.

Sir Danvers Carew recolheu as folhas retangulares e despediu-se do prisioneiro, afastando-se em direção à saída do pátio.

– Uma curiosidade, Sir Danvers – gritou Schultze, já a alguma distância. – O senhor e seus amigos estadunidenses têm mesmo alguma intenção de reconstruir meu supercanhão?

– Não exatamente – respondeu o outro, após uma breve vacilação. – Mas asseguro-lhe de que nossas ideias são tanto ou mais estimulantes que essa para um homem com seu talento. Creio que o senhor ficará deliciosamente surpreso...

Com um gesto amistoso, Carew desapareceu nas sombras da porta que conduzia à liberdade. Schultze sorriu ante a perspectiva de estar, em breve, seguindo pelo mesmo caminho. Olhou para trás, fitando o corvo negro que ainda o observava. Em seus olhos redondos parecia agora ler mau humor e frustração. De fato a grande ave virou-lhe as costas e alçou voo, dando um rasante sobre o patíbulo que sustentava a forca, antes de desaparecer na direção do Tâmisa.

– Nunca mais, meu amigo – murmurou Schultze, um deboche feroz há muito desaparecido retornando ao seu tom de voz. – Nunca mais.

O lamento da Águia

MEU NOME É Itzcoatl. No dia em que minha vida começou a mudar, era filho de Tlaloc. Talvez por isso tenha permanecido calmo diante da grande enchente, quando a chuva me surpreendeu nas matas ao sul de Tochtlán. Tlaloc é um deus generoso. Mesmo quando envia suas águas em grande volume, dá aos seus fiéis os recursos e o tempo para se protegerem. No meu caso, procurei abrigo entre os galhos de um frondoso cipreste, como se fosse um dos sobreviventes do Quarto Sol, quando o mundo acabou em dilúvio, e observei enquanto as águas subiam lentamente ao longo do espesso tronco. A grande árvore rangia sob a força da correnteza e, em alguns momentos, parecia mesmo que suas poderosas raízes não seriam capazes de resistir à pressão das águas, que ameaçavam puxá-la para o meio do rio transbordado colina abaixo. No entanto ela resistia, e procurei me acomodar da melhor maneira possível em uma forquilha, pois, embora a chuva houvesse cessado, não parecia que eu poderia descer dali tão cedo.

Eu começava a cochilar, embalado pelo sussurro das águas entre os troncos, quando ouvi o som das folhagens sendo afastadas e o crepitar de gravetos que se rompiam em algum lugar acima de mim. Meu sangue gelou quando avistei, poucos metros acima de mim e aproximando-se a partir do lado oposto da árvore, a mancha amarela que se movimentava em meio ao verde, prenunciando o aparecimento da carranca do jaguar. A fera provavelmente tivera a mesma ideia que eu, abrigando-se no alto do cipreste para escapar à enchente. Ou então escolhera aquela árvore para dormir, esperando pelo cair da noite para iniciar seu período de caça e acabara sendo despertada pelo balanço e pelo barulho anormal do cipreste em meio à correnteza.

Mantive a calma e o sangue-frio de quem não tem alternativa. Sou um ótimo escalador, mas o jaguar encontrava-se acima. Sou um excelente nadador, graças a Tlaloc, mas a correnteza ainda estava forte, as águas turvas passando velozmente e arrastando todo tipo de detritos da floresta castigada. Portanto, sem qualquer ideia salvadora ao meu alcance, permaneci imóvel e encarei meu adversário.

O jaguar fez exatamente o mesmo. Aconchegou-se no meio das folhagens ao seu redor e pousou o focinho entre as patas dianteiras, observando-me. Sorri, compreendendo: ele estava na mesma situação que eu. No alto daquele cipreste, homem e fera éramos absolutamente iguais, pequenos e impotentes diante da demonstração da fúria de um deus. Também me recostei contra um galho, deixando clara minha conformidade e meu consentimento ao meu companheiro involuntário.

O tempo passou, mais lento que as águas barrentas que escoavam a poucos metros dos meus pés dependurados. Pela posição do sol, já era mais da metade do dia. Permanecíamos ali, eu e o jaguar, observando a enchente cuja velocidade perdia força, a única mudança visível em nossa situação. Em dado momento pareceu-me que o jaguar cochilava, mas bastava um leve movimento meu que uma de suas orelhas tremulava levemente e um dos olhos abria atento, fitando-me do alto. Ele respeitava seu adversário, assim como eu.

Foi algumas horas depois, quando a tarde já caía rubra e as sombras alongavam-se como dedos negros, tremulando na superfície das águas que agora corriam sussurrantes, porém sem sinal de que pretendiam baixar seu nível, que me dei conta de minha ilusão acerca da suposta semelhança entre eu e o jaguar. Em breve a noite chegaria. Encerrava-se o período de descanso da fera, que já devia estar ficando com fome. Em breve o sol encerraria seu percurso e chegaria a hora em que ela deveria sair para caçar. Evidentemente não conseguiria ir longe, porém isso nem se fazia necessário. A comida estava bem próxima, à disposição de suas presas sem a menor dificuldade: era eu mesmo.

Alarmado, olhei para baixo. As águas corriam serenas o suficiente para que eu visse meu próprio reflexo, mas ainda eram profundas e traiçoeiras, deslizando vale abaixo. O jaguar pareceu perceber minha mudança de atitude e levantou a cabeça enorme, farejando atentamente o ar em minha direção. Lambeu os beiços, deixando claras suas reais intenções.

Lentamente, recuei um pouco mais em direção à ponta do galho sobre o qual descansava. Preguiçosamente e com a mesma atitude cautelosa, o jaguar levantou-se e caminhou lentamente adiante, as duas brasas amarelas dentro de suas órbitas fixadas em mim.

Escurecia ainda mais. Eu não tinha armas, além de um punhal que carregava na cintura no momento em que as primeiras águas varreram meu pequeno acampamento e levaram minha aljava e meu arco. Se durante o dia eu ainda podia conservar um fiapo de esperança de sobreviver ao ataque da fera com aquele punhal, o cair da noite reduzia minhas chances a zero. A visão do jaguar era adaptada para a caça noturna e, na escuridão, sua camuflagem seria perfeita. Não à toa ele era o filho preferido de Tezcatlipoca. Voltei a olhar para as águas turbilhonantes, ainda mais preocupado. Contra qual tipo de morte eu teria mais chance?

Mais uma vez Tlaloc não deixou seu filho indefeso. Emergindo da penumbra, vislumbrei um grosso galho de árvore, ainda carregando uma coroa de folhas em seu leque de ramos menores, que provavelmente havia sido arrancado em algum lugar rio acima e vinha boiando na correnteza. Dali a pouco passaria bem embaixo do local onde eu me equilibrava.

Não tive dúvidas. Quando a rede de ramos e folhas passou, deixei-me cair sobre ela. Afundei por um instante na água fria, mas a trama vegetal foi firme o suficiente para me suportar. Deslizei rio abaixo junto com o galho arrancado, sem ter a oportunidade de ver a carranca desapontada da fera com a qual passara meu dia. Alguns metros rio abaixo, apenas consegui ouvir seu rosnado grave e ressonante, num tom que me pareceu mal-humorado, vendo o jantar que se afastava inexoravelmente. Naquele momento eu ri. Naquele instante compreendi tudo, uma luz se iluminando em minha mente que quase voltou a clarear a jovem noite, e então ri mais alto ainda. Olhei para adiante, tentando imaginar onde poderia saltar para fora do rio. Eu mal podia esperar para voltar à cidade.

Foi longa a caminhada de volta, quando consegui alcançar a margem seca algumas milhas abaixo. A pé, já que não consegui localizar meu cavalo, cheguei à cidade quando a madrugada já começava a adquirir tons azuis. Mesmo cansado, não consegui cair no sono. Havia conseguido terminar meu Retiro exatamente no dia do ciclo em que poderia ser ouvido no Templo do Jaguar, o que representava uma economia de tempo considerável. Se deixasse passar aquele dia, teria de esperar um ciclo inteiro por uma nova chance, e não conseguiria suportar tamanha ansiedade. Esperei impaciente que Tonatiuh reaparecesse no céu, triunfante e revigorado para afastar as nuvens de chuva e percorrer o dia em honra de Huitzilopochtli, e corri para o templo de Mixcoatl. A maior parte do *calpulli* ainda dormia em suas casas, mas eu já subia aos saltos os degraus infindáveis do *Teocalli*. No topo da pirâmide me deparei, ofegante, com as portas dos dois templos acoplados. Surpreso, vi que a Porta da Águia encontrava-se fechada, mas a do Jaguar já estava escancarada de par em par. De dentro emanava um suave aroma de *tamalli* fresco, que fez minha boca encher-se de água.

– Entre, menino – ecoou a voz rouca que eu tanto esperava encontrar naquela manhã, fazendo-me sorrir.

– Acordou cedo hoje, Huehue – respondi alegremente, adentrando a penumbra do templo.

– Nós, os velhos, não podemos mais nos dar ao luxo de perder muitas horas de vida com o sono. Ademais, o ronco de seu estômago podia ser ouvido na madrugada enquanto eu ainda estava na base do *Teocalli*, portanto julguei adequado recebê-lo aqui, no Templo do Jaguar, e trouxe um desjejum adequado. Sirva-se.

Huehue encontrava-se de costas para a porta, constrito em seu púlpito de meditação sob o enorme disco dourado na parede, com a efígie do grande felino que dava nome ao templo. Velas compridas, dispostas em vários pontos ao redor do salão, lançavam sombras estranhas nas paredes ainda banhadas pela muito tênue luz da aurora. Huehue fez um gesto com o braço magro e enrugado na direção de uma vasilha de barro cheia de *tamalli*, para onde avancei sem mais cerimônia. Mastiguei as deliciosas pamonhas em silêncio, observando a figura respeitável e imóvel do meu tutor.

Desde a morte de meus pais, quando ainda éramos crianças, Huehue foi quem se encarregou de mim e dos meus irmãos, dado que não tínhamos parentes vivos. Sua condição de sacerdote foi o que nos permitiu frequentar o *calmecac*, escola de qualidade superior geralmente reservada aos *pilli*, filhos dos nobres *tecuhtli*, dignitários de classe superior que comandavam toda a política e a administração do *calpulli*.

Ainda assim, Huehue permanecia para mim um mistério. Era muito querido em todos os povoados daquela região do sul mexicano onde nasci, habitados pela gente incansável no cultivo da terra de nosso *calpulli*. Nossa tribo era composta por gerações de camponeses e trabalhadores rurais, gente humilde e pouco dada ao cultivo das letras, e Huehue se destacava por sua cultura e erudição. Um dia descobri que ele não era nativo do *calpulli*, que tinha vindo do norte, chamado "civilizado" por muitos. Certa vez ouvi o próprio *Tlatoani*, líder político de nosso povo, embalado pela embriaguez causada pelo excesso de consumo de *octli* em uma festa popular, relatar a outro ancião que Huehue havia sido um poderoso *Mexicatl Teohuatzin* nas ricas províncias do norte, não sabia se em Tetzcohco ou na capital Tenochtitlan, nomeado pelos próprios "Serpentes de Plumas". Era um cargo de enorme poder e honra na carreira sacerdotal, mas por algum motivo ele teria se desencantado com os rumos tomados pela orientação religiosa no Império, cada vez mais influenciado pela cultura do irmão-inglês, e acabou abrindo mão de tudo para dedicar-se a uma labuta religiosa mais simples no sul tradicionalista, onde ainda se cultuavam sinceramente os deuses antigos e onde ainda se preferia o bom e velho *nahuatl* à pomposa língua inglesa.

– Vejo que retornou entusiasmado de seu Primeiro Retiro – disse Huehue. Seria impressão minha, ou podia perceber alívio e até um pouco de ansiedade em sua voz?

– Foram dias e noites longos na floresta, Huehue.

– Cinco dias. Não demorou muito.

– Para mim pareceu muito mais. No final, Tlaloc teve piedade e ajudou-me a encontrar a resposta.

– Tlaloc? – Huehue finalmente se voltou em direção a mim, as sobrancelhas grisalhas arqueadas em sinal de surpresa. – Curioso. Então o deus das águas o auxiliou a encontrar a resposta para a Primeira Questão do deus caçador...

– Uma conspiração de deuses em meu favor, Huehue. Considere um bom presságio.

– Espero que esse humor todo não tenha prejudicado sua percepção da seriedade deste momento, Itzcoatl – a expressão do rosto do sacerdote ficou séria, como se as nuvens da tempestade que açoitaram a região nos últimos dias houvessem retornado. – Imagino que esteja apto para responder a Primeira Questão.

Engoli em seco. Eu sabia que, se minha resposta fosse insatisfatória, teria de esperar mais um torturante ano inteiro antes de repetir o Primeiro Retiro. O fato de Huehue ser meu pai adotivo não serviria para facilitar as coisas, pelo que eu conhecia dele. Muito pelo contrário. Mas eu estava confiante, então balancei a cabeça afirmativamente.

Lentamente, Huehue ergueu o peso de todos os seus anos sobre os próprios pés e caminhou até a entrada do salão do Templo do Jaguar. Desapareceu por um momento na claridade da manhã e, pouco depois, ouvi as batidas do gongo de madeira. Agora não havia como voltar atrás, e pela primeira vez comecei a dar-me conta da tensão que crescia, com a força de uma maré, dentro do meu peito.

O que para mim pareceu uma eternidade deve ter durado, na verdade, menos de meia hora, até que os grandes dignitários se apresentassem. O *Tlatoani* parecia visivelmente contrariado por ter sido convocado assim, nas primeiras horas da manhã. Ainda exibia no rosto o rubor e as olheiras, sinais evidentes do excesso de *octli* na noite anterior. O sisudo *Mexicatl achcauhtli*, comandante da guarda local, exibia sua costumeira fisionomia carrancuda, que tanto me assustara na infância. Os outros dois, os atuais *Tlacateccatl* e *Tlailotlac*, eu conhecia pouco. O primeiro, responsável pelo comando geral da Ordem Ocelotl, dos cavaleiros-jaguares que atuavam em toda a região habitada pelo nosso *calpulli*, havia substituído havia pouco tempo o general anterior, que sucumbiu a uma doença dos pulmões. O segundo, cujas atribuições eram em parte bem misteriosas, estava constantemente recebendo viajantes das mais diversas regiões do

Império e participando de reuniões sigilosas com as demais personalidades militares da região, como comandante da Ordem Cuauhtli, dos cavaleiros-águias.

Os quatro dignitários, que trajavam os mantos rituais adequados à ocasião, tomaram seus lugares tradicionais ao redor do altar central. Huehue e eu, como o ritual exigia, nos ajoelhamos juntos diante do grande disco de ouro com a imagem do jaguar. Todos presentes, cantamos em uníssono o hino de louvor a Tezcatlipoca, deus do céu estrelado, da Grande Ursa, do vento noturno e protetor dos guerreiros, que tinha o jaguar como seu arauto.

Em seguida Huehue levantou-se e caminhou até o púlpito, bem abaixo do disco dourado. Encheu uma cuia com o conteúdo de uma garrafa de barro e ofereceu a mim. Senti o cheiro forte do *octli,* aquecido pelo braseiro que ficava alojado embaixo do púlpito, e não pude evitar um olhar de esguelha na direção do *Tlatoani*, que surpreendi lambendo discretamente os beiços. Nunca apreciei bebidas alcoólicas fortes, mas ingeri um gole como exigia o ritual e procurei conter a contração dos músculos da face, que ameaçavam rebelar-se numa careta de desgosto quando o líquido desceu ardente por minha garganta.

Vislumbrei um brilho de compreensão nos olhos de Huehue, quando pronunciou o mais lentamente possível as palavras rituais em *nahuatl*, dando tempo para que minha garganta recuperasse o dom da voz. Finalmente a voz do sacerdote ecoou, em alto e bom som, pelas paredes de pedra do templo:

– Itzcoatl, jovem azteca, filho de nosso povo; havendo retornado do Primeiro Retiro, diante de Tezcatlipoca e de seu filho das selvas, além dos dignitários representantes do *calpulli*, é de sua vontade responder Primeira Questão?

– Sim – respondi, tentando desesperadamente transparecer na voz a maior determinação possível -, é de minha vontade.

– Pois que assim seja.

Huehue olhou demoradamente ao redor, encarando cada um dos dignitários. Finalmente suspirou, e senti, agradecido, que ele estava quase tão tenso quanto eu. Mesmo assim, proferiu as palavras com toda firmeza:

– Itzcoatl: por que é à noite que ruge o jaguar?

Durante alguns segundos revivi, mentalmente, os acontecimentos do último dia de meu exílio voluntário: o jaguar sobre o cipreste; o dia que passei junto a ele; a inquietação que me dominou ao crepúsculo, enquanto a fera parecia despertar para buscar sua presa. E respondi com a maior firmeza possível:

– O jaguar conhece seus recursos e suas potenciais limitações. Ele sabe que, ainda que suas manchas negras lhe proporcionem uma excelente camuflagem, seu pelo dourado se destaca do verde das matas sob a luz do sol, podendo, sem uma cobertura adequada, ser visto à distância. Ele sabe que, sob a luz de Tonatiuh no céu, seu inimigo se equivale a ele em chances durante uma luta, principalmente o homem, com suas armas de fogo. Mas o jaguar também sabe que, sob o manto da noite, a escuridão esconde as cores do seu dorso. Sabe que à noite sua visão é mais acurada, e assim sua mobilidade e o alcance certeiro de suas presas superam com grande vantagem os recursos de sua vítima. Na escuridão o jaguar está mais protegido do que durante o dia. Na escuridão ele é pleno. O jaguar ruge à noite em agradecimento e em honra de seu pai Tezcatlipoca, que fez da noite seu ambiente perfeito.

Um silêncio absoluto seguiu-se às minhas palavras. Os dignitários permaneceram quietos por alguns segundos e finalmente foram se erguendo, um após o outro, caminhando na direção de uma urna de cerâmica depositada no canto mais escuro do salão. O alto da urna tinha uma abertura circular e, ao seu lado, vislumbrava-se uma ampla gamela de madeira cheia de pequenos objetos perfeitamente esféricos. Eram bolas esculpidas em madeira de lei, algumas pintadas de branco, outras de preto. Cada dignitário apanhou uma bola no recipiente e introduziu na cavidade da urna, retornando em seguida ao seu lugar. A penumbra e o próprio corpo de cada um ocultavam a cor da bola escolhida, mas eu nem sequer olhava naquela direção, na esperança de divisar alguma tendência. Eu sabia que havia feito minha parte e que meu destino já estava selado. Bastava-me esperar.

Huehue foi o último a depositar seu voto na urna e, em seguida, carregou-a com cuidado até o púlpito central. Proferiu as palavras finais, primeiro diante do jaguar dourado na parede, depois com as mãos estendidas sobre a urna, e então começou a retirar do seu interior, uma a uma, as cinco bolas de madeira.

A cada retirada, meu sorriso crescia no rosto. O resultado final foi o melhor possível: cinco bolas brancas! Um a um os dignitários se levantaram e, em fila indiana, deixaram o templo pela porta principal, sem dizerem uma palavra sequer. O último deles havia acabado de desaparecer nas escadarias do *Teocalli* quando Huehue segurou-me pelos dois ombros e disse:

– Parabéns, meu filho. Sua conquista foi incontestavelmente merecida.

Abracei-o, agradecido e aliviado. Eu sabia bem os alcances daquele resultado. Não descendendo de uma família de posses, as possibilidades de ascensão social de alguém como eu eram relativamente limitadas. Estudar em um *calmecac* parecia já ser o máximo possível para mim e meus irmãos, graças ao apadrinhamento de Huehue. Terminados os dias de escola, meus colegas *pilli,* filhos dos mais favorecidos, recebiam seus lotes de terra e alcançavam facilmente cargos administrativos ou diplomáticos importantes. Para gente como eu restavam funções menores: escribas e contínuos a serviço dos juízes, responsáveis pela conservação e limpeza das cidades, mensageiros, pequenos comerciantes. A maioria, em nosso *calpulli,* estava destinada ao trabalho braçal agrícola ou ao garimpo, e provavelmente eu trabalharia para um dos meus antigos colegas *pilli.* Não se tratava de soberba, embora nossos pais houvessem dado aos três filhos os nomes de antigos reis e líderes tribais. Não era preciso dizer em voz alta, mas o que acontecia era que, tanto eu e meus irmãos quanto Huehue, víamos nessa perspectiva um absurdo desperdício do tempo dedicado a uma educação de qualidade.

Havia, entretanto, duas boas oportunidades de ascensão social significativa, acessíveis a nossa casta: as carreiras sacerdotal e militar. A primeira, entretanto, era encarada por Huehue com sombria reserva. O crescimento vertiginoso do culto ao Deus Sem Face por todos os recantos do Império, paralelo ao desaparecimento sistemático dos cultos aos deuses antigos, preocupavam nosso padrinho acima de tudo. Ele temia que a sua – e a nossa – fé desaparecessem em breve da cultura azteca, e considerava indigno que seus "filhos" dedicassem suas vidas a uma ordem religiosa que ele não reconhecia como legítima. Nós três, criados por ele, evidentemente consentíamos. A carreira militar, porém, era uma grande esperança. Meu irmão mais velho, Xolotl, foi o primeiro a obter sucesso. Assim que atingiu a maioridade realizou seu Primeiro Retiro e, após apenas três dias, retornou para responder a "pergunta do jaguar". Eu agora me perguntava se sua resposta teria coincidido com a minha, e esperava poder esclarecer isso em breve. Agora que eu também obtivera sucesso na prova, sendo credenciado para, se quisesse, ingressar na academia dos cavaleiros-jaguares, a resposta dos jovens submetidos anteriormente ao teste deixavam de representar um segredo absoluto, cuja violação seria punida com a perda irrevogável dos direitos conquistados. Quanto ao meu irmão gêmeo, Huitzilihuitl, fez jus a sua índole excêntrica e encontrou um caminho alternativo para nossa cruel e rígida dança social. Assim que alcançamos a maioridade, uniu-se a um grupo de *pochtecas*, comerciantes de ouro e turquesas, e emigrou para a grande cidade de Tetzcohco. No centro maior das artes do Império, tinha como objetivo aprender e se dedicar às chamadas "artes menores", especialmente o trabalho artístico na confecção de joias. Quanto a mim, permaneci em Tochtlán por mais três anos, indeciso dobre o rumo a tomar. No fundo o que eu queria era seguir os passos de meu irmão Xolotl, que eu sempre tivera como modelo, mas o êxito esmagador que ele havia conquistado em seu Primeiro Retiro me inibia. A comparação, e especialmente a possibilidade do fracasso, eram intimidadoras. Com a ida de Xolotl para conquistar suas plumas na academia dos cavaleiros-jaguares em Tenochtitlan, a maior e melhor do Império, e com a partida de Huitzilihuitl, fiquei sozinho para amadurecer a ferro e fogo. Foram três anos de muita reflexão e ponderação, mas o resultado foi o crescimento de uma decisão sólida: eu seguiria a carreira militar, mas não mais à sombra de Xolotl, como sempre havia imaginado. Afinal, enquanto meu irmão havia sido desde criança talhado para a ação, destacando-se nos esportes, na caça e nas atividades físicas de toda espécie, meu forte era uma capacidade de aprendizado acima da média e uma perspicácia aguda, que durante a infância me salvaram de mais de uma situação, daquelas em que as crianças se metem e só escapam à custa de algum sofrimento e muito constrangimento. Tinha também a força de vontade férrea que era característica de minha família, presente em meus dois irmãos e, segundo dizia Huehue, também em nossos pais. Eu sabia que era capaz de conquistar os feitos de Xolotl e ir mais além. Por isso, quando Huehue me fez a inevitável pergunta, a resposta já estava pronta:

– Itzcoatl, o resultado de sua prova o habilita a se inscrever na academia dos cavaleiros-jaguares, como seu irmão Xolotl. A unanimidade o credencia a escolher a escola que preferir, incluindo a academia de Tenochtitlan, para a qual levará a recomendação máxima do Conselho do *calpulli*. No entanto, resta-lhe ainda a opção do Segundo Retiro. Respondendo a Segunda Questão, você pode optar pela academia dos guerreiros-águias. Advirto, porém, que o desafio é ainda maior para esse segundo passo. Não são poucos os jovens que tentaram e retornaram de mãos vazias, vencidos pelas dificuldades e pelas penúrias impostas pelo caminho escolhido. Qual é a sua vontade?

Eu sabia que fazer parte da Ordem Cuauhtli era o maior e melhor prêmio a que eu poderia aspirar. Eu sentia que era para ela que eu havia sido talhado. Não apenas para a batalha aberta e franca dos guerreiros, mas para a atuação refinada, sutil, às vezes oculta, mas não menos arriscada da Inteligência Militar do Império Azteca.

– Eu quero o Segundo Retiro, Huehue. Quero responder a "pergunta da águia".

A reunião, na manhã do dia seguinte, ocorreu de acordo com a tradição, no templo gêmeo do Jaguar, no topo da *Teocalli*. Dessa vez era a Porta da Águia que encontrei escancarada quando cheguei ao topo dos degraus, ainda um pouco indisposto após as festividades da noite anterior em honra do meu triunfo. Todos os dignitários, os mesmos da manhã anterior, já se encontravam em seus postos, meditando em silêncio. O salão era idêntico ao que existia ao lado, sendo a única diferença o desenho majestoso da águia no enorme disco de ouro suspenso na parede do fundo, substituindo o do jaguar.

Huehue já se encontrava paramentado junto ao púlpito. Assim que entrei começou a entoar os cânticos sagrados, no que foi acompanhado por mim e por todos os demais. Voltamos a nos ajoelhar diante do disco dourado, quando ele pronunciou em voz alta:

– Itzcoatl, jovem azteca filho de nosso povo, havendo concluído com triunfo o Primeiro Retiro, graduando-se para ingressar na Ordem Ocelotl, manifesta sua vontade no sentido de elevar-se da penumbra das selvas à claridade solar nas alturas, candidatando-se ao Segundo Retiro, em busca da inspiração para responder a Segunda Questão. É esta a sua vontade?

– Sim, é esta minha vontade.

– Está você ciente, Itzcoatl, jovem azteca filho de nosso povo, que essa jornada o levará além das fronteiras dominadas por nosso *calpulli*, para o coração do mundo dos homens-de-todas-as-cores, e que apenas deverá retornar quando alcançar a iluminação da resposta à Segunda Questão, ou então quando disposto a abdicar permanentemente de seus votos e propósitos em qualquer Ordem dos cavaleiros sagrados?

– Sim, estou ciente disso.

– Erga-se então, aspirante à Ordem Cuauhtli, para ouvir a Segunda Questão.

Levantei-me, conforme o protocolo, e da mesma forma como dias antes havia me postado diante do *Tlacateccatl* dos Jaguares, dessa vez parei diante do misterioso *Tlailotlac* dos Águias. Em atitude solene ele me ofereceu a cuia, de onde sorvi um gole do *octli*, e pronunciou em voz grave:

– Itzcoatl: por que é durante o dia que lamenta a águia?

Fiz uma reverência diante dele, e a seguir diante de cada um dos demais dignitários. O último foi Huehue e, apesar da rigidez de seus modos, exigida pelo protocolo do cargo de sacerdote naquela cerimônia, pude ler em seus olhos brilhantes todo o seu orgulho e seu afeto por mais um de seus filhos que percorria um caminho digno.

Com uma última e discreta piscadela não protocolar, dei-lhe as costas e caminhei resoluto para fora do templo, descendo as escadarias do *Teocalli* até sua base, onde um pequeno grupo dos meus melhores amigos esperava-me para entregar-me a mochila onde, mais cedo, eu reunira todas as posses de que acreditava necessitar para a difícil jornada. Era a primeira vez na vida que eu me aventurava absolutamente sozinho para além das terras do *calpulli*. No entanto, a inquietação quanto ao sucesso do meu Retiro era maior que meu temor quanto ao mundo desconhecido lá fora, e eu estava muito decidido.

Montei em meu cavalo, o mesmo que me conduzira no Primeiro Retiro e que retornara docilmente à cidade quando fomos separados pela enchente, o que eu via como um bom presságio. Tomei a estrada para o oeste rumo a Tuxtepec, onde poderia embarcar no trem para o norte. Atrás de mim, ainda ouvi o som claro dos *huehuetl*, grandes tambores verticais localizados no topo do *Teocalli*, ao lado dos templos gêmeos. Os próprios dignitários os estariam tocando, anunciando minha partida. Entre eles, nenhum estaria batendo com mais orgulho que o coração de meu querido Huehue, que eu não veria mais durante um bom tempo. Naquele momento a tensão acumulada cedeu, e o rompimento dessa barragem me permitiu verter as primeiras lágrimas.

O estalo dos trilhos e o balanço ritmado do vagão do trem me submergiam numa sonolência hipnótica. Entretanto, uma insegurança que aumentava a cada milha percorrida na estrada de ferro me impedia de mergulhar definitivamente no sono.

O povo azteca, desde a raiz de suas origens, crê que sua missão ancestral seja conjurar infatigavelmente o assalto do nada. De acordo com nossas crenças, vivemos a era do Quinto Sol. Os quatro anteriores foram aniquilados em quatro cataclismos universais, e nosso mundo atual, *nahui-ollin*, encontra-se fadado a desmoronar em meio a imensos terremotos, a não ser que o Sol receba periodicamente a "água preciosa" que assegura a "liga dos anos". Essa "água preciosa", que impede a paralisação das engrenagens do mundo, é obviamente o sangue humano. Tezcatlipoca venceu Quetzalcoatl, o deus criador da humanidade, e desde então os deuses exigem seu alimento rubro da vida. Por isso as guerras empreendidas pelos aztecas têm um caráter sagrado, diferentemente das guerras dos europeus. A finalidade de nossas batalhas não é tanto ferir ou matar o inimigo, mas sim capturar o maior número possível de prisioneiros para os sacrifícios rituais.

Nossos primeiros colonizadores europeus, os espanhóis, ibéricos da era pré-unificação, possivelmente compreendessem melhor nosso espírito guerreiro. Basta dizer que chacinaram um grande grupo de nativos pouco tempo após sua chegada, embora eu não esteja certo de que isso tivesse algum objetivo ritual. Naturalmente, nosso instinto de sobrevivência teve de prevalecer, e a reação não demorou. Naquela que os ibéricos chamam de *Noche Triste*, comemorada até hoje no Império todos os anos, os espanhóis foram exterminados, dando espaço para nossa aliança com os britânicos. Estes, nossos "irmãos aliados", a despeito do progresso que empreenderam no continente americano, sendo em grande parte responsáveis pela hegemonia do Império Azteca nas Américas Central e do Sul, não aceitam com naturalidade, desde o princípio, alguns de nossos hábitos, incluindo os sacrifícios rituais. Talvez seja esse o motivo de, diferentemente dos hábitos aztecas, eles tentarem nos impor seu próprio Deus. A princípio mais diretos e até violentos, à moda dos próprios espanhóis, acabaram adotando uma estratégia mais insidiosa e discreta.

Fato é que em Tetzcohco, por ordem do rei Nezahualcoyótl, iniciou-se o culto ao Deus Sem Face, que chamavam "aquele graças a quem nós vivemos". Os primeiros templos causavam estranheza, pois eram torres desprovidas de qualquer ídolo. O irmão-inglês encontrou grande identificação entre essa divindade e a sua própria, um Deus único criador do universo. Estimulou massivamente o culto ao Deus Sem Face, de modo que sua crença espalhou-se lenta e inexoravelmente por todas as partes do império. Era perturbador para nosso povo, acostumado a uma legião de deuses cultuados em majestosos *teocallis*, ver essas pirâmides serem substituídas pelos templos palacianos dos europeus. Contudo, o passar dos anos marcou a hegemonia do Deus Sem Face também nas Américas. Não tanto, porém, no sul do México, onde nasci. No meio do meu povo antigos hábitos são difíceis de mudar, ainda mais hábitos ligados à religião. Além do mais, as fronteiras mexicanas são, por tradição, lugares selvagens e perigosos. Enquanto os habitantes do extremo norte ainda sofrem com as hordas de bárbaros apaxicas na fronteira com Nova Albion, meu povo no extremo sul sofre com a inclemência do tempo. Florestas repletas de animais selvagens e campos secos, que necessitavam desesperadamente de chuvas, acirraram os laços com nossos deuses, a quem recorríamos buscando um socorro superior para cada necessidade. As terras do norte, cada vez mais civilizadas pela ação do irmão-inglês, nos pareciam às vezes outro mundo, que pouco se importava conosco. Huehue acreditava que isso em parte se devia a um rancor ancestral contra os povos do sul, onde viviam as tribos que primitivamente aliaram-se ao invasor espanhol, erguendo armas contra seus próprios irmãos astecas. Assim, enquanto o Império prosperava, fomos deixados relativamente em paz com nossos deuses e nossos cultos. Os sacrifícios humanos ainda eram vistos com maus olhos, mas eram olhos que muitas vezes faziam-se de cegos. Afinal, devido aos hábitos antigos nosso papel foi fundamental na conquista dos incas e dos maias remanescentes. O poderio bélico inglês nos permitiu escravizar e assimilar esses povos, e nos provia com uma abundância nunca antes vista de escravos e prisioneiros, para aplacarmos a fúria e atrairmos a simpatia dos deuses.

É por isso que eu me sentia cada vez mais inseguro na medida em que me afastava do sul. No reino do Deus Sem Face, não sabia se minhas preces seriam fervorosas o suficiente para serem ouvidas por Tlaloc, ou qualquer outro dos deuses antigos. Não sabia se encontraria, naquele mundo rico em tecnologia e cultura, mas pobre em deuses, a inspiração para responder à Segunda Questão: "Por que é durante o dia que lamenta a águia?" No entanto, era meu destino. Eu o escolhi. E meu primeiro passo seria buscar o acolhimento, naquele mundo hostil, daqueles que me eram familiares e me queriam bem.

Minhas reflexões sonolentas foram interrompidas pelo som agudo dos freios do comboio. Estávamos parando em alguma estação, provavelmente uma pequena plataforma em algum lugar ermo, já que ainda não havia se passado tempo suficiente para chegarmos à próxima cidade grande. Chamou-me a atenção, olhando para fora da janela, um número incomum de cavaleiros-jaguares fortemente armados, que observavam o trem com ar taciturno.

De fato, tratava-se de um bloqueio. Meia hora depois, quando o trem reiniciou seu movimento e entrou num desvio rumo ao sudoeste, fomos informados de que a rota para o norte, em direção ao Golfo, encontrava-se completamente bloqueada. De acordo com as informações, uma vila ao norte encontrava-se em quarentena e inacessível, com a maior parte da população acometida por alguma doença. Nosso trem foi desviado em direção à cidade de Tehuacan, e dali seguiríamos diretamente para Tetzcohco, e finalmente Tenochtitlan, a capital do Império. Na verdade Tetzcohco, capital das artes do Império e onde vivia meu irmão Huitzilihuitl, era meu destino final, a que eu agora chegaria com mais de quatro horas de atraso.

Caminhei pelo trem na direção do vagão-restaurante, e no caminho encontrei-me com um cavaleiro-jaguar que já conhecia, por ser companheiro de tropa de meu irmão Xolotl. Ele havia embarcado no local do bloqueio. Contei-lhe de minha conquista, pelo que fui efusivamente cumprimentado. Curiosamente, a partir de então percebi uma sutil mudança de atitude dele em relação à minha pessoa. Tornou-se mais intimista, mais expansivo. Afinal, compreendi, agora éramos quase "irmãos de plumas". Aproveitei aquela queda de barreiras interpessoais para questioná-lo sobre a situação pela qual havíamos passado pouco antes. Fiquei sabendo que, pelo que se dizia, o mal que acometera a cidade de Cempoálatl era uma doença inteiramente desconhecida. Na verdade, a vila inteira havia perecido em poucos dias. Meu "novo amigo" não sabia informar se havia sequer algum sobrevivente. O que sabia era que ninguém, absolutamente ninguém, estava autorizado a penetrar nos limites do bloqueio militar, que isolava a cidade num raio de muitos quilômetros em todas as direções. Até nas águas do Golfo haveria navios militares com ordens de afundar qualquer embarcação que tentasse transpor o perímetro em qualquer direção.

– Afundar? – estranhei – Em qualquer circunstância? E se houver pessoas saudáveis, dentro do amplo círculo do bloqueio, tentando escapar para fora da área de risco?

– Isso aconteceu algumas milhas ao norte daqui – confidenciou o cavaleiro. – Uma família de quatro pessoas tentou sair do perímetro e deparou-se com uma patrulha de jaguares. Segundo eu soube por um oficial, foi ordenado que retornassem para suas casas. O grupo insistiu, e tentou forçar a passagem.

– O que aconteceu com eles?

– Foram abatidos a tiros – respondeu ele, em tom grave e muito baixo. – Os corpos foram completamente isolados em invólucros especiais e enviados para análise em nossa base central, em Teotihuacan.

– Isso é horrível! Por acaso algum deles tinha sinais da doença?

– Aparentemente não, mas pelo que dizem os sintomas podem demorar alguns dias para aparecerem desde a contaminação. Uma vez manifesta, porém, a morte é muito rápida. E o quadro é tão terrível e tão contagioso, que nossas ordens são para evitar a qualquer custo a possibilidade de que ela se espalhe pelo México.

– Como a doença se manifesta?

– Começa com algum tipo de mal-estar e depois uma coloração vermelha surge no rosto e em todo o corpo. Seguem-se convulsões, e a seguir uma insensibilidade generalizada que consome todo o organismo, até a morte. Embora ainda se desconheça a causa, já está sendo chamada de "praga escarlate".

Engoli em seco e silenciei. Meu interlocutor interpretou aquilo como terror, reação que sem nenhuma dúvida seu relato merecia. Despedi-me dele com uma troca de frases quase protocolares e cambaleei em direção ao vagão-restaurante, meu destino antes do encontro casual. Eu precisava muito de uma bebida. Precisava também de ar para respirar. O fato era que o relato do cavaleiro despertara terríveis fantasmas em minha memória. Eu não me lembrava de haver testemunhado um caso de doença como o que ele havia descrito, mas sabia que ela já estivera, muitos anos atrás, intimamente ligada à minha vida. Eu não me lembrava por ser ainda muito criança, mas tinha absoluta certeza de que meus pais haviam sucumbido a um surto da "praga escarlate". Na verdade, meus dois irmãos e eu, pelo que se sabia, fomos os únicos sobreviventes de uma vila inteira acometida por ela.

Nunca consegui me livrar da impressão de que Ometecuhtli e Omecihuatl, senhores supremos da dualidade, pregaram uma peça em nossa família. Afinal, meu irmão Huitz e eu nascemos num *nemontemi*, mais precisamente no terceiro "dia vazio" entre o final do mês Izcalli e o primeiro dia do mês Atlcahualo. A tradição ditava a crença de que crianças nascidas nesse período estavam fadadas a um destino funesto. Posso imaginar meus pais, assim como toda a população da vila onde nascemos, no norte da América do Sul, num território recentemente dominado após longos anos de combate contra grupos guerrilheiros de resistência inca, esperando pelo pior a cada febre infantil ou se sobressaltando a cada tombo e joelho ralado sofrido por mim ou por meu irmão gêmeo. Entretanto, a despeito dos agouros do destino, crescemos fortes, felizes e com saúde. Nossos pais, que emigraram para aquela região inóspita atraídos pelo sonho de riqueza e aventura, haviam recebido um bom pedaço de terra do governo nos antigos domínios incas, como parte de um programa de consolidação da posse da terra para o Império Azteca. Tudo corria muito bem, até que a tragédia surgiu da forma menos esperada. Nada de ataques de rebeldes, ou de feras selvagens, ou de catástrofes climáticas. Na verdade, ninguém sabe como a epidemia começou. Nossa vila entre montanhas transformou-se num buraco sufocante que cheirava a morte, espalhando-se por cada casa ou fazenda próxima com a velocidade do fogo na vegetação seca. Dizia-se que os sintomas eram exatamente como aqueles descritos a pouco pelo cavaleiro-jaguar, e em poucos dias o *calpulli* inteiro havia sido completamente dizimado. Houve apenas três sobreviventes. Meu irmão mais velho, Xolotl, com apenas dez anos de idade, após enterrar sozinho os corpos de nossos pais no mesmo terreno onde esperavam lavrar sua felicidade, iniciou a longa caminhada levando a mim e a meu irmão, três anos mais jovens, em direção ao norte desconhecido, onde dizia-se, pelo que ele se lembrava, que estava a civilização. Buscava a cidade natal de nossos pais, a cujo nome vez por outra faziam referência. Cruzou valentemente montanhas e matas e nos alimentou com frutos colhidos pelo caminho ou com a caça que ele, ensinado por nosso pai, já era capaz de obter. Nos momentos de desolação, quando eu e Huitz chorávamos inconsoláveis, nos distraía com truques de mágica, fazendo com que um pequeno objeto qualquer desaparecesse milagrosamente de suas mãos e reaparecesse em outro lugar insuspeito, como o interior do ouvido de meu irmão ou da cavidade de meu umbigo. Eu compreendia que era apenas um truque, e a habilidade das mãos de Xol me deliciava, assim como o encanto que aqueles truques causavam em Huitz, que apesar da mesma idade que eu sempre fora mais ingênuo e sonhador. Dessa forma cruzamos dias e noites de sol e chuva, até que chegamos a alguma aldeia habitada. Dali fomos colocados num trem e transportados de volta para o território azteca. Deixaram-nos em Tochtlán, cidade mencionada por Xolotl como nosso destino, onde existia um orfanato. Foi ali que fomos encontrados e adotados por Huehue, que havia sido professor de nosso pai. A história da tragédia em nossa vila foi contada por Xolotl, e eu soube tempos depois que a povoação e as florestas ao redor haviam sido totalmente consumidas pelo fogo, uma precaução das autoridades para que a doença aterrorizante e desconhecida fosse erradicada para sempre. Em todos aqueles anos eu acreditava que havia sido assim. Agora, no entanto, o espectro que ceifara a vida de meus pais voltava a rondar, no momento em que eu deixava Tochtlán para seguir exatamente em sua direção. Senti um calafrio só em imaginar que pudesse haver de fato uma conexão entre os dois fatos, embora não houvesse o menor indício dela.

Para um rapaz sulista, como eu, a visão de uma cidade como Tetzcohco causava sempre um impacto inebriante. Depois das infalíveis muralhas, guarnecidas de torres de vigia, começava a cidade propriamente dita. Fiquei feliz ao observar que, a despeito dos relatos sobre o crescimento do culto ao Deus Sem Face, um bom número de *teocallis* ainda se destacava na paisagem, com suas escadarias íngremes ladeadas por serpentes emplumadas e suas estátuas porta-bandeiras. Entretanto, poucos entre os templos acoplados sobre a plataforma terminal pareciam ainda estar em plena atividade. Por outra parte, os inúmeros templos palacianos dedicados ao Deus Sem Face eram bem conservados, com as portas sempre abertas e cheios de vida. Balancei a cabeça, desolado, pois era algo que eu definitivamente não conseguia compreender. O Deus Único dos ingleses os ensinava a condenar os sacrifícios humanos que os astecas realizavam em benefício da continuidade do mundo e, no entanto, seu próprio Filho, segundo afirmavam os Narradores de sua Tradição, cometeu o autossacrifício supremo, a fim de salvar toda a humanidade. Eu via por toda parte sua imagem, dependurado numa enorme cruz de madeira, morte indigna sem o derramamento copioso da água sagrada representada pelo sangue. As imagens dos deuses antigos, por outro lado, tornavam-se cada vez mais raras.

Em Tetzcohco eram numerosos também os palácios, que eu sabia serem ocupados por administradores e dignitários, muitos deles patrocinadores das artes. Eu via as colunas que cercavam as fachadas e ansiava pela oportunidade de conhecer os famosos pátios internos, com terraços e jardins. Passando por um parque, divisei no centro de uma fonte uma estátua de Tlaloc, a quem fiz uma discreta reverência, mas as estátuas de deuses não eram tão numerosas como eu esperava. Vez por outra vi alguma representação de Quetzalcoatl, e um monólito pouco conservado parecia ser a representação da deusa lunar Coyolxauhqui.

Tomei uma das inúmeras carruagens de desenho inglês, que me levou da estação do trem até as proximidades do grande *tianquiztli*, mercado onde se vendia todo tipo de produto imaginável, que eu teria de cruzar para chegar a casa onde vivia meu irmão.

Abrindo caminho pelo formigueiro humano, que escorria por entre as vielas estreitas formadas pelas barracas comerciais, vi barracas que exibiam ricos tecidos e vestimentas, plumas e joias, peles e plumagens, além de milho, legumes, pimentas, frutas e ervas, pássaros vivos e caça, peixes, vasos, utensílios de sílex, obsidiana e cobre, madeira e tabaco, móveis e esteiras. Havia lojas de boticários, cabeleireiros, e uma casa no fundo de um beco tinha a fachada ornada com uma estatueta de Tlazolteotl, deusa do amor. Das janelas fui saudado discretamente por moças exageradamente maquiadas, algumas sorrindo com dentes tingidos de vermelho com cochonilha. Então essas eram as famosas *ahuyanime*, cortesãs dos grandes centros que, dizia-se, transtornavam o juízo de vários guerreiros celibatários.

Mais adiante, um grande estabelecimento que ostentava na fachada uma placa que dizia "Quatrocentos Coelhos" era obviamente um bar. Nas mesas espalhadas diante das portas, vi homens cambaleantes cujo hálito exalava *octli*, e pequenos grupos reunidos em torno das cartas em animados jogos de *patolli*. Nesse ponto, Tetzcohco não diferia muito de minha modesta cidade.

O endereço, indicado por meu irmão via mensagem telegráfica, ficava logo adiante. A pensão era modesta, espremida entre dois outros prédios mais robustos. Subi as escadas em busca do quarto correto. Estaquei no início do corredor, quando deparei com a porta aberta, guardada por dois homens corpulentos que ostentavam as plumas dos cavaleiros-jaguares. Corri imediatamente na direção deles, os pensamentos e temores se atropelando em minha mente. Um dos guardas tentou deter-me, mas antes que pudesse me segurar eu já estava no meio do quarto.

As surpresas do dia ainda não haviam terminado. A maior delas saltou para dentro de meus olhos quando vi, no interior do quarto, meu irmão. Não era Huitz, entretanto. Junto à escrivaninha, remexendo nas gavetas, vi a figura robusta de Xolotl, meu irmão mais velho. Observei que usava suas plumas de cavaleiro-jaguar, e sua reação inicial foi tensionar todo o corpo ao virar-se em minha direção, a fisionomia dura como se houvesse sido surpreendido por um inimigo. Um segundo depois, entretanto, estreitou os olhos e sua musculatura relaxou, enquanto indagava num tom de dúvida e incredulidade:

– Itz? É você?

– Sou eu, e tão surpreso quanto você, Xol. Parece que o único irmão que se esperaria estar presente neste quarto é exatamente o irmão ausente. Onde está Huitzilihuitl?

Ele hesitou um pouco, como se não soubesse como principiar, e depois respondeu:

– É o que eu também quero saber, Itz. Já faz algum tempo que ele não responde a mensagens que enviei desde Tenochtitlan. No último contato comunicou que estava de partida para a região do Golfo, a fim de adquirir matérias-primas para sua arte junto aos navios mercantes provenientes da Europa, mas já deveria ter retornado há cinco dias. Desde então venho tentando contatá-lo, mas não houve resposta.

– Isso é preocupante. O trem que me trouxe desde Tochtlán teve de fazer um desvio devido a um bloqueio na ferrovia norte. Todo o acesso à costa do Golfo acima da província Olmeca parece estar bloqueado com rigor. A situação é grave, Xol. Temo que haja um novo surto da doença que dizimou nossa vila no sul.

– Então você já sabe – respondeu ele em tom sombrio, dando-me as costas lentamente. – Na verdade esse é o principal motivo de minha preocupação, e foi por isso que decidi vir pessoalmente. Huitz pode estar na área de risco...

– Tenha esperanças, irmão – adiantei-me e apoiei a mão em seu ombro, em gesto tranquilizador. – Já escapamos dessa praga uma vez. Acredito que, de alguma forma, tenhamos desenvolvido algum tipo de imunidade.

– Itz, você acredita que Huitz possa ter algo a ver com o aparecimento desse novo surto? – falou ele em tom preocupado, voltando a encarar-me de frente. – Será que podemos os três ser portadores da doença em nosso sangue?

Refleti um pouco antes de responder. Na verdade, a hipótese já me havia passado pelo pensamento, mas tive tempo de elaborar argumentos contra ela, que revi mentalmente antes de pronunciar em voz alta:

– Depois de tantos anos? Não acredito. O mais provável é que já houvéssemos transmitido a doença a alguém nos tantos anos em que vivemos em Tochtlán. Penso que as chances estejam a favor de Huitz. Se formos mesmo imunes ele vai sair bem dessa crise e em breve poderá retornar são e salvo.

– Melhor assim, não é? – riu ele, aliviado. No entanto, algo na rigidez do seu sorriso e na expressão de seus olhos me dizia que, no íntimo, Xolotl não estava tão tranquilo como procurava aparentar. – Nesse caso, acredito que podemos voltar a nossos afazeres. Aliás, Itz, você ainda não me disse o motivo desta visita surpresa, uma vez que só soube do bloqueio durante a viagem...

Contei a ele sobre meu triunfo no Primeiro Retiro e sobre minha decisão de me arriscar no Segundo. Pela primeira vez naquele dia a reação de alegria de Xolotl pareceu-me ser a manifestação de uma emoção inteiramente sincera, explosiva e exagerada como sempre. Ergueu-me no ar pela cintura e ensaiou alguns passos de dança desajeitados pelo quarto apertado.

– Precisamos comemorar isso, irmãozinho! Tenho algum tempo antes de retornar à capital. Por que não aproveitamos este fim de tarde juntos, hein?

Largou-me cambaleante no meio do quarto e caminhou resoluto para a porta, onde o ouvi dispensar os dois cavaleiros-jaguares. Observei que, embora fossem astecas como nós, falou com eles em inglês.

– Fico imaginando a cara do pobre jaguar que você cruelmente abandonou sobre a árvore – bradou ele, abraçando-me pelo pescoço com seu braço musculoso a ponto de quase sufocar-me. – Gatos não combinam com água, Itz, você sabe disso...

– Talvez por isso você tenha se tornado um cavaleiro-jaguar, Xol. Os deuses sabem como nunca gostou de banho.

Agora éramos apenas os dois, irmãos e amigos que havia muito não se encontravam. Senti uma pontada de tristeza olhando ao redor. Faltava Huitz. Trancamos cuidadosamente o quarto de nosso irmão e descemos de volta para a praça do mercado. Sentamos numa das mesas de calçada do "Quatrocentos Coelhos", e Xol insistiu para que brindássemos a meu sucesso com uma dose de *octli*. Aceitei, mas quando ele ameaçou pedir uma segunda dose manifestei minha preferência por algo não alcoólico.

– Cada qual com seu coelho, hein? – disse ele, erguendo o copo.

– Cada qual com seu coelho – correspondi ao brinde, repetindo o "mantra" tradicional dos bebedores de álcool e chocando meu copo de suco de frutas contra sua taça.

Passamos algum tempo em amável conversa, ele relatando suas conquistas gloriosas que o elevaram ao honroso posto de *Otomitl* dentro da Ordem Ocelotl, eu atualizando-o sobre os acontecimentos de nossa cidade e das pessoas de nossa juventude. Finalmente, ele disse:

– Creio que o trem de volta para o sul parte amanhã bem cedo, Itz. Não se preocupe, assim que eu tiver notícias sobre Huitz você será o primeiro a quem comunicarei...

– Não pretendo voltar tão cedo para casa, Xol. Lembre-se de que estou enfrentando meu Segundo Retiro.

– Claro, é verdade! O que pretende? Permanecer um tempo em Tetzcohco? O campeonato da Liga Principal de *Tlachtli* começa neste ciclo...

– Não estou em clima de jogos de bola, irmão – respondi o mais delicadamente possível, um pouco atônito com a atitude relaxada de nosso tão protetor irmão mais velho diante da situação. – Sinceramente, pretendo tentar chegar ao Golfo e obter notícias sobre Huitzilihuitl.

– Itz! – ele bateu na mesa com violência, fazendo copos saltarem e atraindo os olhares das mesas em torno. Prosseguiu em tom mais discreto, inclinando-se para frente:

– Não seja louco, irmão! Você mesmo viu as condições do bloqueio. As ordens são para evitar, a qualquer custo, passagens de um lado a outro. Não coloque sua vida em risco agindo impulsivamente. Vamos ter paciência e esperar por notícias...

– Não se preocupe. O perímetro do bloqueio é amplo e as barreiras se concentrarão evidentemente nas rotas mais acessíveis. Para gente como nós, habituada a encontrar seu próprio caminho entre matas e cordilheiras desde a infância, isso não será problema. Além do mais, creio que as patrulhas estarão mais preocupadas em não deixar que pessoas *saiam* da área restrita, portanto seus olhos estarão voltados para o outro lado.

– Mas Itz, você mesmo disse que a área bloqueada é muito ampla. Nem sabe por onde começar a procurar...

– O destino de Huitz, como você mesmo disse, eram os portos de comércio internacional. Na região bloqueada não passam de três ou quatro. Em um deles devo encontrar pistas de nosso irmão. Esta noite, que pretendo passar no quarto de Huitz, procurarei por mais pistas entre suas coisas. Amanhã cedo já deverei ter uma ideia mais clara do rumo a tomar.

– Mas Itzcoatl, meu irmão, pense...

– Não se preocupe, Xol – interrompi, desta vez em tom mais firme, fazendo um gesto apaziguador. – Compreendo sua atitude protetora de irmão mais velho. Isso sempre foi você. Mas entenda, há algo entre irmãos gêmeos que a razão teima em não poder explicar, e desta vez você se encontra de fora. Sinto em meus ossos que nosso irmão precisa de mim, e creio que estarei cumprindo meu papel ao dar ouvidos a esse reclamo interno. Você, mais que ninguém, é a pessoa capaz de compreender isso.

Xolotl permaneceu um tempo recostado, em silêncio, fitando-me com expressão séria. Finalmente, suspirou e disse:

– Já que não conseguirei demovê-lo dessa ideia maluca, pelo menos me faça o favor de manter-me permanentemente informado. Quero saber de cada passo que você der, Itz, não me obrigue a ter o trabalho de ir buscar vocês dois pelas orelhas, como nos velhos tempos.

Despedimo-nos com um fraterno abraço. Comecei a me afastar, mas antes que Xolotl desaparecesse na multidão fui assaltado por uma inspiração súbita. Chamei-o de volta e indaguei:

– Diga-me mais uma coisa: por que é à noite que ruge o jaguar?

– Ora, e você não sabe? – riu ele, surpreso – Como então, por que obra de Mictlantecuhtli, conseguiu passar ileso por Huehue e seus dignitários?

– Eu sei a minha resposta, Xol. Apenas quero saber a sua, já que agora somos ambos dignos do Jaguar.

Xolotl olhou para os lados com um sorriso maroto nos lábios antes de me segredar:

– À noite o jaguar é a mais poderosa das criaturas. Ele é o grande predador, que com sua ferocidade, sua velocidade e sua visão noturna privilegiada aterroriza cada uma das outras criaturas das matas. À noite o jaguar ruge para avisar suas presas de que está a caminho e que nada teme.

Dito isso, bateu no meu ombro com algum excesso de força e caminhou para o meio das barracas, desaparecendo na multidão. Fiquei parado por um instante, olhando para o local onde ele desapareceu. A resposta de Xolotl à Primeira Questão tinha semelhanças com a minha, mas era bem diferente em sua essência. No entanto, era compatível com sua natureza individual e a meu ver igualmente adequada ao ofício de cavaleiro-jaguar. Percebi que, para todas as questões, ainda as mais sagradas, existe mais de uma resposta. Quanto à "pergunta da águia", era meu papel encontrar a minha. Mas, antes, precisava encontrar meu irmão Huitzilihuitl.

Minha busca entre os pertences de Huitz foi reveladora. Encontrei um folheto com os horários dos trens que saíam de Tetzcohco, e um deles, com destino a Tuxpan, estava assinalado a lápis. Consultei o roteiro detalhado, que previa uma parada em Chólóllan e outra em Cempoálatl. Lembrei-me da conversa que havia tido no trem com o cavaleiro-jaguar. Cempoálatl era a vila que fora dizimada pela "praga escarlate". Seria possível que meu irmão tivesse mesmo algo a ver com a epidemia, ou seria apenas coincidência? De qualquer forma, eu já sabia o rumo a tomar. Embarcaria no mesmo trem até Chólóllan, que certamente ainda estava aquém da área do bloqueio, e ali conseguiria um cavalo para seguir para leste até onde fosse possível. O trem saía bem cedo pela manhã, assim deixei minhas coisas organizadas na mochila e me aconcheguei na cama de Huitzilihuitl. A preocupação me fez demorar a cair no sono e, quando isso aconteceu, este foi leve e entrecortado por breves sobressaltos, possivelmente devido a sonhos ruins de que eu não conseguia me lembrar.

O sono leve foi minha salvação. A primeira claridade do dia ainda não se insinuava entre as cortinas quando um movimento dentro do quarto me fez despertar. Creio que aquilo me causou um breve sobressalto, que felizmente não foi percebido pelo homem que tentava se movimentar silenciosamente pela escuridão, cujo vulto meus olhos, levemente abertos, agora podiam perceber. Ele se desviou de uma cadeira, aproximando-se cautelosamente de mim. Tensionei os músculos com cuidado e esperei, tentando controlar desesperadamente a respiração, que ele chegasse bem perto da cama. O homem sacou algo do bolso, e um forte cheiro de clorofórmio alcançou minhas narinas. No instante em que ele começava a mover o lenço molhado em direção ao meu rosto, desferi um soco em seu nariz que o fez gemer e dar um passo para trás. Antes que se recobrasse da surpresa, atingi seu tórax com os dois pés juntos, atirando-o sobre a escrivaninha do outro lado do cômodo. Dessa vez ele gritou enfurecido, não havendo mais necessidade de cautela.

O agressor se recuperou com uma velocidade surpreendente. Apanhou um objeto sobre a escrivaninha, uma estatueta do deus Xipe Totec, a quem Huitz era muito simpático, e avançou em minha direção. O homem era corpulento e muito rápido. Tentou me atingir quatro vezes com a estátua, e só consegui me esquivar graças a minha própria agilidade, adquirida nas expedições de caça e nos jogos de *tlachtli*, em Tochtlán. Mas, na última vez, me desequilibrei e tombei sobre o móvel de cabeceira ao lado da cama. Vi o vulto crescendo em minha direção e estava encurralado. Minha mão encontrou o pequeno candelabro na cabeceira de Huitz, que num ato de inspiração instantânea apanhei pela base e girei, atingindo a cabeça do agressor no momento em que suas mãos de ferro uniam-se ao redor do meu pescoço. Dessa vez o homem misterioso caiu, com um gemido de dor. Saltei sobre ele e abri a porta do quarto, apanhando de passagem minha mochila. A luz do corredor se infiltrou na escuridão na forma de um retângulo amarelo, e pude ver o corpo do invasor misterioso caído, rolando sobre si mesmo com uma mão erguida contra a própria testa. Sua cabeça estava coberta por um capuz justo de tecido fino que me impedia de ver seu rosto, mas uma mancha escura que se expandia no alto da mesma sugeria um profuso vazamento de sangue.

Desci as escadas aos saltos, e num ato instintivo corri para a porta dos fundos do prédio. Talvez meu agressor tivesse um comparsa e, se este não estava no corredor, só poderia estar vigiando a entrada do edifício.

A porta para o quintal estava destrancada. Corri brevemente entre varais de roupa e galinhas cacarejantes, e saltei o muro. Caí em um estreito beco escuro. Protegido da iluminação pública me esgueirei o mais silenciosamente possível até a praça, onde desapareci entre as barracas do *tianquiztli*.

Fiquei escondido perto da estação ferroviária até que o dia clareasse. As coisas eram mais sérias do que eu imaginava. Além de mim e de Xolotl havia mais alguém procurando por Huitz. Era imperioso que eu o encontrasse primeiro, onde quer que estivesse, já que as intenções de meu visitante noturno não pareciam ser nada amigáveis.

Quando o fluxo de pessoas para os terminais engrossou, juntei-me à multidão e adquiri um bilhete, sempre atento ao meu redor. Embarquei no trem sem perceber, em nenhuma parte, qualquer indivíduo suspeito que pudesse estar me seguindo, tivesse a testa rachada ou não. Se eles acreditassem que eu era Huitz, dificilmente imaginariam que eu tentasse retornar à zona bloqueada, da qual teria escapado, certamente, a duras penas. Por isso me senti mais relaxado e disposto a voltar a elaborar meus planos, embora mantivesse o estado de alerta até a estação de Cholóllan, onde desembarquei sem maiores problemas.

Aluguei um cavalo e imediatamente parti rumo ao leste, no princípio ganhando tempo pelas estradas oficiais, depois me desviando para nordeste por caminhos não desbravados.

As primeiras barreiras militares estavam postadas ao longo da margem ocidental do Rio Ahuilizapan, vigiando todos os pontos de passagem. Tive que deixar minha montaria em um local ermo e construí uma pequena jangada com galhos arrancados nas matas de galeria. Era pequena para que eu me deitasse sobre ela, mas tinha tamanho suficiente para manter minha mochila seca. Cobri-a de ramos verdes e deixei um buraco no centro. Deixei-me arrastar pela correnteza no rumo para o qual desejava ir, tendo apenas os braços, os ombros e a cabeça mantidos sobre a jangada. O resto do tronco e as pernas seguiam mergulhados nas águas barrentas através do buraco, e eu usava os pés para dirigir meu disfarce na direção desejada. Assim, para algum observador nas margens, minha jangada disfarçada parecia um inocente pedaço de árvore que se desgarrara em algum lugar e flutuava rio abaixo, sem ter tamanho suficiente para merecer um exame mais detalhado.

Abandonei o rio quando, pelos meus cálculos, estava bem a oeste de Cempoálatl. Dali segui pelas montanhas e matas, evitando povoações, viajando de dia pelas terras mais altas, quando minha visão alcançava longe e à noite pelos vales e ravinas, protegido pelas sombras. Nesses momentos valeu-me toda a experiência adquirida ao longo da vida, desde que, ainda muito criança, tive de cruzar selvas e terras inóspitas em minha fuga, com meus irmãos, de minha cidade natal morta. Para minha surpresa, encontrei poucas patrulhas. Apenas vi uma delas alimentando seus cavalos em uma fazenda, quando cruzei pelo alto de um monte, e vi luzes de suas fogueiras e ouvi a conversa animada dos soldados quando passei bem perto de um acampamento durante a madrugada.

No terceiro amanhecer, após ter deixado Tetzcohco, encontrei-me nos arredores da cidade aniquilada pelo novo surto da praga, bastante satisfeito com a velocidade de meu progresso. A partir de determinado ponto, deixei de me preocupar tanto em ser visto. Nas últimas milhas até Cempoálatl não encontrei nenhum ser humano vivo, apenas cartazes advertindo que eventuais viajantes deveriam dar meia volta imediatamente, sob risco de morte.

A visão da cidade foi uma cena que vai me assombrar pelo resto dos meus dias. De longe já se apresentava como um monte de ruínas calcinadas. Buracos escuros espalhados pelas ruas indicavam que o trabalho de destruição final havia sido feito à distância, por morteiros e canhões. Alguns fardos amarrados e não inteiramente queimados indicavam o uso, pelo exército, de catapultas com carga incendiária. Uma pilha de ossos calcinados, em um buraco na entrada da rua principal, marcava o provável destino dos primeiros doentes acometidos pela doença. Poucos corpos carbonizados restavam espalhados entre as ruínas ou dentro do que sobrava das casas. Uma enorme trincheira escavada no lado sul da cidade revelou-se uma vala comum repleta de cadáveres também calcinados. O cheiro era quase insuportável. Muitos, pelo que pude observar, tinham no corpo marcas inequívocas de tiros, indicando uma execução em massa.

Meu queixo tremeu de indignação e de medo, ante a simples ideia de que meu irmão Huitzilihuitl pudesse estar no meio daqueles corpos.

A cidade ficava no alto de uma colina, que descia suavemente algumas dezenas de metros até o mar. Olhei em direção ao porto lá embaixo, e nenhum barco era visível. Pelo menos nenhum inteiro, porque alguns mastros de madeira destacavam-se emergindo de sombras que só podiam corresponder a carcaças de navios afundados. Quem quer que houvesse destruído a cidade não queria que ninguém escapasse por terra ou por mar. A linha da ferrovia contornava a base da colina do meu lado direito, e observei que havia um trem estacionado lá embaixo, junto ao cais normalmente usado para embarque e desembarque de carga. Os vagões, porém, pareciam pertencer a uma composição de passageiros. Desci até lá e confirmei minhas desconfianças, recolhendo alguns bilhetes de passagem abandonados pelo piso do trem vazio: aquele era o mesmo trem que partira de Tetzcohco trazendo meu irmão. Então ele não seguira até Tuxpan, fora detido ali. Olhei para trás, pensando na vala comum cheia de corpos. Se o trem fora detido devido à praga, então ela chegara à cidade antes de Huitzilihuitl. Afinal, meu irmão não era o responsável pela epidemia. Apenas tinha a sorte de ser imune e, provavelmente, escapara ileso da doença. Mas teria escapado dos executores da população de Cempoálatl?

Após refletir um pouco, decidi rumar para o norte acompanhando a linha férrea ao longo da costa. A cidade mais próxima era Tecolutla, e depois dela Tuxpan, o provável destino final pretendido por meu irmão. Tecolutla era o primeiro local onde eu poderia ter notícias sobre eventuais sobreviventes. Parti imediatamente, movido pela única coisa que me restava: a esperança de que a imunidade que um dia salvara a vida de Huitz houvesse lhe valido uma vez mais.

Poucas milhas adiante, a linha do trem estava bloqueada por uma enorme pilha de sacos de areia. Nenhuma locomotiva passaria dali. Eu ainda me perguntava sobre o destino dos homens que haviam sido os responsáveis por toda aquela operação, tanto da execução das pessoas quanto da destruição da cidade, quando os encontrei no interior de uma ravina algumas milhas após o bloqueio da ferrovia. Eram cerca de quarenta cavaleiros-jaguares, e os reconheci pelo padrão e pelas cores de suas plumas. Estavam todos mortos e cheiravam muito mal. Caminhei entre os corpos protegendo o nariz e a boca com um lenço, espantando as aves carniceiras que já assaltavam os corpos, e vi que haviam sido abatidos a tiros. Vários tiros, na verdade, por todo o corpo, e ainda conservavam suas fardas e seus pertences, incluindo as armas. Subi pela lateral mais suave da ravina, atraído pela visão de mais um grupo de abutres que se agitavam, provavelmente em torno de mais corpos. De fato, eram os cadáveres de três cavaleiros-águias, também mortos a bala. Minha mente trabalhava em ritmo febril, tentando reconstituir os fatos. Certamente os estrategistas da Ordem Cuauhtli estariam por trás de toda a operação. A missão assumida pela infantaria e pela artilharia, normalmente formada por jaguares, foi cumprida com êxito total: o massacre de uma cidade inteira, e sua destruição pelo fogo até as fundações. Mas aqueles agentes, que tiveram contato direto com os moradores, também poderiam estar contaminados pela "praga escarlate", assim seria um enorme risco deixá-los retornar a suas bases. Os águias os emboscaram no caminho de volta. Houve tiroteio com baixas em ambos os lados, mas o plano da Inteligência havia sido elaborado com perfeição. O terreno favorável e o fator surpresa determinaram o fim da tropa de cavaleiros-jaguares. Os corpos de ambos os grupos foram deixados aos cuidados dos abutres e assim o risco de contaminação havia sido reduzido a um mínimo.

Protegi os olhos com a mão, afastando o brilho do sol, e olhei para o norte, onde as curvas prateadas de um rio cintilavam. Vi que a ponte que dava continuidade à ferrovia havia sido explodida, reforçando o bloqueio por aquele lado. Deixei-me cair sentado por um momento no capim selvagem, um pouco tonto pelo cenário que me rodeava. A que ponto chegava o horror que dominava os homens diante da ameaça da praga? "Quem é você para condená-los – dizia uma voz dentro de mim – sendo abençoado pelos deuses com a imunidade à doença?" Mas meu "eu" que estava no comando de minha obstinada busca ao meu irmão retrucava: "Abençoado, pois sim! Veja só onde essa benção levou Huitzilihuitl..."

Busquei dentro de mim a força que emergia da nascente inesgotável de meu propósito, e obriguei-me a me levantar e sacudir as folhas de grama das roupas, voltando a olhar em direção ao rio. Observei que, algumas curvas acima da ponte, havia uma cachoeira que despencava entre pedras escuras e pontiagudas, que se espalhavam ao longo do leito do rio. Com minha habilidade, não teria dificuldades em atravessar a pé por ali.

Desci até lá em linha quase reta e atravessei com cuidado, saltando entre as pedras escorregadias ou caminhando com cuidado dentro de rasas e rápidas corredeiras geladas. Do outro lado do rio meu caminho se revelou bem mais fácil. Eu não encontrava mais patrulhas, e o terreno se estendia na forma de uma planície interminável. Encontrei até mesmo um cavalo pastando solto e, com cuidado, conquistei sua confiança, de forma que ganhei velocidade e tempo em minha fuga para o norte.

Cheguei a Tecolutla ao cair da noite, e a pequena cidade me pareceu absolutamente normal. As pessoas andavam pelas ruas iluminadas pelos lampiões e pelas luzes que jorravam das lojas abertas, como se ignorassem completamente o horror absoluto que se descortinava poucas milhas ao sul.

Reservei um quarto numa pensão e fui encaminhado até uma estalagem próxima, em cujo salão poderia jantar. A quantidade de militares de todas as ordens não me pareceu maior do que o normal para uma cidade pequena do nordeste mexicano. Fiz minha refeição sem maiores dificuldades, recebendo pouca atenção por parte dos cidadãos presentes, e já me preparava para retornar ao quarto quando fui seguro pelo braço, no momento em que saía da estalagem, por um homem grisalho que cruzava seu caminho com o meu.

– O quê! – exclamou ele, com voz áspera e entrecortada – Então, meu rapaz, você conseguiu escapar dos ingleses! Por que diabos acabou voltando aqui e caminha pelas ruas com tamanha tranquilidade? Será que enlouqueceu?!

Não demorei a perceber o que acontecia, pois já estava acostumado com esse tipo de acontecimento desde os tempos de minha infância em Tochtlán. Aquele homem me confundia com meu irmão gêmeo. Olhei ao redor, cauteloso, puxei-o gentilmente para a penumbra de uma esquina ao lado da estalagem. Era caucasiano e o sotaque indicava que era estadunidense.

– Desculpe, senhor, mas está cometendo um engano. O homem que pensa que sou é na verdade meu irmão gêmeo. Venho desde

Tochtlán, no sul, precisamente na tentativa de encontrá-lo, e já intuía que pudesse estar em apuros. Já que o senhor manifestou alguma preocupação em seu favor, suponho que possa dar-me informações que me ajudem a descobrir seu paradeiro.

O velho deu um passo atrás e me encarou com os olhos estreitos da desconfiança. Em seguida, havendo tomado sua decisão, olhou ao redor para certificar-se de que não estávamos sendo observados e me guiou, com um gesto, pelo beco ao lado da estalagem e por um labirinto de ruelas até uma área cheia de galpões. Apesar da escuridão, o cheiro salgado indicava que havíamos chegado próximos ao mar.

Ainda perturbado com minha semelhança com Huitz, que o obrigava a me lançar de quando em quando um olhar de esguelha, o homem entrou em um pequeno barracão que reconheci como a casa de um pescador e acendeu um lampião a gás. Indicou-me com um gesto uma poltrona surrada a um canto, onde me sentei. Ele mesmo puxou um banquinho de três pernas e depositou o lampião na mesa ao meu lado, voltando a enrugar o rosto naquele olhar estreito e desconfiado.

– A semelhança é mesmo assombrosa, se me permite dizer, apesar de que apenas vi seu irmão por alguns momentos, e a alguma distância. Mas seu estado, sem nenhuma dúvida, atraiu a atenção de todo o povo do cais...

Aquela fala me sobressaltou. Percebendo isso, ele fez um gesto apaziguador de mão e decidiu contar a história desde o começo. Iniciou, entretanto, fazendo uma ressalva:

– Você não precisa saber meu nome, jovem amigo, assim como não me interessa conhecer o seu. Perdoe-me se resisto a me envolver nesse assunto mais do que o prudente, mas as coisas andam agitadas e estranhas por aqui, como jamais foram antes. Basta que eu diga que tenho um pequeno barco de pesca, e que vez por outra aceito transportes de pequenas cargas entre postos no Golfo, já faz um bom número de anos, sim senhor. O porto de Tecolutla, como deve saber, não é tão ativo quanto o de Tuxpan, ao norte, que ocupa uma posição estratégica no transporte de cargas e passageiros entre o sul da costa do Golfo e a província do Texas, no extremo norte do Império Azteca. O Texas se estende até a foz do grande rio Mississipi, onde marca, ao leste, a fronteira do México com os Estados Unidos. Subindo pelo rio poucas milhas, a fronteira aquática ultrapassa as terras mexicanas e começa a demarcar a divisa politicamente delicada entre os mesmos Estados Unidos e a nação ocidental de Nova Albion. É uma fronteira, como todos sabem, onde frequentemente explodem conflitos e acontecimentos estranhos, sem falar nos assaltos realizados pelos bandos agitadores de *chichimecas*, entre os quais se destacam os apaxicas, que empreendem repetidamente incursões hostis dentro dos territórios dos dois grandes países do norte, mas que ultimamente parecem concentrar seus ataques bárbaros na província mexicana do Texas. Você deve estar se perguntando, meu jovem, o motivo desta breve aula de geografia, da qual você provavelmente nem necessita. Posso ver que é um rapaz esclarecido. Mas apenas digo essas coisas para que compreenda que estamos acostumados a todo tipo de gente e de carga em nossos portos. Aprendemos a manter os olhos abertos e a boca fechada, a nos defendermos e a cumprir com nossos contratos da melhor forma possível, sem questionar demais. Por isso, dias atrás, chamou atenção, sem provocar estranheza, a chegada de um jovem ao cais de Tecolutla que era muito, muito parecido com você. Todos os marinheiros que habitualmente frequentavam o porto já tinham visto aquele rosto, pois estava desenhado em dezenas de cartazes espalhados havia muito pouco tempo, apenas um dia ou dois, por toda nossa região. O fato de um homem procurado pela lei aparecer todo assustado em nosso cais não era nenhuma novidade, como bem poderá entender pela introdução que lhe fiz. Eu estava no convés do meu pequeno barco, preparando minhas redes para a pesca do dia seguinte, quando vi seu irmão sobre as tábuas do cais, banhado em suor e bastante apreensivo, pela forma como frequentemente olhava por sobre os ombros, certamente à espreita de algum perseguidor. Ele estava perto de mim o suficiente para que eu o visse abordar o Capitão Butler, cujo barco estava ancorado bem ao lado do meu, e acenasse para ele com o que me pareceu ser um generoso maço de dinheiro. Exibiu também, retirados de uma sacola, alguns objetos que brilharam ao sol como se fossem feitos de ouro. Eu não me encontrava perto o suficiente, entretanto, para ouvir o conteúdo da negociação, mas o que acontecia ali, a poucos metros do meu tombadilho, me pareceu bem óbvio. O garoto parecia estar com muita pressa, pois não levou uma hora até que Butler reunisse uns poucos de seus marujos, que vagavam pelos bares e bordéis do porto, e se lançasse ao mar com seu *Ophiuchus*, levando a bordo seu jovem contratante, que não tinha mais bagagem do que a que carregava consigo. Observei o barco que se afastava rumo ao norte com certo aborrecimento, lamentando a má sorte de não ter sido eu o contratado para o que parecia ser um simples transporte sigiloso de um passageiro, mediante um pagamento mais generoso do que o normal, próprio de muitos fugitivos. Eu não demoraria a descobrir o quanto estava enganado...

– O senhor faz alguma ideia do destino do barco contratado?

– Naquele momento eu não fazia ideia, mas, de qualquer maneira, fosse qual fosse o destino do *Ophiuchus*, Butler nunca conseguiu alcançá-lo – disse ele, fazendo em seguida mais um gesto apaziguador, diante do meu óbvio e apreensivo desconforto após daquela afirmação. – Deixe que eu prossiga, por favor, para que você compreenda em que tipo de coisa está se metendo ao seguir os passos de seu irmão, se é que já não sabe.

Ele coçou a barba grisalha e voltou a estreitar os olhos, como se procurasse nas águas turvas da memória o fio da meada.

– Bem, foi no dia seguinte ao da partida de Butler que o porto de Tecolutla amanheceu apinhado de cavaleiros-jaguares. Também não era nenhuma novidade, mas dessa vez eram especialmente muitos. E havia mais um fato surpreendente: estavam entre eles alguns soldados ingleses e albionenses, o que fazia de seu irmão gêmeo, aos nossos olhos, um fugitivo muito especial. Dois grandes navios de guerra a vapor patrulhavam a entrada do porto, de modo que nenhum barco partia ou atracava sem autorização. Fomos chamados ao escritório da Autoridade Portuária em pequenos grupos, capitães e tripulantes, e fomos interrogados. Nem sequer cheguei a passar pelo processo, porque bem antes de minha convocação os militares já tinham o nome do capitão estadunidense e do barco que transportava o jovem fugitivo para um destino que, aparentemente, Butler não revelara a ninguém. Não consegui permanecer, porém, à margem dos acontecimentos. Numa atitude inédita, que gerou protestos inúteis, todos os barcos que estavam ancorados no porto ou ao largo foram sumariamente recrutados e tripulados, além da ocupação habitual, com pelotões dos soldados que pareciam brotar infinitamente das ruas e becos, como uma maré de armas e plumas inundando o cais. Um *Otomitl* arrogante assumiu o comando do meu barco de pesca junto com dez dos seus jaguares, e ordenou que apontasse a proa na direção nordeste. Seguindo naquele rumo, estou certo de que acabaríamos chegando à foz do Mississipi. Mas, felizmente, nossa caçada não durou tanto assim...

– Vocês encontraram o navio de Butler? Capturaram meu irmão? – não resisti e questionei, saltando da cadeira.

– Navegávamos havia três dias, já ao largo da costa texana, quando avistamos no horizonte a coluna de fumaça que jorrava das chaminés de um dos vasos de guerra ingleses – prosseguiu ele em tom lúgubre, os olhinhos agora completamente imersos no passado. – Nosso *Otomitl* ordenou que seguíssemos para lá, a fim de trocar informações com os aliados. Qual não foi minha surpresa quando avistei, a certa distância do grande navio, o barco do Capitão Butler, que parecia estar à deriva. Quando nos aproximávamos, avistamos a sinalização a partir do navio militar, ordenando que interrompêssemos o avanço, mantendo posição à distância. Pela luneta, pude identificar um pequeno escaler ancorado ao casco do barco cargueiro. Havia uma máquina estranha a bordo, e mangueiras que subiam pelo casco do barco maior, e eu não fazia a menor ideia do que estava acontecendo. Continuei observando, até que três homens surgiram diante de minha lente, três pessoas usando roupas muito estranhas.

– O senhor reconheceu alguém? Meu irmão...

– Desculpe, mas era impossível dizer. Como eu disse, os três estavam envolvidos por grossos e desajeitados escafandros...

– Escafandros?

– Eu também achei muito estranho, meu rapaz. Escafandros são roupas pesadas para exploração submarina, e eu nem imaginava o que aqueles homens estariam fazendo, usando aquilo a bordo de uma embarcação. O fato é que o escaler os recolheu e rumou de volta para o navio militar. Eu o perdi de vista quando foi eclipsado pelo próprio casco do navio maior, que se encontrava entre meu barco e o *Ophiuchus*.

– Então o senhor não sabe se meu irmão foi levado de volta pelos militares...

– Sinceramente eu espero que sim, rapaz. Porque, pouco tempo depois do retorno do escaler, o *Ophiuchus* foi torpedeado, consumido numa terrível explosão, e afundou em pedaços.

– O senhor está dizendo que os militares assassinaram toda a tripulação?

– Calma! Só soubemos da verdade quando retornamos a Tecolutla, através dos próprios soldados com quem acabamos cultivando algum vínculo nos dias que passamos ao mar, e que por sua vez foram informados por seus colegas a serviço no navio de guerra. Segundo eles, o navio de Butler foi afundado porque toda a tripulação já se encontrava morta, vítima da "praga escarlate" de Cempoálatl. Deduzimos que era de lá que provinha seu irmão e, antes que você pergunte, nem sequer me preocupei em perguntar se havia sido encontrado a bordo do *Ophiuchus*. Automaticamente o julguei morto, até que esbarrei em você à porta da estalagem, como um fantasma! Bem, meu rapaz, o imenso contingente militar se retirou tão rapidamente como havia chegado. Tendo conseguido o que vieram buscar, os navios de guerra se foram, a infantaria também, e as patrulhas e bloqueios foram reduzidos em mais de oitenta por cento. De lá para cá se passaram oito ou nove dias sem novidades. E foi isso o que vi e ouvi. Lamento muito se não são as notícias que esperava.

O silêncio espalhou-se por todo o ambiente em penumbra, enquanto eu refletia febrilmente, observado com atenção por meu interlocutor. Perguntei:

– Haveria alguma possibilidade de que meu irmão estivesse entre os homens de escafandro?

Ele me encarou, surpreso, antes de responder:

– Teoricamente sim, afinal não chegamos ao local a tempo de ver quantos homens embarcaram usando aqueles trajes estranhos, só os vimos retornando ao escaler. Mas por que fariam isso, vestir o prisioneiro com um dos seus trajes antes de trazê-lo de volta?

– Os escafandros obviamente serviam para proteger seus ocupantes da praga. Um eventual prisioneiro, para evitar a contaminação dos militares que o resgatassem, também precisaria ser isolado do ambiente exterior.

– E por que diabos marinhos, desculpe minha franqueza ao indagar, justamente seu irmão seria o único sobrevivente a bordo daquele barco amaldiçoado?

– É uma boa questão, e eu também tenho uma boa pergunta: se a intenção dos militares era afundar o *Ophiuchus*, por que se dariam ao trabalho de enviar um grupo protegido por escafandros a bordo? Por que simplesmente não explodir o barco à distância, evitando correr riscos de contaminação?

O velho refletiu um pouco antes de responder:

– Isso sugere que tinham mesmo a esperança de encontrar alguém vivo a bordo, ainda que, já que estavam protegidos pelos escafandros, já contassem com os efeitos da "praga escarlate" no barco. Com efeito, lembro-me agora de que um dos oficiais graduados, o que comandava toda a operação, era um médico inglês. Uma vez que estavam, desde o início, à caça de seu irmão com todo aquele aparato, é válido pensar que esperassem que fosse ele o sobrevivente. Mas minha pergunta persiste: por que justamente ele sobreviveria?

– Talvez só o tal médico inglês possa responder a isso. O senhor por acaso não sabe quem era ele? Seu nome, talvez?

– Nunca o vi pessoalmente, mas enquanto éramos confinados pelos militares em nossos próprios barcos ouvi muitas vezes o nome do comandante da operação: o médico Fulton Trask, oficial inglês designado para o comando da operação e vindo especialmente de sua base original, nos Estados Unidos.

– Nunca disseram de que lugar, naquele país, o tal médico servia?

– Na verdade, em sua despedida, o nosso desagradável *Otomitl* mencionou algo a respeito; "jaguares são animais terrestres", praguejava ele, que considerava indigno de um cavaleiro-jaguar de sua patente ter que continuar balançando sobre as águas, a bordo de um navio, para escoltar o comandante Trask de volta através de todo o Golfo e ainda pelo Mississipi acima, até a base no Vale de Vermissa.

– Vale de Vermissa?

– Sim, foi o que ele disse, estou certo. Lembro-me bem, porque esse vale fica nos Estados Unidos, próximo à fronteira com Nova Albion, e frequentemente recebemos em Tecolutla e Tuxpan suprimentos de carvão mineral provenientes daquele lugar, que descem para o Golfo através do Mississipi. Chamou-me a atenção porque fiquei imaginando o que um oficial médico, tão importante a ponto de liderar uma missão como aquela, estaria fazendo em uma base situada na região carvoeira. Pretende seguir essa pista, meu jovem? Acredita mesmo que seu irmão ainda esteja vivo, em poder dos militares?

– Agradeço-lhe muito pelas informações que me deu hoje, senhor, cujo nome desconheço. Mas como o senhor mesmo disse, talvez seja melhor não se envolver nesse assunto mais do que o prudente. Portanto, peço sua licença para retornar agora aos meus aposentos. Seja feliz, sob o amparo dos deuses.

Fiz uma mesura e me retirei. Tinha muito em que pensar. O velho mais nada disse, apenas observando enquanto eu me afastava, protegido pelas sombras da noite.

A linha ferroviária mais rápida até meu objetivo cortava as terras do Texas diretamente para o norte até a fronteira de Nova Albion, e a partir dali no sentido nordeste, em direção à região carvoeira do Vale de Vermissa, na fronteira dos Estados Unidos. Não era uma das rotas mais populares para turistas, uma vez que cortava as regiões mais perigosas dos três países. Com o crescimento da produção petrolífera no Texas, o governo mexicano havia desapropriado extensas reservas do povo apaxica, originando os bandos de selvagens que assolavam não só aquela província, mas simplesmente ignoravam as fronteiras políticas para aterrorizarem fazendeiros e povoados em Nova Albion até as proximidades da fronteira dos Estados Unidos, assinalada pelo rio Mississipi. As disputas dos vales férteis em torno do rio pelos dois países, se já não eram tranquilas, tornavam-se ainda mais violentas com a inclusão do elemento bárbaro, ou *chichimeca*, como dizíamos em *nahuatl*. Graças a essa situação potencialmente inflamável, a rota ferroviária contava com um policiamento ostensivo e rigoroso. O que deveria servir como elemento tranquilizador quase se transformou num sério problema para mim, como vim constatar quando cruzamos a fronteira mexicana e entramos em território albionense, com a consequente troca das nossas tropas de vigilância pelas do país vizinho. Tendo passado toda a minha vida no sul do México, a xenofobia era apenas um conceito vago em minha vida. Sendo Nova Albion um país formado essencialmente pela miscigenação do povo azteca com o nativo norte-americano, fui pego completamente desprevenido pela atitude dos dois policiais albionenses, que, já tendo nosso trem avançado algumas tantas milhas dentro do território do país vizinho, sentaram-se no banco vazio à minha frente e insistiam em encarar-me com uma expressão zombeteira nas fisionomias. Cumprimentei-os com um aceno de cabeça e, um tanto desconcertado, forcei minha atenção para a noite do lado de fora da janela. Como já entrávamos na região carbonífera, as chamas de numerosos fornos bramiam e lambiam as trevas. Em torno delas eu podia divisar figuras sombrias que se curvavam, se torciam, se esticavam e davam reviravoltas com movimentos de autômatos, absortos em seu trabalho pesado e sufocante. Por trás de tudo, clarões carmesins faziam destacar o dorso irregular e negro das colinas baixas mais ao fundo.

– Acredito que o inferno deve se parecer vagamente com isso – disse um dos policiais, a quem respondi com um meio sorriso forçado.

– Sim – acrescentou seu colega, – também acho que o inferno deve ser parecido. Se há no inferno diabos que sejam equivalentes a certos elementos, cujo odor fétido empesteia estas paragens, eu não ficaria admirado, não senhor.

– Muito bem lembrado – rebateu o primeiro policial, num tom quase teatral que parecia fazer parte de um diálogo previamente ensaiado. – Certamente o que menos precisamos por aqui, nestes tempos complicados, é de mais desordeiros apaxicas. Suponho que seja recém-chegado a estas paragens, rapaz.

Ele falava diretamente comigo. Lambi meus lábios secos antes de responder:

– De fato, estou de passagem entre meu país, o México, e os Estados Unidos. Mas se pensam que sou apaxica, estão enganados. Sou azteca legítimo, de Tochtlán, no sul.

– Hummmm... – os dois policiais entreolharam-se ironicamente, e percebi que acabava de cair em sua arapuca. – Pois esse seu couro curtido, e esse cabelo espetado e negro como o buraco nos fundilhos da Morte, parecem apaxicas o suficiente para mim, rapaz. Afinal, o que poderia levar um "azteca legítimo do sul" a deixar suas cidades lamacentas e encharcadas para meter as fuças por estas terras secas daqui?

Olhei para os dois policiais, entre surpreso e estarrecido. Suas peles não eram mais claras que a minha. Pelo contrário, o tom curtido de sol, característico dos nativos norte-americanos, dava a suas fisionomias tons ainda mais sombrios que os dos aztecas puros.

– Está olhando o quê, azteca do sul? – rosnou um deles, descendo a mão discretamente na direção do coldre em sua cintura e interrompendo meu espanto mudo – Será que tocamos em algum ponto delicado?

– Talvez vocês estejam apenas extrapolando demasiadamente suas atribuições, oficial. Por que não deixam o pobre garoto em paz?

Olhamos os três simultaneamente para o dono da voz firme e áspera, cujo vulto se impôs de repente no vão entre os dois bancos. O homem era mais velho que eu, mas certamente mais jovem que os policiais. Devia estar pela casa dos trinta e poucos anos. Tinha um queixo sólido de ângulos agudos e uma prega severa em torno dos lábios. Não era corpulento, mas sua atitude impunha respeito. Os cabelos, costeletas e o bigode castanho denunciavam a origem europeia. Os dois policiais, homens fortes e um pouco broncos, foram surpreendidos pela intervenção firme e inesperada em sua pantomima. Um deles gaguejou:

– Estamos apenas cumprindo nosso dever, cavalheiro. É nossa obrigação zelar pela segurança do trem, interceptando qualquer desordeiro apaxica que...

– Se ouvi bem a conversa – cortou o estranho, e dessa vez sua voz se convertera em um trovão capaz de fazer tremer as vidraças próximas – ele já explicou que é um azteca mexicano. Também o vejo sentado em seu lugar, pelo qual certamente pagou, contemplando a paisagem enquanto tolera a presença desagradável dos senhores, até que possa ver-se livre desse infortúnio em sua estação de destino. Não o vejo provocando nenhuma desordem.

– Estamos sendo apenas precavidos, forasteiro. Pela sua reação, vemos que não conhece o lugar...

– Não conheço a terra, mas conheço bem as pessoas de sua laia. São iguais em toda parte, prontos para importunar gente pacífica sem a menor provocação.

A raiva crescente, que faiscava nos olhos do irlandês, intimidou os guardas de forma surpreendente. Ambos se levantaram, ainda sob o olhar firme de meu salvador, e antes que se retirassem um deles ainda disse:

– Talvez voltemos a nos encontrar. Parece-me, à primeira vista, que gosta de uma confusão.

– Ah, isto sim é curioso! – o sorriso que mudava sua fisionomia era rápido e fácil, mas ainda ferino como uma lâmina afiada. – Então sua capacidade de avaliação não é tão sofrível quanto me pareceu no início. Se precisarem de mim, procurem por John McMurdo na pensão de Jacob Shafter, na Sheridan Street, em Vermissa. Como veem, não me escondo. De dia ou de noite, estou pronto a encará-los. Procurem não se esquecer disso.

Um murmúrio de simpatia e admiração ergueu-se do grupo de passageiros que acompanhavam a cena, a maioria deles mineiros, homens simples que provavelmente já haviam sofrido algum dissabor nas mãos da autoridade policial local. Os policiais olharam em volta discretamente, deram de ombros e saíram confabulando em direção ao fundo do vagão, olhando furtivamente uma vez ou duas na direção de McMurdo, que também sustentou seu olhar até que desaparecessem de vista. Então sua fisionomia suavizou numa rapidez impressionante, e ele sentou-se diante de mim com um sorriso cordial.

– Você já conhece meu nome, azteca – disse ele, estendendo a mão em cumprimento. – Está obviamente em vantagem.

– Sou Itzcoatl, de Tochtlán. Como você, viajo para Vermissa.

– Não me surpreende. É a cidade mais próspera do vale, onde ainda estão as melhores oportunidades. Está à procura de trabalho, estou certo?

– Sim, com certeza – menti. – Também é o seu caso?

– De certa forma – ele deu de ombros, em atitude enigmática. – A temporada que passei no México acabou sendo interrompida de maneira brusca e inesperada. Esse mesmo temperamento ruim que tirou aqueles dois gorilas de suas costas, em alguns momentos pode acabar criando dificuldades insustentáveis para um homem, se é que me entende. Diante disso, emigrar para o caldeirão quente de Vermissa me pareceu uma opção mais agradável do que ficar.

Rimos juntos, e a partir dali senti que se forjava entre nós uma nova amizade. Aos poucos fui elaborando cuidadosamente uma história de vida, omitindo completamente os reais motivos que me traziam ao Vale de Vermissa. Ter um apoio valoroso naquele mundo desconhecido me pareceu uma boa opção, pelo menos até que eu reconhecesse o terreno e fosse capaz de dar prosseguimento a meus planos.

Chegamos à estação de Vermissa poucas horas depois, quando a madrugada já se insinuava, e fomos recepcionados por um operário de aspecto rude e mal barbeado, que disse chamar-se Mike Scanlan. Estendeu a mão para McMurdo e, com um vigoroso cumprimento, falou:

– As noites escuras são desagradáveis.

– Sim – respondeu meu amigo sem pestanejar -, sobretudo quando se viaja com estranhos.

Percebi que o corpo de Scanlan sutilmente relaxou após ouvir a resposta e seus traços também amenizaram com um sorriso. Ficou-me a nítida impressão, que acolhi com surpresa, de que eu acabara de presenciar uma troca de senhas de reconhecimento mútuo.

McMurdo apresentou-me ao operário, que mediu-me de cima abaixo com um olhar inquisidor, e depois nos conduziu pelas ruas quase desertas até a pensão de Jacob Shafter. Foi o próprio dono quem nos recebeu quando tocamos a campainha. O sono fazia-o parecer ainda mais idoso do que de fato era. Ficou surpreso quando se deparou com dois novos hóspedes. Questionou Scanlan a respeito, já que o mesmo fizera a reserva do quarto mencionando apenas um. Imediatamente McMurdo interveio com ar jovial, afirmando que me havia conhecido durante a viagem e responsabilizando-se por minha idoneidade. Para a tranquilidade de Shafter, poderíamos dividir um mesmo quarto. Embora um pouco ressabiado o homem concordou, e me senti ainda mais agradecido a McMurdo do que já estava após os incidentes com a polícia albionense. No entanto, meu estranhamento em relação ao diálogo que ele tivera com Scanlan na estação deve ter transparecido em minha fisionomia ou nas atitudes, pois mal havíamos nos instalado no quarto e meu novo amigo, espontaneamente, resolveu dar-me explicações:

– Você deve ter percebido algo de peculiar em meu encontro com Mike Scanlan. Na verdade eu não o conhecia pessoalmente. Porém, somos ambos membros da Ordem Antiga dos Homens Livres, da qual talvez você já tenha ouvido falar.

Diante de minha negativa, ele continuou:

– Bem, trata-se de uma espécie de "sociedade beneficente", um lugar de encontro entre amigos.

– Como os clubes ingleses?

– De certa forma, sim. Porém, em nosso caso, a sociedade evoluiu para um clube de ajuda mútua. Os associados passam por um rigoroso critério de seleção, e hoje existe uma Loja em praticamente qualquer cidade de porte considerável. Onde há uma Loja encontro amigos. Diante dos... problemas em que fui envolvido durante minha estada no México, alguém me sugeriu emigrar para Vermissa, onde há muitas oportunidades de trabalho na mineração e na metalurgia e onde a Ordem dos Homens Livres tem uma Loja muito atuante. Por isso telegrafei para esta cidade e recebi uma pronta resposta do irmão Scanlan, designado pelo grão-mestre local para me recepcionar. Creio que isso explique bem certas peculiaridades do nosso comportamento. Cada vez mais a Ordem vai se encharcando de rituais, mas acredite, nesse conturbado mundo atual isso é, antes de tudo, uma questão de segurança.

– Você não precisa dar-me explicações, McMurdo, mas não nego que aguçou minha curiosidade. Há Lojas de sua Ordem em território mexicano?

– Sim, há algumas, mas não tão atuantes e numerosas como aqui nas "Nações de Janus", sobretudo nos Estados Unidos.

McMurdo deu dois passos atrás e me examinou de cima abaixo, com olhar crítico.

– Pensando bem, não me recordo de já haver visto algum azteca legítimo filiado à Ordem. O que me diz, Itz? Talvez seja o que falta para popularizar nossa sociedade no México...

Ele parecia estar brincando, mas prometi pensar no assunto. A verdade era que eu já estava enfronhado o suficiente em minha própria cota de rituais. Entretanto, se associar-me à tal Ordem me ajudasse a me aproximar das pessoas que eu buscava no Vale de Vermissa, eu não hesitaria em fazê-lo.

Passamos os dois dias seguintes perambulando pela cidade, não apenas para conhecermos o terreno em que nos enfronhamos, mas também sondando as perspectivas de trabalho. A atividade mineradora e metalúrgica no Vale era realmente alucinante, mas descobrimos que não havíamos sido os únicos atraídos pela promessa de trabalho na região. Havia uma quantidade enorme de desempregados na cidade, e em grande parte eram, como parecíamos nós, fugitivos da zona turbulenta no norte mexicano, assim como desordeiros e fugitivos da justiça, como sempre acontece nas regiões desoladas de fronteira. Os empregadores eram pouco exigentes, mas eram cautelosos. Seria necessário empenho e paciência para que conseguíssemos cavar nossa posição.

A cidade era suja, um mosaico de casas amontoadas, de ruas estreitas e esburacadas, sombrias, cheias de pessoas de aparência bruta e mal cuidada, como costuma ser uma típica cidade de fronteira. No alto de uma colina, na periferia norte da cidade, destacava-se um imponente castelo antigo, uma fortaleza da época da colonização inglesa, com torres nos cantos e ameias no alto das muralhas. Soubemos que abrigava o pelotão do exército inglês designado para o Vale de Vermissa, assim como os laboratórios e aposentos particulares do representante maior do Império Britânico na região, o Doutor Fulton Trask. Recluso, misantropo, pouco acessível e conhecido por muito poucos, parecia ser uma espécie de extensão das frias muralhas de pedra que o abrigavam. Costumava receber, vez ou outra, a visita de estrangeiros desconhecidos que entravam e saíam sem darem muita atenção à cidade aos pés da colina. Hospedavam-se no próprio castelo, e assim o povo de Vermissa acostumou-se a tratar a movimentação misteriosa em torno da fortaleza como algo que não lhes dizia respeito. Cada um se preocupava em tocar sua própria vida da melhor forma que pudesse.

Descobrimos também, com alguma surpresa, que a Loja da Ordem dos Homens Livres não gozava de um conceito tão nobre em Vermissa. Mencionar alguma ligação com a associação, como rapidamente constatamos, era atrair para nossa pessoa um fator a mais de desconfiança. Comentava-se a boca pequena que existia um grupo de justiceiros em ação no vale, agindo ora a serviço dos sindicatos de operários, ora de poderosos grupos econômicos, dependendo na maioria das vezes do valor pago, e ocasionalmente de tênues e controversas motivações ideológicas. Afirmava-se que os mercenários agiam camuflados sob o manto da Ordem, contando assim com a proteção legal da associação, e que seu líder seria ninguém menos que o próprio grão-mestre de Vermissa, Jack McGinty, que atuava também como conselheiro municipal e secretário de estradas. Seus votos advinham em grande parte, afirmava-se, das conexões políticas propiciadas pela própria Ordem. Talvez por isso McMurdo hesitasse, naqueles dois primeiros dias, em recorrer à associação para firmar seus contatos, apesar das advertências de Scanlan, no segundo dia, de que o fato de um irmão da Ordem estar residindo na cidade e ainda não ter se apresentado a McGinty já estava causando estranheza nos círculos internos. Foi por isso que decidimos, McMurdo e eu, tomar caminhos diferentes no terceiro dia. Eu continuaria peregrinando em busca de emprego e ele iria diretamente ao "escritório" de McGinty, que era como se chamava a sala nos fundos do bar mantido por ele na cidade, de onde pretensamente comandava as ações lícitas e ilícitas de seus homens. McMurdo acreditava que, com sua lábia, conseguiria ganhar mais algum tempo sem se envolver profundamente nos negócios da Ordem, e ainda abrir portas no âmbito profissional.

Nesse meio tempo conhecemos as outras pessoas residentes na pensão de Shafter: sua bela filha Ettie, com quem McMurdo não demorou a iniciar um flerte; três ou quatro mineiros de carvão com cara de poucos amigos; e a família Howard, chefiada pelo Doutor Isaac, médico e fazendeiro texano que teve de abandonar, havia pouco tempo, suas próprias terras, para proteger a família da crescente violência naquela província mexicana. O bom homem procurava estabelecer-se como médico em Vermissa e, enquanto não conseguia adquirir sua própria casa residia na pensão, onde sua esposa Hester Jane auxiliava Ettie nas tarefas domésticas, e seu filho único, o pequeno Bobby, vivia passando como um furacão por entre as pernas dos convivas, encenando em seu mundinho particular alguma batalha de piratas.

Talvez uma aproximação com o Doutor Isaac fosse uma via para conduzir-me até o tal Doutor Fulton Trask, que eu imaginava ter a custódia de meu irmão, mas eu teria de ser muito cauteloso para não levantar suspeitas. Como precisaria de um emprego, questionei o Doutor a esse respeito num momento que julguei oportuno. Imaginava que no hospital local, ou na própria clínica do médico, acabaria cruzando meu caminho com os outros profissionais de saúde da cidade, que não deviam ser muitos. Infelizmente, disse ele, seu trabalho ainda estava numa fase muito inicial, e ele lutava contra dificuldades enormes para se estabelecer e conquistar sua clientela. Era cedo para contratar empregados. No entanto, prometeu recomendar-me a James Stanger, um amigo que já havia feito na cidade, proprietário do jornal local e que estava precisando de operadores para suas máquinas. Não era bem o que eu buscava, mas engoli com alguma dificuldade minha impaciência e prometi que iria visitar o jornal. Quanto a McMurdo, ao final do dia comunicou-me que conseguira uma locação em uma das grandes minas de carvão da cidade, e que passaria a estudar a oportunidade de abrir alguma porta também para mim. Não quis entrar em detalhes acerca de sua reunião com McGinty, assunto sobre o qual, evidentemente, não insisti.

Sentia-me perdido. Não via como qualquer das duas possibilidades de emprego com que me acenavam pudesse ajudar-me a alcançar meu objetivo principal, e temia que ainda me trouxessem empecilhos e complicações, principalmente se implicassem em alguma relação, por mais remota que fosse, com o grupo do tal McGinty. Dos males o menor, portanto, e na tarde do dia seguinte eu estava diante do prédio alto que ostentava, na fachada, as letras douradas que formavam o nome *Vermissa Herald*. Fui recebido no escritório principal por Stanger, um homem baixo e magro, de cabelos grisalhos e óculos redondos. Ele me examinou demoradamente com ar grave, antes de ler a carta gentilmente escrita pelo Doutor Howard. Em seguida depositou o papel delicadamente sobre a mesa e me perguntou à queima-roupa, sem qualquer rodeio:

– Vejo que você é um azteca. Assim sendo, suponho que não tenha nenhuma ligação com a Ordem Antiga dos Homens Livres, estou correto?

– Está correto, senhor. Cheguei há pouco do sul do México, em busca de oportunidades.

– "Oportunidades" – repetiu ele, em tom zombeteiro. – Não sei que com que tintas pintam este buraco dos infernos para vocês lá nas terras mexicanas, meu jovem, mas acredite, aqui em Vermissa você se arrisca a encontrar muito mais do que veio buscar.

– O Doutor Howard mencionou que talvez o senhor necessitasse de um operador de máquinas aqui no jornal...

– Sempre estou necessitando, garoto. Mas, para poupar meu tempo e o seu, deixe-me ser bem sincero: nos dias atuais, trabalhar no *Herald* pode tornar você um tanto impopular nesta cidade. Numa cidade onde as pessoas optaram por se calar, este jornal é a única voz que ainda ousa levantar-se sem medo contra os desmandos dos desordeiros.

– Obviamente, o senhor está se referindo à Ordem...

– Obviamente. O bando de McGinty não passa de uma quadrilha de mafiosos, que usa o nome de uma associação que goza de um bom conceito em outras partes do país para encobrir a podridão de seus atos. Já sofremos vários reveses, meu amigo. Máquinas destruídas, focos de incêndio, funcionários espancados. Mas nada disso ainda foi o suficiente para nos calar.

– Existe uma guarnição dos ingleses bem aqui, pelo que me disseram – retruquei, apontando para a fortaleza que se erguia, impassível, no alto da colina, visível pela janela do escritório. – Ninguém nunca fez nada a respeito desses desmandos a que o senhor se refere?

Stanger olhou-me por um instante em silêncio, mas seus olhos me transmitiam claramente um misto de tristeza e ironia.

– Queria que as coisas fossem simples assim – ele contestou. – O curioso é que as enormidades cometidas por McGinty deixaram de parecer simples escaramuças entre sindicatos e começaram a configurar-se como atos de terrorismo em diversos pontos do Vale e isso aconteceu depois da chegada de nosso ilustre delegado inglês, Doutor Trask, a estas paragens. "Pode ser coincidência", diria você, em sua ingenuidade juvenil, mas o fato é que nossas investigações em busca de notícias já surpreenderam, mais de uma vez, uma relação bem pessoal entre Trask e o próprio McGinty. Estou convencido de que McGinty simplesmente trabalha para Trask, realizando a parte mais suja de seus negócios na fronteira e em troca o governo britânico faz vistas grossas para seus desmandos e arbitrariedades. Um pacto corrupto é o que temos em Vermissa, e estamos reunindo as provas para expor isso à luz da verdade. Bem, se estiver disposto a participar disso, jovem Itzcoatl, não estou em posição de recusar um par de braços fortes para manipular as impressoras e um espírito que ainda conserve alguma integridade.

Apertamos as mãos, e eu era o novo empregado do *Herald*. Lancei um olhar discreto em direção à fortaleza no momento em que saía do prédio, empolgado com as novas e imprevistas possibilidades. Informação, era o que eu mais necessitava, disso me dava conta agora. E ali, no *Herald*, cada segredo oculto em cada sombra daquele castelo estaria sendo posto à minha disposição de bom grado.

À noite, transmiti a meu colega de quarto as boas novas acerca de meu emprego, omitindo obviamente as restrições de Stanger em relação à Ordem dos Homens Livres, e McMurdo mostrou-se bastante empolgado. Decidimos comemorar da forma tradicional em Vermissa, e o local escolhido para a bebedeira não foi outro senão o bar de McGinty, o mais popular entre os trabalhadores das minas e fornalhas.

McMurdo empurrou a porta do bar e abriu caminho no meio da multidão barulhenta e agitada, numa atmosfera saturada de fumaça de tabaco e de mau cheiro de álcool. Vários empregados do amplo salão mergulhado na penumbra serviam bebidas à turba, espalhada em grupelhos em torno de mesas redondas. Fomos diretamente a uma mesa no fundo onde já estava meu conhecido Mike Scanlan e mais dois operários de olhar sombrio. Um deles, chamado Ted Baldwin, causou-me tal má impressão que não tornava difícil acreditar em cada insinuação acusadora feita por Stanger naquela tarde. Olhando discretamente ao redor, observei o longo balcão coberto de metal do outro lado do ambiente enfumaçado, e numa das extremidades, um charuto formando um ângulo agudo com o canto da boca, estava um homem alto e forte, de compleição pesada, cuja cabeleira negra caía até o colarinho. A barba cobria as maçãs do rosto, e os olhos escuros e estrábicos eram assustadores. Ao seu redor aglutinava-se um grupo de aduladores, que riam às gargalhadas de suas menores pilhérias. Eu não tinha dúvidas, só podia ser Jack McGinty.

Se eu já não era apreciador entusiástico do *octli* de minha terra natal, a bebida fermentada do homem branco do norte me apetecia menos ainda. Porém, em honra das boas relações sociais naquele mundo rude, beberiquei meu copo de *brandy* durante toda a noite, enquanto meus companheiros, sem se importarem comigo, viravam uma após outra canecas enormes de cerveja.

Já era tarde e eu pensava em me retirar, quando um homem aproximou-se da mesa e cochichou algo ao ouvido de Baldwin. Ele assentiu, com um sorriso que estaria bem na carranca de uma fera selvagem, e cutucou o ombro de McMurdo, apontando com o queixo na direção onde estava McGinty. Os dois homens se levantaram e dirigiram-se ao local, onde outros três desconhecidos já se reuniam. O grão-mestre os conduziu por uma porta nos fundos do salão, certamente o acesso a seu famoso "escritório". Permaneci em meu lugar, meus pensamentos adernando furiosamente nas águas agitadas da suspeita, enquanto eu fingia interesse num relato insignificante de Scanlan a respeito de suas peripécias em algum prostíbulo de Hobson's Patch.

O grupo de McGinty retornou cerca de meia hora depois, e McMurdo dirigiu-se diretamente a nossa mesa. Pediu-me desculpas por não retornar comigo, mas havia sido convocado para uma reunião que trataria de assuntos de interesse da Ordem. Insisti para que ele não se preocupasse e pedi licença a todos, retornando para a pensão.

Desnecessário dizer que não preguei o olho. Estava mergulhado entre os lençóis no canto mais escuro do quarto, onde ficava minha cama, quando McMurdo abriu a porta cuidadosamente. Entrou sem fazer barulho, supondo que eu dormia, e retirou suas vestes, enfiando-as num saco que conservava aos pés da cama para sua roupa suja. Fazendo os cálculos, deduzi que devíamos estar cruzando a marca das cinco da manhã. McMurdo permanecera ausente por cerca de duas horas, talvez um pouco mais.

Acabei pegando no sono pouco antes do nascer do sol, e quando despertei meu companheiro já havia se retirado do quarto. Corri até a porta, verificando que o corredor estava vazio, e voltei para vasculhar o saco de roupa suja de meu amigo. Suas meias e suas calças, que ele usava quando o deixei no bar, estavam completamente cobertas de pó de minério. O tecido à altura dos joelhos, na verdade, estava desgastado como se McMurdo houvesse se arrastado sobre eles em alguma superfície áspera. A camisa branca também estava suja, mas o que mais me chocou foi um rasgo na altura do ombro direito, cujas bordas estavam manchadas de sangue. Eu não tinha mais dúvidas: meu amigo havia mesmo se envolvido com as atitudes condenáveis da Ordem comandada por McGinty. Foi com pesar, mas ainda sem saber como agir, que voltei a guardar as provas condenatórias no saco de roupa suja. Tomei o desjejum servido pela Senhora Howard, brinquei brevemente com o pequeno Bobby, e segui para o jornal.

A redação fervia em atividade. Repórteres saíam em disparada, tipógrafos e linotipistas corriam de um lado para o outro, e no centro do furacão o velho Stanger parecia um general dando ordens.

– Onde esteve, azteca? Só a tranquilidade típica dos que vivem em harmonia com a natureza para dormir enquanto o mundo desaba!

– O que aconteceu, Senhor Stanger?

– Eles fizeram de novo, Itz! E desta vez se deram muito mal.

Relatou-me rapidamente a história. Na Colina Crow, enorme complexo de minas dirigido pelas mãos enérgicas e ativas de um gerente chamado Josiah Dunn, a ordem e a disciplina prevaleciam a duras penas apesar do terror que reinava no vale. De acordo com denúncias, Dunn resistia ao pagamento de propinas impostas pelos justiceiros de McGinty, e recentemente três homens haviam sido demitidos por promoverem brigas e arruaças, apesar de serem integrantes da Ordem dos Homens Livres. Na última madrugada, um grupo de cinco bandidos havia emboscado Dunn na saída da casa de máquinas da mina principal, e assassinaram o homem com dois tiros. Três deles participaram diretamente do crime e outros dois permaneceram a certa distância sobre um monte de detritos, observando os arredores. Entretanto não conseguiram ver a chegada de Menzies, o engenheiro de minas que se aproximou encoberto por um galpão, e atingiu um dos assassinos com uma barra de ferro. Recebeu duas balas na cabeça dos dois agressores restantes, no momento em que os observadores do grupo de bandidos davam o alerta: de diversas partes, operários indignados e tomados pela cólera e pela piedade convergiram para o local do crime. O grupo se viu cercado, e teve que abrir caminho a tiros para fugir. Dois ou três deles, ao que parece, foram feridos no combate corpo a corpo com os mineiros, mas apenas aquele que foi atingido na cabeça pelo pobre Menzies ficou para trás, morto. O homem se chamava

Andrews e era reconhecidamente um dos capangas mais próximos de McGinty. Desta vez, acreditava Stanger, o jornal tinha munição suficiente para incriminar o bando de McGinty pelo crime.

Aquela edição do *Vermissa Herald* esgotou rapidamente. Nas ruas da cidade o povo se manifestava, após tanto tempo de silêncio, clamando por justiça. Eram manifestações ainda tímidas, mas suficientes para que autoridades civis não ligadas a McGinty começassem a falar em intervenção federal no Vale de Vermissa.

Naquela noite, eu não quis retornar à pensão. Não queria, pelo menos ainda, me confrontar com McMurdo. Sabia que, uma vez em sua presença, não resistiria a interrogá-lo. Pedi a Stanger que me permitisse cumprir o turno da noite no *Herald*, com o que ele concordou alegremente. Precisava de homens para o enorme trabalho de preparar a próxima edição, que ainda traria os ecos da tragédia e suas implicações possíveis.

Era quase meia-noite e o barulho da impressora onde eu trabalhava foi provavelmente o que me impediu de ouvir a balbúrdia feita pelo grupo, quando entrou ruidosamente pelas portas da redação e atirou-se escada acima até o escritório de Stanger, que naquele momento finalizava os detalhes de seu editorial. No momento em que desliguei a máquina, dando uma pausa no barulho, ouvi a batida surda de um corpo que caía no piso de madeira do corredor, além de um gemido e um grito abafado de socorro. Saí correndo naquela direção, e chegando ao hall vi o corpo de Stanger caído de bruços e com as mãos sobre a cabeça numa tentativa de proteção, enquanto meia dúzia de homens armados com bastões, reunidos ao seu redor como um bando de abutres, espancavam-no sem piedade. Junto à porta principal, ao pé da escada, dois homens vigiavam. Apesar das máscaras que todos usavam, lenços que ocultavam a metade inferior de seus rostos até a base do nariz, reconheci em um dos vigias da porta meu amigo McMurdo. Nossos olhares se cruzaram por um momento, em mudo reconhecimento, antes que eu me lançasse sobre os agressores de meu patrão. Afastei dois deles com vigorosos golpes de minhas mãos nuas e me apossei de um dos bastões para prosseguir com o combate, quando ouvi um estampido. Não só eu, mas também todos os agressores mascarados interromperam a luta, e nos voltamos para o barulho. Ao pé da escada McMurdo segurava o braço de seu companheiro vigia, que por sua vez apontava um revólver fumegante para o teto.

– Por que fez isso? – rosnou o homem em protesto, que rapidamente reconheci como sendo Baldwin.

– Você ouviu o chefe, sem mortes aqui! O jornal de Stanger defende causas de interesse popular em Vermissa e nas cidades vizinhas. Sua morte poderia desencadear uma reação generalizada pelo Vale inteiro e esse tipo de atenção é tudo que nossos líderes querem evitar no momento!

No alto da escada, no fundo do corredor, um bando de funcionários do jornal se reunia aos gritos com o intuito de passar ao contra-ataque. Baldwin e McMurdo vieram na direção da escada, com o objetivo de apoiarem os dois agressores que eu havia abatido enquanto os demais corriam para a rua.

Todos já haviam saído pela passagem estreita e apenas meu companheiro de quarto estava ainda à vista quando um dos linotipistas, saindo do escritório, apontou um revólver em direção a suas costas. Dessa vez fui eu quem desviou seu braço para o alto e o tiro se perdeu entre as tábuas do teto. McMurdo olhou brevemente para trás, e julguei vislumbrar um brilho de gratidão em seus olhos antes que ganhasse a escuridão da rua.

– Você me impediu de acabar com o desgraçado! – berrou o funcionário do jornal, empurrando-me violentamente contra a parede.

– Se você o matasse não seríamos melhores que eles! Você ouviu os bandidos, não queriam provocar mortes ou isso se transformará em num banho de sangue que atingirá o Vale inteiro! Talvez nisso tenham mais juízo do que você!

O homem ficou vermelho e estava a ponto de protestar, quando ouvimos a voz abafada de Stanger, que os outros homens ajudavam a levantar-se do chão:

– Itzcoatl está certo. Se houver mais mortes, não vão partir deste jornal. É contra isso que lutamos aqui, e vamos continuar fazendo nosso trabalho com tinta, não com sangue.

No dia seguinte, a polícia estava por toda parte nas ruas de Vermissa. Alguns dos funcionários do jornal apontaram o nome de suspeitos para a agressão a Stanger, um deles o próprio Baldwin. Conhecendo seus associados habituais, eu podia facilmente deduzir quem seria cada um deles, mas todos, sem exceção, tinham bons álibis. Companheiros da Ordem juravam que estavam com os bandidos no exato momento da invasão do jornal, a maioria nas próprias dependências do bar de McGinty.

Quando retornava para a pensão encontrei McMurdo, saindo da casa com suas malas. Com fisionomia triste, ele me disse que o próprio Jacob Shafter pediu que ele deixasse a pensão. Os rumores sobre sua ligação com a Ordem e suas atividades ilícitas haviam sido o estopim. McMurdo estava de mudança para outra pensão, menos conceituada e confortável, mas mais simpática aos homens de McGinty. Desejei-lhe felicidades, sem conseguir ocultar a frieza e o rancor em meu tom de voz. McMurdo, em sua habitual perspicácia, percebeu isso. Assim que passei por ele, segurou suavemente meu braço e falou:

– Itz, acredite que compreendo sua decepção. Porém, existem fatos que você não conhece e que podem mudar inteiramente sua visão de todo esse problema. Em nome de nossa amizade, mesmo que de sua parte ela não mais exista, peço-lhe uma chance. Venha comigo até minha nova habitação, e permita que eu lhe explique tudo.

Minha mágoa me impelia a dizer não, mas meu coração não conseguia negar o bem que McMurdo havia representado em minha chegada ao Vale. Sua intervenção havia, sem sombra de dúvida, evitado que eu passasse por muitas dificuldades. Esse lado falou mais alto e consenti em acompanhá-lo.

O quarto na espelunca onde McMurdo passaria a viver não se comparava, nem de longe, com as limpas e arejadas dependências da casa de Shafter. Após ajeitar suas coisas da melhor forma possível, ele caiu sentado sobre a cama com um suspiro, e encostei-me à parede diante dele, sem disposição nem lugar para sentar-me também.

– Como eu disse, Itzcoatl – principiou ele, olhando-me com ar grave -, sei que os acontecimentos tomaram um rumo terrível, que podem ter acabado com nossa amizade tão rapidamente como se iniciou, a bordo daquele trem. É justamente em nome dessa amizade, que você honrou até hoje apesar de momentos difíceis, como ocorreu na última noite, no jornal, que decidi contar-lhe a verdade que carrego como um segredo inviolável. Meu nome, na verdade, não é McMurdo. Nem sequer sou irlandês ou um legítimo associado da Ordem Antiga dos Homens Livres. Sim, filiei-me à Ordem no México, mas apenas porque enxerguei nisso a maneira mais fácil de alcançar meus objetivos.

Ele fez uma pausa, medindo com verdadeira justiça o espanto mudo estampado em meu rosto, e então prosseguiu:

– Eu precisava de uma identidade falsa que me possibilitasse viajar livremente por territórios de possessão britânica, sem maiores questionamentos sobre o inescapável sotaque de meu inglês. Afinal, a despeito de minha neutralidade em assuntos políticos, sou nativo de um país aliado de seus maiores adversários, os franceses. Meu nome verdadeiro é Bento da Costa e sou nativo do Brasil. Meu pai, João da Costa, era funcionário do governo brasileiro em Tijuco, no Distrito dos Diamantes, do qual talvez você já tenha ouvido falar...

Diante de minha negativa, ele continuou:

– O Distrito dos Diamantes é um dos lugares mais ricos do mundo. Acha-se encravado em uma região cuja posse já foi consolidada pelo exército ibérico em seu incansável esforço expansionista para o interior do continente, empurrando os defensores incas e aztecas em direção ao planalto central. Ali, nos terrenos arenosos circundados por altas montanhas, já se retiraram mais de dezoito mil quilates por ano. Parte disso vai para o governo francês, a quem os ibéricos devem vassalagem, e parte retorna da Ibéria para a América do Sul na forma de armamentos e recursos de provisão para as tropas do exército expansionista. Apesar do território entre o Tijuco e o litoral, como eu disse, já estar pacificado e consolidado como território ibérico, o transporte dos diamantes do Distrito até a Guanabara envolve uma operação cuidadosa. Ela se realiza uma vez por ano, quando toda a produção do período é enviada à capital brasileira. Divididas em dois lotes, conforme seu tamanho e espessura, as pedras preciosas são ensacadas e transportadas por uma comitiva fortemente armada. Um empregado escolhido pelo intendente, quarto soldados da cavalaria e dez homens da infantaria formam a escolta. Dirigem-se inicialmente a Vila Rica, onde o general comandante sela os sacos, e a escolta segue para a Guanabara. Por precaução, o dia exato e a hora da partida são sempre segredo. Mas, há alguns meses, um dos funcionários do escritório do secretário do governador-geral em Tijuco, um ibérico chamado Ortega, elaborou um plano ousado:

entendeu-se com uma quadrilha de contrabandistas e revelou-lhes o dia da partida da escolta. Os malfeitores, em grande número e bem armados, armaram a tocaia além de Vila Rica, onde atacaram de surpresa a escolta dos diamantes. Os soldados se defenderam bravamente, mas foram todos mortos, com exceção de um, gravemente ferido, que conseguiu fugir e relatou ao comando o covarde atentado. O tal Ortega, que acompanhava a comitiva como representante do intendente, também teria sucumbido no ataque. A única outra pessoa que sabia o dia e horário da partida das pedras era exatamente meu pai, João da Costa, colega de Ortega no escritório do secretário.

– Seu pai foi preso pelo crime...

– Sim, falsamente acusado, julgado e condenado. Foi executado em Vila Rica, ainda clamando por sua inocência.

– Mas se Ortega havia perecido durante o ataque...

– Era o que se pensava. Mas eu, filho de João da Costa, jurei em nosso último encontro lutar até o fim para limpar seu nome. Descobri que o maldito Ortega havia se jogado entre os soldados mortos no momento do ataque e assim o sobrevivente o havia dado como também morto. Quando se viu sozinho, fugiu para o ponto de encontro combinado com a quadrilha de traficantes. Recebeu sua parte no butim e instalou-se, sob nome falso, num sítio não muito distante das montanhas onde concretizara sua infame traição.

– Mas você o encontrou.

– Claro que sim. E usei toda minha autoridade de filho de João da Costa para obrigá-lo a revelar-me tudo que queria saber. Não, antes que me pergunte, não tinha nenhum interesse em levá-lo à justiça. Meu pai já estava morto e em nossa amável conversa descobri que Ortega era apenas a ponta do iceberg. A quadrilha de traficantes era chefiada por Torres, um capitão-do-mato que atuava havia anos na região.

– O que é um "capitão-do-mato"?

– Veja bem... A infindável guerra brasileira consome muitos recursos, sejam humanos ou materiais. A distância entre o Brasil e a Ibéria é um problema, e o oceano Atlântico é um território traiçoeiro. Muitos navios de provisões se perdem, por desastres naturais como as tempestades, ou principalmente pelas escaramuças ilegais entre unidades militares franco-ibéricas e inglesas. Já o defensor nativo está firmemente enraizado em seu território, que conhece muito bem, e recebe constantemente reforços por terra de seu próprio povo, no vasto Império Azteca de onde você vem ou do próprio Império Britânico, vindos através de Nova Albion ou dos Estados Unidos. É uma guerra de muitos anos e de muitas mortes. Com o tempo, os franceses começaram a abastecer as tropas ibéricas com soldados recrutados, muitas vezes à força, em suas colônias africanas e orientais. Porém, muitos desses soldados não se conformam com tal destino e acabam tentando desertar para o interior do continente. Entra em ação o capitão-do-mato, uma espécie de mercenário que coloca suas armas a serviço de um governo, na perigosa tarefa de recapturar e conduzir à justiça esses soldados fugitivos. Pois bem, o tal Torres era um desses mercenários, experiente e bastante viajado por toda a faixa territorial do Brasil. Mas, como atividade privada, o desgraçado resolveu morder a própria mão que o alimentava e comandou o roubo dos diamantes ibéricos.

– Você também encontrou Torres?

– Encontrei seu rastro. E assim descobri que a coisa era ainda maior do que eu imaginava a princípio. Seguindo as pistas em direção ao norte, cheguei ao Golfo do México, onde descobri, não sem muita surpresa, que Torres não era, na verdade, um *free lancer*. Estava, isso sim, agindo como um agente infiltrado pelos ingleses em território brasileiro. Comandava um grupo especializado em roubar não apenas pedras preciosas, mas também o ouro abundante naquele país, e encaminhá-lo para a América do Norte, para financiar operações comandadas pelos ingleses.

– McMurdo – eu ainda não conseguia chamá-lo por outro nome -, a revelação desse fato poderia fazer alastrar a guerra brasileira para o mundo todo! Se comprovada, envolveria os dois grandes impérios mundiais em uma guerra aberta e declarada!

– O que não é, definitivamente, meu objetivo, Itz. Só quero pegar o maldito Torres e, se possível, também seu chefe. Acabar de vez com essa operação suja seria a melhor maneira de honrar a memória de meu pai.

Estreitei os olhos e me adiantei um passo. Eu começava a vislumbrar onde ele pretendia chegar. Para confirmar minhas suspeitas, apenas perguntei:

– Pois me diga: o que você está fazendo aqui, sob disfarce, em Vermissa?

Ele fez uma pequena pausa e sorriu. Percebera que eu já havia compreendido tudo.

– Como eu disse, Torres era o nome de um espião infiltrado. O verdadeiro nome do capitão-do-mato assassino é Jack McGinty. Seu chefe direto, o médico Fulton Trask, é o verdadeiro comandante de toda a operação, e promoveu McGinty, como prêmio por seu sucesso, para servir como seu braço direito nas operações aqui, no Vale de Vermissa.

– E que operações são essas? O que eles pretendem, afinal, como todo esse terror?

– Isso eu ainda não sei, Itz, mas sei que vai parar de uma forma ou de outra. Infiltrei-me na Ordem como maneira de me aproximar de McGinty, de ganhar sua confiança e assim pegá-lo, juntamente com Trask, ambos de uma só vez.

Permaneci em silêncio. Um longo, pesado e quase sólido silêncio, enquanto tentava digerir o que acabava de ouvir. Para encerrar o impasse, também falei em voz baixa:

– McMurdo, ou Bento da Costa, quem quer que você seja...

– Pode continuar usando "McMurdo", amigo. Só você conhece meu verdadeiro nome, o disfarce continua em vigor.

– Pois bem, McMurdo; também tenho um segredo que você merece saber...

E relatei, até o menor detalhe, minha peregrinação desde o sul do México, e as verdadeiras razões que me traziam a Vermissa. Quando terminei, meu amigo levantou-se lentamente e, com um olhar grave perdido no infinito, começou a caminhar de um lado a outro do cubículo que chamava de quarto, as pontas dos dedos tamborilando nervosamente nas dos dedos da mão oposta.

– Não sei para qual dos seus muitos deuses você dirige suas preces, Itz – falou ele, quando eu já começava a ficar nervoso -, mas parece que ele fez um excelente trabalho nos colocando no caminho um do outro. Sua história, associada aos contatos que já forjei, pode nos fornecer um atalho incrivelmente rápido para que nós dois alcancemos nossos respectivos objetivos com sucesso. Não tenho dúvidas – prosseguiu, antes que eu pudesse retrucar – de que, se seu irmão estiver vivo, com certeza estará confinado lá em cima, na fortaleza de Trask. É para onde vão todos os prisioneiros importantes, e também é onde fica o laboratório principal do cientista. Comenta-se na cidade que muitos que para lá foram levados jamais foram vistos novamente. Também há testemunhos de gritos terríveis que, vez ou outra, são ouvidos dentro daquelas muralhas. Não, não se preocupe! Seu irmão não me parece o tipo de prisioneiro que seja candidato a tortura, mas em todo caso, se estiver vivo, repito, devemos tentar chegar a ele o mais rapidamente possível. O fato de Trask estar interessado em seu sangue não me parece, sob nenhuma perspectiva, um bom augúrio. Uma de minhas maiores preocupações, além das óbvias dificuldades representadas pelas muralhas e pela guarnição militar abrigada dentro delas, é a história de que os caminhos até o núcleo de comando de Trask estão repletos de armadilhas, para aqueles que se arrisquem a tentar uma aproximação não autorizada. Mas você, meu amigo, quem diria, pode acabar sendo nosso salvo-conduto diretamente até nosso alvo!

– Desculpe, mas não consigo ver como é que posso ajudar a...

– Eu apostaria minha vida, Itz, na teoria de que um dos homens que acompanhavam Trask no barco em que seu irmão tentava escapar era McGinty. É o tipo de ação para qual, com toda certeza, Trask só confiaria em seu braço direito. Escute meu plano: considerando que o jornal de Stanger está se tornando um problema sério e de difícil solução para os canalhas, pretendo propor a McGinty que você seja recrutado pelo grupo para atuar como agente infiltrado da Ordem no covil do inimigo. Receber com antecedência as informações obtidas pelo jornal pode ter um valor decisivo para evitar ser surpreendido por aquelas raposas. Proporei que McGinty acene com alguns privilégios para assegurar sua adesão: além de um bom pagamento, uma possível filiação como membro da Ordem, o que implica em status e em uma série de benefícios pelo simples fato de estar fazendo parte da rede.

– Você realmente acredita que ele engolirá isso?

– Nada mais lógico para homens pusilânimes como McGinty do que alguém que se vende por dinheiro ou poder. Usarei, para reforçar sua "boa disposição" em negociar, o argumento da amizade que nos une, reforçada pelo fato de que foi você quem impediu que o funcionário de Stanger me alvejasse pelas costas na invasão do *Herald*.

– E como isso nos levará a Trask?

– Ora, pelo que me disse, você e seu irmão são gêmeos idênticos. Imagino o impacto que sua aparição causará em McGinty, que participou pessoalmente da captura de Huitzilihuitl. Seu primeiro pensamento, tenha certeza, será levá-lo à presença do chefe. E, uma vez dentro do covil do lobo, posso me revelar como um inimigo infiltrado e juntos poderemos pegar os dois, aproveitando o elemento surpresa.

Ele parou de falar, erguendo as sobrancelhas em ansiosa expectativa. Pensei um pouco e respondi:

– Parece-me um plano arriscado, McMurdo. No entanto, diante das circunstâncias, talvez seja mesmo nossa melhor chance. Pois bem, estou de acordo. Quando pretende fazer a proposta a McGinty?

– Bem, não sei se você tem planos mais urgentes, meu caro, mas no que concerne a mim, estou indo agora mesmo solicitar uma entrevista com o grão-mestre.

Assim foi feito. McMurdo saiu e menos de uma hora depois retornou com a notícia de que a reunião havia sido marcada para o início daquela mesma noite, no "escritório" nos fundos do bar. Alegou urgência extrema, e uma relação de seu plano com uma rápida solução para a questão do conflito com o *Herald*. Com isso, fisgou o absoluto interesse de McGinty.

Quando chegamos, a frequência ao bar ainda era pequena. Os mineiros e operários ainda brotavam do fundo das minas e da boca das fornalhas, e esmeravam-se em tirar do corpo pelo menos a parte menos aderida da fuligem e do pó de carvão. McGinty já nos esperava em sua sala privativa, o indefectível charuto no canto da boca, e estrategicamente posicionados ao redor da sala ainda encontramos Baldwin, Scanlan e Harraway, um velho grisalho que atuava como secretário e conselheiro do grão-mestre. Já informados sobre meu emprego no *Herald*, os capangas que eu já conhecia me fuzilaram com um olhar misto de rancor e desconfiança. Mas foi diferente quando McGinty pousou sobre mim seus olhos vesgos pela primeira vez. Como McMurdo previra, a pele morena do homem empalideceu, sua boca abriu involuntariamente, e por um triz o charuto meio fumado não tombou sobre seu colo. Ele lentamente se empertigou em sua poltrona de tecido gasto e, sem tirar os olhos de mim, perguntou a McMurdo:

– É esse o tal azteca que trabalha no jornal do rato Stanger?

– Sim, McGinty. Conheci Itzcoatl no trem que me trouxe ao Vale. Como o irmão Scanlan pode atestar, chegamos à cidade juntos e nos tornamos amigos.

– É espantoso seu bom senso para escolher amigos, McMurdo – rosnou Baldwin em tom irônico. – Um indígena chupa-sangue do México e ainda por cima dedo-duro.

A fúria assomou à face de meu amigo numa tonalidade rubra que eu só conhecia da primeira vez em que o vi, quando confrontou os guardas no trem. Ele apontou um dedo acusador para o rosto de Baldwin, e sua voz trovejou:

– Não admitirei que trate com tamanha descortesia um amigo que trago como convidado, com anuência do grão-mestre. Da mesma forma, guarde seu racismo para as *ahuyianimeh* com quem você costuma rolar sobre esteiras nos prostíbulos da fronteira sul...

Baldwin estava a ponto de retrucar à altura, mas o grão-mestre levantou a mão em sinal de alerta e todas as atenções voltaram-se novamente para ele.

– Deixem para morder uns aos outros em suas horas de folga, cães! Estamos aqui a trabalho, pelo amor de Deus. Então, Itzcoatl, o que está fazendo aqui, tão longe de suas belas e ricas cidades mexicanas?

Engoli em seco. Sabia que aquela resposta seria decisiva, e conservei a voz o mais firme que pude:

– São cidades ricas para os *tecuhtli* endinheirados e seus *pilli*, grão-mestre. Venho da classe *macehualli*, à qual os deuses não parecem dedicar a mesma simpatia. Além disso, tragédias familiares me incentivaram a deixar para trás o mundo que só me trouxe lembranças dolorosas.

– Tragédias familiares? – repetiu ele devagar, estreitando os olhos e depositando o charuto em um cinzeiro sobre a mesa. – Importa-se em falar mais a respeito?

– Nada que mereça muita atenção de quem não seja diretamente afetado – retruquei, tentando parecer indiferente. – Meus pais morreram quando eu ainda era muito criança, e fomos criados num orfanato do sul. Meu irmão maior foi tentar a vida militar na capital do Império, e tudo que me restou foi meu irmão gêmeo, morto recentemente numa epidemia que acometeu uma região litorânea do México. Talvez tenha ouvido a respeito...

– A "praga escarlate" – sentenciou McGinty, um sorriso duro tremendo nos cantos dos lábios quando proferiu o nome. – Sim, ouvimos a respeito. Muito triste, certamente.

– Exato. Quando soube que ele se encontrava na região afetada tentei ir socorrê-lo, mas diante do bloqueio militar e da informação de que ninguém havia sobrevivido, percebi que estava num beco sem saída. Não podia ir adiante e nada mais havia para mim no ponto de partida. Assim sendo, desviei meu caminho para o norte, onde promessas de trabalho e enriquecimento me trouxeram ao Vale de Vermissa.

Suspirei, satisfeito com meu desempenho. Caso Huitz houvesse sido interrogado, eu confiava não ter dito nada que pudesse nos colocar em contradição.

– "Enriquecimento", hein? – repetiu McGinty, em tom debochado – Vejo que seu amigo é ambicioso, McMurdo. Começo a perceber as afinidades que os uniram...

O grupo riu alto e eu também relaxei, percebendo que a primeira barreira havia sido transposta. Era o momento de McMurdo assumir as rédeas:

– Como lhe adiantei, propus a Itzcoatl que se associasse à Ordem. Uma filiação oficial seria precoce, acredito, mas sua posição dentro do *Herald* poderia nos ser muito vantajosa. Uma vez que ele nos preste bons serviços, bem... quem sabe se a Ordem não pode se beneficiar com uma nova Loja em território mexicano? E não haveria uma melhor chance de crescimento rápido naquele país tão rico, pensei, se essa Loja for dirigida por um azteca legítimo?...

Baldwin fez questão de rir em voz alta, provocando McMurdo. O grão-mestre lançou-lhe um olhar duro de advertência. Após dar uma tragada no charuto, ponderou:

– Você tem ideias audaciosas, irmão McMurdo. Não, não considero isso um defeito. Ao contrário do que insiste em gritar aos quatro ventos o patrão de seu amigo azteca, há lugar para empreendedorismo e inteligência nas fileiras da Ordem Antiga dos Homens Livres. Mas compreenda: projetos tão peculiares e pouco convencionais fogem da minha alçada, já que não passo de um simples grão-mestre. Entretanto, considero que sua proposição tenha mérito suficiente para ser levada ao conhecimento do delegado do distrito. O Doutor Trask é um homem ocupado, mas a questão envolvendo as intrigas do *Herald* já começa a irritá-lo, e isso não é nada bom para nenhum de nós. Coincidentemente, tenho uma reunião com ele nesta mesma noite. Se estiverem de acordo, o jovem Itzcoatl pode acompanhar-me à fortaleza, para conhecê-lo pessoalmente. Estou seguro de que sua presença funcionará com uma... digamos, uma eloquência singular, que nenhum de nós poderia expressar com a mesma intensidade.

– Eu gostaria imensamente de participar disso, irmão McGinty – riu Baldwin, com sua voz rouca e irritante. – Ouvir em primeira mão o que o irmão Trask terá a dizer a este azteca há de ser algo imperdível.

– Como pai da ideia e no melhor interesse da Ordem, reivindico o direito de defendê-la pessoalmente diante do delegado do distrito, irmão McGinty – rebateu McMurdo, irritado e encarando demoradamente os olhos risonhos de Baldwin. – Para que a ideia traga os melhores frutos não necessitamos de plateia, e sim de argumentos inteligentes. Penso que nesse caso o irmão Baldwin não teria a menor utilidade.

McGinty explodiu numa ruidosa gargalhada.

– Sabe, McMurdo, gosto mais de você a cada dia. Talvez seja mesmo a hora de participar mais de perto de alguns assuntos importantes da Ordem. Muito bem, vamos os três até a fortaleza: eu, você e o amigo Itzcoatl. Harraway, você toma conta do bar.

McGinty apagou o charuto e levantou-se, caminhando resoluto para a porta. Percebi quando McMurdo, antes de segui-lo, deu uma piscadela irônica na direção de Baldwin, cujos dentes rangeram num esgar de irritação. Saí atrás dele e Scanlan fechou o cortejo, as mãos nos bolsos e os ombros tremendo num riso silencioso.

Embarcamos, McGinty, McMurdo e eu, na carroça que o primeiro usava para transportar suprimentos para seu bar. Subimos a trilha sinuosa que conduzia à fortaleza no alto da colina. A noite estava fria e o céu claro, sem nuvens. Na medida em que subíamos, começamos a vislumbrar a cintilação prateada da lua cheia nas águas serenas do Mississipi, do lado oposto da colina em relação à cidade. Respirei fundo e fechei os olhos, desfrutando das carícias da brisa suave. Como se fosse a última vez. Nunca se sabe.

O castelo era cercado por um fosso que se encontrava vazio e a ponte levadiça baixada era vigiada por um par de militares fardados que saudaram McGinty com um breve cumprimento quando atravessamos por sob grades suspensas e pontiagudas como presas de uma monstruosa boca, que nos engoliu assim que a carroça transpôs a muralha e ganhou o pátio central. Outro guarda veio segurar o cavalo para que descêssemos. Enquanto caminhávamos em direção à escadaria, que conduzia ao pórtico de madeira pesada do prédio principal, contei mais quatro soldados sobre os muros que não nos dedicaram a menor atenção. McGinty guiou--nos por corredores labirínticos dentro do edifício, que me pareceu muito maior por dentro do que por fora. A iluminação era feita por lampiões de querosene dispostos a alguma distância um do outro, suspensos por correntes nas paredes frias, compostas de blocos pesados de pedra empilhados. Finalmente descemos uma longa escadaria, que me deu a impressão de que já havíamos transposto as bases das fundações do castelo e ganhávamos as entranhas mesmas da colina. A cada passo eu me convencia da genialidade do plano de McMurdo. Por mim mesmo, não imaginava como seria capaz de chegar até aquele local. Chegamos a um corredor em linha reta que terminava numa porta de madeira fechada. Naquele momento McGinty nos deteve com um gesto e apontou para o chão. Sob a tênue luz dos lampiões consegui ver uma fina canaleta, que riscava a pedra do piso em linha reta ao longo de todo o corredor, e que dividia o terço lateral esquerdo do mesmo dos dois terços restantes.

– Caminhem à esquerda da linha, rapazes – advertiu McGinty. – Não vão querer uma surpresa desagradável bem na reta final...

Então era verdade. Havia armadilhas espalhadas pelos corredores do castelo. Seguimos McGinty em fila indiana até a porta, que ele abriu sem bater.

Uma luz branca derramou-se pelo corredor, cegando-me por um

instante. Apesar de localizado no subsolo, o laboratório fora montado em um salão de pé direito muito alto. Estava cheio de máquinas e outras geringonças cuja função eu nem sequer era capaz de imaginar. Algumas vibravam, lançando finas colunas de vapor através de canudos metálicos, outras eram cobertas de lâmpadas que piscavam alucinadamente. Um zumbido uniforme, baixo e ameaçador, como o rosnado de um jaguar em seu covil, dominava a atmosfera. Nos cantos do aposento retangular grandes globos de luz transparentes, que pareciam aprisionar relâmpagos, proporcionavam uma luz branca que era mais clara que a do dia. McGinty nos conduziu pelo meio daquela insanidade mecânica até uma área nos fundos, onde se destacavam mesas compridas como as dos banquetes, a maioria repleta de vidros dos mais diversos formatos, cheios de diferentes quantidades de líquidos coloridos. A um canto uma espécie de bule fervia, assoviando suavemente. O local me pareceu mais frio que o resto do laboratório, e ao final de tudo vi uma última mesa, cheia de papéis dispersos em aparente desordem. Por trás dela um homem nos fitava de dentro de um avental longo de cor branca. Tinha cabelos e barba loiros, com algumas mechas grisalhas. Seus olhos cinzentos e frios saltaram de um a outro dos visitantes, até se deterem em mim. Então vi que se arregalaram em sinal de surpresa, sulcos horizontais se acumulando em sua testa. Ele reverteu o sorriso duro que ensaiava no princípio e olhou com expressão atônita para o grão-mestre, nosso guia naquela excursão ao inferno.

– Que diabos significa isso, McGinty?

– Boa noite, Doutor Trask. Antes que sofra um ataque, permita que eu apresente meus amigos, e verá a deliciosa surpresa que lhe trago esta noite.

A partir de então McGinty repetiu, com calma e detalhes, a história que eu e McMurdo lhe contamos no bar. Falou do ataque ao *Herald* e da ideia de McMurdo, no sentido de usar-me como quinta-coluna para espionar Stanger. Terminou com as seguintes palavras:

– Mas, após conhecer o azteca, imaginei que o senhor talvez pudesse pensar em algum uso ainda mais importante para ele, certo?...

Trask deu a volta na mesa lentamente, sem desviar de mim aqueles olhos inquietantes. Caminhou na minha direção e parou a apenas um palmo de distância, encarando-me de frente.

– É verdadeiramente espantoso, McGinty. Por mais que eu corra o mundo, ele insiste em apresentar-me surpresas realmente fabulosas...

– Desculpe o atrevimento, Doutor – retruquei, irritado -, mas eu realmente gostaria de saber o motivo pelo qual me examina como se eu fosse uma cobaia de laboratório.

Trask voltou a se afastar três passos e riu, enquanto lançava um olhar significativo na direção de seu valete.

– "Cobaia de laboratório"... Você não está de todo errado, meu rapaz.

Pelo canto dos olhos percebi um movimento e vi que McGinty sacava da cintura um revólver, que apontou para mim.

– Irmão McGinty, afinal o que significa isso? – protestou McMurdo, indignado.

– Calma, McMurdo – disse o outro, ainda sem tirar os olhos de mim. – Daqui a pouco tudo ficará explicado, e você verá que prestou à Ordem um serviço muito maior do que você próprio imagina.

– Itzcoatl... – interrompeu Trask, alisando a barba e saboreando cada sílaba do meu nome – Sou um homem experiente. Viajei o mundo inteiro, onde vi coisas e ouvi histórias que o deixariam absolutamente extasiado. Por isso ainda prefiro confiar na minha intuição, e lhe farei uma pergunta para cuja resposta espero sua total sinceridade...

Permaneci em silêncio, e na pausa que se fez o suave zumbido das máquinas parecia ensurdecedor. Trask endureceu o tom de voz:

– Você não veio parar em Vermissa por acaso, veio? Vai negar que viajou do México até este fim de mundo movido apenas por seu desejo de vingança?

– Vingança?... – Minha surpresa era legítima. Senti uma mão gelada agarrar meu estômago. A perspectiva que aquela fala evocava, por si só, cobria meus horizontes com uma nuvem negra de pesadelos.

– Vou ser absolutamente sincero, Doutor Trask. Sim, eu sei que o senhor e McGinty participaram da caça a meu irmão Huitzilihuitl no Golfo do México. Viajei até Vermissa na esperança de resgatá-lo de suas mãos. No entanto, ouço-o falar em vingança. Qual motivo eu teria para desejar-lhes tanto mal?

Eu temia a resposta que julgava já conhecer. Desesperadamente tentava negá-la antes que fosse dita, buscando uma alternativa como alguém que se afoga anseia por oxigênio. Trask não facilitou para mim:

– McGinty, o pequeno Itzcoatl veio resgatar seu irmão. Você me faria o favor?...

McGinty colocou cuidadosamente sua arma na mão de McMurdo, que assistia a tudo com ar assustado.

– Então seu amigo azteca não havia nos dito tudo, hein? E você é quem ganha a fama de esperto, irlandês – deu uma de suas gargalhadas roucas, e completou:

– Segure esta arma e fique de olho nele, McMurdo. Volto em um minuto...

McGinty caminhou até uma caixa fechada, revestida de metal prateado, que jazia sobre uma mesa lateral. Abriu-a cuidadosamente, e vi quando de dentro dela escapou uma nuvem branca que escorreu pelos lados como a neblina da manhã escorre montanha abaixo nos dias mais frios. Enfiou a mão no interior da caixa e retirou um cilindro que, à luz forte da sala, refletia um brilho carmesim. Trouxe o cilindro às mãos de Trask, e seus olhos não prenunciavam nada que pudesse trazer-me alguma esperança. Trask examinou o líquido rubro por um momento e ergueu o cilindro em minha direção.

– Aqui está ele, azteca. Sei que seu irmão gêmeo deixou de se parecer tanto com você, mas acredite, não encontrará muito mais do que isso.

– O que significa isso? Isso é... sangue? – indaguei, minha voz trêmula elevando-se por sobre a gargalhada de McGinty.

– O último resquício de seu irmão, lamento dizer. O restante dele queimou na explosão do *Ophiuchus*, cuja história estou certo de que já conhece. Lamento que o tenham informado mal, Itzcoatl. O que você realmente procura jaz em algum lugar no fundo das águas do Golfo.

A terra abriu-se sob meus pés. Senti o ar me faltar e a escuridão dominar meus pensamentos.

– Por quê? Por quê?... – era tudo que eu conseguia balbuciar. Quando dei por mim, estava de joelhos no frio chão de pedra do laboratório.

– A "praga escarlate", como você pôde constatar, é absolutamente mortal. Ou quase. Seu irmão foi uma exceção, o que existe em toda regra. Imagine o poder que terá nas mãos aquele que conseguir domar essa força! Esta amostra de sangue tem o potencial de nos brindar com esse poder fabuloso...

– O sangue de Huitz... sua "água preciosa"... Você pretende fazer dele uma arma?

– Não, nada tão vulgar. Para isso temos aquilo...

Trask apontou para um canto mais distante do laboratório, e vi uma estante cheia de tubos de ensaio lacrados como o que ele segurava. Do alto, uma espécie de véu vaporoso escorria como uma cachoeira gelada sobre os tubos, todos preenchidos com sangue, como o de Huitz. Trask continuou:

– Cada tubo daquele contém uma amostra de sangue de um habitante de Cempoálatl, vitimado pela praga. Retiramos as amostras antes de incinerar os corpos. Isso significa que temos aqui inúmeras chances para isolar o agente infeccioso e transformá-lo em uma arma a favor dos interesses do Império Britânico e, em consequência do Império Azteca, um de seus principais vassalos. *Seu* interesse, portanto, Itzcoatl. Já esta amostra aqui... – ele apontou para o sangue de meu irmão encarcerado no vidro, fazendo uma pontada de dor atravessar meu coração – Esta contém algo mais: o segredo da imunidade à doença! Percebe a diferença? Compreende o quanto o sangue de seu irmão é especial? Só ele pode nos dar uma vacina, que seria administrada a nossos cidadãos e, assim, teríamos uma vantagem incalculável sobre nossos inimigos. Até agora essa era nossa única esperança, por isso temos tratado este frasco de sangue como ouro. Mas o destino parece disposto a nos brindar ainda com mais, não é? Um irmão gêmeo! O mesmo código genético! Uma fonte inesgotável de material de pesquisa para uma vacina contra a "praga escarlate"! Agradeça a seus deuses, Itzcoatl! Você e seu irmão, juntos, ainda podem prestar o maior dos serviços ao seu país!

Eu não era capaz de ver mais nada. Meus olhos transbordavam em lágrimas. Em minha mente voei por sobre as montanhas do sul onde nasci, e ouvi bem claro o lamento da águia, que pela primeira vez compreendi em toda sua profundidade. Minha voz só conseguiu emergir a muito custo:

– McMurdo... acabe com isso.

– Ainda não, pequeno azteca – respondeu McGinty, interpretando erroneamente minha fala -, você ainda precisa viver. Um pouco mais, pelo menos.

McGinty fez um movimento na direção da arma que McMurdo segurava, mas este saltou para trás. Como se acordasse de um transe, apontou a arma diretamente para o grão-mestre. Este recuou, atônito.

– O que significa isso, McMurdo? Abaixe essa coisa agora mesmo, seu idiota...

– O idiota é você, McGinty – sussurrei entre dentes, erguendo-me sobre meus pés uma vez mais. – O nome dele não é McMurdo.

Trask e McGinty entreolharam-se por um segundo. Depois, aturdidos, ambos fitaram meu amigo. Continuei falando, e minhas palavras saíam como um chicote:

– O nome dele é Bento da Costa, filho do homem que você incriminou no roubo dos diamantes no Tijuco.

A reação de McGinty foi completamente inesperada. Ele exibiu um sorriso feroz, ainda encarando McMurdo.

– Ah, mas isso ele não é mesmo! Eu conheci Bento da Costa, que me perseguiu das montanhas diamantinas até o norte do Brasil, em busca de vingança. A propósito, eu mesmo o matei. Tive o mesmo prazer de plantar-lhe pessoalmente uma semente de chumbo na testa, assim como fiz com seu irmão, azteca, sem dar-lhe tempo, vejo agora, para revelar que existia alguém mais na minha pista. Então quem é você na verdade, McMurdo? Não creio que a Coroa Brasileira disponha de tal autonomia e recursos. Para quem trabalha, para os ibéricos? Ou é um agente dos malditos papa-rãs de Paris?

Agora era meu o olhar atônito, voltado para meu comparsa naquele plano de invasão. Então ele mentira para mim, mais uma vez?! Nossos olhares se cruzaram e vi a culpa em seu rosto. McGinty dizia a verdade.

Aquele instante de hesitação era tudo de que precisava McGinty, o capitão-do-mato treinado em capturar soldados desertores nos sertões brasileiros. Com uma velocidade incrível ele saltou e atracou-se com McMurdo, ou quem quer que ele fosse. Empurrou seu braço para o lado, de forma que o primeiro tiro do revólver cruzasse o laboratório de lado a lado, indo fazer explodir um dos globos de raios que o iluminavam. Faíscas saltaram como fogos de artifício, espalhando-se sobre máquinas e papéis como uma chuva dourada.

Trask fez menção de correr em direção à saída do laboratório, mas para isso teria de passar por mim. Assim que o vi ao alcance, saltei sobre ele. Enquanto arrancava o frasco de sangue de suas mãos, girei e atingi seu rosto com um cotovelo, atirando-o de costas no piso duro, um filete de seu próprio sangue escorrendo pela barba. Enquanto isso, McMurdo demonstrava que era um lutador experiente, a despeito da superioridade física de McGinty. O revólver já se havia perdido em algum lugar do salão que começava a encher-se de fumaça escura, mas o falso irlandês se desviava com agilidade de cada golpe do pesado grão-mestre, retribuindo imediatamente com alguma pancada que fazia o homem gritar, num misto de ódio e dor. Distraído pela luta, fui surpreendido quando Trask, ainda meio caído, golpeou a parte de trás de meu joelho, atirando-me ao solo junto dele. O frasco de sangue de Huitz rolou da minha mão para baixo de um maquinário desativado. Trask jogou seu corpo sobre o meu e fechou suas mãos em torno da minha garganta. Antes que eu sequer pudesse reagir, o homem foi arrancado de cima de mim por McMurdo, que deixara seu oponente nocauteado e agora jogava o médico sobre sua mesa de anotações, que se partiu em pedaços.

O calor crescente atraiu minha atenção. Vi que as primeiras labaredas começavam a levantar-se acima da linha do horizonte irregular do maquinário, transformando-se num incêndio ameaçador. Alguma coisa explodiu, lançando nova chuva de faíscas para todos os lados. Atrás de mim, McMurdo sentava-se sobre o peito de Trask e o esmurrava repetidamente no rosto. Enquanto me recompunha, percebi algo alarmante: McGinty era ainda mais resistente do que parecia, e McMurdo o havia subestimado. O grão-mestre já se levantara, e meio cambaleante corria por entre as máquinas em direção à saída. Se conseguisse sair e fechar a porta do laboratório, estaríamos mortos! Corri atrás dele, e no momento em que ultrapassava a porta de saída caí sobre suas costas com todo meu peso. Rolamos juntos pelo corredor, sem nenhum controle, e nem sequer tive tempo de me lembrar da linha de segurança que assinalava a passagem lateral segura. Ainda estava atracado com o maldito assassino quando senti o chão me faltar, e escorreguei inexoravelmente por uma rampa íngreme durante alguns segundos intermináveis. Agarrado a mim, McGinty gritava impropérios. Finalmente a rampa terminou, e caímos os dois em queda livre por três ou quatro metros. Usei toda minha agilidade para girar no ar durante aquele átimo, e caí justamente sobre o corpanzil de McGinty, que expirou o ar dos pulmões violentamente com um gemido. Levantei-me rapidamente, combatendo como podia as dores que me envolviam todo o corpo, e olhei ao redor.

O aposento, que rapidamente identifiquei como sendo uma espécie de masmorra, tinha o formato de um losango. No centro do mesmo, a boca escura e perfeitamente circular de um poço, de onde exalava um vapor viscoso que cheirava a fungos podres. O chão da cela era escorregadio e úmido, os vãos entre os blocos de pedra cobertos de musgo esverdeado. Curiosamente, as paredes laterais estavam inteiramente revestidas de metal, provavelmente ferro, em imensas chapas justapostas. Por toda a superfície delas eu via, na penumbra ambiente, imagens em baixo relevo de demônios em atitudes ameaçadoras. Olhei para cima, e calculei uma altura de dez a doze metros daquelas paredes até uma abertura estreita, por onde penetrava nossa única e tênue fonte de luz. Eu não via mais a abertura do alçapão por onde McGinty e eu havíamos despencado, mas certamente encontrava-se por trás de uma das placas metálicas a uma altura inalcançável. No espaço demarcado por um dos braços mais longos do losango assimétrico vi um estrado de madeira rente ao chão, do tamanho aproximado de um homem, ao lado do qual jazia uma bilha de água tombada. Provavelmente homens desconhecidos teriam ficado por muitos dias confinados naquela cela bizarra, sabe-se lá submetidos a quais tipos de tortura física e psicológica.

Caminhei até o centro do aposento, chegando à borda do poço. Esgueirei-me ao redor do mesmo acompanhando a curvatura da borda e parei na parte mais estreita do losango. Encostei meu quadril na parede metálica atrás de mim, e inclinando-me para diante podia posicionar meus olhos diretamente sobre a escuridão vertical. O fundo não era visível. As paredes verticais de pedra pareciam descer com uma leve inclinação para o centro, como se o poço fosse um comprido e sinistro cone invertido. Chutei um fragmento de pedra solto para dentro do abismo, e durante vários segundos prestei ouvidos a suas batidas entre os lados da abertura, enquanto caía numa longa e angustiosa descida, até que ouvi um lúgubre mergulho na água, seguido de ruidosos ecos. Imediatamente uma assustadora sinfonia de guinchos e sibilos ecoou em resposta, emergindo do fundo do poço como se celebrasse algo que, para mim, só poderia ser um péssimo presságio. Recuei até encostar-me à parede, sem desviar os olhos da boca negra e ameaçadora que dominava o centro do ambiente. No ângulo obtuso entre as paredes diante de mim, do outro lado da abertura, vi quando McGinty deslizou para trás até apoiar as costas contra a parede, sem conseguir sufocar alguns gemidos de dor. Permaneceu sentado, apoiado em um cotovelo, olhando para mim e, para minha surpresa, deu uma breve risada.

– Veja só a merda que você aprontou, azteca. Você matou nós dois e ainda com o requinte de poder escolher o tipo de morte.

– Que lugar é esse?

– Uma das joias do *playground* particular de Trask: uma versão criativa das famosas câmaras de tortura de Toledo, na Ibéria. Prisioneiros capturados ensinaram as especificações para sua construção, sob tortura, evidentemente. Também tiveram o privilégio de serem os primeiros a experimentar sua eficácia. O que restou deles deve estar apodrecendo em algum lugar lá embaixo... se é que sobrou alguma coisa.

Olhei novamente para a escuridão do poço, e minha expressão de horror fez McGinty rir de novo. Indaguei:

– O que existe lá embaixo?

– Ouça...

Fizemos silêncio, e percebi o eco dos chiados e assovios de antes, mais baixos, porém claramente se aproximando da superfície.

– A sua pedra os despertou. A essa altura já devem estar farejando o sangue de nossos ferimentos. Ah, aí estão os primeiros!

Com um grito de puro asco, saltei para o braço do losango onde ficava o estrado de madeira e me espremi junto ao ângulo agudo no canto entre as paredes. Ratos negros, enormes e vorazes, com unhas pontiagudas e olhos vermelhos, começavam a surgir sobre a borda do poço e farejavam o ar em todas as direções. Dentes finos cintilavam quando eles chiavam, irritados e famintos.

– Eis a primeira opção do cardápio, azteca! Comida de rato!

Percebi que a voz de McGinty já não soava com a firmeza e a ironia de antes. Ele encolheu uma perna e esticou-a em seguida, de golpe, afastando duas ratazanas que cautelosamente começavam a se deslocar em sua direção. Percebi que ele não movimentou a outra perna, que jazia em um ângulo estranho. Certamente se quebrara na queda.

– Não pense que é só isso. Veja!

Apontou diretamente para cima, na direção do ápice de nosso claustro. Estreitei os olhos e me surpreendi com o que vi. Lá em cima balançava um enorme pêndulo, semelhante aos dos relógios de parede. O balanço era lento, mas era evidente que o pêndulo descia. Sua extremidade inferior era um crescente de aço cintilante, com cerca de um metro de comprimento, as pontas voltadas para cima e a borda de baixo, evidentemente afiada como a folha de uma navalha, oscilando em minha direção. Estava ajustado a uma pesada haste de bronze, e na medida em que descia a amplitude de seu movimento aumentava. Logo alcançava todo o espaço entre os dois ângulos agudos do losango. Em algum tempo, para não ser fatiado, não me restaria outro lugar para ficar senão espremido junto aos ângulos obtusos, rente à borda do poço e ao bando de ratazanas. Com o aumento da amplitude do balanço, o conjunto do pêndulo começou a assoviar quando cortava o ar. Em algum lugar, do lado de fora, uma explosão fez tudo tremer e agitou ainda mais os ratos.

– Torça para que tudo exploda logo – gemeu McGinty, suando profusamente, o olhar perdido em algum lugar terrível. – Material inflamável é o que não falta, e o colapso de toda esta traquitana, esmagando você, pode ser a maneira mais piedosa de se reunir com aquele seu bando confuso de divindades...

– Você fala na minha morte. E quanto a você? Por que não aproveita melhor o pouco tempo que nos resta para me ajudar a encontrar uma saída?

– Porque não há saída, seu imbecil! Não existe saída, este cubículo infernal foi feito para isso! Ninguém jamais saiu vivo desta cela, e já vi mortes horríveis que, ao longo dos tempos, foram me fazendo pensar...

Vi quando ele sacou da cintura um punhal curto de lâmina dupla, típica arma de mão dos delinquentes de Vermissa. Ele brandiu a lâmina em minha direção e falou:

– Não existe surpresa, azteca. Faz tempo já me decidi sobre a forma como tiraria minha própria vida, caso tivesse o azar de cair aqui. Veja só a ironia...

– Você pretende se matar com isso? Será que até para você mesmo sua vida é assim, tão inútil?

– Sem arrependimentos, garoto. A única coisa que me chateia é não estar aqui para ver você morrendo em agonia extrema. Não pretendo deixar o punhal para que possa me seguir...

Com um impulso, McGinty atirou-se para frente e caiu de bruços na borda do poço. Segurou o punhal com a mão trêmula e apontou a lâmina para a lateral do próprio pescoço.

-McGinty, seu covarde! – gritei, absolutamente atônito com o que estava prestes a ver.

– Não guardo ressentimentos. Eu matei seu irmão, você me matou. Não é agradável, mas é justo. Adeus.

Em meio ao meu uivo de horror, enquanto me jogava para frente de joelhos com a mão estendida, como se o inútil gesto me permitisse evitar o suicídio de McGinty, vi a lâmina enterrar-se na carótida do assassino, sem que ele emitisse um som sequer. Um jato de sangue esguichou à distância, excitando os ratos ao redor. Num último impulso, quase uma convulsão, McGinty tombou o corpo sobre o próprio ventre e desapareceu na escuridão infinita do poço. O barulho dos ratos ficou ensurdecedor e aqueles que já circulavam pelos cantos da cela voltaram a desaparecer na boca redonda e ameaçadora apontada para cima.

Senti uma onda de náusea subir pela minha garganta, meus olhos encheram-se de lágrimas, e com muito custo consegui me controlar. Olhei para cima. A lâmina mortal já balançava a meio caminho em minha direção.

Outra grande explosão ribombou em algum lugar lá fora. Dessa vez, tênues filetes de poeira desceram do alto sobre mim. Eu precisava pensar rápido. Cheguei a acariciar a esperança de que uma explosão daquelas emperrasse o mecanismo, detendo a oscilação do pêndulo. Mas, ao contrário disso, a coisa complicou ainda mais. De repente percebi que o calor aumentava dentro da cela. Olhando atentamente, vi que as paredes metálicas que me cercavam começaram a adquirir um brilho avermelhado. Ao mesmo tempo, observei que os ângulos agudos do losango estreitavam-se ainda mais! Os dois ângulos obtusos, em razão disso, já estavam ainda mais próximos das bordas do poço. Em muito pouco tempo não haveria ali lugar para permanecer de pé, fora do alcance da lâmina descendente. O calor das chapas quentes que se aproximavam, caso continuasse indefinidamente, acabaria fazendo com que eu me jogasse em desespero dentro do buraco para não ser queimado. Ou então, em uma última e não menos terrível hipótese, o único espaço viável para que eu permanecesse vivo por mais algum tempo seria no estreito corredor que restaria bem embaixo do trajeto do pêndulo. Previ que era o mais provável de acontecer, deixando para mim a escolha final: o poço e os ratos, as chapas incandescentes ou a lâmina. A presença do estrado de madeira ali, em vez de um punhado de tiras de madeira esmagadas, assim como a falta de cacos quebrados sugerindo que alguma bilha de água já houvesse sido ali estilhaçada, sugeriam que em algum momento o losango pararia de se fechar. Olhei para o pêndulo, cujo movimento já se verificava numa altura que me obrigava a inclinar-me um pouco para não ser atingido, e avaliei minhas chances. Não, ele parecia suficientemente pesado e afiado. A madeira da cama improvisada seria feita em pedaços imediatamente, caso eu tentasse usá-la como escudo.

Como eu previa, o movimento das paredes cessou, mas o calor que emanava delas ainda aumentava. Agora a única forma de chegar ao lado oposto do poço seria saltando por cima dele, o que não me proporcionaria nenhuma vantagem. Só me restava permanecer ali, com meu estrado. Deitei-me sobre o leito duro, olhando a lâmina que já oscilava à altura do meu peito, se estivesse de pé. O estrado...

A solução, certamente fruto do meu desespero, me ocorreu como um relâmpago. Sem pensar duas vezes, rolei do estrado de madeira para o chão de pedra e me arrastei até a borda do poço. Olhei para baixo e calculei o ângulo de estreitamento do cilindro. Olhei para trás e comparei com o comprimento do estrado de madeira. Pelos deuses, podia dar certo, não podia? Puxei a borda do estrado e comecei a empurrá-lo por sobre o abismo escuro do poço. Usei meu corpo como peso na extremidade que permanecia em chão firme, para evitar que o estrado se inclinasse e caísse na vertical. Às minhas costas, o vento intermitente denunciava a passagem do pêndulo afiado. Respirei fundo, e num esforço final empurrei minha extremidade do estrado para frente. A cama rústica caiu na posição horizontal por cerca de dois metros, e suas bordas se prenderam com um estalo nas paredes dos dois lados da chaminé de pedra. Prendi a respiração quando a vi oscilar lateralmente, mas ela resistiu. Ficou parada, presa sobre o abismo com uma leve inclinação em torno do eixo mais longo, num plano oblíquo em relação ao da borda acima. Mas era o suficiente para que eu me apoiasse sobre ela. Só me restava torcer para que aguentasse meu peso. Girei meu corpo, dependurando as pernas para dentro do poço, e desci lentamente apoiando-me nos braços, nos cotovelos e depois nas mãos. Apoiei os pés trêmulos na madeira, que gemeu longamente, queixando-se da minha presença, mas apenas sofreu mais um leve tranco, que serviu para fixar ainda mais suas laterais nas paredes cobertas de musgo. Segundos depois, de pé sobre o buraco escuro, úmido e desconhecido, vi a lâmina do pêndulo cravar-se com um gemido metálico na borda redonda do poço, pouco acima de mim. Mais abaixo, eu voltava a ouvir o eco do chilrear dos ratos, que mais uma vez se aproximava. Respirei fundo apesar do mau cheiro, prendi o fôlego e, num só impulso, saltei para cima. Firmei as mãos na borda romba do pêndulo, oposta à lâmina, junto à haste de bronze que subia às alturas. Meu impulso fez com que o musgo que segurava as tábuas cedesse, e o estrado finalmente despencou na escuridão sem fim. E lá estava eu, dependurado no metal frio e estreito, os pés balançando por sobre o nada. Não era uma situação pela qual eu devesse me congratular, mas era um tempo a mais.

– Itzcoatl! Itzcoatl!

O eco dos gritos vinha de cima, do alto da cela em forma de chaminé. Ainda não eram os deuses me chamando, a não ser que Tlaloc, num surto de humor negro, resolvesse imitar a voz de McMurdo. Dei um grito em resposta, usando o resto de minhas forças. Segundos depois ouvi um forte estalo metálico, e o pêndulo sofreu um tranco. Começou a subir lentamente, içando-me com ele, enquanto observava as paredes do losango que retornavam a sua posição original.

O pêndulo saiu completamente do espaço da masmorra e McMurdo, de pé na borda, esticou-se para oferecer-me uma mão salvadora. Com os pés de volta em solo firme, vi que estávamos em um aposento circular ocupado por uma enorme máquina, certamente o centro de controle das engrenagens daquela cela de pesadelo. Um soldado jazia caído sobre uma poça do próprio sangue. McMurdo percebeu meu olhar e explicou:

– Este foi o homem que ativou a armadilha. Vinha para o laboratório ao perceber o tumulto e viu o alçapão acionado no corredor. Após ligar a parafernália, saiu para socorrer Trask, e o surpreendi antes que me descobrisse. Obriguei-o a trazer-me de volta até aqui, quando confessou que havia acreditado que todos os invasores tinham sido pegos pela armadilha.

Uma nova explosão, mais forte que as outras, fez com que colunas finas de poeira descessem do teto pedregoso sobre nós.

– Logo virão mais soldados, se tudo isso não desabar antes – advertiu McMurdo. – Vamos sair daqui.

Correu para um corredor secundário, e vi que ele se dirigia de volta para o laboratório. Observando minha hesitação, avisou:

– Os túneis que levam para a entrada já ruíram. Vi algumas escotilhas de ventilação cavadas na pedra, no fundo do laboratório, que devem levar para fora.

– Caso contrário...

– Bem, podemos pensar em voltar para sua masmorra.

Ultrapassei McMurdo e invadi o laboratório sem olhar para trás. O calor era quase insuportável, a fumaça pesada tornava a visibilidade quase nula, e labaredas de diversas cores explodiam por todos os lados. Com um lenço sobre o rosto, McMurdo estendeu um pedaço de pano para que eu protegesse o nariz e a boca, e fez um sinal para que o seguisse. Nos fundos do salão, onde havia menos fumaça, o ambiente estava imerso em semiescuridão, as sombras dançando à luz das chamas que tomavam conta do caminho pelo qual havíamos passado. Parei por um momento ao ver o corpo estendido sobre a mesa, entre cacos de tubos de ensaio, as pernas caídas sem movimento pela borda, os braços abertos sobre uma obra de arte insana de diversas cores, em que predominava o vermelho-sangue. Uma mancha escura e redonda manchava seu avental na altura do peito, e os olhos vidrados fitavam sem expressão o teto acima. Fulton Trask estava morto. Eu podia ir em paz, como em paz estaria agora meu irmão Huitzilihuitl.

Lembrei-me do frasco de sangue, e encontrei-o sob a máquina para onde havia rolado antes. Apesar do calor, estava intacto. Escondi-o em minhas vestes no momento em que ouvi o chamado impaciente de McMurdo, invisível além de uma nuvem de fumaça que deslizava para o fundo do salão. Encontrei-o no ponto mais distante, junto a uma série de cinco buracos quadrados entre os blocos de pedra da parede. Seria apertado, mas poderíamos nos esgueirar por ali. Senti que, de fora, vinha uma brisa fresca suave, que me causou um alívio infinito. McMurdo correu até a última passagem e apanhou no chão uma sacola de lona, dentro da qual havia algo que eu desconhecia. Enquanto ele se arrastava para dentro do canal de ventilação, após fazer um sinal para que eu entrasse na cavidade ao lado, compreendi por que ele demorara tanto a partir em meu resgate. Ele certamente tinha uma missão ali, que eu ainda ignorava, e Trask não deve ter facilitado as coisas. McMurdo encontrou sua rota de fuga quando o laboratório já devia estar tomado por chamas e explosões, mas no último momento, estando sua missão misteriosa cumprida, deixou sua sacola ao lado da saída e retornou ao inferno para tentar me resgatar. Mais uma vez eu experimentava sentimentos conflitantes em relação a ele: uma gratidão profunda por sua lealdade, mas uma mágoa dolorosa por ter mentido para mim e me usado. Era muito estranho.

Saímos na noite fria em um paredão que dava para a colina verde que descia até a cidade, a uma altura de aproximadamente quatro metros. Na escuridão da noite enfumaçada, acima de nós, ouvíamos sinetas de alarme e gritos dos soldados da guarnição, que corriam para tentar apagar o incêndio. Saltamos dos dutos de ventilação e rolamos alguns metros pela colina. A partir dali, corremos pela noite até a pensão onde McMurdo agora vivia. Era tarde, as ruas estavam vazias. Em dado momento ouvi gritos. Um bando de pessoas desconhecidas passou correndo em direção à colina. Provavelmente pretendiam ajudar no combate ao fogo, na fortaleza que iluminava a noite como uma pira funerária sinistra.

McMurdo lavou o rosto e os braços na minúscula pia e lançou

uma toalha em minha direção, convidando-me a fazer o mesmo. Enquanto eu me limpava de forma improvisada, ele retirou um grosso livro da sacola de lona e o examinou, satisfeito.

– O que é isso?

– Uma agenda mantida por Trask – respondeu ele, brandindo o livro como um troféu. – Ele não quis falar muito, mas encontrei isso entre seus papéis. Revela muita coisa sobre suas negociatas. Só para citar um exemplo, aqui há registros de que Trask estava por trás da série de ataques das hordas apaxicas no norte do México. Há registros de acertos da venda de armas e suprimentos ao próprio Goyaaté, seu líder maior. Vi também documentos que provam que ele estava adquirindo, a preços muito baixos, as terras dos fazendeiros que fugiam da violência na província mexicana do Texas, e mapas com a chancela do governo mostrando que, nessas terras, existiam importantes reservas subterrâneas de petróleo.

Apanhei o livro em minhas mãos e o folheei até o último registro. Era sobre uma reunião ocorrida dias antes, e continha uma lista dos nomes dos participantes. Detive meus olhos naquele registro e trinquei meus dentes, paralisado. Mas a voz de McMurdo cortou meu transe, enquanto ele delicadamente tomava o volume de minhas mãos:

– Definitivamente, Trask não era exatamente o que aparentava ser.

– E você, McMurdo? Ou Bento da Costa? Ou quem é você, afinal?

Ele me encarou em silêncio por um instante e falou com a voz grave, em tom definitivamente melancólico:

– Sou o homem que o salvou, Itzcoatl. Isso não é o bastante?

– Também é o homem que me usou, admita.

– É verdade. Meu objetivo em Vermissa sempre foi atingir McGinty e Trask. Rastreei o capitão-do-mato desde o Brasil, onde comandava o bando que roubava ouro e pedras, e que realizou o roubo de diamantes do Tijuco. Tudo isso era verdade. Meu caminho não demorou a cruzar com o do verdadeiro Bento da Costa, que procurava vingança pela morte injusta do pai. Por um tempo unimos nossos esforços, mas ele se precipitou e foi morto por McGinty, que fugiu em seguida. Perdi sua pista por um tempo, mas tinha um trunfo: Ortega havia denunciado a conexão entre os roubos no Brasil e as operações dos ingleses em Vermissa. Apurei que o comandante das operações era o Doutor Fulton Trask, e o localizei numa operação no Golfo do México. Foi para onde viajei, mas ele acabara de retornar a sua base nos Estados Unidos, juntamente com nosso amigo McGinty. Gastei alguns dias em Tecolutla, tratando de assuntos particulares; entre eles, me informar melhor sobre aquela operação comandada pessoalmente por Trask, e preparar-me para viajar para as "Nações de Janus". Foi quando você chegou, Itz, e eu já havia visto seu rosto em dezenas de cartazes! Eu o segui em segredo e interroguei o velho pescador, depois que você o deixou. Foi assim que descobri quem você era, e tomei a decisão de incluí-lo em meu plano. Eis porque o segui até o trem, esperando pelo melhor momento para abordá-lo. O resto você já sabe e, mesmo que me odeie, quero que compreenda que o resultado do que fizemos esta noite, além de trazer-lhe paz com a solução do mistério envolvendo o desaparecimento de seu irmão, evitará que muitas outras famílias inocentes sofram como você está sofrendo agora. Um grande mal foi eliminado hoje, Itzcoatl, e nós o eliminamos juntos.

Era tudo que eu precisava saber. De repente aquele quarto me pareceu opressivo, sufocante, e percebi que não tinha mais nada a fazer ali. Caminhei para a porta disposto a iniciar meu longo caminho de volta ao México, mas antes de sair ainda me detive por um instante. Minhas últimas palavras ao desconhecido que eu chamava de McMurdo foram:

– Sei que você me usou, e afirma ter feito isso em nome de um bem maior. Mas mesmo que me considere um ingênuo, quero que compreenda que muito dessa inocência se perdeu; a maior parte dela desde que deixei minha cidade no sul, há alguns dias que já me parecem anos. Um exemplo disso é minha convicção de que sim, o que fizemos pode poupar sofrimentos a muitas pessoas inocentes, como era Huitzilihuitl. Eu esperava me sentir melhor por isso, mas confesso que não estou. Não se fechou, e talvez nunca se feche, o buraco negro que se abriu dentro de mim. E talvez parte disso se deva ao fato, meu caro desconhecido, de que no meu íntimo eu sei que a morte de Trask provocou uma mudança em algum importante balanço de forças. E se agora muitos inocentes respiram aliviados, deve haver outro grupo de inocentes que passa a ter algo a temer. Provavelmente não o mesmo grupo, mas aquele que está no caminho de sejam lá quais forças essas para as quais você trabalha. Pense nisso. Eu pensarei.

Assim deixei o quarto de McMurdo, convicto de que nunca mais o veria. Retornei à pensão de Jacob Shafter, onde mergulhei num sono conturbado. Acordei muito cedo e no salão de desjejum percebi uma mudança na atitude das pessoas. Todos me tratavam com frieza e distanciamento. Finalmente o próprio Shafter sentou-se à minha mesa e me revelou que notícias em Vermissa costumam viajar muito rapidamente. Todos já sabiam que eu havia me associado à Ordem dos Homens Livres e que havia sido visto na companhia de McGinty e McMurdo a caminho da fortaleza na noite anterior. O resultado da aventura é que eu estava de volta, mas o castelo havia sido consumido pelas chamas, e homens estavam mortos, inclusive Trask e o próprio grão-mestre. Em breve os soldados saberiam que eu escapara do inferno e viriam à minha procura. Shafter preferia que, quando isso acontecesse, eu não estivesse mais morando em sua casa. Eu disse a ele que não se preocupasse. Paguei minhas dívidas com aquele bom homem e voltei a meu quarto para recolher minhas coisas. De repente, vi um pequeno vulto destacar-se contra a luz do corredor, à porta do quarto. Ainda vestindo seu pijama, o pequeno Bobby me olhava com expressão séria. Sorri para ele, o que o incentivou a dar um passo adiante e indagar:

– Senhor Itz, o senhor é um selvagem?

O peso de tudo o que vi e ouvi na noite anterior desabou sobre mim ao ouvir aquelas palavras. Certamente a criança, em sua pureza, estava apenas reproduzindo algo que havia escutado de um adulto, possivelmente um de seus pais, que já estariam julgando meus atos mais rapidamente do que o fogo consumira os salões da fortaleza britânica. Senti uma profunda tristeza, mas talvez tenha sido a amargura enorme causada pela perda de meu irmão que me fez responder:

– Lembre-se sempre de uma coisa, Bobby: a barbárie é o estado natural da humanidade. A civilização não é natural. É uma fantasia circunstancial. E a barbárie deve sempre triunfar no fim. Você ainda não é capaz de entender isso, mas temo que um dia seja.

– Bobby!

A voz da mãe aflita nos fez olhar para a porta. A senhora Howard empertigou-se, olhou-nos com toda a gravidade que eu merecia, e sua voz soou com a autoridade que toda boa mãe usa para ser obedecida por seu filho sem questionamentos:

– Robert Ervin Howard, volte imediatamente para seu quarto.

Ele obedeceu, cabisbaixo como eu. Alguns minutos depois, um cavalo comprado por uma pechincha levava-me para longe de Vermissa.

Eu estava havia meia hora sentado à sombra, na varanda do "Quatrocentos Coelhos", quando meu irmão Xolotl apareceu e quase me esmagou os ossos com um abraço. Sentou-se à minha frente, e o sorriso desapareceu dos seus olhos.

– É bom revê-lo, Itz. Fiquei arrasado quando soube de Huitz.

Fez um sinal ao atendente e pediu dois grandes vasos de barro contendo generosas doses de octli. Antes que eu protestasse, emendou:

– Sei que não aprecia tanto o álcool como eu, irmão. Mas por favor, permita-me dividir com você uma dose em honra de nosso querido Huitzilihuitl.

Brindamos, demos o primeiro gole, e o silêncio desceu melancólico. Ao nosso redor, alheios a tudo, comerciantes e fregueses do *tianquiztli* faziam negócios em altos brados.

– Vivemos num mundo cruel, Itz – filosofou Xol, acariciando com um dedo a lateral do vaso de barro, que tinha a forma de um coelho. – Mas você não perde por esperar. Os ingleses têm grandes planos para fazer dele um lugar melhor para gente boa e inocente como nosso irmão.

– Os ingleses vão acabar arrastando o mundo para a guerra; se não eles, serão os franceses ou os ibéricos. A guerra não é uma coisa boa.

– Não acredito que você está dizendo isso – indignou-se. – Você é fiel às velhas tradições, e sabe que os deuses necessitam da "água preciosa" para que as engrenagens do mundo não parem. Talvez a decadência por que passa o Império se deva ao fato de que estamos nos rendendo cada vez mais aos costumes "civilizados" do homem branco, e...

– Xol! – Minha voz soou mais ríspida do que eu desejava – A guerra do homem branco não é a guerra do Povo do Sol. Ela não tem nenhuma inspiração religiosa, ainda que suas verdadeiras razões ocasionalmente se ocultem por trás dessa vestimenta. Só duas coisas levam o homem branco à guerra: a ambição e a vaidade. Cave fundo, além da superficialidade de seus belos argumentos de "autodefesa", "reparação de injúria" ou "punição". A ânsia de submeter o semelhante e a luxúria de ser adorado são o que leva o homem branco à guerra, e o medo e o ódio a alimentam até que seja tarde demais.

– Palavras, palavras! – rebateu ele, com um gesto de impaciência – Você não sabe o que está dizendo, Itz! Veja ali...

Apontou para algum lugar atrás de mim. Voltei a cabeça e vi, em uma banca de doces, duas crianças se lambuzando de *xocolatl*.

– Você não faria qualquer coisa para que aquelas crianças pudessem continuar saboreando suas guloseimas em paz? O que é mais importante, isso ou suas belas teorias amargas sobre a guerra?

Fiquei por um longo minuto apenas encarando meu agora único irmão. Então apontei para uma barraca do mercado em algum lugar atrás dele. Xolotl voltou-se e viu um comerciante vendendo chapéus do tipo que estava na moda em Londres, que eram disputados alegremente por dois velhos aztecas.

– As raízes da cultura do "irmão-inglês" já se entranharam no Império como uma erva daninha impossível de se extirpar. O Povo do Sol perdeu seu brilho sob a densidade do *fog* londrino, Xol, e vejo agora como você nem é mais capaz de sequer enxergar essa mudança...

– Não fale assim, irmão – disse ele, em tom mais ameno. Pegou seu vaso de barro e ergueu em minha direção:

– Um brinde ao *teonanacatl* dos doces sonhos, ao *octli* do despertar amargo e aos velhos deuses, cuja visão ambos evocam.

Cada um de nós bebeu um grande gole. Esperei apenas que meu fôlego retornasse para continuar o que eu não pretendia deixar morrer:

– Você sempre foi visceral em tudo em que se envolve, Xol. Por muito tempo admirei isso, entre outras de suas muitas qualidades. No momento, porém, temo que tenha ido longe demais.

– O que está insinuando, Itzcoatl?

Talvez fosse efeito do octli, mas seu tom de voz começava a soar irritado.

– Quando cheguei ao Golfo e soube a data em que Huitz foi localizado – e morto, sabemos agora – pelos ingleses, algo balançou dentro de mim. A data em que o cerco terminou, e em que o bloqueio foi substituído por patrulhas de rotina, é anterior ao dia em que nos encontramos por primeira vez aqui, no quarto de Huitz. Ora, irmão, como *Otomitl* no quartel-general central, você certamente estaria ciente disso. Provavelmente já havia visto algum dos inúmeros cartazes com o rosto de Huitzilihuitl espalhados por todo o México, então também sabia que nosso irmão já havia sido localizado e preso. Por que, eu me pergunto, você fingiria para mim desconhecer o paradeiro e o destino de Huitz?

– Itz, entenda...

– Deixe-me terminar, por favor. Na noite seguinte, fui atacado no quarto de Huitz por um homem encapuzado. Em minha ingenuidade, acreditei que era alguém que também procurava por nosso irmão e me havia confundido com ele, como é tão comum. Mas quando meus olhos começaram a se abrir, Xol, pareceu-me lógico que o atacante não procurava por Huitzilihuitl. Ele procurava por mim, Itzcoatl, eu mesmo era sua vítima! Por que um atacante usa máscara, pensei a seguir. Para não ser reconhecido, evidentemente. Considerando que você era o único que sabia onde eu estaria dormindo, e sabia também que eu pretendia partir para o Golfo no dia seguinte, é razoável pensar que meu atacante era um dos dois soldados que o acompanhavam naquele dia, cujos rostos eu conhecia, guardando a entrada do mesmo quarto onde um deles me atacou. Ora, pensei comigo, ainda chocado, mas por que Xolotl não quer que eu vá em busca de nosso irmão? O que ele teme que eu descubra?

Xol tentou falar, mas apenas engasgou. Seus olhos começavam a ficar marejados e vidrados. Gotas de suor começaram a brotar em sua testa.

– Quando uma testemunha que conheci em Tecolutla mencionou o comentário pouco simpático de um certo *Otomitl* acerca da falta de afinidades entre jaguares e água, não pude deixar de recordar instantaneamente o mesmo chiste que você usou ao referir-se à minha aventura com o jaguar na enchente, ali mesmo, no quarto para onde enviou seu comparsa à minha procura no meio da madrugada.

Mas seria possível? Meu próprio irmão assistiria impassível, sem dizer nada, enquanto Huitz era feito em pedaços numa explosão causada deliberadamente por nossos "irmãos-ingleses"? Sem fazer nada para impedir?

Xolotl não respondeu. Ele não podia. Sequer se movia. Apenas me olhava, atônito.

– Juro que, até o fim, eu ainda não queria acreditar, Xol. Mesmo depois dos horrores que presenciei em Cempoálatl, quando vi astecas mortos por aztecas, num nível de brutalidade só comparável às histórias dos Tempos Negros, quando tribos do nosso povo se matavam em mesquinhas disputas étnicas e territoriais, jamais imaginei que, depois do "choque de civilização" imposto ao nosso povo pela colonização britânica, um dia acabaríamos regredindo novamente ao nível de bárbaros, de *chichimecas* se matando sob a luz de Tonatiuh em nome de um poder estrangeiro. E dentre todos os aztecas, Xol, jamais esperaria algo assim de você. Você, meu irmão, que apesar da força do nosso sangue, que nos protegeu da "praga escarlate", sucumbiu contaminado pela fome de poder estrangeira. Só me convenci totalmente quando vi seu nome numa seleta lista de participantes de uma reunião acontecida há pouco tempo, logo após a volta de Trask a Vermissa, depois de ter chacinado covardemente uma cidade inteira e nosso irmão com ela. Você esteve lá, Xolotl, com Trask. O assassino de Huitz! Planejando algo grande, certamente, e você deve estar muito entusiasmado e orgulhoso por ser parte disso. Tanto que não toleraria que descobrissem que é irmão de sangue do homem caçado covardemente até a morte poucos dias antes, diante de seus próprios olhos. Na verdade, no dia em que nos encontramos no quarto de Huitz, você estava apenas vasculhando seus pertences antes que as autoridades chegassem, em busca de algum documento ou indício que ligasse Huitz a você! Imagine, Xol, passar de conspirador a cobaia de laboratório só por ter os genes errados...

– Hnnnff...

– Depois que escapei do seu soldado e parti para o Golfo, você mal podia esperar que eu voltasse. Tinha de sumir comigo também, pois agora eu sabia demais. Eu precisava ser retirado do caminho até que se concretizasse sua preciosa missão secreta com seus irmãos por opção, os ingleses, não é? Você chegaria ao ponto absurdo, inimaginável, de colocar algo em minha bebida para me nocautear, não é? Provavelmente algo que tivesse ação rápida se misturado ao álcool. Mas, como eu disse antes, sempre fui admirador de suas qualidades, irmão. A rapidez de suas mãos, quando fazia mágicas em nossa infância, é algo que sempre tentei imitar. Sempre procurei desvendar os subterfúgios que você usava, esperto como sempre foi, para distrair nossa atenção do local onde realmente acontecia o truque. E eu aprendo rápido. O mesmo estratagema que você usou, para obrigar-me a olhar para trás enquanto colocava sua substância salvadora em meu vaso de octli, foi o que empreguei para fazer você olhar também para outro lado, enquanto trocava os vasos. "Cada qual com seu coelho", certo? Não acredito que seja um veneno mortal, é claro. Como seu objetivo era apenas retirar-me temporariamente de circulação, acredito que o efeito deverá passar logo. Tenha paciência.

Embora estivesse completamente paralisado, percebi um brilho de reconhecimento no olhar de Xolotl. Levantei-me devagar e caminhei até bem junto de seu ouvido.

– Ambição, Xol. E vaidade. Amor-próprio da espécie mais baixa. Não sei que maldita missão lhe ofereceram, a ponto de fazê-lo descartar tão brutalmente seus irmãos de sangue. Mas você é o homem certo para a missão, *Otomitl*. Você se tornou exatamente igual a eles.

Comecei a caminhar para longe da mesa, a náusea corroendo-me as entranhas. Mas parei e retornei, porque ainda tinha uma coisa a dizer a ele:

– À noite o jaguar é o rei de seu ambiente, Xolotl, mas agora eu o vejo à luz do sol. Eu o conheço como a pessoa que era, e conheço o que se tornou. Eu o vejo do alto, vejo todos os seus movimentos, como a águia. Não me interessam seus objetivos mesquinhos, mas não venha atrás de mim ou vai se dar muito mal. No momento, nada em seu caminho me interessa. Quando eu decidir cruzá-lo novamente, você saberá. Adeus.

Não encontrei maiores problemas para partir, montado em meu cavalo, de Tetzcohco rumo ao sul. Retirei o frasco de sangue do cinto e o examinei contra o sol. Eu não sabia onde estava agora meu querido irmão Huitzilihuitl. Não teve a ventura de morrer em combate, portanto não estaria no céu oriental, e dificilmente teria a oportunidade de retornar à Terra na forma de colibri. Seu corpo jamais será enterrado, livrando-o da obscura morada de Mictlan, o que não deixa de ser um consolo. Como seus restos se espalharam pelo mar, quero pensar que Huitz tenha sido acolhido por Tlaloc, e conheça a felicidade eterna em Tlalocan, seu maravilhoso jardim tropical. Quanto ao seu sangue, o único que resta de sua valiosa existência além de suas obras e de sua grata lembrança, ainda não sei o que fazer com ele. Por enquanto, segue comigo de volta para Tochtlán, onde preciso responder a Segunda Questão, a "pergunta da águia".

"Por que é durante o dia que lamenta a águia?" Porque das alturas, sob a generosa luz do sol, é capaz de ver em toda sua imensidão a insensatez dos homens. Tenho certeza de que minha resposta vai servir. Quero me tornar um cavaleiro-águia, o que me permitirá realizar meu destino, guiado por minha visão. Que Tlaloc, generoso provedor da vida, me perdoe, mas minha alma não permaneceu imune ao que vivi. Hoje sinto meu coração invadido pela noite, e quem guia minha mão e minha mente é Tezcatlipoca. Que todos os deuses antigos me perdoem.

Sob o brilho de uma magnífica lua cheia o vapor singrava as águas do Golfo do México, acompanhando a linha da costa na direção do nascente. Apoiado com os dois cotovelos na amurada do convés superior, o homem se perdia em pensamentos mais profundos que as águas escuras ao seu redor. Seu cabelo não era mais castanho, e finalmente se livrara do incômodo bigode. Ele despertou de suas divagações quando ouviu os passos dos dois homens que se aproximavam por trás. Ele os encarou e fez uma impecável continência.

– Descansar, agente Maucler. Isso não é necessário aqui, você sabe.

– Estamos longe da costa, senhor. Nenhum bisbilhoteiro pode nos ver, ou sequer ouvir nosso belo francês.

– Depois de certa idade, meu rapaz, quando já se viu de tudo, a gente se acostuma a evitar os riscos mais improváveis...

– Examinamos a agenda que capturou, Maucler – disse o terceiro homem, manifestando-se pela primeira vez. – Você fez um excelente trabalho. Parabéns.

– Obrigado, senhor. Então Trask era, na verdade, o "desaparecido" Doutor Montgomery...

– Um dos principais tenentes de Danvers Carew. Você fez muito bem ao eliminá-lo.

– Não hesitei em fazê-lo quando me dei conta de sua identidade verdadeira, conforme suas ordens. O nome de Hamish Montgomery, logo abaixo do de Carew, estava entre os primeiros no topo da "lista negra"...

–...que exige morte sumária sob qualquer circunstância. É por isso que gosto de você, Maucler, sempre faz seu dever de casa. E quanto à tal "praga escarlate"?

– De acordo com os registros todas as amostras de sangue foram destruídas, uma vez que se encontravam no laboratório de Vermissa, com a exceção de uma, que foi enviada para Londres, aos cuidados de um certo Doutor Henry Jeckyll.

– Hummm... Creio que nossos homens em Londres podem dar conta disso. Após o fiasco da explosão do Diógenes Club já estamos preparando uma nova surpresa para Danvers Carew, que tem sido visto com frequência em companhia desse tal Jekyll. Acredito que levaremos duas perdizes ao custo de uma única bala. Bom trabalho, Maucler.

– Obrigado, senhor. Espero que esse bom conceito me credencie a alguns dias de descanso. Já tive uma boa dose das Américas e nada me faria mais feliz agora do que uma noite animada na bela Paris...

Os dois superiores se entreolharam, e Maucler percebeu que sua noite feliz estava mais longe do que imaginava. O homem mais velho cofiou o bigode e disse:

– Infelizmente ainda precisamos de uma última demonstração de seus talentos antes de voltar para casa, meu amigo. Aproveitando seus talentos invejáveis e sua localização...

– Sou o homem certo no lugar certo. Entendi, senhor. Do que se trata desta vez?

– Você viu a lista de nomes na reunião final registrada por Montgomery...

Maucler assentiu com um movimento de cabeça.

– O Coronel Blomsberry é o braço direito de Barbicane, presidente do Clube do Canhão...

O outro oficial riu, mas em seguida fez um gesto pedindo desculpas e explicou:

– Perdão, cavalheiros. Apenas não esperava ver um homem que perdeu os dois braços em batalha ser chamado alguma vez de "braço direito". Mas o adjetivo é adequado, sem sombra de dúvida. Blomsberry tem servido de contato entre a organização de Barbicane e os militares britânicos, e a verdade é que tem trabalhado muito ultimamente. Ademais, de acordo com as notas registradas no livro de Montgomery, a produção de carvão mineral de Vermissa passou a ser

incrementada e desviada para instalações secretas militares dos Estados Unidos, numa época em que a tendência, graças ao dumping patrocinado recentemente pelo prussiano Schultze, é de cautela e rigoroso controle da produção. Somando a isso a presença desses nomes no encontro, além de Blomsberry e do próprio Montgomery, temos uma equação preocupante, a ponto de merecer nossa atenção e alguma ação iminente, mesmo que ainda não saibamos do que realmente se trata. Não podemos nos dar ao luxo de esperar pelo próximo movimento deles.

– Quem são os demais participantes?

– Um deles é um alto oficial do exército mexicano, um azteca de alta patente. Comparece acompanhado de três outros oficiais sob seu comando, e a presença desse grupo é a maior incógnita. O outro nome também é conhecido; trata-se de Robur, assistente imediato do Professor Fergusson...

– O cientista inglês?

– Sim, que há algum tempo foi enviado para auxiliar os estadunidenses em sua indústria aeronáutica. Nossos contatos falam em "fortalezas voadoras" capazes de ameaçar nossos submergíveis, e Felix Nadar acredita que Fergusson seja um grande perigo para a França. Uma vez que se encontra aqui, nos Estados Unidos...

– Percebo – disse Maucler, suspirando. – O senhor está chegando à minha missão.

– Foi o que eu disse a princípio, Maucler – riu o oficial de bigode. – Você é mesmo um aluno aplicado.

Os três homens olharam na direção da costa, cada qual envolvido pelos próprios pensamentos. O horizonte permanecia submerso na escuridão.

Os primeiros astecas na lua

Quando você é um agente duplo, precisa aprender a conviver com algumas situações desagradáveis. Alguns sentimentos, por exemplo. O primeiro é a culpa; não é fácil agir furtivamente contra o país que considera sua pátria. No meu caso, a Inglaterra, onde nasci. É preciso estar constantemente passando em revista os vários motivos que o levam a agir em favor do inimigo para conseguir ir adiante, e convencer-se deles muitas vezes é difícil. Além disso, existe o medo e a vergonha diante da simples perspectiva de ser descoberto por seus compatriotas. Por outro lado, ao mesmo tempo em que procuro me convencer da nobreza de minhas intenções no momento em que vendi secretamente meus serviços à França, apoiado precariamente nos ombros muitas vezes sólidos das coisas desprezíveis que vi e vivenciei, não há como evitar a baixa autoestima e ignorar o desapontamento pelo desprezo e pelo desdém no fundo dos olhos daqueles que você serve secretamente. Afinal, antes de qualquer outra coisa você é um traidor, e é um nativo de um país inimigo, e eles não conseguem deixar de cogitar se, uma vez traidor, você não vai fazer de novo. Se isso uma vez serviu para salvar minha vida e dar origem à existência dupla que eu hoje levo, ironicamente é um fardo que sou obrigado a carregar em dias perigosos e noites insones.

Todos aqueles sentimentos engalfinhavam-se em minha alma no momento em que cruzei a soleira da porta e o grupo de homens levantou-se em sinal de respeito; respeito a mim, o agente duplo. Eu ainda não sabia por que havia sido convocado com tanta urgência, mas sabia muito bem quem eram os homens que me aguardavam. A presença inesperada de um deles, em particular, era a mais intimidadora.

– *Mister* Prendick...

A melodiosa voz de tenor de Dupin era inconfundível. Ele fez um gesto para que eu me acomodasse na cadeira vaga à sua esquerda. Obedeci, inconscientemente retirando o lenço do bolso do colete para enxugar as gotículas que brotavam de minha testa.

C. Auguste Dupin, acomodado à cabeceira da grande mesa oval, era o chefe do Serviço Secreto francês e meu superior hierárquico máximo naquele lado sombrio da muralha da Guerra Fria onde eu há meses me aventurava. À direita dele, sentado exatamente diante de mim, estava um homem que, ainda que eu nunca houvesse encontrado pessoalmente, era de reconhecimento obrigatório por qualquer agente do Serviço Secreto inglês, no qual eu obviamente também militava: o Professor Aronnax, eminente naturalista francês, conhecido como um dos homens-chave da elite científica que prestava serviços ao governo da *Grande France*.

Ao seu lado, um jovem loiro de constituição robusta, que foi-me apresentado como Axel Lidenbrock, agente de contato com o Serviço Secreto prussiano. Eu já ouvira sobre suas habilidades como brilhante estrategista, e seus ousados planos de atingir o território britânico através de um suposto túnel escavado por baixo do Canal da Mancha.

Do meu lado direito sentava-se outra figura publicamente conhecida, o cientista Félix Nadar, especialista em navegação aérea e balonismo, grande adversário do Comandante Robur, o estadunidense que comandava a frota das temíveis fortalezas voadoras que assolavam o Atlântico sob a bandeira britânica.

Diante dele, outro personagem que eu desconhecia. Sua constituição física superava em força a do agente Lidenbrock, e os calos em suas mãos volumosas atestavam um passado de trabalho duro. A cabeleira vasta e desgrenhada, associada à barba e ao nariz grande e achatado, faziam lembrar a carranca de um leão. No entanto, retribuiu meu olhar desconfiado com um amplo sorriso, quase infantil. Naquele momento só me foi anunciado seu nome: Michel Ardan.

Entretanto, o homem que mais me fazia inflamarem os nervos estava sentado na cabeceira oposta da mesa, apoiado sobre um cotovelo e com o olhar, ainda que encoberto pelas vastas sobrancelhas, aparentemente perdido em algum mundo inescrutável além do canto da sala. De sua silhueta inconfundível destacava-se a calva coroada por uma faixa de cabelos brancos e a espessa barba, também grisalha, que havia ostentado durante a maior parte da vida. Era ele em pessoa, o todo-poderoso Ministro da Ciência Jules Verne, um dos homens mais brilhantes do século e o maior responsável por tornar o Império Francês um doloroso osso de peixe na garganta de seus nêmeses britânicos. Fiquei por alguns segundos fitando discretamente aquele homem que era quase uma lenda, e que parecia pairar naquele canto da mesa como uma nuvem de fumaça sobrenatural, um espectro de outra dimensão; definitivamente, como alguém que estivesse acima de todos nós e alheio às preocupações mundanas que nos assolavam. Foi o único que continuou sentado quando entrei no recinto, seu perfil esquerdo voltado para o centro da mesa, aparentando uma inquietante displicência, e não moveu um músculo sequer enquanto Dupin me apresentava aos demais.

O comandante francês saudou-me com sua polidez habitual:

– Espero que sua viagem tenha sido sem contratempos.

Confirmei o que ele de fato queria saber: consegui viajar incógnito da Inglaterra à França, sem levantar suspeitas. Dupin prosseguiu, após dirigir um rápido olhar em torno da mesa:

– Indo diretamente ao ponto, *Mister* Prendick, o senhor foi convocado para esta reunião por ser o homem mais indicado, de acordo com a opinião da maioria, para uma missão de capital importância para o Império Francês...

Permaneci em silêncio durante a pausa, embora cada vez mais curioso. O que veio a seguir foi uma pergunta:

– O senhor já ouviu falar de um homem chamado Impey Barbicane?

Estreitei os olhos, buscando fundo na memória, mas tive que me render:

– Lamento dizer que não, senhor.

– Talvez tenha conhecimento de uma associação denominada "Clube do Canhão"?...

– Ah, sim! – recordei – Uma das agremiações exóticas dos cidadãos dos Estados Unidos da América. Mantiveram um status considerável nos conflitos entre franceses e ingleses nos meados do século, quando o clube foi fundado, fornecendo armamento para o Império Britânico. Se não me engano, os chamados "Anjos

Exterminadores" encontram-se ainda profundamente envolvidos na interminável guerra brasileira, entre as forças ibéricas de invasão e os defensores aztecas e maias...

– Precisamente. Ocorre que o mencionado *Mister* Barbicane é ninguém menos que o presidente do Clube do Canhão, com sede em Baltimore, nos Estados Unidos. As únicas preocupações dessa sociedade, desde sua fundação, têm sido a destruição da humanidade – com um objetivo "filantrópico", é claro – e o aperfeiçoamento das armas de guerra, formidáveis instrumentos de civilização, especialmente quando suas bocas de fogo encontram-se voltadas na direção das cidades francesas.

Não sei se ele esperava alguma reação à ácida ironia, mas permaneci impassível.

– A verdade é que o envolvimento do Clube do Canhão tem sido surpreendido em ocorrências, digamos, "não oficiais", como nas escaramuças armadas jamais admitidas na ampla fronteira entre os Estados Unidos e Nova Albion.

Dupin fez uma pausa, e enquanto alisava o próprio bigode lançou um olhar furtivo, primeiro para Aronnax, e depois para o ministro Verne. Prosseguiu em tom mais grave:

– O que ocorre, *Mister* Prendick, é que nossos agentes infiltrados no Império Britânico nos brindaram recentemente com notícias no mínimo alarmantes a respeito de uma surpreendente mudança de rumos nas atividades, antes tão truculentas, do famigerado clube. De acordo com elas, o Clube do Canhão estaria colaborando com o governo inglês nos preparativos para uma missão tripulada à Lua.

Ele interrompeu seu discurso observando minha reação, que não poderia ser diferente das mais honestas surpresa e incredulidade. Olhei para cada um dos presentes, mas ninguém demonstrava estar surpreso como eu: Aronnax parecia entretido com alguma coisa minúscula e invisível que teria descoberto sobre o tampo da mesa; Lidenbrock e Nadar me examinavam com as sobrancelhas arqueadas, o primeiro sem conseguir evitar um meio sorriso irônico; o tal Ardan cruzou os braços e recostou-se na cadeira, abrindo mais um daqueles sorrisos francos e inquietantes; Verne permanecia imóvel, uma estátua de perfil que eu começava a me perguntar se estaria mesmo viva. Dupin interrompeu minha estupefação:

– O senhor certamente ainda não havia ouvido nada a esse respeito...

– Com toda franqueza, há muito tempo não ouvia algo que me parecesse mais despropositado, coronel. Se não bastasse a impossibilidade técnica que a ideia aparenta carregar desde sua concepção, não consigo perceber o proveito que algo assim poderia trazer ao Império Britânico. Por que alguém desejaria viajar até a Lua?

– Porque ela está lá, *Mister* Prendick – Todos se voltaram para o dono da voz de trovão, o misterioso Michel Ardan, que me fitava com um olhar penetrante. – Muito me surpreende que o senhor, sendo inglês, não considere isso motivo suficiente.

– Franceses como Jean Baudoin e Bernard Fontenelle também trataram desse tema, *Monsieur* Ardan – retruquei – mas tiveram a sensatez de manter o assunto no campo da ficção...

– Mas não podemos esquecer que foi outro grande francês, Cyrano de Bergerac, quem escreveu: "A Lua é um mundo como este, ao qual o nosso serve de lua". Ou seja, assim como a Terra, a loira Febe está lá – apontou um dedo calejado para cima, – virgem, bela e ansiosa para ser conquistada.

Naquele momento, do outro lado da mesa, Aronnax pigarreou. Estava claro que tinha algo a dizer, porém olhou antes para Dupin de maneira inquisitiva. Este o encorajou com um aceno de cabeça quase imperceptível, e então o cientista disse:

– Quanto à viabilidade técnica, *Mister* Prendick, não há motivos para mostrar-se tão pessimista. Nossos agentes apuraram dados valiosos relativos aos planos do Clube do Canhão, que foram complementados por nossa própria pesquisa, e revistos pelo ministro Verne...

Aronnax mencionara o nome do ministro em tom de absoluta veneração, e esperou um segundo para certificar-se de que o homem não teria nada a dizer. Como ele permanecesse na habitual imobilidade, como se sequer estivesse ouvindo a conversa, prosseguiu:

– De acordo com nossos cálculos, estando o satélite no perigeu, que seria a menor distância entre ele e a Terra, correspondente a 481.000 quilômetros, qualquer projétil dotado de uma velocidade inicial de 11.000 metros por segundo necessariamente alcançará a Lua.

– Pois muito bem, estou certo de que os senhores fazem uma boa ideia do tamanho da arma que seria capaz de impulsionar um projétil a essa velocidade. Isso sem falar no tamanho e peso do tal projétil, uma vez que estamos falando de uma viagem tripulada!

– Na verdade fazemos uma ideia bastante exata – intercedeu Nadar, com uma ponta de orgulho na voz. – Tal canhão deverá ter 270 metros de comprimento, diâmetro interno de 3 metros e paredes com 1 metro e 80 centímetros de espessura. Por questões de segurança e viabilidade econômica, teria que ser forjado com ferro fundido, resultando em uma formidável arma com o peso total de 68.040 toneladas.

Lidenbrock emitiu um fino e prolongado assovio. Ainda não estava a par daqueles dados assustadores. Nadar ignorou a manifestação e continuou:

– Quanto ao projétil, a melhor opção por razões de aerodinâmica seria o formato cilindrocônico, e deveria ter cerca de 3 metros de diâmetro. Pesaria por volta de nove toneladas.

– Devo confessar que estou absolutamente atônito e igualmente impressionado com o que dizem, senhores – confessei, – mas principalmente por perceber que tudo isso é um assunto sério. Entretanto, apesar da ignorância dos assuntos científicos que me provoca tamanho espanto diante da ideia, conheço o suficiente de armas de fogo para opor ainda uma objeção à viabilidade desse projeto audacioso: a quantidade de pólvora necessária para impulsionar tal projétil à velocidade requerida, em uma arma dessa envergadura, me parece algo não apenas perigoso, mas simplesmente proibitivo!

– Nesse ponto o senhor está coberto de razão. Para um resultado seguro seriam necessárias cerca de 726 toneladas de pólvora...

Não consegui reprimir uma breve risada de descrença, mas Nadar parecia já estar esperando por isso. Prosseguiu sem sequer pestanejar:

– A não ser que contássemos com uma solução alternativa...

Olhou para Aronnax, devolvendo-lhe a palavra. Este recebeu a incumbência sem ressalvas:

– Em outras circunstâncias, *Mister* Prendick, sendo o senhor um agente britânico eu jamais poderia revelar o que direi a seguir, pois se trata de uma das mais espetaculares invenções francesas nestes tempos de conflito; porém, lamentavelmente, nesse palco inseguro em que se transformou o mundo, a espionagem funciona para todos os lados. Não fomos capazes de capturar os espiões ingleses que roubaram nosso segredo antes que repassassem a informação, portanto já sabemos que os britânicos também já possuem a fórmula da piroxila.

– Piroxila? – indaguei, meneando a cabeça em confissão de ignorância.

– Também chamada de "algodão-pólvora". O algodão, combinado a frio com ácido nítrico, transforma-se em uma substância insolúvel, altamente combustível e explosiva. É capaz de imprimir aos projéteis uma velocidade quatro vezes maior do que a da pólvora. Além disso, acrescentando a ela uma parte de seu peso em nitrato de potássio, seu poder de expansão ainda aumenta consideravelmente.

– Onde seriam necessárias 726 toneladas de pólvora – voltou a interromper Nadar, – bastariam 181 toneladas de piroxila. Sim, sabermos que ainda assim não é pouco, mas acredite: dessa maneira o projeto se torna perfeitamente viável.

Houve um momento de silêncio, quando todos me fitavam em expectativa. Era minha vez de fazer a pergunta que estavam esperando. Não precisei refletir muito para descobrir qual era:

– Então, ao que parece, a coisa é mesmo séria. O que nos traz ao ponto: por que é que os senhores estão me relatando tudo isso? O que esperam de mim?

O grupo trocou olhares satisfeitos, demonstrando que a reunião tomava o rumo planejado. Foi Aronnax quem retomou a palavra:

– Existe uma questão fundamental em relação à viabilidade desse projeto, *Mister* Prendick, que teoricamente deveria estar trazendo uma dificuldade capital para as pretensões britânicas...

O cientista baixou a mão para algum lugar oculto e retornou com um rolo de papel amarelado. Esticou-o sobre a mesa e, enquanto Nadar ajudava a fixar uma das pontas do pergaminho, vi abrir-se diante de mim uma representação do mapa-múndi, as possessões de cada bloco de poder marcadas em cores diversas. Toda a Europa até a fronteira com a Rússia, além dos países nórdicos e algumas regiões no norte da África e no litoral atlântico da América do Sul, estavam marcadas em azul, simbolizando as possessões da *Grande France*. Excetuava-se obviamente a Grã-Bretanha. A Rússia, aliada até certo ponto relutante dos franceses, era simbolizada por uma enorme mancha cinzenta. Com exceção de uma miríade de cores nos continentes africano e asiático meridional, além dos herméticos e xenófobos reinos do Oriente, o restante do mundo era assustadoramente vermelho. Era a cor do Império Britânico, onde se dizia, com muito orgulho por parte do meu povo, que o sol jamais se punha. A situação era no mínimo curiosa: o Império Francês parecia um monstro azul prestes a abocanhar o pequeno morango vermelho da Grã-Bretanha; entretanto, o monstro se transformava em um pequeno camundongo azul cercado de todos os lados pelo verdadeiro monstro vermelho, ocupando a maioria das porções de terra do planeta.

Aronnax prosseguiu com a explicação:

– Para que todos os cálculos que descrevemos possam dar o resultado esperado, existe uma condição: o canhão precisa realizar seu disparo em uma posição perpendicular à superfície terrestre, o que só pode ser obtido se estiver localizado entre zero e 28 graus de latitude, norte ou sul. Como o senhor pode observar, apesar da extensão das possessões britânicas no mundo, suas opções nessa faixa são relativamente limitadas.

Debrucei sobre o mapa e examinei as terras dentro dos limites mencionados. Com efeito, a Europa inteira encontrava-se fora da área de exigência, e a Grã-Bretanha mais ainda. Havia possessões britânicas viáveis no norte africano. Entretanto, a célebre instabilidade política daqueles territórios e a proximidade de outras pequenas regiões de litígio dominadas pelos franceses tornariam o empreendimento excessivamente arriscado se colocado em prática na região. A maior parte da América do Sul, excetuando-se pontos isolados onde floresciam as civilizações azteca e maia, era coberta pela natureza em estado selvagem, exceto na parte oriental, na fronteira com o Brasil dos ibéricos, que ia pouco além do antigo e pretensioso Tratado de Tordesilhas, onde aqueles aliados dos franceses travavam uma sangrenta e incansável guerra contra o Império Azteca, na tentativa de embrenhar-se continente adentro. Também não seria um local seguro para a instalação do canhão lunar. Igualmente distante e selvagem seria a Austrália, que também descartei de imediato. Grande parte dos navios de suprimentos e recursos humanos enviados para lá vinham sofrendo “acidentes” no trajeto ao longo da costa africana ou além dela. Falava-se em uma espécie de bloqueio empreendido pelos demoníacos submergíveis franceses.

Observei a América do Norte; no México, uma estrela marcava a posição de Tenochtitlan, a poderosa capital do Império Azteca, braço direito de Londres na conquista do planeta. O restante do continente era dividido ao meio por uma longa linha vertical, dividindo as chamadas "Nações de Janus": os Estados Unidos, a face voltada para o oceano Atlântico, e Nova Albion, banhada pelo Pacífico. O primeiro havia sido colonizado por imigrantes britânicos, o segundo por uma miscigenação de aztecas e indígenas nativos. A longa fronteira, como já salientara Dupin, era uma região de violentas disputas entre dois povos que não se entendiam, mas viam-se obrigados a conviver razoavelmente em paz por estarem ambos obrigados a servir à Coroa Britânica. Apesar disso havia uma pequena porção de terra, no extremo sul dos Estados Unidos, localizada abaixo do paralelo 28. Apontei para esse local como hipotética opção para a instalação da arma, assim como todo o território mexicano, que me parecia a opção mais adequada. Isso era questão a ser respondida por Lidenbrock, o estrategista, com seu carregado sotaque prussiano:

– Procure se colocar no lugar de um inglês, *Mister* Prendick. Creio que conseguirá fazê-lo com certa facilidade...

Ele olhou ao redor, deixando clara a tentativa de fazer humor. Ninguém pareceu ter achado graça, mas ele não se importou nem um pouco com isso. Prosseguiu:

– Com o passar do tempo o Império Britânico tem ficado cada vez mais famoso pela sua brutalidade, inclusive no tratamento condenável que costuma dispensar a seus prisioneiros. Sabemos que isso é uma herança de sua prolongada associação com os selvagens aztecas, cuja presença entre as fileiras dos exércitos britânicos já tornou a violência uma rotina jamais questionada, tal é a maneira agressiva com que aqueles bárbaros emplumados se comportam em relação a seus inimigos. Por outro lado, o Império Francês cresceu formando alianças; não vamos discutir aqui se alguma vez os franceses se aproveitaram do terror dos povos ameaçados pelo potencial invasor inglês ou azteca. A imagem mundial da França é a de um império civilizado. Para aumentar ainda mais essa impressão, a França nomeia como seu Ministro da Ciência ninguém menos que o honorável Jules Verne, aqui presente, que com suas ideias fez aumentar em escala vertiginosa a qualidade de vida nas possessões da *Grande France*, e que promete ainda muito mais.

O prussiano olhou para o velho ministro em busca de algum sinal de simpatia, mas viu-se frustrado completamente. Assim ele não teve outro remédio senão continuar se dirigindo à minha pessoa.

– É sintomático que, tentando equilibrar essa balança, os britânicos hajam nomeado também um gênio como seu próprio Ministro da Ciência. A fama do ministro Herbert George Wells o precede, não julgo necessário ficarmos exaltando as concepções que ele introduziu para melhorar a vida e a autoestima do cidadão britânico. Mas todos sabem, dos dois lados do Canal da Mancha, que ainda falta algo para que Wells seja de fato consagrado, e saia da sombra do gigante Verne. Eis porque, *Mister* Prendick, a conquista da Lua precisa ser um feito inquestionavelmente britânico! Mas como isso seria possível? Como permitir que o cidadão de Londres vibre e se inflame com uma realização que não lhe pareça apenas outra dessas histórias mal contadas que perdem sua credibilidade no tortuoso trajeto entre as colônias e a Metrópole? Ora, o projétil carregando em seu bojo os conquistadores da Lua precisa decolar do território da Grã-Bretanha! O inglês comum precisa avistar seu rastro de fogo e ouvir o estampido do lançamento, levando a glória da Rainha para além do planeta!

– Concordo com sua análise psicológica da situação, *Herr* Lidenbrock, porém as dificuldades técnicas para tal realização ainda me parecem intransponíveis.

– É fácil encontrar os motivos para descartar os Estados Unidos como local de lançamento: Nova Albion jamais aceitaria essa afronta, tal o grau de rivalidade entre as duas nações irmãs. Tudo que os ingleses não precisam hoje é de um recrudescimento das animosidades naquele país de índios. É óbvio que a solução mais fácil seria lançar o projétil do território mexicano. Eu diria mais, a proverbial susceptibilidade dos filhos de Quetzalcoatl poderia fazer estremecer laços de união historicamente tão caros, se percebessem que os britânicos estariam desprezando as evidentes vantagens de se levar a cabo o projeto em território azteca por uma simples questão de vaidade e prepotência inglesas.

– Os britânicos têm sido engenhosos – interveio Dupin – louvando a bravura de seus aliados aztecas, para assim colocá-los em maioria entre os soldados das suas tropas de infantaria nas regiões de conflito mais sangrentas, obviamente comandados por oficiais ingleses na retaguarda. "Bucha de canhão", para dizer a verdade. Exaltar assim a vaidade desses indígenas poderia tornar-se um tiro pela culatra, se agora os britânicos decidissem negligenciar as óbvias vantagens geográficas para negar o sítio de lançamento ao Império Azteca.

– Imagine então – continuou Lidenbrock – que a Rainha decida "adoçar a boca" de Moctezuma III. Como? Bem, o projétil será lançado de solo inglês, mas levará em seu bojo uma tripulação azteca! Isso daria ao empreendimento a aparência de uma ação conjunta entre as duas principais forças do Império Britânico. Mais ainda, apareceria aos olhos dos aztecas como uma distinção e uma prova de confiança. Claro que o comandante da missão deverá ser um inglês legítimo, mas para viagem tão arriscada, nada como preencher o restante do espaço do projétil com, como bem destacou *Monsieur* Dupin, "bucha de canhão".

– Sua análise continua bastante plausível, mas ainda não atinei com sua solução para um grave obstáculo para o sucesso dos planos que o senhor descreve: a barreira do paralelo 28. A distância entre as ilhas britânicas e o equador, pelo que os senhores descreveram, simplesmente inviabilizaria o projeto.

Um silêncio mais tenso preencheu o ambiente como uma nuvem escura. Como presidente daquele encontro, Dupin decidiu assumir a responsabilidade de tocar em um ponto delicado.

– Talvez, *Mister* Prendick, o senhor já tenha ouvido falar em um cientista chamado Cavor.

– Já li algo a seu respeito nos periódicos ingleses, mas não me recordo do que se tratava...

– Certamente nada relacionado às ultimas informações que reunimos a respeito desse homem, que trabalha estreitamente vinculado à máquina de guerra britânica. De acordo com rumores recolhidos por nossos agentes em território inglês, Cavor teria sido capaz de um feito espantoso: a criação de uma liga metálica permeável à força da gravidade, que o homem modestamente teria denominado "cavorita".

Balancei a cabeça, sem compreender.

– O senhor disse "permeável à força da gravidade"? O que isso quer dizer?

– Veja bem – interveio Aronnax em socorro do comandante, – existem várias formas de energia radiante: a luz, o calor, a radiatividade, a gravidade. Quase todas as substâncias têm algum grau de "permeabilidade", digamos assim, a essas formas de energia. O vidro, por exemplo, é bastante permeável à luz, que o atravessa com facilidade, mas retém o calor, demonstrando uma impermeabilidade relativa. Portanto, uma substância permeável à gravidade seria aquela que a força de atração atravessa livremente sem exercer qualquer efeito sobre ela. Usando outra metáfora cientificamente incorreta, mas esclarecedora para leigos, é como se a tal cavorita fosse total ou parcialmente "invisível" para a força da gravidade, que tem um efeito diminuído ou nulo sobre ela.

– Se ainda não o fiz com adequada suficiência, volto a destacar que meus conhecimentos científicos estão muito aquém relativamente aos dos senhores. Apesar disso, me parece que tal substância não pode existir...

– O fato é que registramos um estranho incidente em uma localidade próxima a Canterbury – voltou a relatar Dupin, – uma explosão que a imprensa atribuiu a um suposto "ciclone", ainda que as condições climáticas daquele dia praticamente inviabilizassem essa hipótese. Foi assim que localizamos o laboratório secreto de Cavor e desde então seguimos de perto as pistas relativas a suas atividades. Não há certeza, mas existe uma razoável possibilidade de que a substância realmente exista. O entusiasmo incontido que o ministro Wells vem manifestando em seus círculos mais íntimos relativamente à tal cavorita...

– Esse homem é um mentiroso!

Não houve quem não se sobressaltasse ao ouvir a voz profunda, que irrompeu na outra extremidade da mesa como a lava de um vulcão que estivesse inativo por anos a fio. Pela primeira vez pude ver o rosto de Jules Verne por inteiro, e ele estava vermelho de indignação. Seus velhos olhos faiscavam por baixo das sobrancelhas grisalhas, e ele se apoiava no tampo da mesa como se a qualquer momento fosse saltar sobre ela à moda de um grande felino. Por falar em "energia radiante", senti como se raios de calor emanassem de seus olhos na medida em que ele fitava cada um de nós, enquanto falava lenta e pausadamente:

– Herbert Wells é um mentiroso. Enquanto eu coloco em prática a ciência, esse homem a inventa. Preenche as lacunas de sua ignorância com as sandices que ousa imaginar. Se o plano de enviar um projétil à Lua depender de algo chamado "cavorita", está condenado ao fracasso desde o berço. Acreditem, senhores, vocês só terão algo a temer caso estejam deixando passar alguma informação da qual nem desconfiam, mas que, tenho certeza, nada tem a ver com substâncias milagrosas abortadas pela imaginação de um tolo. Agora, se me dão licença...

O ancião ergueu-se como um antigo leviatã que houvesse despertado e emergido das águas de um oceano. Irradiando respeito e dignidade como se mobilizasse ondas contra os presentes, deu as costas à mesa da tertúlia e, com os passos lentos de quem nada mais deve ao tempo, caminhou em direção à grande porta, desaparecendo através dela.

Cada um dos que ficaram para trás conservava no rosto uma expressão grave. Aronnax enxugava gotas de suor que inundavam sua testa enrugada. Félix Nadar olhou para os próprios joelhos com uma sombra de tristeza diante dos olhos. Foi Dupin, evidentemente, quem reiniciou os trabalhos:

– Como pode ver, *Mister* Prendick, o ministro Verne rejeita totalmente a teoria da cavorita. A verdade é que ele fez questão de estar presente neste encontro, unicamente para deixar clara tal opinião. Uma opinião de peso, evidentemente. Mas por outro lado... – fez uma pausa, como se hesitasse, e por um fugaz instante seus olhos cansados pareceram haver mergulhado em algum passado conturbado e longínquo – Eu mesmo confesso já ter visto, com meus próprios olhos, coisas das quais a maioria dos homens sãos que conheço duvidariam veementemente. Foi assim que aprendi a não confundir o incomum com o abstruso. É por meio desses desvios do plano ordinário que a razão deve se conduzir, se é que existe algum caminho, em sua busca da verdade. Além do mais, é bem sabido que as ideias de Wells têm se revelado bastante originais e inovadoras. Sim, ele tem seus delírios, que acabam virando motivos de ironia nas páginas dos periódicos ingleses e, principalmente, nos franceses. Mas após muito deliberar, decidimos que neste caso não podemos correr riscos. Todos os indícios apontam para uma convergência das pessoas envolvidas nesse projeto em torno das ilhas britânicas, e como penso já haver ficado bem demonstrado, o lançamento a partir dessa latitude seria inviável sem alguma coisa com as propriedades da cavorita, pelo menos até que alguém nos ofereça outra solução menos improvável. Imagine as consequências da existência da substância; por mais que a pretensa permeabilidade à gravidade seja parcial, um projétil cujas paredes estejam construídas com placas dessa liga metálica modificaria radicalmente as perspectivas em favor dos britânicos! Com peso reduzido e menor resistência ao impulso em direção à Lua, o lançamento poderia de fato ser realizado em pontos distantes do equador terrestre, inclusive do território inglês. As especificações do canhão, como peso e comprimento, poderiam ser menos dramáticas, e a quantidade de piroxila gasta para o impulso inicial seria muito reduzida!

– A partir da infinidade de cálculos e informações aqui trazidos nesta tarde, coronel Dupin, deduzo que vocês, franceses, também estão tentando construir seu canhão lunar...

– Eu não esperava menos de sua inteligência, *Mister* Prendick. Obviamente, sua localização tem que permanecer um segredo de Estado e estamos sendo obrigados a seguir com o maior rigor possível as especificações que enumeramos, pois não contamos com nenhum milagre semelhante à cavorita, mas o senhor pode dizer que estamos vivendo uma verdadeira "corrida espacial". O comandante de nossa missão e líder da tripulação, que já se encontra em treinamento, será o senhor Michel Ardan, que inúmeros serviços já prestou em sua associação espontânea às missões de nossos exércitos e se apresentou como voluntário.

– Tudo por uma boa aventura, e sem motivos para temores – decretou o leão sorridente. Dupin prosseguiu como se não houvesse sido interrompido:

– Chegar ao satélite terrestre antes dos ingleses representaria um "tiro pela culatra" de seu portentoso canhão, abalando sua imagem e sua autoestima. Isso, numa guerra travada não apenas com armas, mas também com ideias e conquistas de homens de valor, representa muito.

– Existem indícios que favorecem nossas teorias a respeito do lançamento a partir da Inglaterra – voltou a falar Lidenbrock, mais relaxado com a ausência de Verne. – Recentemente surpreendemos a viagem sigilosa de um grupo de oficiais do exército azteca para Londres, acompanhados pessoalmente por Barbicane, do Clube do Canhão. Infelizmente perdemos seu rastro por trás das cortinas da segurança inglesa, mas suspeitamos que entre esses homens esteja a tripulação do projétil. O comandante seria um certo capitão Bedford, amigo pessoal de Cavor e homem de sua total confiança. O incidente de Lympne, próximo a Canterbury, já foi relatado pelo coronel Dupin, mas poucas semanas depois disso perdemos a pista de Cavor, e portanto do local escolhido para a montagem do canhão. Perdemos muitos agentes de valor logo que começavam a se aproximar de alguma informação realmente útil.

Ele parou e olhou para mim atentamente. É claro que reprimi o sorriso de satisfação pelo que foi dito. Sim, estou trabalhando para o inimigo, mas não deixo de sentir orgulho de minhas origens, de minha formação e de meus companheiros de farda.

– Mas nem tudo está perdido – era Dupin retomando a palavra em tom grave, e tentando fazer arrefecer meus brios. – Nosso principal agente ainda está ativo em Londres, e parece estar próximo de descobrir a localização do canhão e a data provável do lançamento do projétil. Suspeitamos que tal data deva estar próxima ao dia 4 de dezembro, quando a Lua estará ao mesmo tempo próxima ao zênite e em sua maior aproximação à Terra. É por isso que precisamos dos seus serviços, *Mister* Prendick: como agente da Inteligência inglesa, o senhor pode avançar mais profundamente do que qualquer francês infiltrado, com menores riscos.

– Dia 4 de dezembro... Isso nos deixa pouco mais de uma semana. E o que exatamente o senhor espera que eu faça em tempo tão escasso?

– Descubra a localização do canhão e a data de lançamento. Além disso, descubra o que puder sobre a tal cavorita. Se ela existir mesmo, esperamos que o senhor consiga fazer algo para atrasar o programa espacial britânico, se não interrompê-lo definitivamente.

– O senhor está falando de sabotagem.

– Sim, mas de uma maneira mais eufemística. Na melhor das

hipóteses, gostaria que o senhor, se possível, nos trouxesse uma amostra da cavorita, uma vez que ela efetivamente exista. Isso ajudaria a diminuir as tensões recentes surgidas entre este gabinete e o ministro Verne, como deve imaginar. Nem preciso dizer a respeito da urgência da missão; temos motivos para supor que nosso prazo está se esgotando.

– Certamente. E quando é que eu parto?

– Seu transporte o esperará amanhã em Le Havre.

Dupin estendeu a mão de dedos longos e passou-me alguns papéis.

– Aqui estão as instruções formais. E quero deixar bem claro, *Mister* Prendick: estou bem familiarizado com os sentimentos que o levam a colaborar conosco. Saiba que o bom êxito nesta missão contribuirá para o que o senhor almeja e, além disso, será tido em alta conta pelo próprio Imperador. Assim sendo, para o bem de todos nós, desejo-lhe boa sorte.

Parti imediatamente. Durante a viagem de trem para o porto de Le Havre repassei cada detalhe da missão e reconsiderei cada palavra ouvida no escritório de Dupin. Por mais que a ideia de enviar um projétil tripulado à Lua me parecesse uma sandice e que a concepção de algo como a tal cavorita soasse como uma tolice descomunal, a seriedade com que os franceses estavam tratando o assunto merecia o meu respeito. Afinal eu não era um cientista, e a atuação desses homens na guerra eterna que se travava ente nossos povos já trouxera diante dos meus olhos coisas que eu só seria capaz de conceber em sonhos ou pesadelos.

Aquela reflexão evocou memórias antigas, lançando-me até poucos anos no passado, quando minha vida e minha concepção do mundo mudaram para sempre. Eu ainda era um fiel e idealista agente do Serviço Secreto britânico, quando fui escalado para uma estranha missão; um eminente cientista francês, cujo trabalho pioneiro estava sendo impedido de avançar pelo excesso de zelo e pudores de seus compatriotas, havia decidido oferecer seus serviços aos ingleses, que pelas razões apontadas por Axel Lidenbrock ou outras quaisquer, cada vez mostravam-se mais flexíveis em relação aos limites éticos dispensáveis ao tratamento com o ser humano ou ao avanço da ciência. O homem foi acolhido e enviado secretamente a uma ilha remota na costa africana, onde lhe foram dadas todas as garantias e condições para prosseguir com seus experimentos. Entretanto, os ingleses não forjaram seu vasto império confiando às cegas em um ex-adversário. O cientista, cujo nome era Moreau, tinha como único companheiro um sargento inglês chamado Montgomery, que deveria acompanhá-lo como sua própria sombra. Com o passar do tempo, porém, os relatórios de Montgomery começaram a perder a regularidade e até mesmo a sanidade do homem parecia estar ficando comprometida. Suspeitava-se que a pressão da função a ele atribuída naquele fim de mundo estava afetando seus nervos, e que o pobre diabo estivesse sendo consumido pela bebida. Foi assim que entrei em ação; enviado sob disfarce para a ilha secreta, cheguei como sendo um náufrago de um navio pesqueiro. Nem mesmo Montgomery sabia minha verdadeira identidade, mas com habilidade consegui ser acolhido por ele, e depois pelo próprio Moreau. O que vi naquela ilha esquecida por Deus até hoje me assombra nas noites de pesadelo. O chamado "trabalho" do cientista dissidente envolvia a vivissecção de animais de toda espécie, tentando aproximar sua aparência e inteligência à dos humanos! Ele pretendia, e esse era o grande interesse que lhe garantia o apoio dos britânicos, criar em laboratório um novo tipo de soldado, mais forte, mais feroz e mais eficiente na arte de matar. As criaturas que vi e as coisas que presenciei quase roubaram minha sanidade, e só posso atribuir à Providência Divina o momento em que suas experiências começaram a sofrer reveses. A deterioração psicológica de Montgomery e sua entrega ao álcool eram reais, o que funcionou como um catalizador quando tudo ruiu. Por razões pessoais relativas ao meu próprio equilíbrio emocional não posso entrar em detalhes, mas confesso que, assim que vi a oportunidade, sabotei o trabalho de Moreau condenando-o definitivamente ao fracasso. Destruídos os registros científicos e eliminado o cientista, e àquela altura já livre do pobre e falecido Montgomery, foi fácil para mim plantar "evidências" de que Moreau não era nenhum dissidente, mas um espião que pretendia, como meus superiores temiam, ajudar a destruir o Império Britânico por dentro. Por essa missão fui condecorado e promovido, mas minha vida nunca mais foi a mesma. Passei a sentir um constante desconforto na companhia de meus semelhantes, como se tomado por uma convicção irracional de que eles eram, como aquele povo-fera que conheci na ilha, bestas humanizadas que a qualquer momento poderiam regredir a seu estado selvagem original. Essa sensação acentuava-se em meu trabalho junto ao Serviço Secreto, levando-me a incontroláveis reações de pânico. O pior era saber que as experiências de Moreau poderiam eventualmente ter dado certo, e então teríamos uma guerra muito mais impiedosa e desumana do que a hipócrita Guerra Fria que vivemos hoje, repleta de combates armados e escaramuças cuja dura realidade é reduzida com palavras de um revoltante eufemismo pelos periódicos dos dois lados. Eu reconhecia que a atitude dos ingleses e seus aliados aztecas era a mais feroz, o que em assuntos de guerra se traduz em um perigo considerável. Decidi então, buscando uma chance de salvar minha alma, oferecer meus préstimos aos "civilizados" franceses, atuando dos dois lados e sempre buscando um equilíbrio de forças. Eu via claramente que eles estavam longe de vencer a guerra, e sabia que seria catastrófico para o mundo se os ingleses, meus compatriotas, assumissem a supremacia. Essas foram as condições que ofereci a Dupin, e a atual missão estava dentro de seus limites: não visava submeter meu povo ou provocar derramamento de sangue inocente, mas sim tentar corrigir um desequilíbrio que ameaçava irromper, equalizando as forças naquele "cabo-de-guerra" de alcance mundial.

Peguei no sono sentado no trem, e acordei sobressaltado na entrada do porto de Le Havre, com a sensação fugaz de que duas patas peludas terminadas em garras haviam estado há pouco cravadas em torno da minha garganta.

A costa norte da França ao longo do Canal da Mancha era algo impressionante de se ver. De Dunkerque, próxima da divisa com a província da Bélgica, até Brest, no Oceano Atlântico, toda a costa era praticamente uma única fortaleza, uma muralha fortificada com quilômetros de extensão, guarnecida por centenas de canhões permanentemente apontados para o arqui-inimigo do outro lado do canal, ocupada por milhares de soldados bem treinados e permanentemente alertas. A chamada "Linha Bonaparte", em homenagem ao célebre general que iniciou sua construção logo após consolidar a aliança do Império Francês com o czar da Rússia, era considerada a fronteira mais vigiada do mundo. É claro que a muralha bélica tinha seu correspondente à altura do lado inglês, mas os franceses adoravam vangloriar-se de sua segurança e inexpugnabilidade. Em Le Havre, situada aproximadamente no meio de seu comprimento total, estava o principal porto francês, e a base da espetacular frota de naves submergíveis comandada pelo célebre Almirante Nemo, que patrulhava incansavelmente o Canal da Mancha e toda a costa atlântica do país. Com seus mísseis balísticos, lançados dos submergíveis que apareciam de surpresa em qualquer ponto do oceano, Nemo era o principal antagonista das fortalezas voadoras do americano Robur. Ele continuava sendo um mistério, desde que surgira como fiel aliado da *Grande France*. Ninguém parecia saber ao certo sua nacionalidade, mas sua aparência física sugeria algum país do norte da África ou do sudeste asiático. Diziam alguns que era um indiano cuja família havia sido chacinada por invasores ingleses no seu país, daí seu ódio pelo Império Britânico. O velho marinheiro de barba negra, como eu, era um homem fora de sua terra natal, o que talvez explicasse a simpatia com que sempre me tratava.

Assim que cheguei ao porto, encontrei-o no cais olhando pensativo para o horizonte.

– Muito trabalho, Almirante?

– Não muito, meu caro, o que não estou certo de que seja uma boa coisa. As coisas parecem estar especialmente tranquilas nas ilhas e há semanas não nos deparamos com um dos charutos voadores daquele estadunidense. É como se o Império Britânico estivesse em suspenso, esperando por... alguma coisa.

– A famosa calmaria antes da tempestade?

– Que todo bom marinheiro é capaz de reconhecer. Mas paciência, estaremos preparados quando eles sentirem saudades de nós lá no Outro Mundo.

– "Outro Mundo" era uma designação em tom depreciativo que os europeus do continente se acostumaram a usar para referirem-se às Américas, depois que souberam que os americanos se referiam à Europa como o "Velho Mundo", dando à palavra "velho" uma conotação igualmente pouco lisonjeira.

– Quanto a você – prosseguiu Nemo, – destaquei o submergível

Calamar para levá-lo até o ponto de encontro, na costa próxima a Winchester. Existem alguns desfiladeiros litorâneos onde poderemos desembarcá-lo com maior segurança.

Agradeci ao Almirante e me dirigi para o submergível. Começava ali, numa progressão ascendente, a parte mais arriscada de minha missão.

Subi por uma trilha íngreme e acidentada, e do alto do penhasco pude ver a sombra do *Calamar*, como uma enorme baleia, retornando para as águas profundas do canal. Caminhei por dois quilômetros até alcançar a estrada, onde permaneci durante quarenta minutos até avistar a coluna de fumaça que denunciava a aproximação de meu transporte. Esses veículos movidos a eletricidade e vapor, dispensando a tração animal, ainda me fascinavam. Embora a invenção fosse francesa, sua tecnologia já começava a popularizar-se também por toda a Grã-Bretanha. Aquele, em particular, ostentava o brasão do Ministério das Relações Internacionais. O motorista estava sozinho, e sorriu quando abriu a porta do passageiro a fim de me acolher. O homem simpático e atarracado usava o nome de John Withmore, e atuava como secretário do ministro. Mas embora não demonstrasse o menor vestígio de sotaque, seu nome verdadeiro era Jean Passepartout, o principal agente francês infiltrado na Inglaterra. Enquanto fazia o veículo retornar em direção a Londres, colocou-me a par da atual situação relacionada ao mistério do canhão lunar. Eu tinha algumas perguntas a fazer:

– Então você esteve pessoalmente em Lympne?

– Sim, mas infelizmente já era tarde. Algumas pessoas no Ministério, ligadas diretamente a Wells, haviam deixado escapar que Cavor estava desenvolvendo no local algo secreto e extraordinário. Mas antes que eu inventasse um pretexto para viajar a Canterbury houve a tal explosão e por pura sorte Cavor e Bedford não se encontravam no laboratório. Aparentemente alguns operários locais, gente ignorante paga por hora que nem fazia ideia de com que estavam lidando, estavam realizando algum trabalho de rotina nas forjas quando tudo foi pelos ares. Três mortos e não sobrou muita coisa para investigar. Uma coisa me pareceu estranha...

Agucei os ouvidos. Após essa frase, pela minha experiência, costumava vir algo relevante em casos nebulosos desse tipo.

– Um sobrevivente, que escapou apesar das queimaduras graves, relatou que seu trabalho consistia na montagem de uma geringonça complexa, feita de lentes e espelhos. Mas ele obviamente não sabia para que aquilo iria servir, apenas que era parte de algo maior.

– Lentes e espelhos...

Não, no momento aquilo não me dizia nada. Mudei o rumo das perguntas:

– Dupin disse que você estava prestes a descobrir o local e a data do lançamento...

Passepartout franziu a testa e coçou a cabeça, o que não prenunciava boas notícias.

– Esse é nosso problema mais urgente, Prendick, e confesso estar bastante apreensivo. A agente que conseguiu essa informação preciosa é Marie Jeanette Kelly, que atua em Whitechapel sob o disfarce de uma prostituta irlandesa chamada Mary Jane. Conseguiu atrair, como cliente, um militar do alto escalão que teria dado com a língua nos dentes após algumas taças de brandy. Marie deveria ter se encontrado comigo esta manhã para repassar a informação, mas simplesmente não apareceu. Na última vez em que nos falamos ela estava preocupada, com medo de ser descoberta e chegou a me pedir remoção para outro trabalho. Diante dessa suspeita, julguei por bem aguardar sua chegada antes de agir. Se algo estiver errado, um inglês legítimo pode ter melhores chances de safar-se...

– Fez muito bem. Como posso encontrar essa tal "Mary Jane"?

– Ela aluga um quarto modesto em uma viela próxima a Dorset Street. Posso deixá-lo nas proximidades, e nos encontramos após o cair da noite no Reform Club, onde às terças o ministro habitualmente joga algumas partidas de uíste. Sei que você tem acesso ao clube, e é possível que lá possamos colher alguma informação relevante.

Era um bom plano. Passepartout deixou-me em Dorset Street, região miserável repleta de imigrantes e fugitivos de áreas de conflito, e caminhei a pé até encontrar o endereço indicado: Miller's Court, número 13.

Não me surpreendi com o que vi logo que me aproximei do

edifício. Na verdade, era o que eu temia. Dois agentes da Scotland Yard guardavam a porta, impedindo a entrada de um pequeno grupo de curiosos maltrapilhos. Apresentei minha credencial e tive a passagem imediatamente liberada. À porta do quarto de Mary Jane encontrei uma figura conhecida: o Inspetor Lestrade era um dos mais competentes investigadores da Yard, e sua presença naquela cena de crime indicava que eu deveria tomar muito cuidado com atitudes e palavras.

– Agente Prendick? Bem, se o Serviço Secreto tem interesse em um aparentemente simples caso de homicídio, ele não pode ser tão simples assim...

– Já conseguiram apurar alguma coisa por aqui, Inspetor? – falei da forma mais desinteressada possível, arriscando uma olhada para dentro do quarto.

Havia pouca mobília: uma pequena mesa com duas gavetas a um canto, encimada por um espelho trincado; um pequeno sofá e um abajur; uma mesinha de centro manchada. Meu olhar se deteve sobre a cama no canto oposto, e não consegui reprimir um gemido. Eu realmente não estava preparado para o que vi. Lestrade riu do meu susto.

– O paraíso de um investigador criminal, não concorda?

Toda a roupa de cama estava encharcada de sangue. Sobre a mancha rubra, o corpo de uma jovem que não devia ter mais de 25 anos, com um talho profundo no pescoço que quase lhe decepara a cabeça, sendo contido apenas graças à resistência da coluna espinhal. Uma abertura ampla e vertical ia do espaço entre as clavículas até o púbis, as costelas abertas como se quisessem abraçar de volta as vísceras que já não mais se encontravam ali, na cavidade abdominal. Tirei um lenço do bolso e o comprimi contra minha boca e nariz.

– Eu entendo – Lestrade bateu amigavelmente no meu ombro. – Tive uma reação semelhante na primeira vez...

– Primeira vez? Você já tinha visto algo assim antes?

– Bem... Quatro vezes, na verdade. Esta é a quinta vítima nos últimos três meses e meio, todas elas prostitutas mortas e evisceradas de forma semelhante. Parece que temos um *serial killer* à solta em Whitechapel, e o mais curioso é que, apesar da exuberância dos crimes, ninguém jamais conseguiu vê-lo. Esta moça chegou aqui sozinha na noite passada, de acordo com o senhorio, que se recolheu por volta das dez. Só voltou a ser vista por ele nesse estado, por volta das dez da manhã, quando foi surpreendido com a presença de um policial da Yard já correndo pelas escadas. Mas se você não sabia dos outros crimes... por que o Serviço Secreto se interessaria por esta vítima em particular?

Pigarreei antes de responder.

– Isso é informação sigilosa, Inspetor, mas recebemos denúncias de que esta moça em particular poderia ser uma espiã, atuando em Londres a serviço dos franceses.

Lestrade arqueou as sobrancelhas, olhando de volta para o cadáver mutilado. Sua mente, como de costume, funcionou com rapidez.

– O que nos leva à pergunta: será que o assassino sabia disso ou seria uma coincidência? Um assassino de prostitutas que pegou a moça errada? Ou quem fez isso estava procurando por esta senhorita em particular?

– Se me permite, gostaria de dar uma olhada mais de perto.

Ele fez uma mesura e abriu caminho para minha entrada no quarto. Respirei fundo e caminhei até junto da cama. Usei o lenço para enxugar o rosto, pois comecei a suar frio. Não era o aspecto do corpo que me impressionava; eu já presenciara coisas assim antes muitas vezes, e esse era justamente o problema. Em minha mente, imagens de animais vivisseccionados sobrepunham-se alternadamente à da pobre moça morta. Senti a presença de Lestrade atrás de mim, olhando por sobre meu ombro.

– Como pode ver, as vísceras desapareceram; estômago, intestinos...

– Em minha opinião trata-se de uma infeliz coincidência, Inspetor. O *serial killer* não devia desconfiar de sua dupla identidade.

– Claro que não. Se fosse assim, poderíamos desconfiar de uma execução, não é? Talvez algum agente inglês encarregado de caçar essa tal espiã francesa...

– Se fosse assim, por que eu estaria aqui hoje?

– Boa pergunta. Somando a isso o fato de que você não sabia das outras vítimas, concluímos que o Serviço Secreto está sendo pego de surpresa assim como nós, da Scotland Yard.

– Muito bem pensado, Inspetor. Agora, se me dá licença...

Caminhei resoluto para a porta. A voz de Lestrade me deteve no batente:

– O desaparecimento das vísceras me faz pensar que esse assassino procurava alguma coisa, e não queria perder tempo fazendo uma busca minuciosa no local do crime, correndo o risco de ser surpreendido. Já que você também veio até aqui à procura de algo, Prendick... será que não faz ideia do que seria esse prêmio, valioso a ponto de levar um monstro doentio a fazer isso com uma jovem indefesa?

Voltei-me sobre os calcanhares com minha expressão mais inocente no rosto.

– Não faço ideia do que seria, Inspetor. Mas estou certo de que, se realmente houver algo tão importante, a Scotland Yard logo descobrirá e compartilhará a informação conosco, não é?

Ele riu em voz alta. O som não combinava com o ambiente daquele cenário, era quase uma afronta. Lestrade ergueu a aba do chapéu e acenou para mim.

– Até mais ver, agente Prendick.

Desci as escadas e ganhei a rua. Apesar do cheiro pútrido das vielas, acolhi de bom grado em meus pulmões a brisa que soprava ao ar livre. Alguém de fato estava à caça da espiã francesa, e a encontrou pouco tempo antes de mim. A brutalidade e a capacidade de entrar e sair incógnito era quase uma impressão digital do responsável: *Griffin*! Tinha que ser Griffin!

Ninguém sabia seu primeiro nome. Ninguém sabia sequer se "Griffin" era um sobrenome verdadeiro. A partir do segundo escalão do Serviço Secreto, não havia quem fosse capaz de fazer uma descrição física do homem. Ele era como aquelas criaturas terríveis que as mães utilizam para ameaçar os filhos que não querem tomar a sopa ou ir para a cama. Quando o Serviço Secreto queria um resultado "a qualquer custo", ele era o agente convocado. Para Griffin não parecia haver limites morais ou humanos de nenhuma espécie. Sua brutalidade e a porcentagem de êxitos em suas missões eram infinitamente mais conhecidas que sua aparência física. Todos no Serviço Secreto o temiam e fora dele mais ainda. O fato de ninguém que tenha sobrevivido a ele era capaz de descrevê-lo lhe angariou o apelido de "Homem Invisível". Se ele estivesse atrás de você, você só saberia tarde demais, e da pior maneira. Quanto a uma coisa Lestrade estava certo: Griffin matara as cinco prostitutas à procura da verdadeira espiã; provavelmente o militar que dera com a língua nos dentes era um cliente habitual de Whitechapel e o único crime das garotas anteriores foi terem se relacionado com ele. O desaparecimento das vísceras também era facilmente explicável: o procedimento padrão entre os espiões como Marie Jeanette Kelly era escrever a informação a ser repassada em um pequeno canudo de papel, que ia no interior de uma cápsula metálica diminuta até ser entregue a outro agente mais graduado ou a uma estação de telégrafo. Caso corresse perigo, a espiã deveria engolir a pequena cápsula metálica, na esperança de escapar e poder recuperá-la posteriormente. Se Griffin não houvesse encontrado a cápsula entre os pertences de seu alvo, sua mente doentia não hesitaria em remover todo o trato digestivo da vítima para procurar o objeto com mais calma em outro lugar. Nas quatro primeiras vítimas ele não encontrara nada, mas eu suspeitava de que dessa vez as mortes do *serial killer* de Whitechapel cessariam misteriosamente. Aquela linha de investigação parecia estar completamente malograda. Retornei para minha casa em Londres, e após algumas horas de descanso esperei pelo pôr-do-sol para me encaminhar ao Reform Club, onde deveria dar as más notícias a Passepartout.

O Reform Club era um reduto tradicional dos endinheirados ingleses. Eu tinha livre acesso ao local porque minha família era detentora de algumas posses, o que tornava minha presença algo aceito com naturalidade. Ali eu convivia com pessoas importantes sem que muitos sequer se lembrassem de onde eu trabalhava, o que era muito útil quando se buscam informações.

O chefe de Passepartout, o ministro Phileas Fogg, era um homem absolutamente previsível, graças à pontualidade legitimamente britânica com que cumpria suas atividades. No momento em que adentrei o salão ele se encontrava, como sempre naquele horário, sentado junto ao bar bebendo drinks com outras celebridades da vida política local e comentando os assuntos do dia. Em breve eles se deslocariam para o salão anexo, onde já estava preparada sua mesa de uíste.

Encontrei Passepartout em uma das discretas sacadas que davam para o rio, e conversamos como dois cavalheiros que casualmente tivessem se retirado para fumar um charuto. Ele evidentemente não gostou das novidades. Meses de trabalho haviam sido perdidos por muito pouco tempo. Se tivéssemos nos adiantado a Griffin em doze horas que fossem...

Naquela tarde o ministro tivera mais uma de uma série de três reuniões supersecretas, juntamente com autoridades políticas, cientistas e militares, mas o sigilo acerca dos assuntos tratados era absoluto. O homem do Clube do Canhão, vindo especialmente da América, estivera presente. A sensação de que o tempo se esgotava era muito forte. Precisávamos encontrar alguma outra pista rapidamente.. Passepartout estava disposto a tentar forçar uma conversa sobre "assuntos confidenciais" entre as autoridades do grupo de uíste, na medida em que o teor alcoólico da mesa de jogo baixasse as defesas. Talvez fosse mesmo o momento de um lance arriscado naquele jogo perigoso.

Eu já sabia por onde eu iria tentar. Olhando pelo salão, vi duas figuras conhecidas sentadas em uma mesa afastada. Um era meu amigo de longa data, Mycroft Holmes, um grandalhão que expandiu os lábios entre as duas bochechas de buldogue em um sorriso sonolento assim que me viu chegando. O outro não era propriamente um conhecido, mas alguém que eu era capaz de reconhecer por força de meu ofício: Melvin Moore, um dos cientistas do campo da física que, de acordo com a Inteligência, fazia "pesquisas secretas" para o governo. Embora se vestisse com bom gosto sua aparência era deplorável, com as roupas finas em desalinho e a barba por fazer. Seu olhar estava perdido em algum lugar distante e seus dedos brincavam com um copo de uísque, proveniente de uma garrafa cujo conteúdo já ia bem abaixo da metade. Passepartout me alertou que via o homem no Reform Club quase diariamente, e ele rivalizava com o próprio Fogg em termos de rotina, embora a sua fosse muito mais triste: sentava-se na mesma mesa às nove horas, bebia e fumava sozinho até cerca de meia-noite, e então se retirava, geralmente solitário. O comentário geral era que o homem havia se transformado naquele farrapo desde que sua noiva morrera no ataque ao *Príncipe de Gales*, um navio de passageiros que havia ido a pique perto do Mediterrâneo após ser atacado por um submergível francês, supostamente comandado pelo próprio Nemo. Estar naquela noite em companhia de meu amigo Holmes era um golpe de sorte que decidi aproveitar, apesar dos altos riscos. Meu amigo Mycroft era um homem com poderes de observação e dedução brilhantes. Muitos afirmavam que essas qualidades excediam até mesmo as de seu irmão caçula, um dos maiores detetives de Londres da atualidade. Ele poderia ter se dado muito bem na carreira policial ou militar, se não fosse um indolente incorrigível, um investigador sedentário que quase nunca continuava o desenvolvimento de suas brilhantes deduções até o final. Acabou encontrando seu lugar como um dos principais conselheiros das autoridades do Império, inclusive da família real. Como seu amigo de longa data, eu não precisava encontrar subterfúgios para uma boa conversa durante a qual poderiam escapar informações úteis. Desta vez, entretanto, era diferente. Ele não passava de uma ponte para o verdadeiro alvo. Eu só tinha que cuidar para não deixar isso tão óbvio.

– Ora, veja só o que o gato do mordomo trouxe para dentro do clube...

– Também estou feliz em revê-lo, Mycroft.

– Já conhece o meu amigo Melvin?

– Não creio. De qualquer forma é um prazer, senhor.

Moore me respondeu com um sorriso forçado. As olheiras lhe davam a impressão de ser mais idoso do que provavelmente era.

– E você, Edward, de qual canto do mundo está chegando de volta?

– De um *tour* por algumas colônias africanas, My. Uma aventura de alto risco nos dias atuais. Você sabe que aquelas águas estão infestadas por tubarões e submergíveis franceses.

O comentário aparentemente inocente causou o mal-estar que eu secretamente esperava. Moore, já bastante alcoolizado, virou o restante de sua dose de bebida e manifestou o desejo de retirar-se. Perguntei-lhe onde morava, e ele me respondeu que vivia em Mayfair.

– Parece que vamos os dois para a mesma vizinhança. Em noites tão perigosas, seria prudente viajarmos juntos. Se me permite, faço questão de acompanhá-lo em minha carruagem, e o deixo em Mayfair a caminho de casa. A viagem foi dura, e também necessito de descanso.

Moore não fez oposição ao convite e nos despedimos de Mycroft.

Enquanto o físico, visivelmente alcoolizado, apanhava seu sobretudo, Mycroft me segredou:

– Apenas para registro, Edward, não pense que me convenceu com essa gentileza de bom samaritano.

Enrijeci os músculos instintivamente. Teria sido descuidado demais?

– Agentes do Serviço Secreto não se aproximam de cientistas importantes como Moore por acaso. Mas não se preocupe, compreendo que, nesses tempos de guerra, homens importantes para o governo que se degradam como nosso pobre amigo mereçam um cuidado especial. Apenas cuide para não pisar mais ainda com sua bota descuidada na miséria do pobre, ok?

Mycroft deu uma gargalhada e me abraçou, ao que correspondi aliviado.

Ajudei Moore a descer as escadas e embarcar na carruagem. Orientei o cocheiro para que seguisse para seu endereço em Mayfair. No caminho, decidi aumentar um pouco a pressão:

– Mycroft disse que você é um pesquisador, Melvin. Qual é sua área de interesse?

Ele deu uma risadinha triste antes de responder:

– Causas e efeitos, Edward. É a isso que tenho dedicado minha vida.

– Um assunto por certo interessante, embora você ainda esteja sendo um tanto vago para mim.

– Você já pensou como foi que chegamos até aqui? Como foi que essa miséria de guerra tomou um vulto tão assombroso?

– Quem ainda não pensou nisso? Imagine se após o massacre de nobres aztecas, comandado por Alvarado, Hernán Cortéz não tivesse sido ele também massacrado pelos nativos enfurecidos, juntamente com todos os espanhóis e seus aliados...

– Na famosa "*Noche Triste*", desencadeando décadas de inúteis tentativas por parte dos espanhóis para reconquistar os aztecas.

– Ou imagine se anos depois os ingleses comandados por Francis Drake, injuriados após o traiçoeiro ataque espanhol em San Juan de Ulúa, não houvessem sido capazes de entrar em entendimento com o rei azteca Cuauhtémoc, iniciando a expulsão dos ibéricos da maioria de suas colônias americanas...

– Uma América colonial espanhola, em vez de inglesa... – riu Moore, com voz pastosa. – E eu achava que eu é que tinha bebido demais, Edward.

– História é um dos meus *hobbies*, Melvin, e é divertido especular com ela. A aliança entre aztecas e ingleses contra os espanhóis foi decisiva para a consolidação do poder do Império Britânico nas Américas. Imagine se a Inglaterra houvesse massacrado os aztecas, como era de praxe na política colonialista espanhola, ao invés de aproveitar as aptidões dos indígenas para ciências como Arquitetura e Astronomia e estabelecer uma aliança com o Império Azteca, trocando conhecimento por ouro.

– Ou se Cuauhtémoc não tivesse sido coroado Cavaleiro Britânico; ou se a Invencível Armada espanhola, quando atacou nossa frota em busca de vingança, não houvesse sido surpreendida pela cilada armada pelos ingleses e pela nova frota de caravelas aztecas e seus canhões de ouro...

– Exatamente. Talvez os ibéricos derrotados não tivessem que pedir auxílio à França, que teria perdido a oportunidade de anexar Portugal e Espanha a seus domínios e estabelecer seu império continental, invadindo também a Prússia e aliando-se à Rússia. Quem sabe se não seria um mundo melhor? Mas isso são águas passadas, portanto jamais saberemos.

– Você mudaria tudo se pudesse, Edward? Ainda que pela razão egoísta de ter de volta seres queridos levados pela violência da guerra, você se arriscaria e arcaria com as consequências?

– E você, meu amigo, se arriscaria?

Moore apenas riu, entre soluços. O cocheiro freou os cavalos, pois acabávamos de chegar ao casarão onde ele vivia. Ajudei-o a descer, e ele quase se esborrachou na sarjeta. Insisti, apesar dos protestos em voz arrastada, em ajudá-lo a entrar na casa, onde para minha sorte ele vivia sozinho.

Subimos até seus aposentos e deixei que o pobre diabo alcoolizado despencasse na cama como um saco de batatas. Retirei-lhe as botas e em segundos já podia ouvi-lo ronronar.

– Que o sono lhe traga paz, Melvin Moore – sussurrei, antes de iniciar minha minuciosa busca. Em algum lugar devia haver documentos a respeito de suas atividades secretas junto ao governo. O quarto e o closet estavam limpos; vasculhei rapidamente os outros quartos e desci para o andar térreo. Nos fundos da casa descobri o laboratório, mas o que encontrei ali não era absolutamente o que eu esperava.

A coisa se parecia com uma carruagem sem rodas, coberta por um emaranhado caótico de fios elétricos. Diante do assento havia um painel, com duas fileiras horizontais e paralelas de números esculpidos em rolos giratórios, e ao lado havia uma pequena alavanca de movimento vertical. Não consegui decifrar o mistério daquela esfinge tecnológica que ocupava o espaço central do laboratório, como se tudo mais que havia ali de fato existisse em função dela.

Olhando ao redor, vi um livro aberto sobre a escrivaninha. Tratava-se de um diário, e estava aberto. Moore interrompera um texto pela metade, talvez bloqueado pelo álcool ou por seus fantasmas misteriosos. Olhei em direção à porta e parei para escutar o silêncio da casa, antes de examinar o livro.

O que descobri era tão surpreendente quanto assustador. Melvin Moore estava construindo uma máquina do tempo! Aquela traquitana no meio da sala deveria levar um homem para o passado ou para o futuro, com o simples mover de uma alavanca após selecionar uma data específica nos rolos numéricos. Lendo adiante, meu espanto aumentava: na verdade a máquina estava pronta, e havia sido testada pelo próprio Moore. Segundo ele, com sucesso!

Nas páginas seguintes, a tortura psicológica que atormentava aquele brilhante cientista como o abutre de Prometeu se explicava: ele sentia um impulso quase irresistível para voltar ao passado e evitar que sua noiva embarcasse no *Príncipe de Gales*, onde seria "morta pelo pirata Nemo". No entanto, não se sentia moralmente capaz de salvar uma pessoa, por mais que lhe fosse cara, e deixar que dezenas de outros inocentes seguissem às cegas em direção à morte certa. O correto, pensava, seria alertar o comandante do navio e evitar completamente a tragédia. Porém, ele compreendia o perigo que isso representava: salvar tantas pessoas já mortas pelo destino poderia alterar as linhas do tempo de forma imprevisível. Moore simplesmente não encontrava coragem para assumir os riscos e isso o levara a afogar-se na bebida. Mesmo que salvasse apenas sua noiva, ele refletia adiante, sua morte fora exatamente o gatilho que o impulsionara nas pesquisas que culminaram na construção da máquina do tempo, num momento em que ele planejava abandonar seu trabalho para o governo, e a serviço da guerra. Se ela sobrevivesse Moore temia que a máquina jamais virasse realidade, e isso gerava um paradoxo que o aterrorizava. Ele chegara àquele ponto pensando em salvar a amada, e agora não encontrava coragem para fazê-lo, e por isso sentia-se o mais miserável dos homens.

Aquilo abria possibilidades estonteantes! Uma máquina daquelas poderia, como haviam especulado havia pouco na carruagem, mudar o panorama ou até mesmo evitar o início da guerra. Entretanto, nas mãos erradas poderia levar a uma catástrofe ainda maior. Eu não tinha a menor intenção de colocar aquele segredo espetacular nas mãos dos franceses, e temia vê-lo em mãos de meus compatriotas ingleses. Foi quando uma luz acendeu em minha mente. Pensando bem, havia algo que aquela geringonça poderia fazer para salvar minha missão.

Lembrei-me do relato de Lestrade: Marie Jeanette, a vítima de Griffin, chegara em casa sozinha antes das dez horas da noite passada. Agora eram quase duas da manhã. Se eu conseguisse retornar no tempo pouco mais de um dia...

Não poderia ser muito mais que isso, para evitar ao máximo interferências no passado. Provavelmente Griffin já a estaria seguindo, ou ainda, estaria à sua espera no quarto. Se eu pudesse alcançar "Mary Jane" no momento em que chegasse à pensão, poderia receber a mensagem e deixar que a roda do destino girasse livremente.

Ajustei a fileira inferior de números com a data do dia anterior, às nove da noite. De acordo com Passepartout, àquela hora Moore já se encontraria em sua mesa no Reform Club, e assim eu evitaria um encontro indesejado no laboratório. O suor descia pelo rosto e encharcava meu colarinho. Eu só esperava não estar sendo um idiota, confiando na palavra de um bêbado a ponto de colocar minha vida em risco naquela máquina. Mas minha missão estava por um fio, e eu tinha que arriscar. Girei a chave que ligava a coisa, que tremeu com um zumbido elétrico. Com um movimento resoluto, puxei o manete para baixo.

Não houve explosão nem clarão, como eu imaginava que aconteceria, como se voltar no tempo fosse igual a dar um tiro contra a própria cabeça. Passado o primeiro instante, no qual senti um frio na boca do estômago como se caísse num abismo de pesadelo, tive a impressão de que nada havia acontecido. Então meus olhos decepcionados caíram sobre os ponteiros de um relógio de parede, e percebi que estavam se movendo para trás! Permaneci inerte, observando o fenômeno, e qual não foi meu susto quando vi o próprio Moore entrar na sala em passo acelerado. Só que o homem caminhava de costas! Sem olhar para mim, parou diante da mesa com o diário, escreveu algo em ritmo ainda estranhamente acelerado, e voltou a sair do aposento caminhando de costas, sem se dar conta da minha presença. Não pude reprimir uma risada quando percebi o que estava de fato ocorrendo: o tempo caminhava para trás, e eu deslizava para um destino passado dentro de uma espécie de "bolha de tempo" criada pela máquina, imperceptível para pessoas que se encontrassem no fluxo normal das horas. Por um instante pareceu-me que assistia a um dos filmes apresentados por aqueles amalucados franceses, os irmãos Lumière, em sua mais nova invenção, o cinematógrafo, apenas rodado de trás para diante, do final em direção ao início. Com efeito, percebi através da ampla porta que dava para um jardim de inverno que o dia amanhecia mais rapidamente que o normal, mas não se iniciava com a claridade vigorosa da manhã, e sim com a luz mortiça de um entardecer. Já era dia claro quando uma senhora de idade trajando um uniforme de serviçal adentrou o laboratório, também andando rapidamente de costas, e percorreu todo o aposento tirando a poeira dos móveis. Ela também não era capaz de me ver. Saiu da mesma maneira como havia entrado, e o laboratório permaneceu vazio durante o restante daquele bizarro dia às avessas. Percebi que todas as coisas ao meu redor tinham um aspecto levemente nevoado, certamente efeito da "bolha do tempo" que me envolvia. A claridade diurna então voltou a esmaecer, e a escuridão da noite retornou. Em dado momento voltei a ouvir ruídos vindos da rua, coisa que, agora me dava conta, haviam cessado por completo durante o fenômeno. Olhando ao redor sob o reflexo da luz da lua, percebi que o laboratório recuperara sua nitidez. Sem que eu nada sentisse, a viagem no tempo chegara ao final. O relógio na parede, cujos ponteiros agora jaziam imóveis, marcava exatamente nove horas. Exultante, saltei para fora da máquina prodigiosa. Eu precisava voltar rapidamente a Whitechapel, e talvez salvar minha missão! Escalei o muro do jardim de inverno nos fundos da casa, agarrando-me aos ramos grossos de uma trepadeira, e ganhei a rua escura. Corri como se o fim da própria Guerra Fria dependesse disso. E quem sabe se não dependeria...

Confiei no meu preparo físico e em meu conhecimento dos becos e atalhos que devia cruzar para chegar ao endereço em Miller's Court sem recorrer a uma carruagem, mas apenas cheguei ao local já bem próximo das dez horas, completamente sem fôlego. A rua estava deserta. Encoberto por uma sombra na esquina, vi quando o senhorio chegou à porta do número 13, olhou ao redor e apagou a luz do hall. Ouvi o som da chave do lado de dentro. Tentei identificar a janela do andar superior onde ficava o quarto de Marie Jeanette, e vi a luz fraca por entre as cortinas. Ela certamente já estava lá. E pelo jeito das coisas, era grande a chance de que Griffin também já estivesse no prédio. Assassinar, dissecar e eviscerar uma jovem era algo que tomava tempo, mesmo para o mais frio e experiente assassino. Griffin pensava que tinha a noite toda; não se eu pudesse impedir.

Estudei a posição da janela e a altura, e concluí que a melhor abordagem seria mesmo pela porta da frente. Isso me custou mais uma hora de angustiante espera. Precisava dar tempo para que o senhorio pegasse no sono, pois de seu quarto no andar térreo certamente poderia ouvir o barulho de minha entrada. Mesmo assim fui o mais silencioso possível, com o arame retorcido que eu chamava de "chave mestra". A fechadura cedeu após dois ou três minutos. Olhei ao redor para me certificar de que ninguém me vira na rua, e subi cautelosamente as escadas.

A porta do quarto de Marie estava entreaberta, e um filete de luz iluminava a parede oposta do corredor. Meu coração acelerou. Talvez ele já estivesse dentro do quarto e a surpreendeu ao entrar, sem ter sequer tempo para fechar a porta; ou talvez tivesse batido à porta e atacado a moça quando abriu, deixando a passagem livre atrás de si.

Empunhei minha arma, retirando-a do coldre sob o braço esquerdo, e empurrei lentamente a porta. A cena me desconcertou por um instante. Marie estava deitada na cama, sua figura em parte eclipsada por um homem de pé ao seu lado, de costas para mim. Mas o que me surpreendeu foi que o homem estava fardado: era um policial da Yard! Por um segundo me ocorreu que Griffin já houvesse escapado e a polícia chegado ao local, mas no momento seguinte aquilo me pareceu absurdo. Simplesmente não haveria tempo para isso.

A porta rangeu brevemente sob efeito de meu toque e o policial voltou-se sobressaltado em minha direção, e só então percebi que ele usava luvas de borracha, empunhando uma lâmina afiada e suja de um vermelho intenso. No exato instante em que o homem se jogava sobre mim, dei-me conta do quanto fui idiota em não ter compreendido imediatamente a verdade. Afinal, o "Homem Invisível" devia parte de sua fama ao fato de ser um mestre nos disfarces.

A lâmina zuniu por sobre minha cabeça onde segundos antes estivera meu pescoço. Meu soco atingiu Griffin nas costelas, mas ele imediatamente revidou me empurrando para o chão do corredor. Enquanto batia a cabeça contra a parede, lembrei-me das palavras de Lestrade: o senhorio fora surpreendido com a presença de um policial da Yard nas escadas pela manhã. Quem diabos poderia ter chamado a polícia, se o corpo ainda não havia sido descoberto? O homem provavelmente surpreendera o próprio assassino abandonando o local do crime!

Griffin chutou minha mão, e a pistola rodou pelo piso mal encerado. Ainda caído, devolvi o golpe com um chute na lateral do joelho, fazendo-o gemer e tombar de lado, apoiando-se à parede. Meu próximo chute, com os dois pés juntos e apoiando meu corpo sobre as costas, atingiu sua cintura. O falso policial perdeu o equilíbrio e desapareceu na escuridão, rolando pela escada abaixo com um barulho que acordaria até os mortos. Ouvi o grito abafado, entre assustado e furioso, que partiu do quarto do senhorio. A porta do homem abriu com violência e a luz trêmula de um candelabro espalhou-se pelo hall, onde já não havia mais ninguém. O homem sonolento olhou para a porta escancarada que dava acesso à rua e depois para o alto da escadaria, onde eu já me punha de pé.

– Chame a Scotland Yard! – gritei – Um assassino acaba de fugir do edifício!

A partir dali uma balbúrdia de sons de portas batendo e gritos assustados tomaram conta do lugar. Luzes piscavam e vozes misturavam-se nos dois pisos do prédio. Retornei ao interior do quarto, e vi a pobre Marie Jeanette imóvel em seu leito de morte, um risco vertical fino e rutilante ampliando-se em intensidade de cima abaixo em seu frágil corpo despido. Chegando mais perto vi que a parte macia do abdome já se encontrava bastante aberta, com intestinos de um brilho gorduroso à mostra. Ignorei os gritos abafados das pessoas que paravam diante da porta do quarto e viam a cena, e aproximei-me da vítima. Nem tudo estava perdido; Griffin não tivera tempo de procurar a cápsula com a mensagem, nem de extrair as vísceras onde ela provavelmente se escondia.

Eu não tinha luvas nem tempo. Enfiei as mãos trêmulas na cavidade quente e úmida, e apalpei cuidadosamente toda a extensão do intestino delgado, subindo até o estômago. Fechei os olhos, mas imediatamente minha memória explodiu como um *flash*, levando-me de volta ao passado até certa ilha na costa africana. Eu podia ver o sol forte através da janela, e diante de mim o corpo trêmulo de um ser semelhante a um javali, vivo e amarrado, mas com a pele aberta em vários pontos e os intestinos à mostra. Ele grunhia de dor e desespero, e seus pequenos olhos lacrimosos imploravam piedade, enquanto eu sentia ao meu lado o hálito malcheiroso do Doutor Moreau, dizendo com sua voz rouca e inexpressiva: "Aqui, Edward, por favor, estanque este sangramento".

Abro os olhos, o suor empapando as roupas, e o cenário é menos angustiante: uma jovem espiã francesa disfarçada de prostituta, morta e estripada sob minhas mãos, que não conseguem localizar em parte nenhuma do estômago ou dos intestinos o grânulo rígido da cápsula metálica contendo uma informação vital. Lembro-me de meus conhecimentos de anatomia e enfio o dedo superiormente entre o estômago e o músculo do diafragma. Acima do sutil disco muscular do cárdia, alcanço a porção inferior do esôfago. E de repente, justo na junção entre ele e o estômago abaixo, encontro o que buscava. A pobre moça mal teve tempo para cumprir com seu dever e engolir a informação cobiçada antes de ser morta, já que a cápsula nem sequer chegara ao interior do estômago. Ao lado do corpo Griffin abandonara um volume de couro desenrolado, no interior do qual brilhavam várias facas e bisturis de diversos tamanhos e formas, seus terríveis instrumentos de trabalho. Destaco uma delas ao acaso de sua presilha e resseco o esôfago na junção com o cárdia. Imediatamente um pequeno objeto prateado e cilíndrico, medindo cerca de dois centímetros de comprimento, cai entre meus dedos. Enfio a cápsula rapidamente no bolso do colete e limpo as mãos ensanguentadas nos lençóis. Passo pelo senhorio atônito em meu caminho até a rua, onde já posso ouvir as sinetas e os apitos que denunciam a iminente chegada da Scotland Yard ao local do crime. Não tenho mais tempo para isso. Corro pela rua enfumaçada e me perco nas sombras.

Uma dor no flanco me adverte que minha força física chegou ao limite, após tamanha correria somada a uma bela luta física com um psicopata. Caminhando com dificuldade pelas vielas escuras, percebo atrás de mim a aproximação de uma carruagem guiada por um sonolento cocheiro de longos cabelos e bigode grisalhos. O pobre homem quase cai de seu assento, tal o susto que provoca minha saída das sombras, acenando diante dos cavalos. Dou-lhe o endereço de Melvin Moore. Precisava alcançar a máquina do tempo antes que o cientista retornasse do Reform Club.

Protegido no interior do carro, desatarraxo cuidadosamente a cápsula de metal e retiro o pequeno pergaminho enrolado. A informação recolhida pela pobre mártir Marie Jeanette é precisa: "Dia primeiro de dezembro, 22h47min, Dover"

Amasso o papel, irritado. Agora que a informação veio à luz, tudo parece óbvio demais: considerando o tempo de viagem pelo espaço, para alcançar a Lua no dia 4, data do próximo perigeu, o projétil deveria ser mesmo lançado em primeiro de dezembro. A cidade de Dover fica próxima a Canterbury, local das experiências desastrosas de Cavor, facilitando o transporte seguro da suposta cavorita e de materiais para a construção da base de lançamento. Fica também no condado de Kent, um dos locais cuja costa é mais bem protegida por fortificações britânicas, graças a sua proximidade do continente e do inimigo francês, no ponto mais estreito do Canal da Mancha. Finalizando, Dover fica no extremo sul da Grã-Bretanha, sendo um dos pontos mais próximos da latitude ideal para o lançamento, prevista pelos analistas franceses.

Quando a carruagem se detém diante da residência de Moore, já tracei meu plano: primeiro, voltar ao exato momento de saída com a máquina do tempo, para evitar qualquer prejuízo à continuidade e um encontro indesejado com o cientista, chegando amparado por mim mesmo. Seria um paradoxo constrangedor. Segundo, acionar o grupo de Passepartout para um deslocamento imediato até as imediações de Dover, onde teremos cerca de uma semana para avaliar o terreno e estabelecer um plano de ação.

Pago a viagem ao cocheiro, que agradece com um murmúrio e vai embora. Assim que dobra a esquina, corro até os fundos da propriedade, arrasto um latão de lixo até o muro alto, e salto dessa plataforma improvisada para dentro do jardim de inverno nos fundos do laboratório.

Tudo está como deixei. Tomo o cuidado de checar todo o trajeto que percorri em minha primeira entrada no laboratório, retornando objetos a sua posição inicial e apagando digitais. Era chegado o momento de voltar ao futuro. Sentei na máquina e girei a chave.

O laço envolveu meu pescoço e puxou-me para trás, esfolando a pele e me estrangulando. Tentei em vão enfiar as mãos entre a corda e o pescoço. Bati os pés desesperadamente sobre o painel de controle da máquina, até que consegui apoio suficiente para impulsionar meu corpo para fora do assento; caí no chão e rolei para o lado, e meu peso puxou meu agressor sobre mim. Usei o impulso para alavancá-lo em direção à porta de vidro, que se estilhaçou com o impacto. Vi, surpreso, o velho cocheiro que me trouxera havia poucos minutos debatendo-se para se erguer entre cacos de vidro e metal. Compreendi de imediato: *Griffin*!

O bastardo era mesmo uma raposa; após fugir da cena do crime disfarçara-se de cocheiro esperando que eu também escapasse de lá. O melhor modo de me seguir seria viajar comigo até meu destino, e agora ele tinha muito mais informações a meu respeito do que eu gostaria.

Arranquei a corda que feria meu pescoço, e vi que se tratava do próprio chicote de couro do cocheiro. Quando Griffin se levantou, arrancando uma lâmina ameaçadoramente afiada do meio das roupas, brandi o chicote e consegui envolver seu braço armado. Não conseguia ver seu rosto na penumbra, ainda oculto pelo espesso bigode grisalho do disfarce, mas percebi sua fúria na maneira como ele tentou puxar o chicote em sua direção. Em vez de transformar aquilo num inútil cabo-de-guerra, aproveitei o puxão para lançar meu corpo no espaço sobre ele. O impacto do meu peso atirou-o no jardim, e ele bateu ruidosamente contra o muro. Por um instante pareceu estar desacordado, mas quando me aproximei girou o corpo com uma velocidade espantosa. Senti a dor aguda da lâmina, que rasgou a manga do paletó e feriu meu braço superficialmente. Desferi um chute contra o rosto do adversário caído, que tombou para trás. Mas antes que eu ameaçasse investir de novo, aquele monstro dotado de surpreendente resistência, mesmo estando evidentemente tonto, já se apoiava sobre os joelhos, brandindo a inseparável lâmina diante de si, meio às cegas. Ouvi um apito do lado de fora do muro. Algum policial que fazia sua ronda pela rua ouvira o barulho da luta e solicitava reforços. Além de tudo eu estava ferido. Corri para a máquina do tempo, caindo sobre o assento. Vi a silhueta de Griffin apoiando-se no batente da porta no momento em que empurrei o manete para adiante.

O processo de deslocamento para o futuro foi semelhante ao da vez anterior, apenas as imagens eram mais desfocadas ao meu redor, e estranhamente a viagem me pareceu mais demorada. Fiquei surpreso quando a "bolha de tempo" se desfez, e a claridade do sol entrando pelo jardim ofuscou minha visão. Percebi que a porta de vidro continuava quebrada, e olhando ao redor não vi a mobília que anteriormente enchia o laboratório. O salão estava vazio, exceto pela máquina do tempo na qual eu acabava de chegar. Os acontecimentos do passado haviam mudado alguma coisa. Alguém, talvez o próprio Moore, removera o laboratório dali após as evidências de invasão. Mas como fora capaz de agir tão rápido? Essa dúvida e a luz solar me indicavam que havia algo errado. Eu deveria ter chegado á noite, no momento em que antes havia partido. Meus olhos caíram sobre o painel de controle, e minha espinha gelou. A fileira de números superior, que indicava minha data de destino no trajeto rumo ao futuro, indicava o dia primeiro de dezembro do mesmo ano, às dezesseis horas. A explicação me atingiu como um raio: no momento em que eu me debatera, buscando apoio com os pés no painel para escapar ao estrangulamento, meus movimentos haviam alterado a posição dos rolos de números. Em vez de um dia rumo ao futuro eu avançara nove!

Minha mente começou a trabalhar febrilmente. Em poucas horas, naquela mesma noite, ocorreria o lançamento do projétil britânico rumo à Lua. Eu não fazia ideia do que Griffin fizera durante aqueles dias com as informações de que agora dispunha. Eu sabia que o homem era imprevisível e muito esperto. O conhecimento da existência da máquina do tempo era muito valioso para ser entregue de bandeja nas mãos do Serviço Secreto por alguém de sua laia, a menos que lucrasse muito com isso. Talvez ele ainda estivesse tramando algo em segredo, e nesse caso eu dispunha de algum tempo para agir. Se ele tivesse sido apanhado por seus superiores e confessado toda a história, estaria isolado até que a máquina fosse recuperada, e nesse caso minha cabeça estaria a prêmio. Eu só podia confiar na astúcia já demonstrada tantas vezes por meu adversário. Provavelmente Moore fora deslocado com seu laboratório para algum lugar secreto até que sua invenção reaparecesse ou fosse reconstruída; nesse caso, possivelmente Griffin é que estivesse sendo procurado como suspeito do desaparecimento. Estaria entocado em algum buraco matutando como fazer para me encontrar.

Todas as hipóteses indicavam que eu tinha, mais uma vez, que agir rápido. Saí da máquina, tendo o cuidado de levar a chave que a acionava, e percorri cuidadosamente os cômodos da casa. Moore não estava lá, e em seu quarto observei sinais de que levara roupas e objetos pessoais. Passando perto do hall de entrada, deparei com um homem estranho cochilando tranquilamente em uma poltrona, uma pistola de uso padrão do Serviço Secreto descansando em seu colo. Retornei ao laboratório e usei novamente a rota de fuga do muro dos fundos. Na esquina dei uma olhada furtiva, e vi do outro lado da rua dois agentes completando o time da tocaia. Fugi pelo outro lado, e com meu conhecimento dos becos e vias alternativas de Londres pude traçar um caminho até o Ministério das Relações Internacionais. O plano era arriscado, mas eu não via escolha melhor. Apresentei minhas credenciais de agente e procurei por John Withmore, o pseudônimo de Passepartout em seu disfarce britânico. A secretária do ministro informou que o chefe do gabinete e seu secretário haviam partido naquela manhã para destino ignorado, considerado confidencial. Eu fazia uma ideia do que se tratava; se Passepartout estivesse acompanhando Fogg a Dover, não teria tempo hábil para evitar o lançamento sem comprometer seu disfarce. Eu continuava sendo o curinga naquela missão. Assim sendo, usei minha autoridade e lábia de agente para requisitar em caráter de urgência um dos veículos automóveis que permaneciam a serviço do Ministério. Era um caso de vida ou morte, e isso era mesmo verdade, embora não da maneira como aqueles funcionários públicos imaginavam.

O veículo tinha um motor de dois cilindros e fazia dezenove milhas por hora. Levaria a eternidade de quatro horas de Londres até Dover, portanto pus-me a caminho sem mais tardar.

O dia escureceu, apesar de minha viagem sem maiores impedimentos em velocidade máxima. Eu estava bem próximo à cidade costeira quando ouvi as primeiras explosões, acompanhadas de clarões que iluminavam o espaço por alguns segundos. Direcionei o veículo por uma estrada secundária até o alto de um penhasco, de onde poderia ter uma boa visão do que acontecia abaixo. E o que vi era ao mesmo tempo totalmente inesperado e absolutamente assustador.

A base militar estava repleta de soldados, que se perfilavam em batalhões de colunas paralelas, formando retângulos perfeitamente geométricos no amplo pátio junto aos edifícios. Percebi que a maioria absoluta deles tinha a pele morena e os cabelos escuros, e os capacetes enfeitados por longas penas de ave multicoloridas. Havia também oficiais aztecas, mas à frente de cada grupo de cinco ou seis retângulos humanos, um oficial de alta patente ostentava o orgulhoso uniforme do exército inglês. Os soldados eram conduzidos na direção de enormes estruturas montadas junto ao mar; na mais perfeita ordem, entravam em enormes cilindros de brilho metálico, e pude observar através de uma das escotilhas como se prendiam à parede acolchoada no interior dos mesmos com grossas correias e fivelas. Quando a escotilha se fechava, o cilindro deslizava sobre trilhos até o interior de estruturas escuras e tubulares, verdadeiras chaminés de um cenário de pesadelo inclinadas diagonalmente em direção ao mar. Eram dez gigantescos canhões, que em pouco tempo disparavam aqueles cilindros recheados de soldados britânicos um após outro, com uma explosão e um clarão apavorantes. Não era apenas um, mas inúmeros projéteis, e me surpreendi ao observar o ângulo de inclinação dos canhões; não pareciam estar disparando em direção à Lua, e sim na direção... sudeste! Compreendi prontamente o significado daquilo. Consternado, retornei ao meu veículo e tomei o caminho de volta para Londres.

O ministro Jules Verne estava certo o tempo todo; não existia nada parecido com a chamada "cavorita" e agora as palavras que ouvi da boca daquele homem sábio ecoavam em minha mente como a voz de um fantasma: "*Acreditem, senhores, vocês só terão algo a temer caso estejam deixando passar alguma informação da qual nem desconfiam, mas que, tenho certeza, nada tem a ver com substâncias milagrosas abortadas pela imaginação de um tolo.*"

Obviamente eu tinha em Londres outra moradia, desconhecida por meus companheiros do Serviço Secreto Britânico, que eu usava para meus encontros com os agentes franceses, e reservava para um possível esconderijo caso fosse desmascarado por meus pares em meu jogo duplo. Foi para lá que rumei imediatamente. Ali contava com um aparelho de telégrafo, que me permitiria falar com meus contatos do outro lado do Canal da Mancha. Para minha surpresa, o aparelho estava ligado e funcionando quando entrei. Passaram-se alguns segundos antes que eu percebesse o vulto de pé na penumbra, em um canto do aposento.

– Se pretendia avisar os franceses, temo que tenha chegado tarde – disse Passepartout.

– Você esteve em Dover... – era uma afirmação, não uma pergunta.

– Reunido com todo o Estado-Maior no último momento antes da deflagração do plano, quando finalmente tudo foi revelado. Quando retornei a Londres e consegui me desvencilhar do ministro Fogg, não havia mais tempo para nada. O ataque já estava em andamento.

Lancei um olhar para o telégrafo, que continuava vomitando fitas com mensagens. Passepartout percebeu meu olhar e continuou:

– Vim até aqui e usei seu telégrafo para avisar Dupin, mas as notícias do norte da França já anunciavam a catástrofe. Seus traiçoeiros compatriotas lançaram a isca da conquista da Lua para desviar nossas atenções, e enquanto nos distraíam com esse truque barato de prestidigitação, com a mão livre equiparam a base secreta em Dover com os canhões que lançariam as tropas, soldados britânicos de elite e hordas de selvagens aztecas, por cima das torres de defesa da Linha Bonaparte, diretamente em território francês. Essas torres jamais esperariam um ataque por trás, estando perfeitamente equipadas para defender o continente de um ataque pelo mar, portanto foram rapidamente neutralizadas.

– Misericórdia...

– E isso não é tudo – continuou Passepartout, no mesmo tom baixo e sombrio -, em seguida começaram a chegar os navios vindos de Dover. As notícias de Calais dão conta de que esses navios desembarcaram sem a menor resistência estranhas e terríveis máquinas de guerra: estruturas metálicas fortificadas que se movem pelo terreno sobre três pernas na forma de colunas telescópicas, disparando contra pessoas e construções com o que já está sendo chamado de "raio da morte": um raio de calor concentrado, que parte de uma fonte irradiadora e passa através de um sistema intrincado de lentes e espelhos, para ser intensificado e tornar-se capaz de matar e incendiar.

– Lentes e espelhos... Meu Deus, era nisso que Cavor esteve trabalhando em Canterbury!

– Parece claro agora, não é? Você compreende o que tudo isso significa?

– Que acabou a hipocrisia da chamada "Guerra Fria", Passepartout. Ingleses e aztecas deflagraram a verdadeira "Guerra dos Mundos".

– Exato. O Outro Mundo, comandado por seus compatriotas, decidiu finalmente mostrar sua face e invadir o Velho Mundo, que afirmam estar fraco e decadente. Estão se espalhando por toda a Normandia. Mas tenho fé de que subestimam nossa capacidade de defesa...

– A invasão está acontecendo muito próxima à fronteira com a Prússia. Esses aliados dos franceses não vão perder tempo e encurralar os invasores entre duas frentes de batalha...

– Até nisso os ingleses pensaram, meu caro. Sua pusilanimidade vai muito além do que você imagina; as últimas mensagens revelam que uma imensa frota de fortalezas voadoras, aparentemente comandadas pelo próprio Robur, está neste momento atacando os prussianos pelas costas.

– Pelas costas? Isso significa...

– Que a aliança entre França e Rússia estava mais desgastada do que imaginávamos. Os russos franquearam seu território à passagem dos norte-americanos, sabe-se lá mediante quais promessas. Apenas uma pergunta ainda permanece sem resposta...

Permaneci em silêncio. Passepartout adiantou-se, e a luz do lampião aceso no aposento brilhou sobre o cano esguio de sua pistola, apontada em minha direção.

– Onde é que você esteve durante toda a última semana, desaparecido e sem dar qualquer notícia?

Eu poderia facilmente responder essa pergunta. Poderia contar ao agente francês sobre a mais espetacular arma secreta dos britânicos, a máquina do tempo que me fez saltar por sobre uma semana inteira de existência, e que tem o potencial de transformar toda a realidade que conhecemos em um punhado de delírios enlouquecidos, saídos da mente alucinada de autores de ficção. Mas eu não estava pronto para revelar esse segredo a eles. Não ainda.

– Desculpe, Passepartout, mas ainda não posso revelar isso. Você terá que confiar em mim.

– Não sei se estou disposto a confiar em qualquer inglês novamente – disse ele, erguendo a arma e apontando seu orifício escuro na direção de algum ponto entre meus olhos.

Suspirei desanimado. Quando você é um agente duplo, precisa aprender a conviver com algumas situações desagradáveis. Esta é apenas uma delas.

Por um fio

UM HOMEM TEM muito tempo para pensar quando a escuridão e o silêncio são absolutos. Nesses momentos, em que se encontra irremediavelmente entregue a si mesmo, a própria mente torna-se a única companheira, ainda que, pelo menos no meu caso, não seja a mais desejável.

Desligo o fraco lampião a gás, que providenciava minha única fonte de luz, já que a chama consome oxigênio, no momento o meu bem mais caro. Além do mais, tudo que eu podia ver eram as paredes do estreito cubículo que chamo de "cabine do comandante", e no vidro da escotilha uma imagem distorcida pelas sombras desse meu rosto sulcado por anos de duras batalhas. Não estamos a uma profundidade suficiente para que o oceano lá fora esteja tão absolutamente escuro; isso significa que ainda é noite. Vez ou outra um rangido percorre toda a extensão do submergível, como se ele se ajeitasse brevemente durante o sono em seu leito de lama. Mas na maior parte do tempo estamos reduzidos a isso: um punhado de almas penadas no bojo de um túmulo submarino. Meus homens, com sua fidelidade canina, esperam por mim. Eu, com toda minha experiência e paciência de pescador, também espero. A estratégia nada mais é do que a mais refinada inteligência colocada a serviço da guerra, ainda que a princípio "inteligência" e "guerra" possam parecer duas palavras incompatíveis quando colocadas em uma mesma frase.

A despeito de estar sendo construído sobre o alicerce de milhares de mortos, este conflito que já dura centenas de anos, mas que com o advento da hipocrisia dos governantes recebeu o nome eufemístico de "Guerra Fria", teve sua origem em uma sequência de brilhantes manobras estratégicas. Primeiro, quando piratas ingleses valeram-se de artimanhas e intrigas para arrancar o Império Azteca das mãos dos espanhóis, e em seguida transformaram aqueles selvagens emplumados nos principais aliados do Império Britânico. Por outro lado, quando os derrotados espanhóis foram bater às portas do Império Francês em busca de socorro, foi uma jogada inteligente a dos franceses anexando a Península Ibérica a seus domínios. Somando-se a isso a invasão da Prússia e a aliança com o czar russo, concretizou-se a formação da principal potência continental da Europa. Aos britânicos restou o controle quase absoluto das Américas e das distantes possessões na Ásia e África, o que faz deles o maior império do mundo, porém o mais disperso, relativamente enfraquecido pelas distâncias excessivas. Assim foi estabelecido o frágil equilíbrio das forças antagônicas que comandam o planeta, que persiste através das eras como a disputa eterna de dois vampiros invisíveis, mas sedentos de sangue.

Já faz tempo que os principais países em conflito não realizam significativas invasões territoriais. A guerra permanece limitada a escaramuças em águas distantes ou em territórios neutros, ou nas regiões incertas das fronteiras. Em geral, em lugares tão afastados dos grandes aglomerados populacionais que a imprensa joga um importante papel na manipulação da opinião pública, minimizando as próprias derrotas ou ampliando desmesuradamente os atos heróicos de seus exércitos.

O refinamento da civilização trouxe os avanços tecnológicos; na maioria das vezes, admito e declaro aqui a *mea culpa*, criados para agir a serviço da morte e do domínio do semelhante. Trouxe também a chamada "diplomacia", que para mim não passa de uma tentativa hipócrita de minimizar as perdas, e os curiosos "códigos de ética".

As luzes da memória afastam a escuridão sufocante do ambiente, e me transportam alguns poucos meses ao passado, para uma mesa escondida pela penumbra em um dos cantos menos barulhentos de um bar de marinheiros de Le Havre. Meu imediato, o experiente Tenente Le Beau, talvez sob efeito do excesso de rum, desabafava algumas inquietações profundas:

– Talvez o senhor possa me explicar, Almirante, por que não mandamos os botes salva-vidas para o fundo do mar junto com o maldito navio.

Le Beau mal era capaz de conter sua frustração. O navio *Abraham Lincoln*, da marinha estadunidense, vinha infligindo pesadas baixas em nossa frota do Atlântico, tendo inclusive afundado sete navios cargueiros que deveriam abastecer com suprimentos os combatentes franceses e ibéricos no front do Brasil. Eu me encarreguei de caçá-lo pessoalmente, e finalmente o localizamos ao largo da baía de La Baule, numa noite de tempestade. Conhecendo o poder de fogo do *Lincoln*, não lhes demos tempo para reagir. Emergimos a bombordo do inimigo como um narval enfurecido, e despejamos metade da nossa carga de torpedos em seu flanco. O gigante se partiu em dois e, enquanto o metal rasgado rangia em seus derradeiros suspiros, nossa tripulação uivava em júbilo. Entrementes, as chamas dos incêndios nos permitiram vislumbrar cerca de dez botes salva-vidas que se afastavam do local da tragédia, lutando contra as ondas do mar revolto. Le Beau imediatamente destacou dois marinheiros para operarem as metralhadoras de proa, mas em seguida ordenei que ignorassem aquele comando e retornassem aos seus postos. Desde então percebi uma sutil cortina de ressentimento que se erguera entre minha pessoa e a de meu imediato, e agora era o momento de colocar tudo às claras. Dei um gole prolongado em meu copo de rum e respondi:

– A verdadeira ameaça já estava eliminada, Le Beau. O *Lincoln* jamais importunará alguém que não os peixes. Nossa missão foi cumprida com sucesso, não havia razão para prosseguir com a matança.

– O Lincoln era apenas uma máquina – ele se inclinou para frente por sobre a mesa, os dedos das mãos crispados e os dentes à mostra em um sorriso feroz. – O senhor sabe muito bem disso. Não passava de um casulo de metal cuspindo fumaça de vapor pelas chaminés e fogo dos canhões pelo oceano afora, mas ele não tinha alma nem vontade própria. O verdadeiro inimigo, que alimentava as caldeiras e disparava os canhões, estava naqueles botes salva-vidas. Foram eles que assassinaram dezenas dos nossos soldados que agora jazem no fundo daquelas águas, e eles simplesmente passaram remando por sobre suas carcaças rumo à segurança da costa porque nós permitimos que escapassem.

– É provável que nem todos tenham conseguido, Imediato – eu tentava parecer casual. – A tempestade estava forte naquela noite e sem uma orientação adequada é possível que muitos deles também tenham sucumbido ao mar.

Le Beau se recostou, fazendo a cadeira ranger, e franziu o cenho. Balançava a cabeça debilmente para os lados em uma negativa inconsciente, como um garoto inconformado por ter sido privado pelos pais do direito de praticar seu esporte predileto.

– Isso não me satisfaz, senhor. Desculpe a franqueza, mas deixar que Netuno realize a melhor parte do meu trabalho não me deixa feliz.

– Talvez essa não seja a "melhor parte" do seu trabalho. Você ainda confia em mim, Le Beau?

– Como sempre, Almirante. Não ouse colocar isso em dúvida.

– Nesse caso, peço que dê tempo ao tempo. Tenho certeza de que este velho lobo do mar ainda viverá o suficiente para ver você compreender o significado de tudo isso.

Olhando para meu imediato eu via a mim mesmo nos primeiros anos dessa loucura. Cresci em uma pequena aldeia nas montanhas, mas meu amor pela ciência levou-me ainda muito jovem para longe da minha família. Na cidade grande pude me aprofundar nos oceanos de conhecimento da física, da mecânica, da engenharia naval, e eu sonhava um dia poder alcançar sucesso o suficiente para dar a meus pais e irmãos uma vida mais digna. Até que a notícia chegou e me atingiu como um torpedo.

Eu nunca vi aquelas cenas na realidade. Eu não estava lá, na aldeia das montanhas, quando os soldados ingleses chegaram. Jamais senti o calor das chamas que consumiram as casas daquelas famílias de agricultores. Jamais ouvi os gritos de terror e de dor, inclusive os de meus pais e irmãos. Não vi minha jovem irmã ser capturada viva por aqueles homens imundos e fedidos, não os vi rasgarem suas roupas e...

Acordo banhado em suor, e meu grito ecoa pelas paredes da minúscula cabine. Tudo é escuridão, e dou graças a Deus por isso. Era um sonho. O mesmo sonho de novo, que me levou a vender meu talento para a guerra, essa tirana sanguinária a quem me vejo obrigado a servir, e a quem odeio por me fazer sentir como o pior dos seres.

Não sou dado à falsa modéstia; reconheço que tenho muito valor. A primeira nave submergível que construí foi um sucesso estrondoso entre os franceses, que me acolheram com alegria. É a mesma que me acompanha até hoje, aqui nesse escuro fundo de mar, equipada com o passar dos tempos com o melhor que existe em termos de armamento. Hoje comando pessoalmente a unidade mais antiga, mas ainda a mais temível de toda a frota francesa de submergíveis que faz tremerem as tripulações dos navios ingleses no Atlântico e no Canal da Mancha. O poder explosivo de meus torpedos é insuperável. Minhas metralhadoras de repetição da proa transformam carne em poeira sangrenta. Meus pioneiros mísseis terra-ar permanecem sendo uma exclusividade da marinha francesa, e podem atingir uma fortaleza voadora sem que o submergível tenha ainda que estar visível na superfície do oceano. Assim eu me tornei o rei dos mares, enquanto o maldito estadunidense que se encontra em algum lugar na escuridão que me cerca dominou os ares com seus dirigíveis de batalha, em favor do Império Britânico.

Era inevitável que nos encontrássemos um dia. As histórias contadas pelos tabloides a respeito do meu nêmese, muitas delas provavelmente lendas, praticamente fazem de nós dois irmãos gêmeos. Certa vez ousaram afirmar isso literalmente, referindo-se a nós dois como "gêmeos nascidos em lados opostos da guerra". O que se pode dizer de concreto é que o homem era discípulo e protegido do Doutor Fergusson, o brilhante cientista inglês radicado na América, pioneiro na construção de aeróstatos que, graças a suas valiosas contribuições ao incremento da maquinaria de guerra britânica, acabou sendo assassinado por um espião francês nos Estados Unidos. Mal sabia a Inteligência Francesa que seu protegido era um cientista ainda mais brilhante, que dedicou todo o seu talento e fúria ao incremento da frota de dirigíveis, para que se tornassem o que são hoje: fortalezas voadoras quase imbatíveis, cada unidade dotada de um poder de fogo capaz de riscar do mapa uma cidade inteira. Sua velocidade de manobra e a possibilidade de se deslocarem nas três dimensões do espaço dão a elas uma significativa vantagem sobre os simples navios, de deslocamento bidimensional na superfície da água, enfrentando, além disso, uma resistência muito maior aos seus movimentos do que aquela imposta pelo ar.

Eis porque o maior adversário reconhecido das fortalezas voadoras são os meus submergíveis: além de contarmos com a mesma vantagem do deslocamento tridimensional, que nos permite buscar abrigo nas profundezas como fazemos agora, o oceano nos fornece a dádiva da invisibilidade, possibilitando nossos ataques com enorme velocidade e absoluta surpresa. Os estadunidenses foram obrigados a investir na criação de potentes cargas de profundidade, bombas que explodem vários metros sob o manto das águas e que, efetivamente, já nos causaram consideráveis baixas. É por essa razão que já se contam em dezenas os confrontos entre esses dois grandes inimigos, a frota aérea estadunidense e a frota submarina francesa, que escreveram sem nenhuma dúvida um capítulo muito particular na história desta longa guerra. Permanece o frágil equilíbrio das forças antagônicas que comandam o planeta. Permanece a disputa eterna dos dois vampiros sedentos de sangue.

Olho na direção da escotilha da cabine, e tenho a impressão de que posso vislumbrar os contornos circulares do vidro, uma tênue bola azul escura que ainda mal se destaca do todo negro que nos cerca. Isso significa que lá na superfície já deve estar amanhecendo.

Recordo-me da tarde anterior, ainda que já me pareça ter se passado pelo menos um ano. Estávamos patrulhando às escondidas a costa ocidental da Irlanda, algumas milhas a oeste de Westport, onde os ingleses mantêm uma importante fábrica de navios. Caso pudéssemos comprovar que ali estariam sendo construídos navios de guerra, o porto de Westport se transformaria instantaneamente em alvo militar.

O mar estava excepcionalmente calmo, algo incomum para aquela região em particular e o céu vermelho antecipava uma noite muito fria. Talvez fosse uma boa oportunidade para arriscarmos uma aproximação maior, para darmos uma boa olhada em nosso alvo.

Encontrava-me no alto da torre externa, a gola do sobretudo erguida contra a inclemência de um vento gelado, perscrutando o horizonte com minha luneta em busca de algum sinal de vida na costa pedregosa, quando percebi uma sombra alongada passar pelo meu campo de visão diante dos raios moribundos do sol poente. A estratégia da fortaleza voadora foi impecável: posicionou-se num ponto onde pudesse permanecer pelo maior tempo possível camuflada, graças à ofuscação provocada pelo sol na linha do horizonte, e aproximou-se de nós silenciosamente pouco acima da superfície do mar. Quando dei o alerta aos berros, já se encontrava bem em cima de nós. Eu acabava de fechar a escotilha externa e dava as primeiras ordens a um bando de marinheiros esbaforidos, quando o submergível foi sacudido por uma violenta explosão bem do lado de fora do casco. A eletricidade, nossa fonte de vida sob as águas, piscou terrivelmente, mas resistiu. Ordenei, em caráter emergencial, o disparo livre de todas as baterias externas dos canhões de bombordo, e o lançamento de quatro mísseis terra-ar disparados em cone invertido por sobre nossa nave. Mal a ordem havia sido cumprida e novas explosões nos fizeram balançar de maneira aterrorizante. O casco rangeu como se fosse ceder, várias luzes de bordo se apagaram, e diferentes setores do submergível reportavam à ponte de comando, com vozes aflitas, uma série de pontos de alagamento ou panes elétricos.

Minha voz ergueu-se acima daquela balbúrdia ordenando a submersão de emergência, e com o acionar de uma série de botões por mãos trêmulas que ansiavam por aquela ordem os tanques de lastro abriram-se de uma vez, provocando som semelhante a diversos sinos badalando sob o mar. A água salgada inundou os compartimentos, e afundamos com total velocidade até atingirmos o fundo lamacento, onde estancamos com um baque surdo. Durante um minuto ou dois não houve nenhum som além da confusão de gritos da tripulação, fossem motivados pelo pânico ou simplesmente trocas de comandos na tentativa de estabilizar nossa precária situação. Mas logo as explosões recomeçaram e pareciam estar ocorrendo bem perto de nossa posição.

– Cargas de profundidade! – gritou Le Beau – Desliguem as luzes elétricas e o equipamento não essencial!

– Silenciem os motores! – completei.

A ordem foi obedecida à risca, e até mesmo os gritos cessaram, embora talvez mais pelo absoluto pavor do que por obediência. O bojo da embarcação ficou completamente escuro, até que os tênues focos dos lampiões a gás começaram a acender em um ponto ou outro dos corredores e conveses, lançando sombras fantasmagóricas ao redor. Permanecemos na penumbra, em total silêncio, ouvindo as explosões lá fora. As primeiras ainda fizeram com que o submergível balançasse, mas aos poucos os estrondos foram ficando mais fracos, como uma tempestade que se afastasse de nossa posição, até que cessaram completamente. Pela primeira vez suspirei, aliviado. Ainda estávamos vivos, e pelo que conhecia a respeito do meu inimigo, eu sabia que isso não significava pouca coisa.

Analisando por certo ângulo, um submergível sem energia não é muito mais que um esquife mortuário enfeitado com equipamentos tecnológicos. O ar já seria um bem precioso em circunstâncias normais. Sepultado por inexoráveis toneladas de água salgada, assombrado pelo espectro da impossibilidade de sair dali, e sentindo nos pulmões a ardência da atmosfera maculada por nuvens de fumaça, é necessário muito valor para que um pobre mortal não se entregue aos tentáculos da claustrofobia e do pânico. Caminhando pelos corredores eu podia sentir como algo palpável o desespero da tripulação; ignorava respeitosamente os incontroláveis gemidos e tremores de um e outro. Intimamente, agradecia comovido por seus esforços heroicos na tentativa de manter a calma e a disciplina diante do desastre.

Não demorou muito para que Le Beau se aproximasse e, aos sussurros, me fizesse um relatório sumário a respeito dos danos já contabilizados. A situação não era nada boa.

– Recebemos informes sobre cinco feridos sem gravidade e mais dois que inspiram maiores cuidados. Três focos de incêndio já foram completamente controlados. Parte do armamento de bombordo está inutilizada, assim como as saídas traseiras dos mísseis terra-ar. O leme emperrou, as hélices de popa não respondem. Perdemos dois terços das baterias elétricas e grande parte do suprimento de ar, não apenas pelos reservatórios que foram atingidos, mas também pelos vazamentos no casco. Três conveses estão completamente inundados, mas já devidamente isolados. O reservatório de piroxila felizmente não foi afetado pelo ataque.

– Não vejo muito que possamos fazer aqui no fundo...

– Uma inspeção externa poderia nos dar uma ideia mais precisa da real extensão dos danos, principalmente na parte traseira, que comprometeram muito nossa capacidade de manobra.

– Obviamente precisaríamos emergir para fazer isso.

– Estive pensando em lançar um sino de mergulho com dois ou três escafandristas a bordo...

– Para isso teríamos que acionar motores para o bombeamento de ar dentro do sino. Ar, a propósito, que não é um bem que possamos desperdiçar no momento. E como já anoiteceu, teríamos que acionar luzes para a inspeção, o que seria um descuido fatal. O mar neste local não me parece ter profundidade suficiente para nos manter livres de localização por parte do inimigo, principalmente com as luzes acesas.

– Talvez com a chegada da manhã tenhamos uma luminosidade externa suficiente para...

– Quanto mais luz houver lá fora, mais fácil será para que a fortaleza voadora nos aviste do alto. Não sabemos se eles ainda dispõem de cargas de profundidade. Portanto, creio que teremos que pensar em algo diferente, e bem rápido, Le Beau.

O imediato rosnou uma praga pouco lisonjeira.

– Detesto me sentir como um rato preso em uma ratoeira submarina. Gostaria de ter o tempo necessário para pousar meus dedos em torno da garganta de cada inglês vivo, e uma lâmina bem afiada para testar a resistência do couro de seus amigos aztecas.

– Que em seus sonhos, pelo menos, você possa encontrar algum alívio. Bem, não vejo melhor remédio do que aproveitar a proteção da escuridão para ficarmos bem quietos e descansarmos um pouco. Creio que vou até minha cabine.

– Se me permite vou permanecer aqui por enquanto, Almirante. Não vejo como o ódio que me consome o peito me permita desfrutar de qualquer repouso.

– Quero que me informe sobre qualquer novidade, e de uma forma ou de outra me chame para rendê-lo em quatro horas.

Retirei-me para meus aposentos com o auxílio de um lampião a gás, sem conseguir evitar um sorriso triste diante da impetuosidade e raiva manifestas por Le Beau. Sim, não era o momento de confessar, mas um dia fui exatamente como ele. Quem poderia me censurar por isso? Qual homem neste planeta, independente das cores da bandeira que defende, poderia dizer que conseguiu viver sua vida imune aos efeitos diretos ou indiretos desse conflito insano que já perdura por gerações? Foi justamente o ódio, como já disse, e o desejo de vingança, que impulsionaram minha inteligência e minha mão criadora para dentro da tempestade. Isso prevaleceu durante uma eternidade, até o momento preciso em que alguma coisa mudou, como se as águas turvas se tornassem de repente um pouco mais límpidas, permitindo-me ver contornos e detalhes inesperados.

Aconteceu pouco tempo, um ano ou dois, antes que Le Beau se juntasse a minha tripulação. Meu imediato era o Tenente Rochelle, um bom marinheiro, que depois de promovido assumiu o timão do submergível *Calamar*.

Estávamos havia seis dias esquadrinhando as águas próximas à entrada do Mediterrâneo, à caça de um *destroyer* inglês que causava terror na frota unificada dos ibéricos, atacando com rapidez e precisão navios solitários de patrulha ao longo da costa atlântica. Era uma noite de muita neblina quando detectamos o navio de bandeira britânica, tentando passar despercebido com iluminação reduzida pelo nevoeiro, em direção à costa africana. Estávamos todos cansados e irritados com a demora da missão, já que naqueles dias tediosos não havíamos nos deparado ainda com nenhuma pista do inimigo, embora os relatórios sobre ataques continuassem chegando. Dei a ordem com prazer, e uma salva de torpedos colocou o navio a pique. Comemoramos brevemente com rum, antes de tomarmos o rumo de volta para Le Havre. Na metade do dia seguinte recebemos a comunicação: havíamos afundado o navio errado. De fato a bandeira era inglesa, e a atitude furtiva provavelmente devia-se ao temor da tripulação por estar atravessando o oceano ao largo da costa de países sabidamente hostis. Em vez de um *destroyer*, eu havia ordenado a destruição de um navio de passageiros, o *Príncipe de Gales*, que se dirigia a uma colônia inglesa na África. Havia relatos de alguns sobreviventes, mas confirmou-se a morte de mais de oitenta civis.

Na guerra, enganos desse tipo são relativamente comuns. Em termos práticos, comandantes das Forças Armadas e políticos os condenam oficialmente, mas são na realidade tratados como "perdas aceitáveis". Um incidente infeliz. Uma fatalidade.

A mim fez um mal imenso reconhecer-me como o protagonista de uma "fatalidade" como aquela. Mais do que nunca minhas poucas horas de sono passaram a ser assoladas pelos pesadelos, que retratavam em cores carregadas o massacre de minha vila natal pelo exército colonial inglês. Como já disse, eu não estava presente no dia fatídico, mas meu espírito se encarregava, através dos sonhos, de torturar-me com imagens que, eu tinha uma dolorosa certeza, eram tão terríveis como as que de fato ali se desenrolaram. Mas agora os pesadelos vinham acrescidos de um requinte de crueldade: eu via minha família no convés de um navio de passageiros, no momento em que surgia ao largo, vinda das profundezas, uma nave submergível. O *meu* submergível! Meu pai apontava, assustado, para as linhas brancas de espuma que marcavam a trilha mortal dos torpedos se aproximando. Eu acordava banhado em suor no momento da explosão, quando a bola de fogo envolvia minha mãe e irmãos.

Para mim não bastava o rótulo de um "incidente infeliz". Eu tinha certeza de que não era com esses termos que os poucos sobreviventes definiam o episódio, e certamente não se referiam à minha pessoa com tanta condescendência. Por outro lado, eu sabia que meu coração não era o de um monstro assassino. Por analogia, a despeito das atrocidades cometidas contra meu povo e familiares, seria justo considerar que, nas fileiras do imenso exército britânico espalhado ao redor do mundo, houvesse pessoas boas e justas como eu me considerava, que por uma trágica fatalidade me via obrigado a rotular como "inimigos", mas que talvez pudessem ser pessoas de agradável convívio e até amigas, em um mundo hipotético melhor que este.

Desde então destituí meu ódio de sua patente de general em minha vida, e o coloquei em segundo plano sob estreita vigilância. Passei a me esforçar para que a razão equilibrada e a sensibilidade, ainda que nos momentos mais críticos, participassem sempre de minhas decisões de comando. Tudo que eu esperava era que pudesse ter a oportunidade de fazer com que meu bom imediato compartilhasse dessa visão. Mas encalhado no fundo do mar, envolto pela escuridão impenetrável, eu admito que, naquele exato momento, os inimigos que enfrentávamos não estavam colaborando muito com minha nova concepção da guerra.

Minhas reflexões são interrompidas por uma tímida batida à porta da cabine. Volto a acender o lampião e abro a porta. Mesmo sob a luz mortiça sou capaz de perceber o olhar desanimado de Le Beau.

– Com licença, Almirante. O senhor pediu que eu o informasse ao final do turno de quatro horas...

– Perfeitamente, Imediato. Alguma novidade sobre nossa atual situação?

– Nada em relação ao inimigo. Não há como saber se ele ainda se encontra à nossa espera na superfície.

– Ah, ele está lá, pode ter certeza.

Le Beau me contempla com um olhar enigmático. Ele quer saber de onde vem tamanha convicção. Eu explico:

– Enquanto eu estava lá em cima, na torre externa, pude dar uma boa olhada na fortaleza voadora que nos surpreendeu. Era o *Albatroz*.

– O *Albatroz*... – A exclamação de meu imediato traduz uma legítima surpresa, mesclada com um toque de veneração.

– Isso mesmo, Le Beau: é a nau capitânea da frota aérea estadunidense, enfrentando a nau capitânea da frota submarina francesa. Que ironia, não?

– Então o comandante deles deve ser...

– O próprio. Dizem os jornais que eu e ele somos "gêmeos", sabia disso? Caso isso seja verdade, acredito que possa prever seu comportamento a partir do meu próprio. Se eu estivesse lá, acima das águas, saberia com certeza que consegui avariar seriamente este submergível. Saberia que é só uma questão de tempo até que ele tenha que voltar à superfície, se ainda for capaz de tanto. Portanto esteja certo, Le Beau: ele vai esperar. Pelo menos por enquanto, ele vai estar lá fora aguardando.

Meu imediato suspira, desanimado.

– Nesse caso, temo que ele não tenha que esperar muito, senhor.

– Que notícias são essas, que você me traz na escuridão de minha cabine?

– A pane elétrica é mais séria do que imaginávamos a princípio. Todo o sistema de lançamento dos mísseis terra-ar encontra-se comprometido. Os canhões que ainda funcionam também terão, em caso de necessidade, que ser abastecidos e movimentados à mão. Porém o mais grave é nossa reserva de oxigênio...

– Isso não me surpreende. Aqui mesmo, enquanto falamos, já posso perceber uma maior dificuldade para respirar.

– Exatamente. Em muito poucas horas, não teremos alternativa senão emergir para renovar as reservas de ar. Bem, a não ser que...

A hesitação de Le Beau não me passa despercebida, antes mesmo da pausa em sua fala.

– Continue, Imediato.

– Como o senhor sabe, existe o sistema de oxigenação de emergência. Isso deve resolver o problema de oxigenação da tripulação essencial da ponte de comando por vinte e quatro horas.

A insinuação por trás daquela simples frase tem a força de uma traiçoeira e invisível correnteza submarina, e nada mais precisa ser explicado. O "sistema de oxigenação de emergência" foi uma exigência do Comando Naval para aumentar as chances de recuperação de um submergível após uma tragédia. É tecnologia secreta e legitimamente francesa. Através de um processo relativamente simples, o aquecimento de oito quilos de clorato de potássio pode liberar três quilos de oxigênio, convertendo-se em cloreto de potássio. Como disse Le Beau, Isso deve resolver o problema de oxigenação da tripulação essencial da ponte de comando por vinte e quatro horas. Mas *apenas* da ponte de comando, nada mais.

– A tripulação da ponte consiste em seis tripulantes, Le Beau.

– Estou ciente disso, Almirante.

– Então também deve estar ciente de que a tripulação completa desta nave é de trinta homens, correto?

Le Beau permanece cabisbaixo e em silêncio. Eu não posso condená-lo; sua obrigação é manter-me a par de todas as alternativas possíveis.

– Grato pela lembrança, mas você conhece bem minha maneira de pensar: ou todos se salvam ou ninguém se salva. Entendido?

– Perfeitamente, senhor.

– Nesse caso, que outras opções temos?

Ele lança um olhar para a escotilha da cabine, por trás da qual a água do oceano já assumia um tom nitidamente azulado.

– Para que não morramos asfixiados, devemos retornar à superfície em no máximo três horas. E ainda assim, pelo que o senhor supõe, sobreviver não será uma tarefa fácil.

Levanto-me da cama e dou dois passos até a escotilha. Não havia me dado conta de que, já faz muitos anos, o oceano é meu lar. É aqui que eu vivo, e é aqui que eu quero morrer. Mas não agora. Ainda não.

– Está a par das notícias sobre os avanços tecnológicos da frota aérea americana, Imediato?

– Não sei ao certo, Almirante...

– Nossa Inteligência apurou que eles estão tentando transformar as fortalezas voadoras em veículos anfíbios, capazes de se deslocar tanto no ar quanto sob as águas. Sabia disso?

O sorriso de desdém de Le Beau é bem visível na penumbra. Sua voz destila desprezo quando diz:

– Sem qualquer sucesso, imagino.

– Correto. Ainda sem nenhum sucesso – tenho o cuidado de sublinhar a palavra “ainda”. – Se eu estivesse ao comando daquela fortaleza voadora lá em cima, sabe o que estaria se passando em minha mente?

Ele permanece em silêncio, na expectativa.

– Eu estaria vendo neste incidente uma oportunidade inestimável para colocar minhas mãos em um autêntico submergível francês.

– Isso jamais aconteceu, Almirante!

– E não seria justo que acontecesse justamente com a nau capitânea da frota, não concorda? Eu preferiria morrer a colocar nossa tecnologia à disposição do Império Britânico.

– Tenho certeza de que essa é a opinião da tripulação inteira.

– Eu também. Mas nada impede que defendamos o que é nosso até o último instante. Não temos mais mísseis terra-ar e nossas manobras com os canhões laterais estão comprometidas. Mas enquanto aqueles ingleses tentam se aproximar para pegar seu prêmio, acredito que possamos fazer um belo estrago com as metralhadoras de proa, você não acha?

– Com certeza. Seria um prazer tentar, ainda que eu não acredite que seja o suficiente para deter uma fortaleza voadora.

– Como está nosso depósito de piroxila?

– Cheio quase até o topo.

– Então, por favor, providencie a instalação de cargas explosivas no depósito. Quando não houver mais nada a fazer a não ser capitular, creio que ainda podemos proporcionar um belíssimo espetáculo pirotécnico a nossos inimigos e, quem sabe, dependendo da sua proximidade, fazer com que eles mesmos participem da festa.

Le Beau faz uma continência impecável e pede licença para se retirar. Eu praticamente acabava de declarar sua sentença de morte e a de toda a minha tripulação, mas podia perceber claramente o orgulho com o qual ele se incumbiria dos preparativos. É um bom soldado. Todos são, eu os escolhi a dedo. Nenhum deles merecia terminar sua história assim, tão jovem. Essa era uma das brutais insanidades da guerra.

A piroxila era uma invenção francesa, mas já disponível do lado britânico, graças à eficiência da espionagem. Mais potente que a pólvora em seu potencial explosivo, e ocupava menos espaço, o que era essencial em veículos submergíveis, onde espaço físico é precioso. É ela que abastecia nossos mísseis e canhões. Em último caso eu não hesitaria em fazer meu navio em pedaços, antes que o inimigo pudesse fazer dele um troféu.

As duas horas seguintes, que passo na ponte de comando, parecem semanas. Ao final desse tempo, o simples ato de respirar já representa um esforço heroico. Pelas escotilhas posso ver o oceano clareando inexoravelmente. Estamos em águas ainda mais rasas do que eu havia imaginado. Logo o risco de sermos detectados pelo inimigo a partir do céu será alto demais. Nesse caso, se eles ainda tiverem cargas de profundidade, estaremos perdendo nossa única chance de lutar pela sobrevivência. Não há mais por que adiar o confronto. Dou a ordem:

– Tripulação, postos de combate. Tenente, esvaziar tanques de lastro. Vamos subir e ver do que esses americanos são feitos.

O acionar dos motores faz o submergível estremecer, mas o som foi tristemente mais tênue do que eu estava acostumado. Minha querida nave está nas últimas. Ouço o ranger das escotilhas inferiores, e o bojo inteiro balança. As bombas que drenam a água contida nos tanques de lastro iniciam um zumbido preguiçoso. Lentamente, começamos a emergir.

– Peço permissão para operar uma das metralhadoras de proa, senhor.

– Será um prazer tê-lo ao meu lado, Le Beau. Mas antes, por favor, designe um de seus homens de maior confiança para ficar a postos junto ao detonador da piroxila.

O *Nautilus*, orgulho maior da frota submarina francesa, ainda que mortalmente ferido, desponta na superfície exibindo ao sol nascente toda a beleza de seu perfil metálico. Imediatamente abro a escotilha superior e salto para a proa, auxiliado por um marinheiro que transporta as fitas de cartuchos da munição. Le Beau salta logo atrás de mim com seu próprio ajudante, e vai logo dando o alerta:

– Fortaleza inimiga às dez horas!

Crispo minhas calejadas mãos em torno das alças metálicas da metralhadora e giro-a na direção indicada. O que vejo é surpreendente.

O *Albatroz* encontra-se a cerca de trinta metros, muito próximo à linha d'água. Em caso de uma tempestade, as ondas mais altas seriam capazes de lamber o fundo de sua cabine retangular, pendurada no ponto central sob o gigantesco balão dirigível. Essa cabine, para minha surpresa, encontra-se em posição oblíqua, encurvada sobre seu eixo horizontal para estibordo. Observando melhor, todo o balão está encurvado. Em vez do tradicional formato de charuto, exibe a grotesca forma de uma banana, com a parte central mais baixa que as extremidades. Percebo que, no lado superior, cerca de metade de seu formidável conjunto de hélices, que possibilitavam sua flutuação e movimentação em altas velocidades, está imóvel. A impressão que aquele quadro deixa é de que o *Albatroz* mal está sendo capaz de se manter no ar, lutando com todas as forças para não sucumbir ao oceano.

O vento marinho faz com que o colosso gire lateralmente, e só então me deparo com a causa do fenômeno: toda a parte posterior da cabine alongada, onde deveria estar a casa de máquinas, encontra-se enegrecida e parcialmente destruída. Uma tênue fumaça escura ainda brota dos profundos cortes no metal em seu flanco e na parte inferior. Le Beau pronuncia em voz alta o diagnóstico que eu também já deduzira; sua voz sai carregada de excitação:

– *Sacre Bleu*! Foi um de nossos mísseis, Almirante! Daqueles quatro que disparamos em caráter de emergência e às cegas, antes de submergirmos, um deles atingiu o alvo em cheio!

De fato, para nossa surpresa, o inimigo encontra-se em situação muito semelhante à nossa. Ainda que os danos sofridos justificassem seu abandono da contenda, permanecera ali durante toda à noite, à espera, apagando seus incêndios e tentando recuperar sua navegabilidade como nós fazíamos sob as águas. Agora, tanto quanto nós mesmos, encontra-se bem disposto para o combate.

O dirigível gira a proa em nossa direção, e as inúmeras placas metálicas semelhantes a escamas que recobrem seu balão um pouco murcho cintilam ao sol. O zumbido dos motores, pelo menos os que ainda restam, aumenta de intensidade. Ele se aproxima devagar, mas decididamente.

Ouço quando Le Beau desarma a trava de sua metralhadora. O estalido metálico do primeiro cartucho encaixando-se no cano de disparo coincide com meu gesto apressado de mão, indicando que ele aguarde. Elevo a mira da minha arma e dou ordem ao imediato para que, a qualquer custo, aguarde meu primeiro disparo.

Agora o adversário está tão próximo que eu posso ver as silhuetas dos tripulantes pela ampla e retangular escotilha frontal da cabine. Os canhões de bombordo encontram-se, graças à posição anormal da mesma, voltados para o alto. Certamente não seriam capazes de mirar em um alvo na superfície do oceano. Os canhões de estibordo estão excessivamente inclinados para baixo, e o dirigível teria que chegar bem perto de nós para obter uma capacidade de mira segura, assim como os canhões inferiores, ou o que restava deles, que teriam que estar quase sobre o submergível para serem efetivos, considerando a baixa altitude do balão. Bem diante da proa, entretanto, dois canos de metralhadora semelhantes aos do *Nautilus* apontam para nós em atitude ameaçadora. É quando o dirigível se aproxima um pouco mais que os raios do sol nascente inundam a janela anterior, e então eu o percebo com clareza. Bem ao centro, apoiado na borda incomodamente inclinada, o homem usa o quepe de comandante, além de uma camiseta de listras horizontais azuis e brancas à moda dos marinheiros, coberta por uma jaqueta azul de gola elevada. Pela primeira vez na história daquela guerra as duas chamadas "lendas vivas", o Almirante Nemo e o Comandante Robur, encaram-se olhos nos olhos.

Le Beau limpa o suor da fronte na manga do casaco. Ele saltita de um pé para o outro com incontida excitação. Em minha mente vem a imagem de um mastim feroz aguardando que o dono o libere da corrente para estraçalhar um agressor, e me invade uma ponta de temor de que, a despeito de todo o respeito e a obediência habituais, dessa vez eu não seja capaz de contê-lo por muito tempo.

– Senhor, eles já estão mais próximos do que poderíamos sequer desejar! Devemos atirar, antes que eles...

– Contenha-se, Le Beau – interrompo, mesclando serenidade com firmeza. – Não atire até que eu dê o comando.

Durante vários segundos é como se o próprio mar interrompesse seu balanço incansável, e o próprio vento silenciasse. Do alto de seu castelo voador relutante, Robur me encara absolutamente imóvel, por trás dos canos mortíferos de suas armas. Por um instante fugaz, que naquele momento parece uma eternidade, minha mente sente a ferroada do temor de estar errado; de que eu seja um néscio romântico, acreditando tolamente na dignidade humana; de que um pedaço mortífero de metal incandescente exploda em meu crânio a qualquer momento, espalhando pelos sete mares pedaços do meu cérebro encharcado de ingenuidade.

Mas, como eu disse, é apenas por um instante. Aprumo a coluna vertebral, sem no entanto retirar os dedos do gatilho de minha própria arma e retribuo seu olhar. O silêncio é quase intolerável, só finalmente interrompido pela exclamação de espanto de Le Beau.

O Comandante Robur ergue o braço em uma continência respeitosa, e então o gigantesco *Albatroz* gira sobre seu eixo, tomando lentamente o rumo da costa irlandesa e nos deixando para trás. Obviamente, retribuo a saudação da mesma forma, e mantenho a posição até que a sombra do leviatã já não prenuncie mais qualquer ameaça.

Um inevitável suspiro de alívio acaricia minhas narinas castigadas pelo sal do vento marinho. Ao meu lado, um imediato boquiaberto me encara com olhos de peixe.

– Almirante Nemo...

– "Por que eles não dispararam?", é a pergunta que está fisgada como um anzol em sua garganta.

– Eles poderiam... e nós também poderíamos...

– E que honra poderia haver nisso? "Códigos de ética", Le Beau. Lembra-se daquela noite no bar em Le Havre?

– Mas Almirante, nós estávamos visivelmente incapacitados para o combate!

– E eles também estavam, não é certo? Não existe sentido nenhum em atacar um inimigo indefeso. A despeito do que possam dizer sobre Robur, nada tenho de pessoal contra aquele homem. Pelo contrário, admiro seu valor e o respeito o suficiente para não querer ser o responsável por sua morte de maneira tão degradante, executado friamente como um animal em um matadouro. O *Albatroz* não será uma ameaça tão cedo. Muito menos o *Nautilus*. O melhor a fazer, e ao que parece eu e ele concordamos nisso, é retornar para nossas tocas e lamber nossas feridas, antes que sejamos capazes de realizar de novo o bom combate.

– O senhor não tinha como saber – retruca Le Beau, zombeteiro. – Se ele decidisse acionar aquelas metralhadoras...

– Em uma coisa os tabloides estavam certos, Imediato: Nemo e Robur são gêmeos nascidos em lados diferentes da mesma guerra. Acabamos de comprovar isso, suponho.

– Certo. Mas suponha por um momento que o senhor estivesse enganado a respeito do homem...

Caminho sobre o metal molhado da proa e coloco a mão amigavelmente no ombro ainda tenso daquele jovem impetuoso.

– Esta é uma guerra longa e penosa. Este mundo já viu, graças a ela, muita dor e muita infelicidade. Após todo esse tempo, meu caro, aquilo que ainda nos torna humanos está preso por um fio, dependurado sobre o abismo da selvageria. Homens de honra precisam viver sob um código de ética que nos faça lembrar que, apesar de tudo, ainda somos humanos. Eu apostei que Robur era um desses homens de honra, que se Deus permitir ainda poderá usar o tempo que lhe resta para dar um bom exemplo para toda uma geração de soldados.

Naquele momento um dos oficiais surge à escotilha, e anuncia:

– Almirante, já renovamos as reservas de oxigênio. Acredito que isso nos permita seguir submersos por mais algumas milhas, caso a Marinha inglesa decida vir em nosso encalço. Podemos finalmente tomar o rumo de casa e realizar os reparos definitivos com mais tranquilidade.

– Pois vamos acolher o abraço do oceano e seguir viagem. Não me parece que haja mais emoções que valham a pena aqui fora.

Meu imediato é um jovem teimoso. A caminho da ponte de comando, insiste:

– Ainda afirmo que o senhor poderia ter se enganado a respeito de Robur. Nesse caso, receio que estaríamos irremediavelmente mortos.

– Se eu estivesse enganado a respeito de meu "irmão gêmeo"... Bem, Le Beau, que graça teria viver em um mundo assim?

O *Nautilus* mergulha nas águas calmas, lentamente afastando-se da zona de conflito. O sol e o céu claro prenunciam um dia morno e agradável.

Posfácio

Aztecas... Com z???

Sim, eu sei. Em português moderno "asteca" é a forma correta, como se apressam em bradar os mais rigorosos e implacáveis guardiões da língua. Neste livro a palavra "azteca" foi sempre gravada assim, com "z", e talvez isso tenha chamado sua atenção.

A palavra, originalmente, deriva do etnônimo indígena *aztecatl*, que significa "homem do norte" em *nahuatl*, língua nativa daquele povo. Mesmo nos dias de hoje, a forma utilizada no México é com "z", vide nomes como "Estádio Azteca", ou "TV Azteca".

A grafia original com "z" deve-se ao fato histórico de que os astecas seriam os descendentes das sete tribos originárias de uma ilha chamada Aztlán, que alguns historiadores mexicanos acreditam ser lendária. O Aubin Codex, documento que relata através de textos e desenhos a saga dos astecas desde sua partida de Aztlán até o início do período colonial espanhol, e que se encontra no Museu Britânico, revela, de acordo com estudiosos, que, após a partida da última das sete tribos (os "mexicas"), o deus Huitzliopóchtli ordenou que seu povo jamais se identificasse como "*Azteca*", e sim como "*Mexìcâ*", para que se diferenciassem dos demais grupos.

Modernos estudiosos mexicanos se referem como "Aztecas" aos povos indígenas que falavam a língua *nahuatl* antes da conquista espanhola, em 1519, e como "Nahua" a esses mesmos povos após a conquista. Muitos, entretanto, ainda preferem referir-se a cada grupo étnico por sua denominação particular, como "Mexica", "Acolhua" ou "Tepaneca".

O fato é que, historicamente, nenhum desses grupos jamais se referiu a si mesmo utilizando o termo "Azteca", talvez por isso os próprios acadêmicos mexicanos rejeitem a generalização. O termo "*Aztec*", assim mesmo, com "z", ganhou popularidade após ser sugerido pela primeira vez pelo explorador e geógrafo prussiano Alexander Von Humboldt, e foi assimilado pelos espanhóis do século XIX em diante. Hoje o que se observa é que a maioria da população, tanto dentro quanto fora do México, usa o termo "asteca" de maneira genérica para referir-se aos indígenas mexicanos da era pré-colonial.

Considerando que em nosso universo alternativo, que você conheceu neste livro, aquela cultura sobreviveu sem interrupções desde os tempos primitivos até o século XX, e que isso aconteceu sob o domínio dos ingleses (que usam o termo "*Aztec*"), optamos por manter a grafia com "z", como um símbolo dessa sobrevivência de tradições muito antigas. Ao mesmo tempo, a discreta estranheza que essa grafia pode provocar nos bastidores da consciência serve como um lembrete subliminar de que estamos vivendo, neste livro, em uma realidade alternativa. Que não é real para nós, mas bem que poderia ter sido, se a *Noche Triste* houvesse tido um desfecho um pouquinho diferente. Quem sabe?...

Sobre os ombros de gigantes

Parafraseando Sir Isaac Newton, e pedindo seu perdão por usar sua célebre frase dirigida em carta a Robert Hooke para finalidade tão prosaica, "*se vi mais longe foi porque estava sobre os ombros de gigantes*".

Os "gigantes" em questão, no meu caso, são os grandes escritores cujas obras foram produzidas na chamada Era Vitoriana (1837 – 1901), ou alguns poucos anos depois. O romance tornava-se a principal forma da Literatura Inglesa, mais voltado para agradar o público leitor de classe média, e não os patronos aristocratas. Essas obras tornaram-se imortais, talvez devido a esse mesmo impacto junto a uma parcela maior da população, e amplamente conhecidas em todo o mundo até os dias de hoje.

Foram esses livros, ao longo da infância e adolescência, que acenderam meu gosto pela literatura fantástica. Refiro-me, por exemplo, a autores como Jules Verne e H.G.Wells, que a despeito de suas diferenças pessoais uniram-se em minha vida e levaram-me desde o fundo do mar até o espaço cósmico, passando por algumas voltas ao redor da Terra e até mesmo algumas escapadelas para fora de nossa linha temporal.

"Homens e Monstros – A Guerra Fria Vitoriana" nada mais é do que minha singela e reverente homenagem a esses escritores, fantásticos e eternos. Minha maior recompensa seria que este livro fosse apreciado por uma nova geração de leitores e que acendesse nesses jovens o interesse em conhecer as obras originais que o inspiraram do início ao fim. Para tanto, faço a seguir uma lista de todos os textos que me forneceram situações, cenários e, principalmente, personagens para que eu, como escritor, me divertisse tanto. Recomendo fortemente cada um deles, sem exceção.

Arthur Conan Doyle – A Aventura do Intérprete Grego (conto)
Arthur Conan Doyle – As Memórias de Sherlock Holmes
Arthur Conan Doyle – Dr. Negro e Outras Histórias de Terror
Arthur Conan Doyle – O Vale do Terror
Edgar Allan Poe – O Corvo (poema)
Edgar Allan Poe – O Demônio da Perversidade (conto)
Edgar Allan Poe – O Poço e o Pêndulo (conto)
Edgar Allan Poe – Os Assassinatos da Rua Morgue (conto)
Herbert George Wells – A Guerra dos Mundos
Herbert George Wells – A Ilha do Doutor Moreau
Herbert George Wells – A Máquina do Tempo
Herbert George Wells – O Homem Invisível
Herbert George Wells – Os Dias do Cometa
Herbert George Wells – Os Primeiros Homens na Lua
Jack London – A Praga Escarlate
Joseph Conrad – O Coração das Trevas
Jules Verne – A Casa a Vapor
Jules Verne – A Jangada
Jules Verne – A Volta ao Mundo em Oitenta Dias
Jules Verne – Cinco Semanas Num Balão

Jules Verne – Da Terra à Lua
Jules Verne – Hector Servadac
Jules Verne – Os Quinhentos Milhões da Begun
Jules Verne – Robur, o Conquistador
Jules Verne – Viagem ao Centro da Terra
Jules Verne – Vinte Mil Léguas Submarinas
Leopoldo Lugones – A Força Ômega (conto)
Leopoldo Lugones – Viola acheronthia (conto)
Leopoldo Lugones – Yzur (conto)
Robert E. Howard – Além do Rio Negro (conto)
Robert Louis Stevenson – O Médico e o Monstro

AGRADECIMENTOS ESPECIAIS:

Ao amigo Gerson Lodi-Ribeiro, por sua ajuda com o universo ficcional e seu incentivo para que este livro se tornasse realidade.

Ao amigo Eyder Leite Ferreira; nossas discussões em mesas de bar, regadas a tira-gostos e cerveja, sobretudo a respeito da "ética da guerra", geraram a semente deste livro.

Ao amigo Flávio Luiz Cavalcante, que sem querer descobriu (e me apresentou) o "*steampunk* argentino".

Este livro foi impresso em papel pólen bold na Printing & Internet solution s/a em agosto de 2013.